Claudia Brendler

PAARUNGSZEIT

Claudia Brendler

PAARUNGS-ZEIT

Roman

Knaur

Besuchen Sie uns im Internet:
www.knaur.de

Wenn Ihnen dieser Roman gefallen hat und Sie auf der Suche sind nach ähnlichen Büchern, schreiben Sie unter Angabe des Titels »Paarungszeit« an: frauen@droemer-knaur.de

Ein Unternehmen der Droemerschen Verlagsanstalt
Th. Knaur Nachf. GmbH & Co. KG, München

Redaktion: Regine Weisbrod
Umschlaggestaltung: ZERO Werbeagentur, München
Umschlagabbildung: FinePic®, München
Satz: Adobe InDesign im Verlag
Druck und Bindung: CPI – Clausen & Bosse, Leck
Printed in Germany
ISBN 978-3-426-21364-3

2 4 5 3 1

1.

Du bist gaaanz ruhig, Therese. Du atmest. Du wirst jetzt gleich die Augen öffnen und bewusst das annehmen, was *ist.* Mit reinem Geist. Unbeeinflusst von Erwartungen. Kruzifixsakrament, du bist keine zwanzig mehr. Übrigens auch keine dreißig. Und auch nicht mehr lange … Ruuuhig. Tief einatmen. Und gaaanz langsam wieder aus.

Der Spiegel lehnte an der Wand. Schlankmachend schräg. Aber nicht so schräg, dass es als Mogelei gelten konnte. Schuhe und Strumpfhosen hatte sie schon abgestreift. Jetzt das Kleid.

Ihr BH war robust. Mit kräftigen Bügeln, Trägern, die etwas aushielten, und verstärktem Stoff an den Seiten. Nichts, was Frauen in dem Roman tragen würden, den sie gerade las. *Lustschreie in Hochhausschluchten.* Von Delphine de Brulée. Der erste Erotikroman ihres Lebens. Mei! Das Anfangskapitel spielte in einem Großraumbüro in Paris. An einem ganz normalen Arbeitstag. Wenn man von dem unverhofften Besuch eines Heizungsmonteurs absah, der im weiteren Verlauf des Kapitels alle Hände voll damit zu tun hatte, pralle Brüste aus roten Spitzendessous zu befreien, um gleich darauf mit rissigen Fingern über knisternde, halterlose Strümpfe zu fahren. So ein Schmarrn! Trotzdem war sie neugierig gewesen, nachdem ihr erst Franzi vom Edekamarkt, dann ihre ehemals beste Freundin Toni und schließlich sogar Resi von der Feuerwehrkneipe, die nie etwas anderes als ihre eigene Speisekarte las, von Delphine de Brulées Büchern erzählt hatten. Drei Romane von ihr waren als Neuzugänge für die Touristen in der Gemeindebibliothek gelandet und vergriffen, ehe der Pfarrer sein Veto hatte einlegen können. Der amtierende Bürgermeister hatte auf die Beschwerden der Kirche wie immer zögerlich reagiert, aber Thereses Gegner im Wahlkampf, Fredl Weidinger, war sofort eingeschritten, wollte die Bücher beschlagnahmen. Und musste mit den Karteikärtchen vorliebnehmen. Wäre die EDV wie geplant bis in die Gemeindebibliothek vorgedrungen und der Neuerungswille der Bürger nicht am Starrsinn der überalterten Bibliothekarin gescheitert, hätte er gar nichts in der Hand gehabt.

Natürlich war es die Pflicht einer künftigen Bürgermeisterin, zu den Vorfällen in der Bibliothek Stellung zu nehmen und sich über das zu informieren, was die Bevölkerung umtrieb. Abgesehen von der Pflicht, bedingungslos für alles zu sein, wogegen Fredl Weidinger zu Felde zog. Also hatte sie sich auf eine Exkursion in die Kreisstadt begeben, um einen der Romane von Delphine de Brulée auszuleihen. Die dortige Bibliothekarin war jünger als die Angestellte der Neuenthaler Gemeindebibliothek. Trotzdem machte sie einen verkniffenen Eindruck. Ganz bestimmt trug sie keine halterlosen Strümpfe unter ihrem schlammfarbenen Wickelrock. Beim Abstempeln warf sie einen huschenden Blick aufs Cover, auf dem sich eine Frau räkelte, nackt, den Kopf zurückgeworfen, sichtlich außer sich vor Leidenschaft. Brüste vor einem lustroten Hintergrund, Beine, nur dezent gespreizt, ein angedeutetes Schamdreieck, nichts weiter. Kein Grund, Therese so anzuschauen, mit einem Blick, der kleine, spitze Zähnchen zu haben schien. Vermutlich hatte diese Schlammfarbene ihre dezent mattlackierten Bibliothekarinnenfingernägel noch nie in einen Männerrücken gekrallt und nach mehr verlangt. Aber sie, Therese, hatte es getan! Auch wenn es lange her war. Siebenundzwanzig Jahre! Mei! Am Alter ihrer Tochter Susn konnte sie es ablesen. Immer schon hatte sie daran den Abstand zu diesem denkwürdigen Erlebnis gemessen. Susn mit sechs, vorderzahnlos, als kleine Schneeflocke beim Schneeflockentanz des Weihnachtsmarktes, ganz bezaubernd in ihrem Kinderdirndl. Susn mit zwölf, stockdünn, schon blaugefroren und trotzdem nicht aus dem Wasser zu bekommen, so ehrgeizig war sie beim Langstreckentauchen. Susn mit sechzehn, scheu und schön, das ideale Modell für die Kleider aus Thereses Trachtenshop. Susn als Studentin. Kulturwissenschaften und Sprachen. Sogar mit Abschluss: Bätschler. Eine Bezeichnung, die nicht einmal eine weibliche Endung vertrug. Behauptete Susn. Nur weil Bachelor auch ein englisches Wort für Junggeselle war? Schmarrn!

»Meine Tochter ist Bätschlerin«, hatte sie ihrer ehemals besten Freundin Toni verkündet, nachdem Susn überraschend wieder nach Neuenthal gezogen war.

»Und dafür hats so lang studiert? Damits als Bätschlerin Touristen um den See führt, ha?« Typisch Toni. Es war nicht allzu schwer zu kontern. Denn Tonis Tochter Kathi belegte in Tonis Metzgerei Leberkassemmeln und war im angeschlossenen Friseursalon für die Herrenschnitte und einfache Nail-Art zuständig. Außerdem putzte sie in Thereses Pension. »Des nenn i a Karriere«, hatte sie nur sagen müssen, und Toni war still gewesen. Allerdings nur für ungefähr zwei Sekunden. Dann war ihr eingefallen, dass Kathi bald eine gute Partie machen würde. Eine sehr, sehr gute Partie. Ha! Reines Wunschdenken von Toni. Außerdem: Heiraten konnte jeder. Auch Susn. Kruzifix! Hier, halbnackert in ihrem Wohnzimmer, konnte sie es noch immer nicht glauben. Dass ihre kleine Susn in genau sechs Wochen im Brautkleid vor den Altar treten würde. In dem schneeweißen Hochzeitsdirndl mit dem Organzaschleier, das Therese für vierhundert im Einkauf bekommen hatte. Geführt von ihrem Vater. Der genau genommen der Grund war, warum sie hier stand, vor dem Spiegel. Im Begriff, eine Sichtung des Bestands vorzunehmen. Schließlich war sie Geschäftsfrau. Man musste wissen, was man auf Lager hatte. Auch wenn man nicht die Absicht hatte, davon Gebrauch zu machen. Noch einen Schluck Likör aus dem Stamperl auf dem Schreibtisch. Und los! Weg mit dem BH! Befreiung der Brüste wie bei Delphine de Brulée. Liberté! Egalité! Und was war gleich das Dritte? Egal. Beschwingt öffnete Therese ihren BH, befreite, was zu befreien war, und stieg aus ihrem Slip, aus dessen Stoff man gut und gerne fünf französische Stringtangas hätte fertigen können.

Dann trat sie vor den Spiegel.

Atmen. Betrachte dich, als wärst du eine Landschaft, Therese. Mit einem Blick, der es nicht eilig hat. Nimm an. Die Füße, auf denen du stehst. Die Schienbeine, die Rundung deiner Knie. Und darüber die Oberschenkel: ein Gelände aus kleinen Hügeln und Tälern. Eher militärisches Übungsgebiet als eine Traumlandschaft. Jetzt hatte er es doch etwas eiliger, der kontemplative Blick, verweilte nicht lang auf weich geschwungenen Hüften, verblassten Schwangerschaftsstreifen, einer durchaus vorhandenen Taille. Bei deren Konturen sich der Große Designer ein bissl mehr Mühe hätte geben können. Aber vielleicht lag es auch nicht an ihm, sondern an ihrer Vorliebe für Apfeldatschi mit Sahne. Die sich in letzter Zeit von einer Vorliebe zu einem dringenden Bedürfnis gewandelt hatte. Anscheinend gehörte sie zu den Menschen, denen bei Stress Apfeldatschi besser half als Meditation. Immerhin hatte sie einen Meditationskurs besucht, vor ein paar Jahren, an der Kreisvolkshochschule, und hatte gelernt, tief in ihre Mitte zu atmen. Wie auch jetzt. Sie atmete. Sah zu, wie ihre Brüste sich hoben und wieder senkten. Und senkten. Und … mei! Wohin denn noch? Beeindruckt von der Allgegenwart der Schwerkraft schloss sie einen Moment die Augen.

Der Gedanke an den Bleistifttest war demütigend.

Aber nicht mehr zu vertreiben.

Als sie ihn mit kichernden Freundinnen das erste Mal durchgeführt hatte, im Alter von zwanzig, hatten sie einfache Holzbleistifte genommen. Ohne Radiergummi. Alle hatten den Test bestanden. Sie, Therese, allerdings nur mit etwas Schummelei, einem energischen Nachwippen, bis der Stift endlich auf den Boden fiel. Nur ein fallender Bleistift war gut. Ein klemmender Bleistift hieß: Hängebusen, »a Euter wie a Kuh«, wie Toni, damals noch schlank, kichernd hervorgestoßen hatte. Jetzt, nach dreißig Jahren in ihrer Metzgerei mit angeschlossenem Nail-Art-Studio und Friseursalon, würde Toni wohl mühelos eine Bierwurst unter jeder Brust bergen können. Ein schwacher und unwürdiger Trost. Nackt schlenderte Therese hinüber zu ihrem Schreibtisch, betrachtete eine Weile die herumliegenden Stifte, blickte an sich herunter.

Sollte sie gleich den Edding …? Oder doch ihren Lieblingsbleistift mit der zarten Gravur? Auf die Gefahr hin, ihn niemals wiederzufinden? Nein. Sie drehte sich weg vom Schreibtisch, so schwungvoll, dass sie fast das Gleichgewicht verlor. Sie hatte ihren Stolz. Sie würde nicht nackert in ihrem eigenen Wohnzimmer stehen und so lange mit den Brüsten wippen, bis die Stifte fielen. Sie warf einen schnellen Blick auf ihre Armbanduhr, das Einzige, was sie noch am Leib trug, dann zog sie sich wieder an: den weißen BH, den bequemen, vernünftigen Slip, das Kleid – ein neues Modell aus ihrem Shop, das *Wildlederdirndl für Singles* mit dem Reißverschluss vorne, schürzenlos und figurschmeichelnd. Dazu die Strumpfhosen mit dem Blumenmuster. Keine halterlosen Strümpfe. Wie sie Frauen in Paris anscheinend an ganz normalen Arbeitstagen trugen, wenn man Delphine de Brulée glauben wollte. Zuerst hatte sie haltlose Strümpfe gelesen. Mei! Haltlose Strümpfe und rote Spitzendessous. Frauen in Paris schienen immer bereit zu sein für außergewöhnliche Zufälle. Aber sie musste für nichts bereit sein. Es war unwahrscheinlich und auch gar nicht wünschenswert, dass Matthias Glatthaler, der Vater ihrer Tochter Susn, sie heute Abend nackt sehen würde.

Auch damals, vor siebenundzwanzig Jahren, waren sie nicht nackt gewesen. Jedenfalls nicht komplett. Genau genommen nur dort, wo es nötig war, um ein Kind zu zeugen. Für alles andere war es zu kalt gewesen. Zehn Grad unter null. Was der Hitze ihrer Leidenschaft keinen Abbruch getan hatte. Jeder Gedanke an Kondome war lächerlich erschienen. Wo hätten sie auch welche hernehmen sollen? Sie befanden sich in einer Hütte. Genauer gesagt, einem Baumhaus. Umzingelt von einer Hundertschaft Polizisten. Auf so etwas musste eine Delphine de Brulée erst einmal kommen! Die besten Geschichten schrieb eben immer noch das Leben selbst.

Therese setzte ihren Lieblingshut auf, das Indiana-Jones-Modell, entschied sich wider besseres Wissen für die unbequemen Cowboystiefel und verließ die Wohnung. Bevor der Bus abfuhr, hatte sie noch Zeit für eine kleine Inspektionsrunde. Sie stieg die steilen Stufen hinunter, trat hinaus auf den Parkplatz. Die Plakatwand neben dem Hinterausgang ihres Ladens war eigens für die Wahl aufgestellt worden. In der Mitte hing das Plakat des amtierenden Bürgermeisters. Für den Wahlkampf war ihm und seinen Beratern kein anderer Slogan als: *I bin der Bürgermeister!* eingefallen. Womit klar war, dass er sich endgültig disqualifiziert hatte. Die Wahl, jeder im Dorf wusste es, würde zwischen Therese Engler und Fredl Weidinger entschieden werden. *Tradition braucht Zukunft – Therese Engler für Neuenthal!* stand unter ihrem Foto. Aufgenommen von ihrem Neffen Quirin. Ein guter Tierarzt war ihr Neffe und ein noch besserer Sportler. Es wäre vom Schicksal wohl zu viel verlangt gewesen, ihn auch noch zu einem begnadeten Fotografen zu machen. Der Computerausdruck nahm dem Bild die letzten Spuren künstlerischer Qualität. Aber die Aufnahmen, die sie bei Foto Hübner in der Kreisstadt hatte machen lassen, waren noch greislicher ausgefallen. Hübner hatte ihr die ganze Zeit in den Ohren gelegen, sie solle halt einmal recht nett lächeln und sich vielleicht ein bisserl in den Hüften wiegen, als ob sie tanze. Als Bürgermeisterin! Fredl Weidinger dagegen, sie musste es zugeben, sah gut aus. Was eindeutig am Retuscheur lag. Seine Glatze blitzte mit dem Bruce-Willis-Ohrringerl um die Wette, und der Schriftzug *Starke Arme für ein aufgeräumtes Neuenthal!* war aufwendig gestaltet, in weißblauen Rauten. Ärgerlich. Und noch ärgerlicher war sein Werbefilm, der jeden Abend im Kino des Nachbarorts Mohnau lief. Er zeigte Fredl-Supercop bei seiner nervenaufreibenden Arbeit als Leiter der brandneuen Polizeidienststelle von Neuenthal. In der ersten Szene stieg er schneidig auf sein Motorrad – als ob nicht jeder wüsste, dass er erst vor ein paar Monaten einen Bandscheibenvorfall gehabt hatte! – und brauste die Uferstraße entlang zu den Klängen von *Born to be wild.* Es kam vor, dass das Publikum bei dieser Szene Beifall klatschte, und Fredl selbst verbreitete das Gerücht, bei den Touristen sei der Film Kult. Und wenn schon! Touristen wählten nicht den Neuenthaler Bürgermeister.

Aber Fredl war eben nicht der Hellste. Heute nicht und damals nicht, als er mit ihr zur Schule gegangen war. In der Schule war Fredl Weidinger nur toleriert worden, weil er eine Taucheruhr mit allem möglichen Schnickschnack besaß, um die ihn sämtliche Jungen beneideten. Die Madln hatten ihre eigene Art, sich Fredls Uhr zunutze zu machen: In sich dahinschleppenden Unterrichtsstunden war alle fünf Minuten ein fragend flüsterndes »Fredl-Schatzerl« zu hören, worauf Fredl Weidinger stolz die genaue Zeit und als Extra-Service die Minutenzahl bis zum Klingeln verkündete. Dass Fredl daraus schloss, er sei ein Mädchenschwarm gewesen, war sein Problem. Und dass er auch heute noch mit der Angabe der genauen Uhrzeit reagierte, wenn eine Frau im richtigen Tonfall »Fredl-Schatzerl« flötete, ebenfalls.

Sie wandte sich ab, überquerte den Parkplatz und knirschte in ihren Cowboystiefeln den kurzen Kiesweg entlang zu ihrer Pension. Schon im Flur schlug ihr der Geruch nach Putzmitteln entgegen. Die Kathi anscheinend in großer Menge versprüht hatte. Ohne gescheit zu putzen, wie die Schlieren am Empfangstresen im Flur zeigten. Kruzifix, immerhin bekam Kathi neun fuchzig die Stunde für das bisschen Putzen. Geld, das Kathi stets sofort investierte. Heute Morgen hatte sie schon wieder so genuschelt.

»Schorry, i hab a neuesch Schungenpiersching. Ja, schuschätzlisch schum alten. An der Scheite von der Schunge. Warum? Na, weilsch mia gefallt. Naa, naa, desch bleibt ned so, bald red i wieda wia a Wascherfall.«

Darüber konnte man schon mal vergessen, den Empfangstresen zu wienern. Alles musste man selbst machen! Aber nicht heute, nicht in ihrem empfindlichen Wildlederdirndl. Therese inspizierte die Räume im Erdgeschoss, das Komfortzimmer *Neuenthaler Idyll,* mit Seeblick und direktem Strandzugang durch den Garten, dann die beiden kleineren Zimmer, immerhin mit integriertem Bad, Fernseher, Internet und echt bayerischem Frühstück. Für nur fünfundvierzig Euro die Nacht. Ein bescheidener Preis, wenn man bedachte, was der Umbau gekostet hatte. Aber ihr blieb keine Wahl. Jetzt, in der Vorsaison, musste man um jeden einzelnen Urlauber kämpfen. Und nach wie vor taten die Gastronomen und Pensionsbetreiber des überkandidelten Nachbarorts Mohnau alles, um Neuenthal die Touristen abspenstig zu machen.

Therese warf einen raschen Blick in den Frühstücksraum – alles in Ordnung –, dann stieg sie die Treppe hinauf in den ersten Stock. Ihr Lieblingszimmer, die *Neuenthaler Kaisersuite,* hatte nicht nur eine zusätzliche Sitzgarnitur, einen ausladenden Schreibtisch, Minibar und Flachbildfernseher, sie bot auch einen wahrhaft kaiserlichen Balkon. Von dem aus man, mit einiger Mühe, gleichzeitig ein Stück See mit Garten und den Parkplatz überblicken konnte. Samt Hinterausgang ihres Trachtenladens. Das ganze Reich. Dessen Nachmittagsruhe gerade durch ein äußerst unfriedliches Geräusch gestört wurde. Klack! Klack! Klack! Mei! Musste diese Person, diese Christiane Breitner, derart engagiert stöckeln? Klack, klack, klack, überquerte sie den Parkplatz, blieb vor ihrem cremefarbenen Mini stehen und bückte sich. Nach einem offenen Schnürsenkel ihrer schnürsenkellosen Pumps vielleicht. Christiane Breitner unterhielt einen bombigen Kontakt zum Boden. Jedenfalls, sobald sich ein Mannsbild in der Nähe aufhielt. Dem sie einen Blick auf ihr Kapital, das in einen Bleistiftrock gezwängte Heck, nicht versagen wollte. Viel Heck, aber wenig Bug hatte Christiane zu bieten, diese aufgebrezelte Schnoin! *Schnalle,* verbesserte sich Therese – seit sie als Bürgermeisterin kandidierte, bemühte sie sich, ihr Bayerisch zu zügeln, auch beim Denken. Ausgerechnet Christiane Breitner hatte ihr dazu geraten. Und sie hatte recht. Hochsprache stand einer Bürgermeisterin besser an. Vor allem, weil Fredl noch nicht einmal zu etwas Ähnlichem wie Hochsprache in der Lage war.

Jetzt war auch der Grund für Christiane Breitners Bückaktion zu sehen: Hartl Engler, Chef der örtlichen Tauchschule, Therese Englers Bruder und – leider! – auch Christiane Breitners Lover. Geschmeidigen Schrittes kam er heran und pflanzte die Hand auf das Heck der Breitner-Schnoin. Die sich mit einem gespielt verärgerten »Also Leonhard!« aufrichtete und sich umdrehte.

»Oh, hallo Therese! Hübsche Blumen hast du am Balkon! Hängegeranien?«

Sakra! So verstrickt war Therese in ihre Heck-und-Bug-Gedanken, dass sie einen Moment verwirrt an ihre bestickte Dirndlbrust griff. Erst das anerkennende: »Interessanter Rosaton, hast du einen Ableger für mich?« der Breitner-Schnoin brachte sie wieder zu sich. Sie nickte und fuhr mit der Hand ordnend durch die über den Blumenkasten quellende Üppigkeit. Ja, als das Haus noch der Breitner gehörte, da hatte es nur Plastikblumen auf diesem Balkon gegeben. Und heruntergekommen war es auch noch gewesen, das Haus, sie hätte damals beim Verkauf ruhig ein bissl im Preis nachlassen können! Aber Christiane Breitner, ehemals Geschäftsführerin in Köln, wusste, was sie wollte. Sie war gekommen: um ihr Erbe anzutreten, das unbewohnbare Haus ihrer verstorbenen Tante. Sie hatte gesehen: Hartl, ein gutaussehendes, sportliches, sanftes Mannsbild in den besten Jahren. Und sie hatte gesiegt: Das Haus hatte sie zum Bestpreis an Therese Engler verkauft, Hartl gekapert und sofort angefangen, seine Tauchschule komplett umzukrempeln. Von einem, wie Christiane es formulierte, »eher verträumten Laden« zu einem »modernen Urlauberbeglückungszentrum«. Mit allerlei Firlefanz wie Tauchyoga, Candlelightdinner auf der Terrasse und dem absoluten Highlight: Nachttauchen mit Weinprobe. Wofür die Tauchschule keinerlei behördliche Genehmigung besaß. Fredl Weidinger hatte deswegen schon mehrere Razzien durchgeführt. Eine davon war mit der Kamera festgehalten worden, einzelne Szenen gab es im Fredl-Weidinger-Supercop-Film zu bewundern: Fredl mit polierter Glatze, gestylt zu einer Mischung aus Mr. Proper und Spiderman, beim Beschlagnahmen einer Kiste Rotwein. Triumphierend hielt er eine Flasche hoch, und die Kamera schweifte erst langsam und genussvoll über das Etikett: Bordeaux Sauvignon reservé appellation d'origine controllée mis en bouteille au Chateau Lafitte, um dann in aufreizender Gemächlichkeit über den Hintern der Tauchschulchefin zu schwenken, die sich im Licht von Fredls Taschenlampe nach einer Muschel auf dem sandigen Boden bückte. Nur, dass es hier in Neuenthal am Brachsee keine Muscheln gab.

»Ich fahr jetzt rüber nach Mohnau.«

Die Breitner spielte mit ihrem Autoschlüssel.

»Ein paar Bilder kopieren für die Neuenthal-Broschüre. Leonhard und ich denken, der Bootssteg vor der Tauchschule repräsentiert unseren Ort am eindrucksvollsten, nicht wahr, Leo?«

»Passt scho«, sagte Hartl. Thereses Bruder war noch nie besonders gesprächig gewesen, was auch an seinem Job als Tauchlehrer lag – was gab es unter Wasser schon zu ratschen? –, und er war noch schweigsamer geworden, seit seine Liebste die Leitung der Tauchschule an sich gerissen hatte. Jetzt wollte Christiane Breitner also auch noch die Leitung der *Tourismusinitiative Neuenthal* an sich reißen. Außer Hartl Engler, seiner Schnoin und Therese waren die Betreiber der beiden Gaststätten Neuenthals mit von der Partie, hinzu kam die Inhaberin des Edekamarkts mit Poststelle, einem der kulturellen Hotspots von Neuenthal. Die jüngere Generation vertraten Thereses Neffe Quirin und seine Freundin Gina, sowie Susn als Bätschlerin und Touristenführerin. Gemeinsam gedachten sie, dem öden Prospekt des Kreisverbands Brachsee eine eigene, innovative Broschüre entgegenzusetzen. Auf ihrer gestrigen und bisher einzigen Sitzung hatte sich allerdings herausgestellt, dass Gruppenarbeit nur weichgespülte Kompromisse zuließ. Eine so hasenfüßige Formulierung wie *Neuenthals erfrischend lebendige Geschäftsstraße* zum Beispiel.

Thereses Vorschlag *pulsierende Einkaufsmeile* war als übertrieben abgelehnt worden. Gut, die Straße mit dem Edekamarkt, dem Döner 24, der Feuerwehrkneipe und Thereses Trachtenladen zog sich nur über etwa hundert Meter. Aber pulsierend traf es einfach, es klang gleichzeitig aufregend und naturnah. Genau, was Touristen brauchen.

»Kümmerts ihr euch halt um das Motiv.« Therese beugte sich über den Blumenkasten, zupfte ein welkes Blatt aus ihren Hängegeranien. »Ich kümmer mich um den Text.«

Nicht schlecht. Diplomatisch, aber deutlich. Die Breitner hatte verstanden, Therese sah es an ihrer Augenbraue, die sich anschickte, hinter den Ponyfransen zu verschwinden.

»Den Ableger könnts dann morgen abholen, ich hab heute Abend was vor.«

Damit winkte sie ihrem Bruder und seiner Schnoin noch einmal hoheitsvoll zu und verließ den Balkon der Kaisersuite.

Fünf Minuten später stand Therese im dämmrigen Hinterzimmer ihres Ladens, eingerichtet als Café, mit Küche, Theke und Espressomaschine. Aber das Cafégeschäft lief schlecht, eher gar nicht, jetzt, in der Vorsaison, vor allem wegen der Konkurrenz aus Mohnau. Sie rückte hie und da ein rotkariertes Tischtuch zurecht, dann öffnete sie die Durchgangstür zu ihrem Geschäft. Stangen, an denen die verschiedensten Dirndlmodelle hingen, die neuen frechen Trachtenröcke, Hosen und Lederjacken für die Herren. Im Fenster waren noch die Edeldirndl mit winterlichem Pelzbesatz ausgestellt, sie musste dringend auf Frühling umdekorieren. Ihre Cowboystiefel drückten schon jetzt, und sie setzte sich einen Moment in den Sessel, der alpenländisch mit einer Kuhfell-Imitation aus Stoff bezogen war, ein gemeinsames Geschenk von Christiane und Hartl. Sie konnte auch nett sein, die Breitner-Schnoin, das war das Tückische an ihr.

Therese streckte die Beine aus und sah sich im Laden um. Das Hochzeitsdirndl für Susn hing noch an seinem Platz, an der Außenwand der Umkleidekabine. Sakra, was für ein prächtiges Gewand! Der Organzaschleier würde wunderbar zu Susns dunklen Locken passen, ein genetischer Gruß von Matthias Glatthaler, in ihrer Familie hatten alle glatte Haare. Und das Kleid würde ihr sakrisch gut stehen, inzwischen hatte Susn die richtige Dirndlfigur mit den Kurven dort, wo sie hingehörten, ganz nach ihrer Mutter. Dazu ein Wiesenblumenstrauß. Den Therese auch schon bestellt hatte. Zusammen mit den Sträußen für die Brautjungfern und den Blumen, die auf der Kirchentreppe gestreut werden sollten.

Der einzige Haken war, dass Susn von all dem nichts wusste. Ebenso wenig wie von dem Überraschungsgast, ihrem Erzeuger, der sie zum Altar führen sollte. Sie musste dringend mit ihrer Tochter über all das reden. Wenn Susn nur einen Moment Zeit hätte! Aber nein, immer redete sie sich heraus, hatte keine halbe Stunde für einen Kaffee und ein Stück Apfeldatschi! Warum? Ihr Job als Touristenführerin in Mohnau war so aufwendig nicht, da hatte Toni schon recht. Und Hochzeitsstress konnte es auch nicht sein, wo sie doch alles für das Madl organisierte! Sogar um die Kluft für den Bräutigam hatte sie sich gekümmert, eine moderne Lederhose mit weißem Hemd und grasgrüner Jacke. Vielleicht etwas zu gewagt, dieses Grasgrün? Aber es sah so schön frühlingshaft aus! Und es würde ausgezeichnet zu der Dekoration passen, die ihr vorschwebte. Und wenn sie schon einmal vordekorierte? Was für eine glänzende Idee! Eine kleine Hochzeitsfeier mit Schaufensterpuppen in bayerischem Frühlingsambiente, die nicht nur Susn ihre Dekoideen verdeutlichen, sondern auch Kundschaft anlocken würde. Mit einer Überschrift wie: *Trauen Sie sich in Tracht.* Sakra! Neuenthal als Hochzeitsparadies! Das musste in die Broschüre! Und in ihr Schaufenster!

Sie erhob sich aus ihrem Sessel, befreite die Schaufensterpuppe vorsichtig von ihrem Pelzdirndl und hängte es sorgfältig auf einen Bügel. Jesses! Die Kirchenuhr schlug. Zweimal. Also sieben nach halb. Jeder im Dorf wusste, dass die Kirchenuhr nachging. Sie ließ die Puppe nackt im Fenster stehen – einen Abend lang würde Neuenthal inklusive Fredl Weidinger diesen unzüchtigen Anblick wohl verkraften – und verließ ihr Geschäft durch den Ausgang zur Straße. Wenn sie Bürgermeisterin wäre, würde sie als Erstes die vollkommen unnötige Ampel abschaffen, die Fredl Weidinger an der einzigen Kreuzung Neuenthals hatte aufstellen lassen. Weil es ein Mal vorgekommen war, in der Hauptsaison, dass ein Auto von der Uferstraße auf die Dorfstraße hatte abbiegen wollen, während sich ein zweites Auto von der Feuerwehrkneipe genähert hatte, und die Vorfahrtsverhältnisse erst nach einem heftigen Disput geklärt werden konnten. Ein Huhn war ebenfalls in den Vorfall verwickelt gewesen. Der nicht ganz glimpflich ausgegangen war. Für das Huhn. Aber längst noch kein Grund, eine Ampel aufzustellen. Und harmlosen Fußgängern fünf Euro abzuknöpfen, wenn sie bei Rot über die Straße gingen. So wie es Therese Engler, künftige Bürgermeisterin von Neuenthal, gerade auch tat. Kreizteifi! Jetzt war's aber knapp! Von weitem sah sie den Bus heranschaukeln, und sie winkte, schritt schneller aus in ihren mörderisch brennenden Cowboystiefeln. Hätte sie Bequemlichkeit vor Eitelkeit stellen sollen? Wären die Haferlschuhe doch besser gewesen? Aber was sollte dieses »hätte, wäre«, wozu gab es überhaupt eine Möglichkeitsform in der Vergangenheit? Schmarrn! In die Zukunft musste man schauen!

Leicht außer Atem bestieg sie den leeren Bus, dessen Fahrer sogleich die Schleife zur Uferstraße mit Schwung nahm. Kurz bevor er abbog auf die Landstraße, sah sie ihre Tochter Susn, am Waldrand, auf dem Uferweg, in Trainingsjacke und Turnschuhen, joggend. Himmi, war das Madl hübsch, sogar in diesem Aufzug! Morgen würde sie mit ihr reden. Über das Hochzeitskleid. Und über Matthias Glatthaler. Der Bus schaukelte in die Kurve, ließ Neuenthal samt Einkaufsmeile, Waldrand und Uferweg hinter sich, und ihr Herz änderte seinen Takt, pochte rascher gegen ihre Wildlederbrust, unruhig, nervös und, gegen alle Vernunft, hoffnungsvoll.

2.

Der See glitzerte nur matt, als wüsste er, dass Nebensaison war, und das Transparent mit der werbenden Aufschrift *Natur pur – Neuenthal!*, für das meine Mutter sich so eingesetzt hatte, hing schlapp zwischen zwei Tannen. Unter denen wir locker hindurchjoggten, erst Gina, dann ich, und zuletzt Floh, der Hund meines Cousins Quirin.

»Also, die Einladungsliste ist jetzt definitiv abgeschlossen, ja?«

Meine Freundin Gina lief im Gegensatz zu mir täglich und hatte die Angewohnheit, während des Joggens zu plaudern, als säßen wir beim Kaffeekränzchen. Auch noch im Sprint, bei einem Lauftempo, bei dem ich bestenfalls Geräusche hervorbrachte, die Delphine de Brulée in ihrem Roman so treffend als *das himmlische Hecheln* oder *das göttliche Geschnauf der Liebesrage* beschrieben hatte. Wobei die Beteiligten in ihrem Buch eher weniger joggten.

Ich war Gina aufrichtig dankbar dafür, dass sie mich sowohl zum Dauerlauf als auch auf Delphine de Brulées Bücher gebracht hatte. Längst sah ich ein, dass für die Traumfigur zum Hochzeitstag meine strenge Diät nicht ausreichte. Und ich war glücklich über jedes Buch, in dem es garantiert nicht um Essen ging. Was bei Delphine de Brulée der Fall war. Ein kurzes Experiment mit Erdbeerkonfitüre auf nackter Haut, das ich rasch überblättert hatte, einmal ausgenommen. Gina hatte die Bücher von Christiane Breitner, der Lebensabschnitts-Durcheinanderbringerin meines Onkels, die, aus welchen Gründen auch immer, eine ganze Kiste erotischer Literatur bei eBay ersteigert hatte.

»Susn, ich hab dich was gefragt!«

Gina trabte einen Moment auf der Stelle, bis ich herangekommen war.

»Ja. Abgeschlossen. Die Einladungsliste«, brachte ich hervor, ohne allzu sehr zu hecheln, und Gina sportelte wieder los, schneller als vorher. Auch dafür, dass sie meine Hochzeitsberatung übernommen hatte, sollte ich ihr dankbar sein. Gina arbeitete als selbständige Eventmanagerin und konnte alles organisieren, vom Surf- und Sauffest mit Starkbieranstich am See bis zum Bundespresseball. Dessen Planungsteam allerdings noch nicht bei ihr angefragt hatte.

»Und du willst – ich meine, es geht mich ja nichts an, aber du willst deinen Vater wirklich nicht einladen?«

Ich schaffte es, Ginas Tempo zu halten und gleichzeitig den Kopf zu schütteln. Mein Gesicht musste inzwischen die Farbe einer reifen Strauchtomate haben.

»Mir reicht schon Therese.« Jetzt hechelte ich doch. Nicht gerade himmlisch. »Du weißt ja, ihr fehlt jedes Peinlichkeitsgen. Und außerdem ...« Verdammt, warum hatte noch niemand außer mir bemerkt, dass der Neuenthaler Uferweg bergauf ging? Vielleicht hatten wir auch Gegenwind. Gina verlangsamte ihren Schritt um ungefähr 0,001 Stundenkilometer, und ich schöpfte Atem. »Timos Eltern«, keuchte ich. »Sie sind nett, wirklich nett, aber so ... katholisch. Wir haben ihnen erzählt, meine Eltern seien geschieden. Alles andere ist ...« Gnädigerweise fiel Gina in einen gemäßigteren Trab, so dass ich meine Erklärung mit einem japsenden »... viel zu kompliziert« beenden konnte, und sie sah mich von der Seite an, die Augenbrauen hochgezogen. Wie immer sah sie umwerfend aus mit ihrem kastanienbraunen, hellgesträhnten Haar, ihrem eng anliegenden Laufshirt und den rosa Shorts. Mit Genugtuung entdeckte ich eine Schweißperle auf ihrer Stirn.

»Meinst du wirklich? Na gut. Komm, wir gehen ein bisschen, dein Puls ist sicher schon über hundertdreißig.«

Mein Puls befand sich auf gefühlten Zweihundertfünfzig und benahm sich eigentlich eher wie zwei Pulse, aber das sagte ich nicht, ich nahm das Gehangebot genauso dankbar an wie Floh, während ich kurz die verbrauchten Kalorien überschlug: mindestens zweihundert. So viel wie 50 Gramm Schokolade. Die ich nicht essen würde. Oder 37 Gramm Kartoffelchips. Die ich auch nicht essen würde. Oder 1450 Gramm Sellerie. Die ich erst recht nicht essen würde. Ich hasste Sellerie. Und Salat konnte ich auch nicht mehr sehen. Seit Wochen bestand meine Diät aus einer halben Grapefruit am Morgen, einem bunten Salat mit einem Klacks Magerjoghurt am Mittag und gedünstetem Gemüse mit einer Ahnung von geraspeltem Parmesan oder einem beinahe unsichtbaren Streifen Hähnchenbrust um sechzehn Uhr dreißig. Nach siebzehn Uhr ließ ich nichts mehr über meine Lippen. Meinen knurrenden Magen beschwichtigte ich mit Herumblättern in Weddingplanern und Brautkleidkatalogen.

Das Objekt meiner Sehnsucht war das Modell Meerjungfrau, das, so stand es im Katalog, *geheimnisvoll und erotisch jede Ihrer Kurven umschmeichelt.* Wobei es sich bei den Models, die diese Kleider vorführten, eher um Kanten handelte. Und genau da lag das Problem. *Machen Sie sich rechtzeitig klar, welcher Figurtyp Sie sind!*, so stand es im Weddingplaner. *Birne, Apfel, Röhre oder Stundenglas? A, V, H oder X? Lollipop, Eiswaffel, Backstein oder Wespe? Seien Sie gnadenlos ehrlich, nur so können Sie an Ihrem großen Tag das Beste aus Ihrem Typ machen!* Kurz nach Timos Antrag hatte ich mir vor dem Badezimmerspiegel diesen Moment gnadenloser Ehrlichkeit gegönnt. Und festgestellt, dass die Tabelle der Figurtypen dringend um den Typ Pinguin erweitert werden müsste.

Die Waage bestätigte es: Seit letztem Herbst, als ich zurück ins Dorf und mit Timo zusammengezogen war, hatte ich einige Kilo zugelegt. Timo verfügte über einen beneidenswerten Stoffwechsel. Beim Lesen oder Fernsehen im Bett verdrückte er so mühewie folgenlos eine Jumbotafel Vollnussschokolade und eine große Tüte Chips. Gefolgt von einem kleinen Nachschlag Eis mit Schokosplittern. Schon allein von den Krümeln auf dem Laken konnte ein Mensch mit einem weniger aktiven Stoffwechsel zunehmen. Und ich muss zugeben, dass es nicht bei den Krümeln geblieben war. Mit behutsamen Diäten war meinen Problemzonen nicht beizukommen, also hatte ich mich am Ernährungsplan von Topmodels orientiert, um den Pinguin so schnell wie möglich in eine Wespe zu verwandeln.

Noch war ich längst nicht bereit für das Modell Meerjungfrau. Sollte ich auch noch auf den Hauch Parmesan zu meinem gedünsteten Gemüse verzichten? Die Zahl der Sonnenblumenkerne in meinem Mittagssalat von fünfzehn auf zwölf verringern? Gina hatte schon drei Termine für mich in exklusiven Brautmodeläden in München ausgemacht. Termine, die ich wieder abgesagt hatte. Aus Pinguingründen. Ich wollte mich nicht von großstädtischen Verkäuferinnen als außer Fasson geratene Dorfschönheit belächeln lassen. Aber was blieb mir sonst noch übrig? Der Brautmodeladen in der Kreisstadt führte nur Modelle, die Gina als »eher ländlich« bezeichnete, ein in China gefertigtes Kleid aus dem Internet hatte ich zurückgeschickt. Ich hätte Ginas und Quirins kleines Theater nicht unbedingt gebraucht, als wir gemeinsam die Kiste öffneten und das Modell ins Licht hielten.

»Galantielt Seide, Missis! Mit Olganza!« Quirin verbeugte sich albern vor mir, und Gina hielt erst mir, dann sich selbst das Kleid vor den Körper, schüttelte den Kopf.

»Galantielt Scheuellappen! Schickst du zulück!«

Worauf Quirin lächelte, auf diese Art, die ich früher nicht an meinem Cousin gekannt hatte, und ihr ein »Weißt du, kleine Geisha, dass du verdammt süß aussiehst?« zuhauchte. Gefolgt von einem Kuss. Einem längeren. An meiner Bemerkung, eine Geisha sei genauso wenig chinesisch wie Sushi, waren sie nicht weiter interessiert. Gina und Quirin waren, um es gelinde auszudrücken, ziemlich verliebt. Wenn die Arbeit sie trennte, schickte Quirin Gina zärtliche SMS. In Kürzeln, die nur sie verstand. Seit sie mir zwei davon einmal übersetzt hatte, wusste ich, dass bab nichts mit Bundesautobahnen oder einer falsch geschriebenen Kölner Popband zu tun hatte, sondern schlicht Bussi auf Bauchi hieß. Und bei meihebrfüdi handelte es sich nicht um ein schweizerisches Nationalgericht, sondern um die Tatsache, dass Quirins Herz für sie brannte.

Ich hatte immer geglaubt, Quirin zu kennen. Wir waren zusammen aufgewachsen, hatten miteinander endlose Nachmittage am See verbracht. Wenn Quirin nicht gerade versuchte, Tiere zu retten. Er pflückte liebeskranke Nachtfalter von den Laternen auf dem Uferweg, verbot mir, meinem geliebten Stallhasen zu Ostern eine rosafarbene Schleife umzubinden und sich damit vor seinen Hasenkumpels zu blamieren, und einmal rettete er das Meerschwein seines Klassenkameraden in letzter Minute vor einem unfreiwilligen Fallschirmsprung vom Balkon. Dafür musste er sich nicht nur mit dem Besitzer und Fallschirmkonstrukteur prügeln, sondern auch mit vier schaulustigen Jungen, die gewettet hatten, ob Mucki die Reißleine ziehen würde oder nicht. Vielleicht war dieses Meerschweinchentrauma der Grund dafür, dass Quirin schließlich Tierarzt geworden war. Er arbeitete in der Kreisstadt, gab im Sommer Surfkurse am See und hatte in der Umgebung als cooler Herzensbrecher gegolten. Bis Gina aus Köln hierhergekommen war, um Christiane Breitner beim Verkauf ihres Hauses zu helfen, und ihn quasi über Nacht zu einem Bussi-auf-Bauchi-Simser transformiert hatte. Seit einem Dreivierteljahr wohnten sie zusammen, direkt neben der Tauchschule, mit Floh und zwei ebenso verliebten, dauerschnäbelnden Papageien. Ein Wunder, dass Floh, kastrierter Singlehund, bei all diesem Geturtel und Geschnäbel noch nicht durchgedreht war und die Papageien auf seinen Speiseplan gesetzt hatte. Kruzinesen, konnte ich eigentlich an nichts außer Essen denken?

»Susn, träumst du? Wir laufen wieder los, gaaanz leicht, gaaanz entspannt! Und, by the way, ich hab einen neuen Termin im *Brautmoden und Design* ausgemacht. Und diesmal sagst du nicht kurzfristig ab, diesmal wirst du gefesselt und geknebelt und dorthingeschleift. Ist dir eigentlich klar, wie wenig Zeit uns noch bleibt? Es pressiert, host mich?«

»Es heißt: Hosd mi. Und ich weiß, dass es eilt.« Ich strauchelte, und Gina nahm mich am Ellbogen, lotste mich über das kleine Brückchen, hinter dem der befestigte Weg aufhörte. Und im friedlichen Rot der Abendsonne über Neuenthals Weidezäunen traute ich mich, mit der Idee herauszurücken, die mir schon länger im Kopf herumspukte.

»Sag mal«, hechelte ich, »was hältst du eigentlich von einem … äh … maßgeschneiderten Kleid?«

»Du meinst … Özcan?« Gina blieb tatsächlich stehen, aus vollem Lauf, so plötzlich, dass ich beinahe stolperte und Floh ein überraschtes Bellen ausstieß. »Susn! Du wirst dir doch kein Hochzeitskleid von einem *Dorfschneider* anfertigen lassen!«

Eine unfaire Bemerkung. Özcan Breithuber, der in Neuenthal neben dem Döner 24 und der Haxn-Hotline eine kleine Änderungsschneiderei betrieb, hatte Kundschaft aus dem gesamten Landkreis und sogar aus der Stadt, raunte man, ein Gerücht, das meine Mutter maßlos ärgerte.

»Welches Brautkleid schwebt Timo eigentlich vor?« Gina setzte sich wieder in Bewegung. »Habt ihr schon darüber gesprochen?«

»Ich … Glaubst du wirklich, ich soll Timo einweihen?« Die Wedding-Ratgeber waren sich in diesem Punkt nicht einig. Einige empfahlen, dem Bräutigam bloß nichts zu offenbaren, sonst ginge aller Zauber verloren. Andere erhoben gegen diese Heimlichtuerei Bedenken. Die auch Gina teilte.

»Aber natürlich, Susn, was denn sonst. Es geht doch um euer Fest, eure Liebe, euer Leben! Macht euch einen romantischen Abend, du weißt schon, Kerzenlicht, Champagner, sexy Dessous. Aber bevor es zu allem anderen kommt, blättert ihr in Ruhe zusammen im Katalog und einigt euch auf ein gemeinsames Outfit. Sonst tauchst du am Ende im pompösen Duchesse-Kleid auf und er in seiner schicken Outdoor-Fleecejacke in Zeltbahngrün!«

In ihrer Rage sprang sie mit einem Satz über einen Maulwurfshügel, und mir fehlte die Luft, um ihr zu sagen, dass ich Duchesse-Kleider kitschig fand und Timo natürlich einen Anzug tragen würde und nicht eine Jacke, in der er gewöhnlich nach Lebendfutter für seine Zierfische suchte. Fische waren Timos große Leidenschaft. Die immer mehr ausuferte. Mittlerweile war unser gesamtes Wohnzimmer voller Aquarien, Fische sahen mit uns fern, beglotzten gleichmütig Abendnachrichten und Actionfilme, knabberten dabei Mückenlarven, glubschten hinter Pflanzen hervor und schienen alles zu beobachten, was wir taten. Sollten wir, wie Gina es anscheinend vorschwebte, champagnerberauscht in unserem Wohnzimmer knutschen, würde ich mir vermutlich vorkommen wie die Akteurin einer Peepshow für Fische.

»Außerdem«, sagte Gina, »muss dein Modell ja zum Stil der Feier und zum Ambiente passen. Ihr bleibt also bei schlicht, ja?«

Ich hatte ihr schon zehnmal erklärt, warum wir nicht auf einem Schloss oder Boot heiraten wollten, sondern im Restaurant *Chez Lutz* in Mohnau, warum es keine brennenden Herzen über dem See geben würde, sondern ein simples Tischfeuerwerk. Und, sehr zu Ginas Ärger, noch nicht einmal anrührende Gospelgesänge während der Trauung, sondern das bescheidene Spiel des Neuenthaler Organisten, der manchmal über den Tasten einschlief.

»Du weißt doch, wir sparen für unsere Flitterwochen!«

Wir hatten die Weide erreicht und rannten am Zaun entlang, argwöhnisch beäugt von vier Kühen, die dem Jogging-Sport offensichtlich eher kritisch gegenüberstanden.

»Thailand ist doch nicht gerade teuer. Hi, Regula, alles im grünen Bereich?«

Gina winkte den Kühen zu, und die vorderste schlug tatsächlich lässig mit dem Schwanz, als ob sie die Begrüßung erwiderte.

»Es ist ja keine einfache Reise, es ist ein geführter Trip zu den geheimnisvollen Flüssen des Dschungels ...«

»Wo es bestimmt von Fünf-Sterne-Honeymoon-Hotels nur so wimmelt. Na ja, wenn's euch gefällt ... Dann konzentrieren wir uns eben auf ›schlicht, aber elegant‹. Floh! Aus! Bleibst du hier!« Gina packte den jagdlustigen und durchaus kuhinteressierten Floh am Halsband, und er schmiegte sich an ihr Bein, blickte demütig zu ihr auf. Bis zu diesem Moment hatte ich noch nie bemerkt, dass mein Cousin und sein Hund einander ähnlich sahen.

»So! Wir gehen jetzt in den Endspurt!« Wie konnte Gina nur immer so nervenaufreibend gut gelaunt sein? »Ich weiß genau, wie du dich fühlst, Susn, bei mir war es am Anfang genauso. Denk am besten gar nicht darüber nach, dass du joggst.«

Ich versuchte es. Ich tat mein Bestes, meine immer schwerer werdenden Beine zu vergessen und ihr zuzuhören, wie sie locker über Brautsträuße in Wasserfallform und mintfarbene Hochzeitstorten plauderte, während wir uns hintereinander in schweißtreibendem Tempo über einen schlammigen Pfad wieder dem Wald und der Straße näherten. Meine bescheidenen Beiträge zum Gespräch bestanden aus mehr oder weniger zustimmenden Keuchlauten, und ich war froh, als wir endlich die Kreuzung zur Hauptstraße erreichten. Einen Moment standen wir am Straßenrand, warteten, bis der Bus vorbeigefahren war, der Neuenthal mit Mohnau, dem dortigen Busbahnhof und der Kreisstadt verband. Leer war der Bus, wie meist, da der Großteil der Dorfbewohner entweder ein Auto besaß oder Neuenthal nicht verließ. Nur eine Person saß hinter dem Fahrer, wurde durchgerüttelt, als der Bus ins nächste Schlagloch bretterte, und hielt ihren Indiana-Jones-Hut fest. Was Therese wohl in Mohnau wollte, jetzt, am Abend, da die Geschäfte schon schlossen? Eine beschämende Sekunde lang hoffte ich, sie würde nicht nur nach Mohnau fahren, sondern weiter, in die Kreisstadt, von dort nach München, zum Flughafen, zu einem anderen Flughafen, zu einer Raketenbasis. Dann riss ich mich zusammen.

Es war nur, weil ich das noch ausstehende Kennenlerntreffen zwischen ihr und Timos Eltern so fürchtete. Aber wie predigte Gina mir immer?

»Mit guter Organisation kriegst du jede Situation in den Griff. Mach einfach eine Excel-Tabelle!«

Und genau das würde ich jetzt tun. Zu Hause, nach dem Duschen. Timo war in die Kreisstadt gefahren, zu einem Treffen der örtlichen Aquaristikfans, nichts würde mich von der Aufgabe ablenken, das Treffen minutiös zu planen. Nachher würde ich mich vielleicht kurz im Brautforum umschauen, ein wenig in einem der Romane von Delphine de Brulée blättern und – im Hinblick auf die drohende Anprobe – möglichst früh schlafen gehen. In der Hoffnung, dass ich, obwohl in meinen Träumen wahrscheinlich wieder Pizzastücke, frittierte Frühlingsrollen und Schokotörtchen Polonaise tanzen würden, am nächsten Morgen der Wespentaille und damit meinem Traumkleid wieder ein Stück näher gekommen sein würde.

3.

Sakra! Das war der Puls der Großstadt! Hier am Münchener Hauptbahnhof. Eine Weile stand Therese still, ihre Handtasche fest an sich gepresst. Wie der Boden der Bahnhofshalle glänzte, trotz der unzähligen Füße, die auf ihn eintrappelten, all die Absätze, Ledersohlen, die Gummiräder der Rollkoffer. Und wo ging es zur U-Bahn? Verwirrend die Pfeile, die in alle Richtungen gleichzeitig zu weisen schienen. Bürgernah war das nicht! Sie kannte sich aus mit Markierungen. Gerade hatte sie auf der Gemeinderatssitzung in der Feuerwehrkneipe vorgeschlagen, das bestimmt vierzig Jahre alte, zackig gezeichnete Tännchen am Neuenthaler Uferweg, das fatal an Försterliesel-Filme erinnerte, durch ein modernes Türmchen zu ersetzen, ein Hinweis auf eine Sehenswürdigkeit, den Aussichtsturm. Zwei Fliegen mit einer Klappe, so liebte sie es! Aber gegen den Sturm der Empörung der konservativen Tännchen-Fraktion kam sie nicht an: Eine Türmchenmarkierung würde die naturliebenden, tännchengewohnten Touristen zutiefst verstören und sie womöglich in die Irre führen. Schmarrn! Als ob man von einem Rundweg abkommen könnte! Aber so war eben die Politik. Meist setzten sich die Falschen durch. Zumindest in Neuenthal.

Endlich fand sie die U-Bahn-Station und erlebte vor dem Fahrkartenautomaten, ausgesetzt dem Informationswirrwarr von inneren und äußeren Zonen, Streifenkarten und Kurzstrecken, einen Moment tiefster Ratlosigkeit, vielleicht gar jener Gottverlassenheit, von der kürzlich der Pfarrer gepredigt hatte. Natürlich im Zusammenhang mit den Vorkommnissen in der Gemeindebibliothek. Sie drückte wahllos einen Knopf und schob einen Zehneuroschein in den Schlitz, den der Automat sofort verschlang. Um weitere fünfzig Cent nachzufordern, bevor er eine Fahrkarte ausspuckte, mit der sie vermutlich München umrunden konnte. Vielleicht sogar die Erde. Zumindest fühlte sie sich wie nach einer schnellen Erdumrundung, als sie nach nur einer Station wieder ausstieg, seltsam schwerelos, beschwingt. Sie zog die Wegbeschreibung von Google Maps aus der Tasche. Fünf Minuten zu Fuß ins Glockenbachviertel, zur Bar, in die Matthias sie bestellt hatte. Und dann? Würde sie Matthias überhaupt erkennen?

Sie erinnerte sich eher verschwommen an dunkle Locken, hungrige Augen, überhaupt ein hungriges Gesicht, hungrig nach ihren Küssen. Deutlicher erinnerte sie sich an das Kratzen seiner Barthaare an ihrer Wange, an seinen schmalen, drahtigen Rücken, den zarten Flaum zwischen Schulterblättern und Nacken, ertastet unter vielen Schichten: Parka, Strickpulli, Unterhemd. Wie, bittschön, sollte man einen Mann an seinem Haarflaum im Nacken oder an seinem Rücken erkennen? Und würden ihr nicht die Erinnerungen an die weniger flaumweichen Haare auf den Rücken anderer Männer, die es in Therese Englers Leben ja auch gegeben hatte, dazwischenkommen? Und wie sollte dieser Erkennungsversuch aussehen, könnte sie alle Männer in der Bar auffordern, sich umzudrehen und das Hemd hochzuschieben? Mei! Auf welche Ideen sie kam, hier in der Großstadt!

Freilich konnte sie sich an mehr erinnern, sie hatte Matthias nach ihrer leidenschaftlichen Begegnung im Taxöldener Forst bei Wackersdorf noch einmal gesehen, ein wenig erquickendes einziges Mal, als er sie und Susn in Neuenthal besucht hatte. Seine Locken waren kurz geschoren gewesen, und sie hatten nicht recht gewusst, was sie reden sollten. Heute würden sie wenigstens ein Thema haben.

Sie überquerte im Takt ihres erwartungsfreudigen Herzklopfens einen Platz, auf dem ein Fest stattfand, ein Flohmarkt oder Ähnliches, bog ein in die nächste Straße. Hier musste es sein. Ein Brauereischild. Darunter pinkfarbene, einladend flackernde Neonbuchstaben.

Fetisch-Bar entzifferte sie. Zweimal überprüfte sie die Hausnummer. Sie stimmte. Mei! Was wollte Matthias ausgerechnet hier? Und was war noch einmal ein Fetisch? Undeutlich flimmerten Erinnerungen an Fernsehbeiträge über ihre innere Leinwand, Voodoozauberer, Dominas in Leder, ein Mann in Nylonstrumpfhosen, ein Paar, auf Sesseln, in einem Wohnzimmer mit Schrankwand. Beide trugen Gummianzüge und erklärten, gedämpft durch die Gummimaske, wie gut sich Latex auf der Haut anfühlte. Hätte sie statt eines Dirndls einen Taucheranzug anziehen sollen? Samt Schwimmflossen und Pressluftflasche? Es wäre nicht besonders schwierig gewesen, sie hätte einfach aus der Tauchschule … was dachte sie da eigentlich für einen Schmarrn?

Nervös versuchte sie, ins Innere zu spähen, sah aber nur ihr eigenes Spiegelbild, verwischt, in einem Meer unzähliger Kerzenflammen. Was wusste sie denn von Matthias' Vorlieben? Nichts! Sie wusste ja auch sonst nicht viel von ihm. Pünktlich war er, zumindest, was den Geldbetrag betraf, der jeden Monat auf ihrem Konto eingetroffen war. Sogar über Susns Volljährigkeit hinaus. Telefoniert hatten sie schon seit einer Ewigkeit nicht mehr. Diese Verabredung hatten sie per Mail getroffen. Sie atmete tief ein, in ihre Mitte, und langsam wieder aus. Vielleicht war gar nichts dabei. In der Großstadt war es ganz selbstverständlich, in eine solche Bar zu gehen. Wahrscheinlich war es gerade angesagt. *In. Cool.* Wie ihre Tochter oder Kathi es ausdrücken würden. Natürlich. Wieso war sie nicht längst darauf gekommen? Therese lächelte ihrem Spiegelbild Mut zu und öffnete die Tür.

Na also. Alles ganz normal. Gemütliche Sitzecken. Sanftes, dem Teint schmeichelndes Kerzenlicht. Auf einer Bühne schrammelte eine Kapelle einen Ländler. Tuba, Gitarre, Schlagzeug, Akkordeon, fast die gleiche Besetzung wie die Neuenthaler Feuerwehrkapelle. Abgesehen davon, dass diese Musiker nur halb so schräg spielten. Und außerdem blonde Perücken, Dirndl und Stöckelschuhe trugen. Mei, warum nicht? Sie war tolerant! Ihre Dirndl standen ihnen gar nicht schlecht. Nur vorneherum fehlte es. Wie bei Christiane Breitner, der Schnoin! Einen kleinen Schuhtipp hätte sie ihnen auch gern gegeben: Bei Größe 46 waren Stöckelschuhe nicht unbedingt vorteilhaft, sie erinnerten fatal an Kähne. Oder sogar an Schwimmflossen.

Therese unterdrückte das unangebrachte Kichern, das in ihr aufstieg, betrachtete schnell die Bilder an den Wänden, Frauenbeine in Schnürstiefeln, nietengespickte Futterale, ineinander verschlungene, tätowierte Körperteile, kunstvoll verwischt. Gar nicht schlecht, wenn man bereit war, den eigenen Horizont zu erweitern. An den Bilderrahmen klebten Preisschildchen. Gab es Leute, die solche Kunst kauften und in ihr Wohnzimmer hängten? Mei, warum denn nicht! Man musste nur ein wenig aufgeschlossen sein. Vielleicht sollte sie ein solches Bild kaufen und es dem amtierenden Bürgermeister schenken. Statt der üblichen Seestimmung bei Sonnenuntergang, die über seinem Schreibtisch hing, mehr schlecht als recht gepinselt vom marktführenden Landschaftsmaler aus Mohnau.

Wieder unterdrückte sie ein Kichern. Es war nur die Nervosität. Wo, himmiherrgottsakra, war Matthias? Am hintersten Ende der Theke saß nur ein Paar, er im Anzug, sie in einem unauffälligen Kleid, und in der Nische neben der Bühne tranken zwei Frauen Rotwein. Therese ließ sich in einer der vorderen Nischen nieder. Vorsichtig. Die Sitze waren aus Leder. Mit Gurten an den Rückenlehnen. Schnallte man sich hier an wie im Auto? Und wozu? Vielleicht wirkte es unhöflich oder gar provinziell, wenn man es nicht tat? Und was machte man mit den Handschellen auf dem Tisch?

»Wollens was trinken, Meisterin?«

Sie zuckte zusammen. Neben ihr im Schummrigen verneigte sich eine Gestalt in einem langen, altmodischen Kleid, das an Dienstmädchen oder Zofen in alten Filmen erinnerte. Nur, dass es weiter ausgeschnitten war. Sakrisch weit sogar. Und woher, dachte sie verwirrt, wusste diese Zofe, dass sie eine angehende Bürgermeisterin vor sich hatte?

»Oder wartens noch auf Ihren Sklaven?«

Kruzifix! Hatte sie sich verhört?

»Äh, ich wart … auf Matthias, ja. Ein Helles für mich, bitte.«

»A Helles, selbstverständlich. A Weißwurscht à la Prinz Albert dazu?«

Meisterinnen, Zofen, Sklaven. Und jetzt auch noch Prinzen. Lieber nicht nachfragen, einfach nur nicken. Hauptsache, die Zofe brachte schnell ein Bier. Ob sie noch ein Stamperl Schnaps dazu …

»Meisterin, ich glaub, da kommt Ihr Gast!« Die Zofe knickste und huschte zur Seite, und für einen schwindligen, schwachen Moment schloss Therese die Augen. Würde gleich ein Sklave in Ketten vor ihr stehen? Oder gar knien?

»Hallo!« Eine feste Stimme. Tiefer als am Telefon. Sie öffnete die Augen, nur einen Spalt.

»Therese? Mon dieu, entschuldige, ich habe nicht gewusst, wie es hier … Was ist das denn? Gurte?« Der Mann lachte ungläubig. Er sprach mit leichtem französischem Akzent. Sie öffnete die Augen etwas weiter. Keine Ketten. Helle Anzughosen über ausladenden Hüften, ein ebenso helles Hemd und eine Lederjacke. Die zu jugendlich wirkte für einen … Jetzt riss sie die Augen auf, sah der Wahrheit ins Gesicht: einen Opa.

»Äh … du … du … bist Matthias?« Grau sein Haarkranz. Nur noch eine Andeutung von Locken.

»Was bekommt denn Ihr Gast, Meisterin?« Die Zofe sah Therese fragend an.

»Ich nehme einen Rotwein, Madame, am besten einen Spätburgunder.« Der Mann mit dem grauen Haarkranz warf der Zofe einen irritierten Blick zu und zwängte sich hinter den Tisch. Sein Oberkörper war beinahe zierlich, erst weiter unten fing das Dilemma an: ein wohlgenährter Bauch, die mächtigen Hüften und ein stattliches Hinterteil. Immerhin war sein Lächeln nett. Trotz seiner Hamsterbäckchen.

»Entschuldige, Therese, ich habe wirklich nicht gewusst …« Er schüttelte den Kopf, fassungslos. »Weißt du, ich sammle Kunst und bin mit dem Künstler hier verabredet, später.« Mit einem Kinnrucken deutete er auf die Bilder mit den Preisschildchen.

»Es erschien mir praktisch, dass wir uns auch gleich hier ... Liebe Güte, wenn ich geahnt hätte, was das hier für ein Etablissement ist, ich hätte dich nie ...« Er stockte, als die Zofe die Getränke brachte, das Bier und den Wein mit einem ehrerbietigen »Bittschön, Meisterin« vor Therese abstellte und wieder davonhuschte.

»Meisterin?« Matthias lachte. »Die hält dich wohl für eine Dirndl-Domina!«

Ob sie ihm auch nicht gefiel? Verlegen zog Therese die Kerze zu sich heran, polkte an dem Wachs herum.

»Cin-Cin, Therese!« Er hob sein Glas und schwenkte es sanft in ihre Richtung. »Wir treffen uns immer unter äußerst seltsamen Umständen, n'est-ce pas?«

Übertrieb Matthias es nicht ein bisschen mit seinem französischen Akzent? Nur, weil er seit fünfzehn Jahren in Frankreich lebte? Falls es sich bei diesem *Monsieur Hamster* überhaupt um Matthias handelte. Sie schaute auf, begegnete seinem amüsierten Blick. Und erkannte jetzt erst die Form der Kerze. Jessesmariaundjosef! Sie schob sie entsetzt von sich, spürte, wie sie rot wurde. Zum Glück näherte sich die Zofe, stellte einen Teller vor ihr ab. Weißwürste, mit Senf und Brezn, alles, wie es sich gehörte. Bis auf die kleinen Ringerl an den Wurstenden. Die Monsieur Hamster auch schon wieder mit seinem amüsiert-französischen Blick betrachtete.

»Hast du die bestellt? Gepiercte Weißwürste?«

Und wenn, was war dabei? Sie hatte nichts gegen Piercings, warum auch, an Kathis Schungenpierschings war sie längst gewohnt. Kathis Mutter hätte ein Zungenpiercing mit Sprachhemmung übrigens auch nicht schlecht angestanden. Warum dachte sie jetzt, da sie sich über dieses überlegen-französische Getue ärgerte, bloß an Toni? Sie hob ihr Kinn.

»Warum ned? Musst halt um das Ringerl herumzuzeln.«

Monsieur Hamster lachte. »Du redest wie früher Therese, ganz wie früher!«

Tatsächlich? Hatte sie damals auch von Weißwürsten gesprochen, dort, in der Baumhütte? Und wenn ja, in welchem Zusammenhang? Schnell trank sie einen großen Schluck Bier. Er griff nach den Handschellen, die neben der Kerze lagen.

»Erzähl mir von Susn! Sie will wirklich, dass ich zu ihrer Hochzeit komme?«

An den Handschellen war ein kleiner Schlüssel befestigt, und er öffnete das Schloss, legte spielerisch die Drahtfessel um sein dickliches Handgelenk.

»Magst du die Wiarschtl? I hob koan Hunger.«

Sie schob den Teller zu ihm hinüber, und er warf den Würsten einen hungrigen Blick zu. Einen Blick, an dem sie ihn endlich erkannte: Matthias Glatthaler, Vater ihrer Tochter Susn, den sie noch nie in ihrem Leben nackt gesehen hatte. Und sie war nicht sicher, ob sie ihn jetzt noch nackt sehen wollte.

Beim zweiten Bier hatte sie sich schon halbwegs an seine Hamsterbäckchen gewöhnt. Sie solle ihn Matt nennen, sagte er, in Paris heiße er Matthieu, daran sei er gewöhnt. Sie hatten bei der Zofe neuen Wein bestellt und noch einmal Weißwürste, für sie beide zusammen. Während sie aßen – sie zuzelte, er tranchierte – redeten sie, über Paris, Matts Interesse an moderner Kunst, Fredl Weidingers Glanzdruckplakate und seine Unverschämtheiten, über den Wahlkampf – sechs Wochen blieben ihr noch, um Neuenthals Bevölkerung auf ihre Seite zu bringen, nur sechs Wochen bis zur Wahl! –, sie kamen auf ihre Geschäfte, seine Arbeit in der französischen Zweigstelle der Familienfirma, wobei er ihr nicht erklärte, worin seine Tätigkeit bestand, aber es interessierte sie auch nicht allzu sehr, und schließlich auf Susns Hochzeit.

»Wie heiratet deine … unsere Tochter eigentlich? In einem Schloss vielleicht? Oder auf einer Ballonfahrt über dem See?«

»Mei, darauf bin i ja noch gar ned …« Einen Moment sah sie den Ballon vor sich, werbewirksam, über dem See. Bedruckt mit Herzchen, der Aufschrift: *just married.* Und einem klitzekleinen Logo vielleicht. Einem Logo ihres Ladens. Oder vielleicht einem winzigen Hinweis auf die Wahl?

»Sie heiratet in der Kirch, bei uns im Dorf. Frühlingsblumen auf der Treppe, ganz romantisch, weißt, des liegt ja im Trend, zurück zur Natur!« Vor Begeisterung ins Bayerische verfallend, erzählte sie Matt von dem entzückenden Dirndl mit Organzaschleier, ob Matthias wisse, dass Hochzeiten in Tracht im Moment absolut im Trend seien, sie überlege sich, ob man nicht noch Bierbänke aufstellen und die Feuerwehrkapelle engagieren solle, aber das würde der Pfarrer, dieser engstirnige Hund, wohl verbieten.

»Und der Bräutigam?« Matts Hand, immer noch mit Handschelle, lag dicht an ihrer. Sie fühlte die Härchen an seiner Handkante, gestutzt übrigens, er hatte gepflegte Hände, sie hatte es vorhin schon bemerkt.

»Mei. Ja. Der ist … auch dabei.«

Sie zog ihre Hand ein Stück weg.

»Ein netter Junge?«

»Mei … nett ist er scho. Ja.«

»Magst du ihn etwa nicht?«

»Doch, doch. Freili. Es ist nur sein Nachname. Flantsch heißt er. Timo Flantsch. I hob sie doch ned Susn gnannt, nur damits so an Rohrkrepierernamen wie Flantsch hintendropackt, wie schaugt denn des aus. Naja, a jeder muss halt seine eigenen Fehler machen, weißt, man darf den jungen Leuten ja ned reinreden.«

Ihr hatte auch niemand reinreden dürfen. Obwohl alle es versucht hatten, damals, als sie – aufgewühlt durch ihre Teilnahme am Widerstand gegen die Atomkraft und selig nach ihrem Abenteuer mit Matthias – aus Wackersdorf zurückgekommen war und ihrem damaligen Verlobten, Veit Strobl, den Laufpass gegeben hatte. Vielleicht war der Zeitpunkt nicht wirklich gut gewählt gewesen, aber sie hatte eben bis zum Schluss gehadert. Bis sie die glühende Gewissheit überkommen hatte: Nein! Mit diesem Mann wollte sie nicht ihr Leben verbringen! Den fassungslosen Blick des Standesbeamten würde sie wohl niemals vergessen. So wie Veit Strobl auch nicht vergaß, nach siebenundzwanzig Jahren nicht, dass sie ihn und die hundert wartenden Gäste sitzengelassen hatte. Äußerlich ein Gorilla, war der Veit im Geiste ein Elefant. Jahrzehntelang hatte er versucht, es ihr heimzuzahlen, hatte den amtierenden Bürgermeister auf seiner Seite, der ihr mit allem Schwierigkeiten gemacht hatte, mit ihrem Geschäft, ihrem Café, der Pension. Und jetzt finanzierte Veit Strobl auch noch Fredls Wahlkampf.

»Woran denkst du, Therese?«

Matthias – Matt! – lächelte. Wenn er lächelte, sah man die Hamsterbäckchen eigentlich gar nicht. Ihre Gedanken über Veit Strobl wollte sie ihm trotzdem nicht anvertrauen. Sie lächelte vage, und er trank einen Schluck Wein, legte die Hand wieder auf den Tisch, nahe an ihre, die sie diesmal nicht wegzog. Sie spürte die Kälte der Handschelle.

»Therese?«

»Ja?«

Wirklich gepflegt war seine Hand. Die er jetzt auf ihre legte.

»Was hältst du davon, wenn wir mal den Hochzeitswalzer proben?« Er wies mit einem Kinnrucken Richtung Tanzfläche.

Die Bar war voller geworden, und einige jüngere Leute sprangen vor der Bühne herum, schlugen sich an die Schenkel und auf die Knie. Ein Pärchen hatte sich mit Handschellen aneinandergefesselt und knutschte. Die Band ging von dem flotten Ländler in ein langsames Lied über, und schon hatte Matt sie hochgezogen, legte ihr einen Arm um die Hüfte. Was sollte das werden? Ein Stehblues? Den letzten Stehblues hatte sie in der zehnten Klasse getanzt, ausgerechnet mit Fredl Weidinger. Aber Matt war über Stehblues erhaben, er ergriff galant ihre linke Hand, in Tanzschulmanier, führte sie im Walzerschritt über die Fläche, zu einer schmeichelnden, langgezogenen Akkordeonmelodie, der die Kapelle folgte, ebenso stockend und stolpernd wie Therese. Zu lang her war der Tanzkurs in Mohnau, und zu stark spürte sie plötzlich die Wirkung des Biers. Wie spät war es eigentlich? Sollte sie Matt fragen, jetzt, da er sie näher an sich zog? Sie roch sein Deo, oder war es Parfüm, etwas Feines, Veilchenhaftes, aber unaufdringlich.

Er schob sie über die Fläche, drängte sie fast auf diese Melodie zu, die so gar nicht vertraut bayerisch klang, die zu schweben schien über dem schon wieder stampfenden Rhythmus der Band, leicht, erhaben, graziös, wie ein feinziseliertes, schmiedeeisernes Balkongitter an einem bäuerlichen Holzhaus. Näher tanzten sie an die Bühne heran, und für einen Moment sah Therese den Akkordeonisten, er hatte sich erhoben, stand am Bühnenrand, seine blonde Perücke war verrutscht, und er presste sein Instrument, das ihr seltsam klein erschien, an eine weiße Blusenbrust. Als Einziger in der Band trug er kein Dirndl, nur Bluse und Trachtenrock, und er spähte in die Menge der Tanzenden, als suchte er etwas. An ihr blieb sein Blick hängen, nur einen Moment, grün waren seine Augen, in einem dunklen Gesicht, Bartschatten unter dem Make-up, das …

Bevor sie mehr sehen konnte, trat der Trompeter einen Schritt vor, setzte schmetternd ein.

»Entschuldige mich bitte einen Moment!« Warum ließ Matt sie so plötzlich los? Die süße Melodie brach ab, dafür wurde das Trompetensolo lauter, der Schlagzeuger drosch auf seine Becken ein, die jungen Leute kreischten. Wo war Matt? Verschwunden zwischen den Tanzenden. Die Musik hörte auf, mit einem letzten Beckenschlag.

»Wir machen eine kleine Pause«, sagte der Trompeter, irgendetwas rumpelte, und die eben noch Tanzenden strömten zurück, rissen die Tür nach draußen auf. War Matthias schlecht geworden? Vom Rotwein? Verwirrt griff Therese nach ihren Zigaretten in der Handtasche, nestelte eine aus der Packung. Gut, dann würde sie eben eine rauchen. Sie rauchte nur noch selten. In außergewöhnlichen Momenten. Oder Zuständen. Wie jetzt. Mal sehen, ob Matthias sie fand. Ihr am Ende sogar Feuer gab. Sie folgte den jungen Leuten nach draußen. Wie fern die Sterne waren, unnahbarer als in Neuenthal, getrennt von ihr durch eine Lichtbarriere, rosa und grün zuckten Scheinwerfer vom Platz gegenüber, wo das Fest stattfand, eine Rockband spielte. Die jungen Leute alberten herum, wie eben auf der Tanzfläche, sie trat ein paar Schritte beiseite vor eine Stahltür mit der Aufschrift: *Bühne*. Daneben eine Toreinfahrt, dann die nächste Bar. Wummernde Bässe von innen. Sie gab sich selbst Feuer, rückte ihren Hut zurecht, den sie nicht abgesetzt hatte, weder im Lokal noch beim Tanzen. Wäre sie eine Figur in einem Roman von Delphine de Brulée, dann eine, die ihren Hut ... Kruzifixnoamoi! Ein Stoß! Vor den Bug! Die Zigarette flog weg, und Therese klammerte sich fest an dem, was in sie hineingerannt war. Ein Schmerzenslaut, ein Fluch, der musikalisch klang, beinahe elegant, ausgestoßen von einer Männerstimme. Etwas drückte kalt in ihr Dekolleté. Ein ... Akkordeon?

Sie ließ ihn los. Den Mann, der sie aus aufgerissenen Augen anstarrte. Violetter Lidschatten, bis an die Brauen verwischt, er passte nicht zu dem Grün seiner Augen, verschmierter Lippenstift, etwas zu rosa, geschwungene Lippen hatte er, am Kinn einen Schlitz. Sie hatte Zeit, sich alles genau anzusehen, als hätte ihr der Gott der plötzlichen Schrecken einen unbegrenzten Mußevorrat zugeteilt. Was redete er da, hastig und leise, sie verstand nichts, kein Wort, verstand nur die Rufe, von irgendwo hinter ihnen: »Stehnbleim!«, in vertrautem Bayerisch. Schritte, ein Akkordeon, das ihr in die Hände gedrückt wurde, eine Hand, die ihr den Mund zuhielt. Er schob sie, dieser Mann, samt Akkordeon, in die Toreinfahrt, flüsterte: »Pardon, Madame.« Französisch, er sprach Französisch!

Die wenigen französischen Wörter, die Therese kannte, hatte sie in einem lange vergangenen Frankreichurlaub gelernt, Wörter, die der Situation nicht angemessen waren: »Une bière et une glace, s'il vous plaît, merci, bon jour, je ne comprends pas, où est la toilette, non, je ne regrette rien.« Letzteres stammte nicht aus dem Urlaub, sondern aus einem Lied, und sie hatte vergessen, was es bedeutete, »je t'aime, monoplü« oder so ähnlich, das fiel ihr noch ein, ebenfalls aus einem Lied, in dem mehr gestöhnt als gesungen wurde und zu dem sie in der zehnten Klasse Stehblues getanzt hatte. Mit Fredl Weidinger. Dessen Gegenwart ihr im Moment gar nicht so unlieb gewesen wäre. Der Mann zitterte, vermutlich fror er. Außer seinem Akkordeon trug er nur einen blaukarierten, recht geschmackvollen Slip. Sonst nichts. Schritte, Rufe, jemand hastete an der Toreinfahrt vorbei, sie hörte das Klackern von Stöckelschuhen, sah wehende Dirndlschürzen. Sollte sie versuchen zu schreien? Aber schon ließ er sie los, der fremde Mann, riss sein Akkordeon an sich, stürmte davon, in die andere Richtung, überquerte die Straße – nackert! – zwischen den hupenden Autos hindurch und verschwand im Gedränge zwischen den Ständen.

4.

Hauteng schmiegt sich das Kleid an meinen Körper, schweift erst kurz unter dem Knie fischschwanzgleich aus in einen Rock, der sich um meine Knöchel bauscht. Wir treten hinaus auf den Balkon des Pavillon Royale. Steil ragt die Silhouette des Eiffelturms ins Dunkel, und sogar der Halbmond sieht französisch aus, wie ein frisches Croissant.

»Mon amour, du ahnst nicht, wie sehr ich dich begehre«, flüstert er. »Oui, mon chéri«, hauche ich atemlos, und er bedeckt mein Gesicht mit Küssen, dann meine bloßen Schultern, seine Hände, tastend, finden den Reißverschluss, und mit einem Ruck zieht er …

Huljo, hullijö, huldidihollaröh! Rrrrums! Hummta Hummta Hummta …

»Mon dieu!« Er lässt mich los, blickt sich um, mit schreckgeweiteten Augen. Auch ich sehe sie, die Männer in Trachtenhemden, Lederhosen und Wadlstrümpfen, singend pflügen sie durch die französische Nacht, Tuba, Gitarre und Akkordeon im Anschlag, gleich wird der Erste anfangen zu schuhplatteln und … Kruzinesen!

Ich riss die Augen auf, tastete nach dem Handy auf meinem Nachttisch, das beinahe barst unter dem Ansturm des Holzhackermarsches, gespielt von der Neuenthaler Feuerwehrkapelle. Wie spät war es? Wo war ich? Wer war ich? Warum hatte ich diesen Klingelton immer noch nicht geändert? Benommen nahm ich den Anruf an.

»Susn?« Die Stimme meiner Mutter. Auch das noch. Als wäre eine bayerische Trachtenkapelle mitten in einem französischen erotischen Traum nicht schlimm genug.

»Hab ich dich geweckt?«

»Nein, nein, gar nicht, äh … ich meine, überhaupt nicht.«

Der Roman von Delphine de Brulée, über dem ich gestern Abend eingeschlafen war, lag noch aufgeschlagen auf dem Kopfkissen. Timos Bett war leer.

»Gut. Dann kannst du ja gschwind rüberkommen.«

Sie war hörbar bemüht, ihren bayerischen Akzent zu zügeln, ein Zeichen, dass sie im Amtsmodus war. Wie meist in letzter Zeit. Was den Umgang mit ihr nicht unbedingt leichter machte.

»Was ist denn?« Ich warf einen schnellen Blick auf Timos Wecker. Schon halb neun. Kein Wunder. Ich hatte nach der akribischen Vorbereitung des Schwiegerelternbesuchs und meiner Frage, die ich ins Brautforum gestellt hatte, nicht einschlafen können und die halbe Nacht gelesen.

»Eine Führung. Neuenthaler Stadtgeschichte. Außer der Reihe. Bis gleich im Laden, ich mach einen Kaffee, ja?«

»Aber ohne Milch und Zucker!«

Umsonst. Sie hatte schon aufgelegt. Stadtgeschichte! Ausgerechnet. Die Führung »Idyllisches Neuenthal« war mir um einiges lieber. Besonders jetzt, da Neuenthals idyllische Mücken noch in den zahlreichen Mücken-Frühförderungseinrichtungen wie Sumpfgebieten und Tümpeln geschult wurden, um im Sommer qualifiziert über die Urlauber herzufallen. Wegen der Natur und nicht zuletzt wegen der Mücken waren wir hierhergezogen, Timo und ich, in meinen Heimatort, weg von der kleinen Stadt am Bodensee, wo Timo herkam und ich studiert hatte. Wir hatten uns vor dem Schaufenster eines Zoogeschäfts kennengelernt. Ich brauchte dringend Ersatz für den zerzausten und etwas abgehalfterten Hamster, den mir eine Kommilitonin über die Ferien anvertraut hatte und der eines Nachts einfach aus dem Laufrad gefallen war. Obwohl ich mich streng an alle Pflege- und Fütteranweisungen gehalten hatte. Verzweifelt suchte ich das Schaufenster ab: vor allem Aquarien. Dazwischen ein Käfig mit einem in sich gekehrten Kanarienvogel. Und ein kleinerer Käfig, in dem – Gott sei Dank! – ein drahtiges braunes Tierchen auf seinem Laufrad sportelte. Ob ich meiner Kommilitonin diesen Ersatzhamster, der so viel dynamischer schien als das ursprüngliche Exemplar, einfach unterjubeln konnte? Und was hatte ich nur falsch gemacht? Ich lehnte mich ans Schaufenster, fragte mich, ob ich den Hamster vielleicht mit einem halben Milligramm Valium so weit chillen konnte, dass er dem tatterigen Exemplar der Freundin wenigstens annähernd glich. Als mich jemand – Timo! – ansprach, zuckte ich zusammen.

Ob ich mich auch für Zierfische interessiere? Betört von Timos schokopuddingfarbenen Augen, hauchte ich ein unüberlegtes und meiner Hamsterverwirrung geschuldetes: »Ja.«

Eine Viertelstunde später verließen wir gemeinsam das Zoogeschäft – mit einem leuchtend blauen Fisch in einem Transportbeutel und einem Käfig mit dem Hamster, der emsig weiterrotierte, als trainiere er für den Hamster-Ironman. Beim anschließenden Cappuccino in der Eisdiele riet Timo mir von Tranquilizern ab, und nach etlichen vergeblichen Versuchen, den Arnold Schwarzenegger unter den Hamstern durch tiefenpsychologische Gespräche, Hypnose und Laufradentzug auf ein sportliches Normalmaß zu reduzieren, musste ich meiner Freundin bei ihrer Rückkehr das gesamte Hamsterdilemma beichten. Und dass ich mich maßlos und unsterblich in einen Zierfischfan verliebt hatte, zu dessen Hobby auch das Larvensammeln in freier Natur gehörte.

Seit wir hier in Neuenthal wohnten, hatte Timo mehrere Kulturen angelegt. In Einmachgläsern. Auf dem Balkon. Und, weil es vor kurzem noch einmal einen Kälteeinbruch gegeben hatte, auch in der Küche. Die ich seitdem mit einem gewissen Misstrauen betrat.

Ich schlug das Buch von Delphine de Brulée zu und legte es auf den Nachttisch, sicherheitshalber mit dem Cover nach unten. Auf dem Weg ins Bad pflückte ich Timos Schlafanzug vom Boden. Seit Beginn seines Referendariats in Biologie und Religion stand er jeden Morgen um sieben auf, um zum Gymnasium in der Kreisstadt zu fahren, und dunkel erinnerte ich mich, dass er mich auf die Stirn geküsst hatte, bevor er ging. Danach war ich wieder eingeschlafen und hatte mich im Traum schamlos einem fremden Franzosen an den Hals geworfen, unter einem Croissant-Halbmond. Schon bei dem Gedanken an Croissants lief mir das Wasser im Mund zusammen. Timo hatte keinen Grund, eifersüchtig zu sein. Es war nur der Hunger.

Ich tappte ins Bad, stellte mich unter die Dusche, mit Duschhaube, und versuchte danach, vorsichtig meine Locken durchzukämmen. Volle, eigensinnige, dunkle Locken, die keinen Föhn vertrugen. In der Schule hatten mich manche Klassenkameradinnen und wahrscheinlich auch der kahle Pudel unserer Lehrerin darum beneidet. Wozu es nicht allzu viel Grund gab: Sich selbst überlassen, uferten sie aus, ohne Lotion und Styling Cream verfilzten sie sofort, und alle Versuche, sie zu glätten, führten dazu, dass ich aussah wie Pumuckl am Bad-Hair-Day.

Timos Duftstoffallergie und sein Wunsch nach Natürlichkeit machten die Pflege nicht unbedingt leichter. Seinetwegen hatte ich es mit Ei-, Olivenöl- und Bierkuren probiert. Ob man Kalorien auch über die Haare aufnahm? Vielleicht lag es daran, dass ich von der Wespe noch so weit entfernt war?

Lange hatte ich das Locken-Gen meines Vaters verflucht. Bis Max Gruber, der coolste Junge unserer Schule, einen Song für mich schrieb: *Dark Curled Angel.* Der Song wurde beim Schulfest uraufgeführt, Max und ich gingen viereinhalb Wochen miteinander, dann schrieb Max einen Song für die blonde Eva aus der Parallelklasse: *Now I See The Light,* und die Gemeindebibliothekarin rief bei Therese an, weil ich nach Büchern über Giftmorde gefragt hatte.

Ich gab die Kämmversuche auf, bändigte meine Locken zu einem Pferdeschwanz und zog mich an. Bei einem schwarzen Kaffee schaute ich noch rasch ins Hochzeitsforum, klickte mich durch die Threads Wie war euer Antrag?, hineingestellt von Wedding-Elfe, und was eure hochzeitztorte über euch verät^^, von quietschentchen, scrollte zu Im Hochzeitskleid der Schwiegermutter heiraten? von Meerjungfrau2012. Noch keine Antwort. Einen kurzen Blick warf ich auf meinen Lieblingsthread Wenn sich der Alltag ins Liebesleben schleicht, beschloss, mir die neuen Beiträge für heute Abend aufzuheben, und machte mich auf den Weg zum Trachtenladen meiner Mutter.

Vor dem Schaufenster standen Touristen, zwei Männer in Lodenjacken und Gamsbarthüten, und zwei Frauen. Vermutlich bewunderten sie Thereses Wahlwerbung an der Scheibe, Plakate, die den Charme eines Fahndungsfotos besaßen. *Tradition braucht Zukunft* stand unter dem körnigen Schwarzweißbild. Therese trug eins ihrer moderneren Dirndlmodelle, dazu ihren Cowboyhut, sie lächelte und zeigte mit einer Hand unbestimmt nach vorne, dorthin, wo möglicherweise Neuenthals Zukunft lag. Ein peinliches Machwerk, das meine Schwiegereltern möglichst nicht zu sehen bekommen sollten. Gestern Abend hatte ich den genauen Plan ausgearbeitet, wie ich sie bei ihrem Besuch vom Mohnauer Busbahnhof abholen und zu unserer Wohnung lotsen würde, ohne die Hauptstraße Neuenthals auch nur zu streifen. Dabei waren Thereses Wahlplakate noch nicht einmal das Peinlichste. Noch schlimmer waren ihre Aktionen, in die sie ihre nächste Umgebung unbarmherzig einbezog. Zum Beispiel ihr letzter Coup: die Feuerwehrkapelle als Handy-Klingelton, der ihr vor allem junge Wählerstimmen sichern sollte. Der Holzhackermarsch hatte uns alle schon in unangenehme Situationen gebracht: Quirin hatte es in seiner Kleintierpraxis erwischt, bei der Behandlung eines hysterischen Handtaschenhündchens, das anscheinend nicht auf Volksmusik stand und mit einem Stück eilends herbeigeholter Kalbswurst aus einer Ohnmacht geholt werden musste. Gina war mitten in einem Geschäftsessen volkstümlich geoutet worden. Und ich hatte einen Blockflötenvortrag in Timos Schule musikalisch bereichert. Und einen vielversprechenden Traum damit abgewürgt.

Entschlossen zog ich mein Handy heraus, wählte einen neutralen Klingelton. Wie befreit ich mich auf einmal fühlte. Ich straffte die Schultern und ging auf meine Kundschaft zu.

»Ist das nicht urig?«, rief eine der Touristinnen gerade, und ich spähte ihr über die Schulter. Das Fenster war frisch dekoriert, eine bayerische Frühlingslandschaft mit allem, was dazugehörte: eine künstliche Almwiese mit Kühen und Papierblumen, ein Miniatur-Holzhaus mit Blumenbalkon und ein weißblau umkränzter Maibaum. Davor zwei Schaufensterpuppen. Der Mann trug eine enge Kniebundhose aus Leder mit besticktem Hosenlatz, tannengrünen Strümpfen und feschen Wanderschuhen, dazu eine festliche Trachtenjoppe in derselben Farbe. Er stand in einer gezierten Pose und hätte als schwuler Jäger-Walk-Act durchgehen können – von Gina wusste ich, dass es die absurdesten Walk-Acts gab –, wäre da nicht die Frau an seiner Seite gewesen: ein unschuldiges Alpenmädel in einem schneeweißen Dirndl mit Schleier, aus dem gleichen, beinahe durchsichtigen Tüll wie die Ärmel des Kleides. Er umwehte ihren Kopf wie ein überdimensionales Moskitonetz. Tatsächlich, er wehte, Therese hatte eine Windmaschine installiert. Jetzt erst bemerkte ich die Goldbuchstaben, die an einer Schnur von den Wipfeln der Tannen baumelten: *Trauen Sie sich in Tracht!* Und auf einer weiteren Schnur, über den Köpfen des Paares: *Neuenthal, das Hochzeitsparadies für Veriebte.* Ich nickte den Touristen grüßend zu, versicherte, ich käme gleich wegen der Führung, und öffnete die Ladentür. Therese thronte hinter der Kasse. Auf dem Ladentisch standen dampfende Kaffeehaferl und eine Platte mit frisch gebackenem Apfeldatschi.

»Du hast das l bei Verliebte vergessen«, sagte ich, bemüht, den Anblick des Kuchens nicht zu offensichtlich zu inhalieren.

»Mei, wirklich?« Meine Mutter sprang auf, kramte in einer Kiste voller Goldbuchstaben. »Kruzifix, ich hab koa kloans l mehr! Aber mei, a großes is vielleicht erst recht a Blickfang, ha?« Sie zog ein großes goldenes L aus der Kiste und hielt es prüfend ans Licht.

»Wann kommt denn der Rest der Gruppe?« Ich musste schnell hier raus. Bevor ich noch anfing zu sabbern.

Therese schob mit dem goldenen L ihren Hut aus der Stirn, starrte einen Moment den Buchstaben an, als wüsste sie nicht mehr, was sie damit anfangen sollte. Dann ließ sie das L sinken.

»Magst gschwind an Kaffee trinken? Du hast sicher noch nix Gscheits gefrühstückt.«

Der Apfeldatschi schimmerte golden. Er war mit dicken, zuckrigen, einladenden Streuseln bestreut. Unter den Streuseln wartete eine Schicht Zimt. Mit denen die Apfelstücke eine, wie ich von vielen früheren Apfeldatschi-Erlebnissen wusste, geschmacksnervbetörende Liebesbeziehung unterhielten. Der Apfeldatschi meiner Mutter war pures, süßes Glück. Ich hob meinen Blick, der sich daran festsaugen wollte. Am Schaufenster standen immer noch die Touristen, zumindest die Frauen schienen sich kaum einzukriegen vor Entzücken über Alm, Kühe, Holzhaus und Veriebte.

»Wie viele kommen eigentlich noch?«

»Mei … niemand. Sie ham halt vorhin gefragt, was ma hier anschaugn könnt, und da hab i gesogt, meine Tochter macht …«

»Du hast mich wegen vier Leuten hergeholt?«

»Ja, bist dir denn zu schade dafür, als Bätschlerin …«

»Hör bitte mit diesem Bätschlerin-Schmarrn auf.«

»Mei, Susn, Liab, jetzt iss hoit amoi a Stückl Apfeldatschi, a leerer Magen macht schlechte Laune!«

Therese legte das L auf den Ladentisch, schnitt den Kuchen auf.

Du könntest einen Streusel essen, flüsterte mein innerer Pinguin.

Wie mir denn die Deko gefalle, fragte Therese, in gewollt harmlosem Tonfall.

Du hast gestern beim Joggen bestimmt vierhundert Kalorien verbraucht.

Und ob ich nicht auch glaube, dass die eine oder andere Reisegruppe einmal eine echt oberbayerische Trachtenhochzeit erleben wolle?

Du könntest zwei Streusel essen und trotzdem noch abnehmen.

Ob Timo und ich eigentlich etwas gegen ein paar Leute mehr bei unserer kirchlichen Trauung hätten?

Ich schreckte hoch.

»Wir? Bei unserer Trauung? Wieso?«

Nur so. Sie sah mich an, mit schiefgelegtem Kopf und zusammengekniffenen Augen.

»Is scho fesch, des Gwand im Fenster, ha?« Während mein unterzuckertes Hirn noch an einer möglichst unverfänglichen Antwort bastelte, erging sie sich in einem bayerischen Redeschwall, vermutlich hätten die jetzt vorsichtig den Kopf zur Ladentür hereinsteckenden Touristinnen ihn ebenso urig gefunden wie die Dekoration. Wenn sie ihn denn verstanden hätten. Was ich bezweifelte. In meiner Eigenschaft als Führerin hatte ich schon manches Mal das Bayerisch gewisser Einheimischer für Touristen ins Hochdeutsche übertragen, und in meinem Kopf spulte sich die Übersetzung automatisch ab, während Therese redete:

»Woaßt, Susn, i hobs amoi in Größe 40 beschdeid.«

(Weißt du, Susn, ich habe es einmal in Größe 40 bestellt.)

»Sie folln oiwei so kloa aus, und enga mocha dad oiwei no gehn, hosd mi?«

(Sie fallen ja immer so klein aus, und enger machen geht immer, nicht wahr?

Konnte man »hosd mi« wirklich mit »nicht wahr« übersetzen? Und wäre »täte immer gehen« vielleicht angebrachter gewesen?)

»Host gsegn, es is a Satinstoff mit Organza, des is wos ganz wos Edles und damisch teuer, scho im Einkauf, woaßt, aber mei, Susn, für dei Hochzeit ...«

(Hast du gesehen, es ist ein Satinstoff mit ...) Kruzinesen! Was redete sie da, von irrsinnig teuren, edlen Organzastoffen im Einkauf – sie meinte doch wohl nicht den Moskitonetzschleier? Und von meiner … wie bitte?

Sie ließ das goldene L sinken und strahlte.

»Es gehört dir, Susn! Mei, du werst echt pfundig ausschaugn auf eurer Trachtenhochzeit!«

5.

Wie schwer so ein Kleid werden konnte, wenn man es vor sich hertrug. Und wie weit doch der Weg war von ihrem Laden bis ins Neubaugebiet, wo ihre Tochter wohnte. So schnell gab Therese Engler nicht auf. Auch wenn, wie sie zugeben musste, ihr Plan in den meisten Punkten gescheitert war. Eher in allen Punkten. Es war ihr weder gelungen, Susn dieses Dirndl nahezubringen, noch ihr im lockeren Plauderton zu erzählen, dass Matthias Glatthaler hier war und sie besuchen wollte. Vielleicht war bei einer solch komplizierten Angelegenheit die Zwei-Fliegen-mit-einer-Klappe-Strategie doch nicht das Richtige. Ihre Tochter hatte empört den Laden verlassen. Aber das war noch nicht das Ende vom Lied, ganz und gar nicht!

Wenn Susn das Dirndl erst zu Hause hätte, würde sie schon einsehen, dass es genau das richtige Gewand für die Hochzeit war. So viel zu Punkt eins. Punkt zwei, Matthias, war komplizierter. Vor allem, weil er gestern, nach dem Zwischenfall mit dem nackerten Akkordeonisten, so seltsam gereizt gewesen war. Bevor sie ihn fragen konnte, warum er sie so plötzlich allein auf der Tanzfläche hatte stehenlassen, war seine Abendverabredung, der Künstler, angekommen, und sie hatte sich immer unwohler gefühlt, auch unter den Blicken des Künstlers, und sich bald verabschiedet. Im Taxi zum Bahnhof hatte sie nach dem nackerten Akkordeonisten Ausschau gehalten, ihn aber nirgendwo gesehen. Mei, gesund war das nicht, so durch München zu laufen, die Frühlingsnächte waren noch frisch! Und wie er gespielt hatte … Wäre so ein Mannsbild mit einem Akkordeon und dieser betörenden Musik nicht genau das Richtige für den Pfingstmarkt?

Überwältigt von diesem Einfall blieb sie stehen, presste das Hochzeitsdirndl an sich. Könnte man so der letzten Frechheit aus Mohnau, der geplanten Aufführung eines orientalischen

Schleiertanzes, etwas entgegensetzen? Der ganze Landkreis sprach von diesem kommenden Ereignis, seit der Gründung der Bauchtanzgruppe Mohnau, zu der sich auch Abtrünnige aus umliegenden Orten, zum Beispiel Toni, angemeldet hatten. Was wäre denn das für ein *Coup,* wenn Neuenthal plötzlich einen Akkordeonisten im Dirndl dagegensetzen würde! Oder gleich in der blaukarierten Unterhose, in der er geflüchtet war? Wovor eigentlich? Und wie sollte sie an seine Adresse kommen? Einfach in der Fetisch-Bar anrufen? Aber halt. Würde ein Mannsbild im Dirndl nicht die Toleranzkapazität Neuenthals sprengen? Einen Skandal konnte sie nicht brauchen. Sie war schließlich seriös!

Ob man einen solchen ... Transvestiten überreden konnte, eine normale Trachtenlederhose anzuziehen, vielleicht ein besonders elegantes Modell? Elektrisiert von dieser Idee setzte sie sich wieder in Bewegung, überquerte den neu angelegten Waldparkplatz, den Kleiderbügel fest in der Hand.

Jetzt, in der Vorsaison, war der Parkplatz verwaist. Aber allzu viel war im Sommer auch nicht los. Hinter dem Parkplatz eine Reihe Häuser, mit dezent bayerischer brauner Holzfassade, eins sah aus wie das andere. In jedem vier große möblierte Appartements. Die eigentlich von Urlaubern bezogen werden sollten. Zu Höchstpreisen. Alles darin war vom Feinsten, Ledersofas, Parkett, ein Kamin. Aber wer in Neuenthal Urlaub machte, wollte kein Ledersofa, sondern eine bayerische Essecke und ein Hirschgeweih, das wusste jeder. Nur der Sohn von Veit Strobl nicht. Jetzt vermietete er billig, an Zugezogene. Oder Wieder-Zugezogene. Wie Susn mit ihrem Timo. Und Fredl Weidinger, dessen Dienststelle überraschend von Mohnau nach Neuenthal verlegt worden war. Vermutlich, weil die Mohnauer genug von seinen ständigen Razzien hatten. Gleich hatte er sich in Neuenthal breitgemacht. Und auf der Kirchweih Therese Engler frech vor aller Augen angebaggert. Sich schamlos auf alte Stehblues-Zeiten berufen, dieser glatzerte, wamperte Kerl mit seinem Achtziger-Jahre-Ringerl im rechten Ohr! Dreist war er geworden, ihre gewaschene Abfuhr hatte er verdient. Und sich kurz darauf mit dem mächtigsten Mann von Neuenthal verbündet. Einem wie Fredl Weidinger konnte sie Neuenthals Schicksal nicht überlassen!

Therese schloss die Haustür auf, hielt das Dirndl wie eine Fahne vor sich und stapfte nach oben, vorbei an Fredl Weidingers greislichem Fußabtreter mit der Aufschrift: *Kommens eini, schaungs aussi!* Rein zufällig war er in die Wohnung direkt unter Susn gezogen, rein zufällig, ha! Und rein zufällig war der Strobl sein Vermieter und spielte mit. Um sie, Therese, im Auge zu behalten, warum sonst? Zustände, die von Rechts wegen längst angeprangert gehörten. Aber wie, wenn der einzig zuständige Journalist sich keinen Muckenschiss – keinen Mückenkot, Hochsprache, Therese, Hochsprache! – dafür interessierte, sondern lieber den fünften Bericht über die neu gegründete Bauchtanzgruppe in Mohnau schrieb, nur weil seine Frau ... Mei, jetzt hatte sie ihre mächtige Gedankenwoge zu weit getragen, über das erste Stockwerk hinaus. Sie kehrte um, stieg die paar Stufen wieder hinunter und öffnete die Wohnungstür.

Susn wusste, dass sie einen Schlüssel hatte, noch vom Umzug. Auch wenn es eher der Schlüssel ihres Bruders Hartl war, der Susn geholfen hatte. Aber Hartl hatte nichts dagegen, dass seine Schwester ihn vom Brett in der Tauchschule nahm. Genau genommen hatte er es noch nicht einmal bemerkt. Sie schlich in den dämmrigen Flur. Wohin mit dem Dirndl? Unschlüssig öffnete Therese die Wohnzimmertür. Grün und blau leuchtete es ihr entgegen, es plätscherte, rieselte und brummte leise. Von überallher glotzten sie Fische an. Waren es nicht noch mehr Aquarien als beim letzten Besuch? Sie warf einen raschen Blick in die Runde, Aquaristikzeitschriften auf dem Ledersofa, ein leerer Pizzakarton auf einem Tischchen neben einem kleineren Aquarium, in dem ein stahlblauer Fisch hin und her schoss. Der einzige Fisch in dieser drögen Gesellschaft, der sich nicht die Zeit zum Glotzen nahm. Ein Getriebener, wie es aussah, kurz vor dem Burnout. Schmarrn! Als ob ein Fisch brennen könnte!

Sollte sie das Kleid über das Ledersofa drapieren? Oder sich ins Schlafzimmer schleichen? Bestimmt bewahrte Susn die anderen Hochzeitskleider im Schrank auf. Und sie musste zugeben, sie war neugierig auf das Gewand von Susns künftiger Schwiegermutter. Von dessen Existenz Therese nur zufällig, durch Quirins Freundin Gina, erfahren hatte. Natürlich hatte Therese ihrer Tochter daraufhin ihr eigenes Brautkleid vorbeigebracht. Ein wunderschönes Modell. Noch so gut wie neu. Damals hatte es eintausendfünfhundert Mark gekostet. Ein Vermögen! Kostbare Stoffe, zeitlose Form. Nur das Beste für Therese, die Braut von Veit Strobl. Sehr gut hatte es ihr gestanden, und bestimmt hatte ihr an ihrem Hochzeitstag niemand angesehen, dass sie sehnsüchtig und verzweifelt auf ein Lebenszeichen von Matthias wartete. Als sie sich schließlich bei ihm meldete, nach ihrem Nein-Wort vor dem Standesbeamten, wusste sie, warum er nichts von sich hören ließ: Er hatte eine feste Freundin. Die möglichst nichts von Wackersdorf erfahren sollte, und schon gar nichts von dem, was Therese einen plötzlichen Widerwillen gegen Apfeldatschi mit Sahne, große Sorgen und noch größeres heimliches Glück bescherte.

Sie blieb einen Moment vor Susns Schlafzimmertür stehen, dann hängte sie das Dirndl doch an die Flurgarderobe. Ihre Tochter würde es ihr übelnehmen, wenn sie ihren Kleiderschrank öffnete. Mei, Susn, mit ihren Launen und wie sie sich zierte, ihre Mutter mal etwas an sich heranzulassen! Heute im Laden hatte sie ihre Rührung nur mühsam verbergen können, als Susn ihre Locken schüttelte, Matthias Glatthalers Locken.

Die erste Zeit nach ihrem Nein-Wort im Standesamt war kein Zuckerschlecken gewesen. Blicke. Hämisches Geratsche, das gleich wieder verstummte, sobald sie in die Nähe der Ratschenden kam. Dazu ihr heftiger Liebeskummer. Sie hatte sich in Westernfilme geflüchtet, die sie in der Videothek in Mohnau auslieh. Ein Cowboy war über Liebeskummer erhaben. Und auch über jedes Geratsche. Ein Cowboy tat, was getan werden musste, dann kehrte er der Stadt den Rücken und ritt davon. Noch während der Schwangerschaft hatte sie ihren ersten Cowboyhut gekauft, ein Indiana-Jones-Modell. Und später war Susn zu den Soundtracks der Filme in den Schlaf gewiegt worden. Manchmal hatte Therese Engler das schlafende Susn-Bündel ihrem Bruder Hartl in die Arme gelegt, hatte ihren Indiana-Jones-Hut aufgesetzt und war noch einmal zum See gegangen, die Kopfhörer ihres Walkman auf den Ohren, hinein in einen orange glühenden, einsamen Sonnenuntergang über dem Brachsee.

Kruzifix! Was war das bloß, schon wieder diese Rührung, fast meinte sie, ihren Geschmack zu spüren, süß und würzig zugleich, wie Dunkelbierkuchen. Was war nur mit ihr los? Etwa Wechseljahre, irgendwelche Hormone, die verrücktspielten? Schmarrn! Für Wechseljahre hatte Therese Engler keine Zeit. Sie zupfte Susns Hochzeitsdirndl unter der Hülle zurecht, überzeugte sich, dass es gerade hing, und verließ die Wohnung.

Schon von weitem sah sie das Auto. Auf dem Parkplatz vor ihrer Pension. Jessesmaria, das Auto hatte ein ausländisches Kennzeichen, gelb das Nummernschild, niederländisch vielleicht, oder …

»Therese?« Ein riesiger Blumenstrauß versperrte ihr die Sicht. Ein Meer aus orangefarbenen, gelben, roten Blüten, geschmackvoll zusammengestellt, arrangiert, müsste man zu einem solchen Gebinde sagen, das sicher ein Vermögen gekostet … sakra! Warum legte jetzt Matt die Arme um sie, was machte er überhaupt hier, er musste doch weiterreisen, beruflich, zu einer Messe, jedenfalls hatte er das gestern noch gesagt, und, mei, sie zerquetschten ja die Blumen!

Verwirrt schob sie ihn weg. Hinter ihnen Kehrgeräusche, Anderl, der Wirt von der Feuerwehrkneipe, schwang seinen Besen.

»Therese, ich musste einfach noch mal kommen.«

Die Kehrgeräusche hörten abrupt auf. Stille. Gluckern und Plätschern, vom See her. Matt drückte ihr den Blumenstrauß in die Hände, und sie sah durch das Blütenmeer, wie er lächelte, wie seine Hamsterbäckchen sich tapfer behaupteten gegen die Schwerkraft.

»Wir hatten ja gar keine Zeit, uns richtig zu verabschieden. Weißt du übrigens, dass der junge Künstler ganz beeindruckt von dir war?«

Aha! Sie konnte es sich nicht verkneifen, sich kurz umzudrehen. Sollten sie hier in Neuenthal ruhig erfahren, dass Künstler aus der Großstadt von Therese Engler beeindruckt waren! Dann fiel ihr ein, dass Anderl von der Großstadt gar nichts wissen konnte, und sie warf ein vielleicht etwas zu forciertes »Du meinst, gestern in München?« in das bisher ohnehin etwas einseitige Gespräch. Matt musterte sie, leicht irritiert, und sie schaute schnell in die Blumen. Mei, wie die dufteten! Ganz schwindlig wurde ihr davon.

»Weißt du, Therese, ich konnte heute Nacht einfach nicht schlafen.«

Matt war dichter an sie herangetreten, sprach in den Strauß hinein. Zu nahe war er, beinahe unwirklich, hier im Tageslicht. Ob sie denn gut geschlafen habe, fragte er den Strauß, und sie schüttelte den Kopf, nein, hatte sie nicht, obwohl kein Vollmond war, nachgedacht hatte sie, über den Abend, längst vergangene Leidenschaft, und darüber, ob Matt eine Frau oder Freundin hatte, und, ja, über den Akkordeonisten. Schon erzählte sie Matt – oder eher dem Blumenstrauß – vom Pfingstmarkt, ein vergleichsweise sicheres Thema, berichtete von ihrem Plan, den Mohnauer Schleiertanz mit einer Attraktion auszustechen. Warum nicht mit einem Akkordeonisten, dem Mann von gestern? Seine Musik sei doch eindrucksvoll gewesen, und sie habe schon gedacht, ihn vielleicht zusammen mit der Neuenthaler Feuerwehrkapelle ... Warum trat Matt jetzt einen Schritt zurück, mit gerunzelter Stirn? Vielleicht, weil Anderl seine Kehrtätigkeit wieder aufgenommen hatte, sich Schritt für Schritt näher an sie heranfegte, über den blitzsauberen Boden. Sie verstand es ja, schließlich war Anderl der Tubist der Feuerwehrkapelle, es ging ihn beinahe etwas an. Trotzdem warf sie ihm einen genervten Blick zu, fragte Matt, ob er die Band vielleicht kenne und ihr sagen könne, wie sie diesen Akkordeonisten …

»Der ist längst abgereist.«

Woher wollte er das denn wissen? Und wieso hatte er wieder diesen gereizten Ausdruck im Gesicht, diese Längsfalte zwischen Stirn und Nase, wie gestern, als sie vom Rauchen wieder hereingekommen war? Eine Falte, die sich schnell wieder glättete. Er lächelte.

»Sag mal, Therese, gibt es hier vielleicht ein Café, wo wir reden können, ungestört, vielleicht ein bisschen zusammensitzen …« Er ließ den Satz in der Luft hängen, aber sie verstand auch so.

»I hob no an Apfeldatschi«, sagte sie, in ihr plötzliches Herzklopfen hinein, Kruzifix, warum vergaß sie ihr Hochdeutsch, sobald er sie so ansah?

»Einen Apfelkuchen«, übersetzte sie, »im Laden, und a Lavazza-Espressomaschin hob i … hab ich auch.«

»Du musst nicht übersetzen, ich versteh dich gut, Therese, und ich … ich mag das, wenn du so redest. Du bist so natürlich. Weißt du, wie der Künstler dich gestern genannt hat? So kraftvoll bodenständig!« Er verneigte sich leicht vor ihr, und Anderl kehrte schneller, in immer engeren Kreisen, so fest, als wollte er auch unter dem Asphalt fegen. Sollte er ruhig mitkriegen, wie ein Mann ihr galante Komplimente machte! Sollte Neuenthal ruhig erfahren, dass Therese Engler im Rennen war, nicht nur, was das Bürgermeisteramt betraf!

»Und so bist du, Therese, kraftvoll, aufrecht, geradeaus. Kein bisschen zickig oder kapriziös. Mon dieu, das hat mir so gefehlt. Du hast mir gefehlt.«

Mei, musste er ihr gerade jetzt den Blumenstrauß abnehmen, als sie ihr glühendes Gesicht darin verbergen wollte? Und was war das für ein damischer Gedanke, der ihr da durchs Hirn schoss: Warum hatte er diesen Satz nicht vor siebenundzwanzig Jahren gesagt, als sie nach der nicht erfolgten Trauung neben ihrem Bruder Hartl stand, zwischen Schwimmflossen und Pressluftflaschen. Sie hatte sich zu ihm geflüchtet, in die neu eröffnete Tauchschule, noch im Brautkleid, und zusammen hatten sie durch die offene Tür auf den See geschaut, und irgendwann hatte Hartl die Hand auf ihre Schulter gelegt und gesagt: »Des kriag ma scho.«

Mariaundjosef, nicht schon wieder dieses Bierkuchenrührungsgefühl, diesmal saß es im Hals. Sie räusperte sich, brachte etwas wie »Gemma hoit nüber« hervor, und Matt legte ihr einen Arm um die Schultern. Anderl kehrte hinter ihnen her, im Takt ihrer Schritte, als sie gemeinsam auf ihr Café zuspazierten. Im Gehen stieß Matts Hüfte weich an ihre Taille, der Strauß, in seinem anderen Arm, raschelte und duftete, und als Matt zu reden begann, kitzelte sein Atem ihr Ohr: Er müsse ihr unbedingt von der Idee erzählen, die er gestern noch gehabt habe, vielmehr sie beide, der Künstler und er. Nachdem sie gegangen war, hätten sie noch ein wenig über sie geredet, er hoffe, sie sei ihm nicht böse, und der Künstler habe geäußert, dass er genau ein solches Modell immer schon habe malen wollen, und dabei seien sie auf ihren Ärger mit den Plakaten gekommen, und eins habe das andere ergeben.

»Eins … äh … das andere?«

»Noch in der Bar hat er einen Entwurf gezeichnet, einen sagen-haften Entwurf, mit Bleistift, auf einen Bierdeckel, und heute Morgen habe ich die fertige Zeichnung abgeholt. Er war so inspiriert, er hat die ganze Nacht drangesessen! Super, sag ich dir, ich habe es gleich in die Druckerei gebracht, es eilt dir doch so!«

Matt blieb stehen, schwenkte feierlich den Blumenstrauß.

»Zweitausend Stück lassen wir drucken, Therese, und dann hast du ein Plakat, mit dem du die Wahl ganz sicher gewinnst! Was sagst du jetzt?«

Was, Mariaundjosef, sollte sie dazu sagen?

»A Bild … äh … du meinst, so in dem Stil wie die Buildl in

der Fetisch-Bar?« Himmiherrgott! Was hatte er gemalt? Nur … gewisse Teile von ihr? »Und davon … zwoatausend Stück?«

Die Kehrgeräusche hinter ihnen erstarben. Aus dem Augenwinkel sah sie, wie Anderl, den Besen über der Schulter, so flott wie möglich Richtung Straße verschwand.

6.

Hier wird nix geliefert, bevorsd ned des Auto gscheit histellst, hosd mi?«

»I fahr do glei wieda weg!«

»Des sogst scho seit a halben Stund!«

»Jetza sei do ned so, Fredl-Schatzerl.«

»Zehn vor zwölfe. Und wennsd ned sofort …«

»Erst will i mei Lammschulter!«

Der Bus der Metzgerei parkte mitten auf dem Platz, die Schiebetüren geöffnet, umtobt von Fredl Weidinger in Uniform. Toni, dieses neugierige Weibsbild! Wollte sich die Sensation von Matts Ankunft nicht entgehen lassen. Unter dem Vorwand einer dringenden Lammschulterlieferung an Anderls Feuerwehrkneipe. Anderl hatte ganze Arbeit geleistet in den zwei Stunden, in denen sie und Matt Kaffee getrunken hatten. Inzwischen hatte er den Besen gegen einen Einkaufswagen getauscht, in dem schon mehrere Fleischstücke lagen. Auch der Kombi der Tauchschule stand auf dem Platz, Hartl lud Pressluftflaschen in den Kofferraum, und von der Einfahrt her stöckelte Christiane Breitner heran, in Nadelstreifenrock, Nahtstrümpfen und Pumps, beladen mit Taucherbrillen. Nur eine Frage der Zeit, wann sie die erste fallen lassen und sich bücken würde.

»Gehen wir?« Matt, in der Tür des Cafés, bot Therese galant den Arm, und sie hakte sich bei ihm unter. Ihren dringenden Fragen nach der Gestaltung des Plakats war er bei Apfeldatschi und Cappuccino mit feurigen Beteuerungen begegnet: Es handle sich um hehre Kunst, die nicht nur sie, sondern ganz Neuenthal begeistern werde! Sie solle ihm vertrauen! Was blieb ihr auch anderes übrig angesichts der Glanzdruckplakate von Fredl? Gemeinsam schritten sie über den Platz, hinein in die plötzliche Stille. Kruzifix, musste Matt so plötzlich stehen bleiben, dass sie fast stolperte und all ihre Bürgermeisterinnenwürde verlor? Noch dazu vor Tonis Bus! Zugegeben, das Logo auf dem Bus war eine gute Geschäftsidee. Ein Schwein, das sich die Nägel lackierte.

»Metzgerei und Nail-Art-Studio«, las Matt laut, »so was haben wir selbst in Paris nicht!«

»Es is auch noch a Frisörsalon, aber des draufzudrucken traut sie sich ned, sie hat koa Friseurlehre gemacht«, raunte Therese Matt zu, gerade noch, bevor Toni, die Lammschulter in den strassnägelbesetzten Händen, sich ihnen liebenswürdig zuwandte. Es blieb keine Zeit mehr, Matt zuzuflüstern, dass Toni die Preise von Mohnau und sogar der Kreisstadt unterbot, das war ihr Trick: ein *Cut-and-Go* für zwölf fuchzig, Leberkassemmel inklusive – aber nur die vom Vortag, das wusste jeder –, und *Dream-Nails bunt,* mit Fleischpflanzerl-all-you-can-eat für nur achtzehn Euro. Therese nickte Toni zu, und Toni grüßte zurück, ließ die Lammschulter in Anderls Einkaufswagen fallen.

»Na, hast Besuch, Therese?«

Was denn sonst? Sie begnügte sich mit einem würdevollen Nicken, sollte Toni ruhig noch ein wenig zappeln, und drückte Matts Arm, schließlich hatten sie nicht ewig Zeit, sie wollten auch noch zu Susn. Ein Gedanke, bei dem ihr etwas mulmig wurde. Sie schlenderten weiter. Hinter ihnen die Stimmen.

»Er is a Münchener, und er macht ihr zwoatausend Plakate!« In Anderls Stimme schwang Ehrfurcht.

»Dieser Kniebiesler?« Fredl. Zum Glück schien Matt nichts gehört zu haben, er schloss sein Auto auf, und sie nestelte nervös an der Schnürung ihres Dirndls. Darauf wäre sie im Leben nicht gekommen, gestern noch, als sie nackert vor dem Spiegel gestanden hatte: dass Matt, ausgerechnet Matt sie filmen würde! Er habe eine Kamera, im Auto, er brauche sie beruflich, hatte er ihr erklärt, als sie ihm von Fredls neuester Unverschämtheit erzählt hatte, von dem Supercop-Film. Vor Überraschung hatte sie sogar vergessen zu fragen, wozu man in einer Sanitär- und Haustechnikfirma eine Kamera brauchte. Jetzt holte er das Gerät aus dem Handschuhfach, das nicht größer aussah als eine kleine Leberwurst aus Tonis Metzgerei.

»Beweg dich mal, ich will nur mal testen, wie die Lichtverhältnisse sind.« Matt schaltete die Kamera ein, klappte ein kleines Display heraus, und Therese blieb einen Moment stocksteif stehen. Was meinte Matt mit bewegen, sollte sie etwa tanzen? In diesen Schuhen? Sie entschied sich für ein würdevolles Schreiten, auf Fredl zu, der, die Arme in die Hüften gestemmt, vor ihr aufgetaucht war wie Rumpelstilzchen aus dem Erdspalt.

»Was gibt denn des, wanns fertig is?«

»Einen Film.«

»Dann dad i gern amoi die Genehmigung sehn vom Herrn Bürgermeister. Des is a öffentlicher Platz.«

»Sehr schön, Therese, die Kamera liebt dich! Bleib ganz natürlich, rede mit den Leuten!«

Natürlich? Mit Fredl reden? Ihm sagen, wo er sich seine Genehmigung hinstecken konnte? Sie war doch gerade die Hauptdarstellerin eines Films, eines Bürgermeisterinnen-Films über Neuenthal, der hoffentlich bald im Mohnauer Kino zu sehen sein würde. Was würde das denn für einen Eindruck machen bei diesem Publikum, Urlauber und Mohnauer, die sich für etwas Besseres hielten, vor allem diejenigen, die aus der Großstadt hergezogen waren, wie die Leiterin des Bauchtanzkurses, die in der Hochsaison auch irgendeinen Schmarrn mit Kundalini und Yoga-Ananas angeboten hatte. Was sie zuerst für eine neue Eissorte gehalten hatte. Aber bei den Touristen kam es großartig an, und deshalb hatte sie, Therese Engler, nach zeitraubendem Studium im Internet, das in Neuenthal ebenso lahmte wie der Fortschritt, ganzheitlich gekontert: mit sommerlichem Kuh-Kuscheln auf der Weide, dem ultimativen Entspannungserlebnis für gestresste Großstädter. Ein voller Erfolg! Ganz Neuenthal war zu der Wiese gepilgert, um die Urlauber zu bestaunen, die sich an verblüffte, aber geduldige Kühe schmiegten. Kühe, die mit Wiederkäuen beschäftigt waren und sonst nutzlos auf der

Wiese herumgelegen hätten. Zwei Fliegen mit einer Klappe! Auf jeden Fall würde sie das Kuh-Naturerlebnis diese Saison wieder im Angebot haben. Oder sollte sie es Kuh-Kundalini nennen, um es dieser Bauchtanz-Schnoin mit ihrer Yoga-Ananas zu zeigen? Warum nicht gleich Kuhdalini?

Lächelnd ging sie weiter, natürlich, wie Matt es wollte, durch das Tor des Parkplatzes auf die Seestraße, von dort auf die Einkaufsmeile. In ihrem Rücken das Gemurmel der Schaulustigen, es stachelte sie an zu weiteren, beinahe tänzerischen Bewegungen. Allerdings trübte der Anblick der Einkaufsmeile im Nachmittagslicht ihren Elan ein wenig. Von einem Puls, man musste es zugeben, war nicht allzu viel zu spüren.

An der Tür des Döner 24 hing das Geschlossen-Schild. Wie so oft in letzter Zeit. Und an der schmierigen Fensterscheibe schien die Gemeinderatssitzung der Neuenthaler Schmeißfliegen stattzufinden. Kruzifix, musste Therese Engler höchstpersönlich Özcan Breithuber sagen, er solle lieber seine Scheibe in Ordnung halten, statt sich in seine Hinterstube zurückzuziehen und diese greislichen Gewänder zu schneidern, in denen seine Frau Franzi und inzwischen auch einige andere im Dorf herumliefen?

Hinter ihr schob Anderl geräuschvoll seinen Einkaufswagen über den Asphalt. Würde dieses Geschepper nicht den Ton des Films empfindlich stören? Und sollte sie nicht etwas tun, vielleicht eine Rede halten? Aber wie, wenn Fredl ständig um sie herumschäumte und drohte, die Kamera zu konfirmieren!

»Mei, Fredl, die is doch ned evangelisch, so a Kamera! Konfitieren meinst!«

Auch Toni war ihnen gefolgt, einen Schweinekamm in der Hand, hinter ihr stöckelte Christiane, mit hochgezogenen Augenbrauen und zuckenden Mundwinkeln.

»Evangelisch oder ned, jetza langts!« Fredl, das stand fest, brauchte dringend Kuhdalini oder eine gute Portion Yoga-Ananas. Was beim Mohnauer Publikum sicher gut ankommen würde. Therese besann sich auf den lang vergangenen Meditationskurs an der Kreisvolkshochschule und auf die Anweisungen, die sie sich für das Kuh-Erlebnis im Internet angelesen hatte. Und atmete tief ein, in ihre Mitte.

»Gaanz ruhig, Fredl, spür einfach dein inneres Licht!«

Wie tief und voll ihre Stimme klang. Genau richtig. Vielleicht sollte sie diese Atemübungen öfter machen.

»Großartig, weiter so!« Matt kam mit seiner Kamera näher heran, wich dem wutschnaubenden Fredl aus. Weiter? Was denn noch? Herrgottsakra, was hatte sie noch gelesen, irgendetwas über kosmische Harmonie und … Mariaundjosef! Musste das sein! Ausgerechnet der Strobl pflügte vom anderen Ende der Einkaufsmeile heran, überquerte die Straße an der Ampel, hinter ihm sein eingebildeter Sohn und der amtierende Bürgermeister. Mei, wie ihr Ex aussah mit seinem Seelöwen-Schnurrbart und dem bis zum Nabel offenen Hemd. Behaart war er damals schon gewesen, an Brust, Bauch, Rücken. Hätte sie im Standesamt schon gewusst, wie diese Behaarung in Grau und im Zusammenklang mit einer mächtigen Wampe ausschauen würde, hätte sie nicht nur nein gesagt, sie wäre schreiend davongerannt! Sie bemühte sich, mild und meditativ zu lächeln, trotz allem, schließlich stand sie vor der Kamera, und der ganze Landkreis würde ihr zusehen.

»Guten Tag, Herr Bürgermeister. Wunderbares Wetter!«

»Was ist das für ein … Volksauflauf?«

Typisch, dass der junge Strobl das Wort ergriff, bevor sein Vater und der Bürgermeister den Mund aufbrachten. Auch ein Bätschler, der Alex Strobl, wie ihre Susn. Aber in BWL.

»Des is koa Volksauflauf, Herr Strobl. Des is a Schweinenackenlieferung. Einen ausgezeichneten Schweinekamm hob i da, ganz ausgezeichnet!«

Wie Toni sich bemühte! Um Hochdeutsch und um den jungen Strobl. Nur, weil er mit Kathi einmal in der Disco gewesen war. Daraus abzuleiten, dass er Kathi heiraten würde, war äußerst gewagt.

»Die drehn an illegalen Propagandafilm!« Fredls Gesicht hatte mittlerweile die Farbe einer Aubergine angenommen. Sollte sie ihn nach der Uhrzeit fragen, damit er ein bisschen runterkam?

»Ach was, das sind Privataufnahmen! Und jetzt lassen Sie uns bitte in Ruhe!« Matt schwenkte die Kamera, von ihr weg, zum Bürgermeister und den Strobls.

»Es ist ein Werbefilm!« Die Korrektur aus dem Off musste schon sein. Und was filmte er die ganze Zeit den Strobl, mit seiner Gorilla-Behaarung auf der Brust?

»Ohne Genehmigung! Sog i doch!« Sakra! Fredl, der Hundling! Stieß Matt zur Seite und entriss ihm die Kamera!

»So! Die is konvertiert!«

»Zum Katholizismus, nehme ich an. Wie sich's gehört.« Was hatte diese Breitner-Schnoin zu lachen, angesichts der Notlage! Und wie peinlich vor Matt, er würde sie am Ende noch alle für ungebildete Dorfbewohner halten, nur weil Fredl und Toni seit der Schulzeit mit Fremdwörtern auf Kriegsfuß standen. Und die Mohnauer erst! Immerhin lief die Kamera noch. Was sollte sie tun, Neuenthals Bildung demonstrieren mit einer kleinen Rede oder … Aber Fredl drückte die Kamera schon dem verdutzt dreinblickenden Bürgermeister in die Hand, er könne den Film jetzt herausnehmen, Matt heulte auf, dies sei eine Digitalkamera, *seine* Digitalkamera, fragte nach dem Namen von Fredls Vorgesetztem, und Toni petzte hemmungslos: Der Herr Weidinger habe recht, a Privatfilm sei des ned, von Plakaten hättens geredet, und …

»Hoit oanfach die Pappn, Toni, i sog doch, des is Wahlwerbung! Für mich!«

Vor Aufregung war Therese ins Bayerische verfallen, schnell korrigierte sie zu amtlichem Hochdeutsch. »Und jetzt, Herr Bürgermeister, hätten wir gern die Drehgenehmigung, das ist doch nur gerecht!«

»Ach je, einen Werbefilm wollts drehen mit so einem billigen Ding? Zeigens amal!« Was tat der junge Strobl da, dieser ausgeschamte Kerl? Nahm dem Bürgermeister die Kamera ab, der sie ihm auch noch bereitwillig überließ.

Jessesmaria, sie musste etwas tun! Schon pumpte Gorilla-Veit seine Brust auf, Toni feixte, Anderl verschanzte sich hinter dem Einkaufswagen, und Matt schritt mit einem gezischten »Finger weg, Sie Schnösel, sonst hol ich die Polizei« auf den jungen Strobl zu. Er ignorierte Fredl Weidingers Zwischenruf – »Ha, die is scho da, die Polizei!« – und stieß den jungen Strobl vor die Brust.

»Lang eahm ned o, du Brunza!«, brüllte Veit Strobl, aber Matt griff schon nach der Kamera, und dann ging alles sehr schnell. Schritte, eilige Schritte, etwas Blaues, das durch die Luft sauste, sich um Veits Hals schlang, ein entsetztes »Leonhard!« von Christiane, Hartl, der Veit wegstieß, dem jungen Strobl die Kamera entriss, sie Matt in die Hand drückte mit den Worten: »Und jetza schleichst di!« Ein Rat, den Matt annahm, behende sprang er in sein Auto, brachte die Kamera in Sicherheit. Würde er wegfahren?

Mei, woher kam dieser Schwindel? Therese kämpfte dagegen an, Schwindel und knieweiche Schwummrigkeit, aber sie würde doch nicht umfallen, sie, die Bürgermeisterin! Sie atmete tief in ihre Mitte, hielt sich aufrecht, sah Toni, die ihren Schweinekamm an die Brust drückte, registrierte Veits Gesichtsausdruck: *überrumpelter Gorilla, eine Taucherbrille um den Hals,* dann fiel sie geradewegs hinein in starke Polizistenarme.

7.

Was für ein Tag! Gerädert stieg ich am Waldparkplatz aus dem Bus. Ich hatte eine anstrengende Schiffsrundtour mit einer koreanischen Kleingruppe hinter mich gebracht, deren Mitglieder glaubten, sie seien am Starnberger See, und mich penetrant nach dem Sissi-Schloss fragten. Der Neuenthaler Aussichtsturm als Alternative hatte ihre Stimmung nicht unbedingt gehoben, und die Tatsache, dass es hier keine Kuckucksuhlen zu kaufen gab, sorgte für beginnende Depressionen. Die ich mit einigen großzügig ausgeschenkten Maß Bier zu beheben versuchte. Worauf die Gruppe sich vor Gekicher über die Gläser kaum beruhigen konnte, Schluckauf bekam und dann geschlossen seekrank wurde. Und das an einem Tag, der mit einem Hochzeitsdirndl begonnen hatte.

Zum Glück war mir wenigstens die Führung zur Neuenthaler Stadtgeschichte erspart geblieben. Thereses Kunden hatten sich stattdessen für Erlebnisshopping entschieden. Die Neuenthaler Stadtgeschichtsführung war sowieso eher dürftig: ein Trip zur Kuhweide, wo ich in ominöse flache Erhebungen hinter dem zweiten Zaun eine Ahnung von mittelalterlicher Besiedlung hineindeutete, am Seeufer entlang zurück, unter launigen Fischer-Anekdoten. Am Ortsschild eröffnete ich gewöhnlich den gebannt lauschenden Touristen, dass Neuenthal erstmals 1428 in einer Urkunde erwähnt worden war, dann galt es 582 Jahre ohne besondere Vorkommnisse zu überbrücken, bis zum nächsten erwähnungsbedürftigen, elektrisierenden Ereignis: Zum ersten Mal kandidierte eine Frau für das Amt des Bürgermeisters! Niemand anderes als die umtriebige Laden- und Cafébetreiberin, neuerdings auch Pensionswirtin Therese Engler. Meine Mutter. Die seit heute Morgen schon dreimal auf meine Mailbox gesprochen hatte. Aber ich würde mich hüten, die Anrufe abzuhören. Bevor ich ins Haus ging, schaltete ich das Telefon aus. Nach diesem langen Tag wollte ich nichts, als vielleicht ein, zwei Salatblätter essen und mit Timo auf dem Sofa kuscheln. Endlich zu Hause! Erleichtert öffnete ich die Wohnungstür und trat in den Flur.

Es musste an meinem Zustand liegen, dass ich das, was an der Garderobe hing, zunächst für ein Gespenst hielt, ich hörte meinen eigenen erbärmlichen Schrei, meine Tasche entglitt meinen Händen. Schwer atmend stand ich im dunklen Flur, starrte es an.

»Schatz? Ist was?« Timos Stimme kam aus dem Wohnzimmer. Woher auch sonst.

»Alles okay«, antwortete ich zittrig, versuchte, mein wild galoppierendes Herz wieder auf einen gemäßigten Trab zu bringen. »War meine Mutter heute hier?«

Eine rhetorische Frage angesichts des Hochzeitsdirndls an der Garderobe. Ich öffnete die Wohnzimmertür. Timo saß vor dem 60-Liter-Aquarium. Er winkte mich heran, ohne sich umzudrehen.

»Schau mal«, flüsterte er.

Im Wasser spreizte Zopodil seine tiefblauen Schleierflossen, breitete sie aus wie ein überdimensionales Tutu. Eine Assoziation, die Zopodil sicher nicht gefallen hätte. Zopodil war ein Siamesischer Schleierkampffisch und strotzte vor Aggression.

»Ich glaube, Nefertiti hat schon Laichstreifen«, hauchte Timo. Jetzt erst sah ich das Weibchen, das wie die meisten Weibchen in der Tierwelt nach nichts Besonderem aussah und still im Wasser stand, während Zopodil alles gab, Tänzeln, Flossenwedeln, Schillern, so geschmeidiges wie pfeilschnelles Umwenden, um sich wieder von einer anderen, noch prachtvolleren Seite zu zeigen. Vorsichtig trat ich einen Schritt näher.

»Hat Therese irgendwas gesagt?«

»Pssscht«, machte Timo. »Schau, er hat schon ein Schaumnest gebaut!«

»Wow.« Im Stillen verfluchte ich wieder jenen Moment vor dem Zoogeschäft am Bodensee, als ich vorgegeben hatte, mich für Zierfische zu interessieren. Jetzt blieb mir nichts anderes übrig, als das weißliche Gebilde zu bestaunen, das in den Wasserpflanzen hing und auf das Zopodil immer wieder mit protzigen Flossenschlägen hinwies. Aber Nefertiti blieb unbeeindruckt, betrachtete sein Gespreize und Getänzel mit abwesendem Blick, als ob sie gerade über anderes nachdachte: seine Verdienst- und Aufstiegsmöglichkeiten, seine Fürsorgequalitäten, sein Verantwortungsbewusstsein und seine mögliche Rente.

Ich konnte sie verstehen. An ihrer Stelle hätte ich Zopodil auch nicht getraut. Siamesische Kampffischmännchen vergaßen vor lauter Aggression leicht, dass sie bei ihrem Date eigentlich ein nettes Dinner zu zweit unter einer Wasserpflanze geplant hatten, danach friedliches Kuscheln im Schaumnest mit Eiabgabe und Befruchtung. Laichstreifen hin oder her, irgendwann kam immer der Punkt, an dem Zopodil auf das Weibchen losging, was das Weibchen, anscheinend nicht ausreichend mit SM-Praktiken vertraut oder selbst am dominanten Part interessiert, zu flossenzerfetzender Verteidigung veranlasste. Aber heute schien Nefertiti auch dazu keine Lust zu haben, sie wandte sich nur cool von seinem bereits aggressiver werdenden Gebalze ab, schwamm zur Glasscheibe und glubschte in die Kamera, die ihre erfolgreiche Paarung direkt ins Zierfischforum im Netz übertragen würde.

»Vielleicht will sie zum Film.« Ich bereute die Bemerkung schon, als ich sie aussprach. Wenn es um die Fortpflanzung ging, hatte Timo ebenso wenig Humor wie Zopodil. Nefertiti schwamm noch näher an die Kamera heran, ein versonnenes Lächeln auf den Lippen, als träumte sie von Fisch-Hollywood, von Millionengagen statt millionenfachem Nachwuchs, während Zopodil hinter ihr alle Grenzen der Balzkunst sprengte.

»Komm schon, Nefi!« Timo beugte sich vor, angespannt. Er war schlanker als damals, als wir uns vor dem Zoogeschäft kennengelernt hatten, seine Schulterblätter stachen durch sein Sweatshirt. Bestimmt saß er schon seit Schulschluss vor dem

Aquarium und hatte höchstens eine Pizza und eine Tafel Schokolade – für ihn so gut wie nichts! – gegessen.

»Spatzl, ich mach uns eine kleine Brotzeit, ja?«

»Du willst nicht dabei sein?« Timos Stimme, ungläubig.

»Doch, doch. Ich beeil mich.« Ich biss mir auf die Lippen. Kruzinesen, ausgerechnet heute! Seit Monaten arbeitete Timo an dieser Paarung von Zopodil mit einer seiner Haremsdamen Nefertiti, Priya oder Xanthippe, dem großen Ereignis, das seine Schleierkampffischzucht begründen sollte. Ich verließ das Zimmer, ignorierte das Gespenst an der Garderobe und ging in die Küche. Wie ich ihn einschätzte, hielt Zopodil nicht viel von einem langen Vorspiel, vielleicht hatte ich Glück und sie wären schon beim Kuscheln danach, wenn ich mit dem Abendessen zurückkam. Den ganzen Tag hatte ich immer wieder an Ginas Bemerkung gedacht: Es geht um eure Liebe, euer Leben! Sie hatte ja recht. Wir mussten endlich über mein Hochzeitskleid sprechen.

Was sollte ich uns zubereiten, für einen romantischen Abend zu zweit? Für eine Sekunde sah ich vor meinem inneren Auge ein gebratenes Fischfilet, garniert mit Zitronenscheiben, umgeben von perfekt gerundeten Rosmarinkartöffelchen in zerlassener Butter. Wie Schleierkampffisch wohl schmeckte?

Wie konnte ich so etwas nur denken! Timo aß noch nicht einmal Fischstäbchen oder Sardellen auf der Pizza, schon der Anblick von Käpt'n Iglos Seemannsschmaus im Supermarkt verstörte ihn zutiefst. Natürlich verzichtete ich ihm zuliebe auf Fisch. Obwohl ich Fisch liebte. Schon immer, schließlich war ich am Ufer eines Sees aufgewachsen. In letzter Zeit hatte ich sogar manchmal einen regelrechten Heißhunger auf Fisch.

Rasch verdrängte ich den Gedanken, machte für mich etwas Gemüse zurecht, garnierte für Timo eine Schinkenplatte mit Gürkchen, Tomatenscheiben und Radieschen, richtete Brot und Butterbrezn her. Ob ich auch Kerzen anzünden sollte? Um der Romantik etwas auf die Sprünge zu helfen? Unserer Romantik, nicht der von Zopodil und Nefertiti.

Im Kühlschrank stand noch eine Flasche Sekt. Ich öffnete sie, goss mir ein halbes Glas ein und trank zwei zwar kalorienreiche, aber Mut machende Schlucke. Ich würde mich jetzt umziehen. Vielleicht war ich aus Pinguingründen zu nachlässig gewesen, was meine Kleidung betraf. Gina hatte mir auch schon einmal gesagt, dass die weiten T-Shirts und die langen Röcke, die ich im Sommer trug, nicht gerade ultrasexy seien. Im letzten Herbst hatte sie mir einen Bodysuit und einen Jeansrock aus einer Boutique mitgebracht. Immerhin war er knielang und würde die Hüften schmaler machen. Und der Reißverschluss würde sich vielleicht auch schließen lassen – mit übermenschlichen Kräften, Gebeten und himmlischem Beistand. Ich nahm den Sekt mit ins Schlafzimmer, trank einen weiteren ermutigenden Schluck, dann entledigte ich mich meiner Kleider. Warum nicht auch den Spitzenbodysuit anprobieren? Sektbeflügelt schlüpfte ich hinein. Er passte wie eine zweite, vielleicht etwas pralle Haut, hielt Ausuferndes in Zaum, über seine verführerische Glätte ließ sich der enge Rock leicht streifen, und sogar der Reißverschluss fügte sich nach einigen Versuchen.

Nach einem weiteren Schluck Sekt wagte ich einen Blick in den Spiegel – nicht schlecht, nein, gar nicht schlecht! –, probierte verschiedene Blusen aus. Fast alle spannten um den Busen, gaben den Blick auf die Spitzen des Bodysuits darunter frei. Ich entschied mich für eine Bluse in unschuldigem Weiß, ließ die oberen Knöpfe offen und löste meinen Pferdeschwanz. Lag es daran, dass ich kein Deckenlicht, sondern nur die Stehlampe eingeschaltet hatte, oder am Sekt, dass ich mir so gut gefiel? Ich knetete meine Locken, schüttelte sie zurecht und zog den Schwung meiner Lippen mit Lipgloss nach. Warum nicht zur Feier des Tages dazu Seidenstrümpfe und die Plateauschuhe anziehen, die ich letzten Sommer gekauft und noch kein einziges Mal getragen hatte? Würde Timo sich vom Aquarium abwenden, die Hände auf meine Schultern legen, mir ins Ohr flüstern, wie heftig er mich begehrte? Würde er gar meine Bluse *mit einem einzigen*

Prankenhieb herunterreißen, wie es Delphine de Brulée in ihrem Roman schilderte? *Das Tier in ihm war erwacht, schlug seine Zähne in Seide und Satin.* Wenn es so weit war, konnten wir ja das Licht ausmachen. Gegen die vielen glubschenden Augen. Ein letzter Schluck Sekt. Dann zog ich entschlossen die Seidenstrümpfe an – eine kleine Tortur unter dem engen Rock, aber vielleicht war es die Sache wert – und schlüpfte in die Plateauschuhe.

Zugegeben, ganz einfach war es nicht, damit zu laufen. Vor allem nicht mit dem großen Tablett, auf dem ich unser Abendessen zu servieren gedachte, dazu den Sekt. Vor dem Wohnzimmer stellte ich es ab, auf das kleine Telefontischchen, öffnete die Tür. Von drinnen kein Laut. Timo saß da wie vorher, vor dem Aquarium, den Rücken gekrümmt.

»Spatzl, hier bin ich!«, rief ich mit fester Stimme, nahm das Tablett wieder auf und trat ein.

Die ersten Schritte, auf Timos Rücken zu, gelangen noch leidlich. Timo drehte sich nicht um, saß so starr, als wagte er noch nicht einmal zu atmen. Im Näherkommen sah ich den Grund: Nefertiti hatte sich von der Kamera und ihren Hollywood-Träumen verabschiedet und dümpelte unter dem Schaumnest herum. Lammfromm. Laichbereit. Mit einem OH-ZOPODIL-KOMM!-Ausdruck im Gesicht. Vorsichtig das Tablett balancierend, trat ich näher. Wer sie wohl hineingelockt hatte, Timo oder der eifrig um sie herumbalzende Zopo … Verdammt! Die Schuhe! Umgeknickt war ich, ein stechender Schmerz im Knöchel, keine Arme frei, um mich zu fangen, das Tablett, oh Gott, ich musste es festhalten, ich eierte, schon aus dem Gleichgewicht, schwankte einige zu schnelle Schritte auf Timo und das Aquarium zu, der Rest geschah in Zeitlupe, einer Katastrophenzeitlupe, ich beobachtete alles, als wäre ich nicht dabei: das rutschende Tablett, Timos ungläubiger Blick, als er sich aufrichtete, erst kippte die Sektflasche, fiel, Sekt schäumte auf dem Teppich, Timos aufgerissene Augen, sein Schrei: Susn!, überrascht und wütend, rutschende Teller, abstellen musste ich das Tablett, abstellen auf der einzigen Fläche, die sich mir bot: der Abdeckung des Aquariums. Etwas unsanfter als geplant.

»Verdammt, Susn, bist du wahnsinnig?«, schrie Timo, nahm das Tablett herunter, ein Glas fiel, natürlich das volle, die Platte rutschte, Radieschen hüpften über den Teppich, als er das Tablett achtlos auf dem Boden abstellte, um sich sofort wieder dem Aquarium zuzuwenden. Zopodil schoss hin und her, prallte gegen das Glas, dann gegen die Abdeckung, so lange, bis Timo ihn herausfischte und in dem kleinen Becken isolierte, in das Zopodil schon öfter verbannt worden war, um in aller Ruhe wieder zu sich selbst zu finden. Was ihm diesmal nicht gelingen wollte. Vielleicht, dachte ich, während ich unter gestammelten Entschuldigungen Radieschen vom Boden klaubte, hatte Zopodil nicht nur das Herunterkrachen des Tabletts aus dem Balztanz geworfen, vielleicht beängstigte ihn auch Nefertitis unerwartete Anschmiegsamkeit. Verschwommen erinnerte ich mich an den Stoff meines einzigen Psychologieseminars an der Uni, über Verschlingungsängste bei Männern. Wobei Verschlingungsängste bei Fischen sozusagen zum Alltag gehören mussten, nicht nur in freier Wildbahn. Auch hier im Aquarium war schon das eine oder andere friedfertige Exemplar spurlos verschwunden, während andere, weniger friedfertige Exemplare mit einem Jetzt-fehlt-nur-noch-eine-leckere-Nachspeise-Gesichtsausdruck umherschwammen.

Ich richtete mich auf. Timo sah mich an, fassungslos, auch eine Spur Entsetzen im Blick. Als wäre ich nicht seine Susn in schicker Bluse, Bodysuit und Jeansrock, sondern etwas Bedrohliches wie eine giftige Alge. Ich bereute meine nächste Frage schon in dem Moment, als ich sie aussprach:

»Was ist dir lieber? Die Fische oder ich?«

Bestimmt zwanzig Sekunden standen wir einander stumm gegenüber, unter den neugierigen, vielleicht auch mitfühlenden Blicken von Zackenbarschen, Bartwelsen und Malawis aus den umliegenden Aquarien. Dann streckte Timo die Hand aus und berührte meine Schulter.

»Nicht weinen, Schatz, es tut mir leid!«

Einige zarte Küsse, einen glühenden Vortrag über die Wichtigkeit dieser Paarung und eine Teppichsäuberungsaktion später half ich ihm schon, die bedröppelte Nefertiti zu trösten. Mit lebenden Wasserasseln aus der Zuchtschale, vor denen ich mich normalerweise ekelte. Uns verwöhnte ich mit der schnell wiederhergerichteten Brotzeitplatte und einer frischen Flasche Sekt, nachdem ich mein Gesicht gewaschen, die Locken etwas gezähmt und mich umgezogen hatte, mich wieder so präsentierte, wie Timo mich am liebsten sah, ganz natürlich, in Jeans und Sweatshirt. Und ebenso natürlich, erklärte mir Timo, sähe er mich auch auf unserer Hochzeit, eine Wildblume mit Locken, in einem romantischen Kleid. Eine Weile blätterten wir gemeinsam in Hochzeitsmagazinen. Wobei Timo auffallend oft mit den Blicken am Modell Sissi hängenblieb. Ein Modell, das, wie es im Katalog hieß, *hervorragend zu zart bis zerbrechlich gebauten Frauen* passte, weniger zu einem robusten Pinguin. Der eigentlich eine Wildblume war. Was für ein süßer Vergleich. Getröstet legte ich den Kopf an Timos Schulter. Worauf Timo gähnte, sein halbvolles Sektglas wegschob. Er müsse am nächsten Morgen ja wieder so barbarisch früh raus, er lese jetzt im Bett noch ein wenig im Aquaristikmagazin. Damit küsste er mich auf die Wange und verschwand. Ohne mich zu fragen, ob ich auch ins Bett kommen wolle.

Eine Weile hörte ich dem Rauschen der Dusche zu, nippte an Timos Glas, überlegte, ob ich mich nicht einfach in all meiner Wildblumennatürlichkeit zu ihm unter die Dusche stellen sollte. Stumm und sehnsüchtig. Wie Nefertiti im Schaumnest. Wobei die Sache für Nefertiti ja auch nicht gut ausgegangen war.

Bevor ich mich entscheiden konnte, fiel die Schlafzimmertür zu. Ich brachte das Essen – ich hatte es geschafft, kaum etwas anzurühren! – zurück in die Küche, trank Timos Glas leer. Und füllte mein eigenes. Nefertiti glubschte hinter einer Wasserpflanze hervor. Lag es am Sekt, dass mir ihr Blick plötzlich weise und traurig vorkam? Als wüsste sie um die Vergeblichkeit aller weiblichen Mühen und Listen. Aber sie war nicht allein mit der Schmach, die anderen Weibchen des Harems, Priya und Xantippe, die Timo wieder zu ihr ins Becken gesetzt hatte, schwänzelten schwesterlich um sie herum. Ich holte das Telefon, wählte Ginas Nummer. Die Zahlen verschwammen vor meinen Augen, Tränenschleier, Sektnebel. Sie ging nicht ans Telefon, auch nicht nach dem zwanzigsten Klingeln. Vermutlich lagen sie und Quirin längst im Bett. Einander in den Armen. Ich stürzte den Inhalt meines Glases hinunter, füllte es erneut. Sanft begann der Raum sich zu drehen. Ich spürte, wie betrunken ich war, als ich meine eigene Stimme hörte, die Nefertiti riet, ihre Frustration nicht mit zu vielen Asseln zu kompensieren. Und was tat ich jetzt, kniete ich tatsächlich vor dem Becken und entschuldigte mich für die Vision eines Fischfilets mit zerlassener Butter und Kartöffelchen? Eine Aktion, die Nefertiti, Priya und Xanthippe zu interessieren schien, nebeneinander fächelten sie, dicht am Glas. Ich schaffte es, mich wieder zu erheben, betrachtete den Rest in der Sektflasche, dann wieder die Fischweibchen, die ihre Mäuler auf- und zuklappten, beinahe synchron. Wie der Chor eines Fischmusicals. Oder, als ob sie etwas erwarteten. Von irgendwoher, aus fröhlicheren Gefilden meiner selbst, stieg ein Kichern auf.

»Auch ’n Schluck? Auf die Männer!« Und kichernd öffnete ich die Abdeckung des Aquariums, goss den Rest Sekt aus der Flasche ins Wasser, damit sie sich Zopodils Balzversagen schönsaufen konnten.

8.

Mei! Diese Handys! Funktionierten beinahe zu gut. Mindestens nach dem Fünfzehn-Fliegen-mit-einer-Klappe-Prinzip. Schon wieder hatte sie aus Versehen ihr Ohr fotografiert, als sie das Telefon zu fest dagegenpresste. Und wie löschte man die damischen Bilder wieder? Egal! Sie hatte Matt nicht allzu gut verstanden, er rief vom Auto aus an. Unterwegs war er, nach Frankfurt, zu einer Messe. Es klang wichtig. Und trotzdem hatte er angerufen! Um ihr zu sagen, dass er eben auf der Raststätte nach dem Film geschaut habe. Alles sei erhalten, es sei super geworden. Besonders das, was die weiterlaufende Kamera noch aufgenommen habe, das sei Kunst, er beabsichtige, etwas daraus zusammenzuschneiden. Nahaufnahmen von der Brustbehaarung dieses beleibteren Mannes, wie heiße er noch einmal, Strobl? Hier würde sich eine Makro-Bearbeitung lohnen, das sei ja eine ganz eigene Welt, dieser Brustpelz. Dazwischen ein plötzlicher Schwenk über den Himmel, eine Ahnung von erschrockenen Gesichtern, sogar der Schweinekamm sei einmal kurz zu sehen gewesen, als ihr Bruder – das sei vielleicht ein uriger Typ, dieser Hartl! – diesem jungen Schnösel die Kamera entriss und sie ihm in die Hand drückte. Als er ins Auto stieg, habe die Kamera auch noch einmal Gesichter aufgenommen, diese Wut auf dem Gesicht des Bärtigen, als er sich von der Taucherbrille befreite und auf diesen Hartl losging. Danach leider nur noch eine Makroaufnahme des Autositzes, weil er die Kamera ja liegengelassen habe, um aus dem Wagen zu stürzen und sie aus den Armen des Polizisten zu befreien.

Ha! Der Fredl! Wenn sie nur daran dachte! Natürlich hatte er sie viel zu fest gehalten, dieser Hundling. Zum Glück war sie an seiner breiten Bruce-Willis-Brust sofort wieder zu sich gekommen, hatte Christianes entsetztes »Leonhard! Jetzt hilf ihm doch mal jemand!« gehört, dann Matts Gesicht gesehen, besorgt, nah. Matts Arm um ihre Schultern, seine besorgte Frage, ob ihr schlecht sei. Wie gut es tat, wenn man sich an eine Schulter lehnen konnte.

Aber ein so offensichtliches Zeichen von Schwäche konnte sich Therese Engler nicht erlauben. Schnell hatte sie Matts schützenden Arm weggeschoben, sich der verzwickten Lage angenommen, zusammen mit Christiane Breitner. Autorität besaß sie ja, die Schnoin. Gemeinsam hatten sie alle wichtigen Fragen geklärt: Wer wen anzeigen wollte wegen körperlicher Angriffe und wegen Kameradiebstahls, wer die kaputte Taucherbrille bezahlte. Ein großer Moment: Jetzt sah Neuenthal, wer regieren konnte – eindeutig Therese Engler. Nicht der geifernde Rumpelstilzchen-Fredl und schon gar nicht der zaudernde Bürgermeister. Nach der Schlichtung des Streits hatte sie Matt erlaubt, sie in die Kaisersuite zu geleiten. Um sich, wie er besorgt anordnete, auszuruhen. Irgendwie war ihr die Kaisersuite angemessener erschienen als ihr eigenes Schlafzimmer. Dort angekommen, hatte Matt es jedoch plötzlich eilig gehabt, er müsse weiter, zur Messe nach Frankfurt, aber er sei bald wieder da, schon wegen Susn und wegen der Plakate und natürlich ganz besonders wegen ihr. So schnell war er davongeeilt, dass sie gar nicht mehr nach dem Film hatte fragen können. Aber jetzt hatte er ja angerufen.

Therese löste sich vom Balkongeländer, an dem sie telefonierend gelehnt hatte, und ging zurück in die Kaisersuite. Über dem Sofa führte ein Staubkörnchenensemble ein kleines Ballett auf. Sie setzte sich an den Schreibtisch, notierte: Kathi! Regelmäßig saugen! auf den bereitliegenden Block. Wenn sie keine Gäste hatte, machte sie die Kaisersuite zu ihrem Büro, sie war so viel komfortabler und schöner als der winzige Raum hinter der Empfangstheke. Sie schaltete den Laptop ein. Eine kompakte Figur – Brust, Schultern, Hut – spiegelte sich auf dem Display, hinter der Google-Seite, die sich in aller Neuenthaler Behäbigkeit aufbaute. Ob sie den Wählern versprechen sollte, für einen Highspeed-Zugang zu kämpfen? Nein. Noch nicht einmal Mohnau hatte einen, und Therese Engler machte keine falschen Wahlversprechen.

Sie klickte auf YouTube, gab »A typical bavarian Feuerwehrfest« ein. Das Video erschien – jedenfalls für Neuenthaler Verhältnisse – sofort. Mit dem von ihrem Neffen entworfenen Logo: *Neuenthal is the world.* Und darunter: *Tradition braucht Zukunft, Therese Engler für Neuenthal.* Ihr Neffe hatte einen ganzen Tag und eine Nacht gebraucht, um das Video hochzuladen, und die Hochlade-Aktion hatte das Netz der näheren Umgebung lahmgelegt. Aber es hatte sich gelohnt! Jedenfalls beinahe. Seit gestern waren vier Klicks dazugekommen. Immerhin. Sie ließ den Clip nicht laufen, erstens wollte sie ein realistisches statistisches Ergebnis, zweitens blieb der Film sowieso ständig hängen, und drittens hatte sie die verwackelten Aufnahmen des Auftritts der Neuenthaler Feuerwehrkapelle oft genug gesehen.

Trotzdem: Alles in allem eine gute Aktion. Wenn man bedachte, unter welchen Umständen sie dazu genötigt worden war. Angefangen hatte alles mit dem Foto, das in der Feuerwehrkneipe an der Wand hing. Es zeigte einige Teilnehmerinnen der legendären Negligé-Party vom letzten Frühjahr, unter anderem auch die parteilose Kandidatin für das Amt des Bürgermeisters, Therese Engler. In einem weißen Satinunterrock mit Edelweißmotiv. Die beste Reklame für ihren Laden und ihren dirndlfüllenden Bug. Alle Teilnehmerinnen – Frauen in Unterröcken oder Nachthemden hatten freien Eintritt gehabt, eine vielleicht nicht unbedingt geschmackvolle, aber harmlose Gaudi – hielten das Sektglas in der Hand, das sie zum Empfang bekommen hatten. Natürlich kein Mumm-Sekt oder gar Fürst Metternich. Mit Faber für 2,99 Euro pro Flasche war Anderls Maß an Großzügigkeit schon mehr als erfüllt. Dafür zeigte sich die Neuenthaler Damenwelt um einiges großzügiger, was tiefe Ausschnitte, enge Korsetts und Babydolls betraf. Therese hatte sich in ihrem anständigen Unterrock nicht allzu wohl gefühlt und war nach Hause gegangen, bevor die Party eskalierte. Allein in ihrem Schlafzimmer hatte sie

Willie Nelson gehört: *I'm a Rollin Stone, all alone and lost.* Der Mann wusste, wie das Leben war. Als ob er auch schon einmal in einem weißen Edelweiß-Unterrock an einem Fenster gestanden und in den Nachthimmel geschaut hätte, ein Stamperl Kräuterlikör in der Hand.

An das Negligé-Party-Foto in der Feuerwehrkneipe hatte sie nicht mehr gedacht, bis Fredl Weidinger erst die Strobls, dann den Bürgermeister, den Pfarrer und Girgl vom Kreisblatt darauf aufmerksam gemacht hatte: Ein Skandal! Zwei Tage später war das Bild verschwunden, und Anderl hatte im Edekamarkt die eine oder andere Andeutung fallenlassen, dass Therese Engler ihm einen Gefallen schuldig sei. Was eine Therese Engler natürlich nicht auf sich sitzenlassen konnte! Sie hatte immer ihre Schulden bezahlt.

Und wieder hatte das Zwei-Fliegen-mit-einer-Klappe-Prinzip ausgezeichnet funktioniert: Sie hatte die Feuerwehrkapelle einer breiten Öffentlichkeit präsentiert und ihr Logo dazu, die Aktion hatte sich weit über die Grenzen Neuenthals herumgesprochen, und die Kandidatin hatte auch etwas davon gehabt. Sie notierte die neue Klickzahl, schloss das YouTube-Fenster, in dem Anderl erstarrt war – auf seinem Bierzelt-Klappstuhl, seine Tuba auf dem Schoß.

Es war albern, sich umzudrehen und einen raschen Kontrollblick durchs Zimmer zu werfen, bevor sie ihren Geheimordner *Tourismusbroschüre* öffnete. Sie, Therese Engler, konnte hier in ihrer Kaisersuite tun, was sie wollte. Auch etwas schreiben, was keinem prüfenden Gruppenblick standhalten würde. Einen Moment zögerte sie, die Finger über den Tasten, überflog die letzten Zeilen der Datei *Nachtleben in Neuenthal.* Schon lange ärgerten sie die blumigen Mohnauer Vorschläge für *bezaubernde Abende* in ihrem Ort: *Entspannen Sie sich in unseren zahlreichen Restaurants, von rustikal bis exquisit, und natürlich in unserem urigen Programmkino.* Wo der bezaubernde Werbefilm von Fredl Weidinger lief. So ein Schmarrn!

Therese beugte sich über die Tasten, tippte schnell: *Einen noch bezaubernderen Abend können Sie in Neuenthal verbringen* – nein, nicht verbringen, wie klang denn das? Urlauber wollten *erleben.* Und sie brauchte ein besseres Wort als »bezaubernd«, ein Wort, das die Mohnauer Bezauberung fade wirken ließ, so fade wie der überteuerte Schweinsbraten im Uferpromenadenrestaurant. Entzückend? Oder bestrickend? Das klang eher nach Landfrauenversammlung. Betörend? Faszinierend? Phantastisch? Gar magisch? *Einen magischen Abend verbringen Sie in der Neuenthaler Feuerwehrkneipe bei Semmelknödeln* – mei, ob es stimmte, was Franzi vom Edekamarkt erzählt hatte? Dass Anderls Frau Resi alles, was gerade auf der Arbeitsfläche lag, in ihre Semmelknödel zwangsintegrierte? Abgesehen davon gab es bei Resi in letzter Zeit nur noch strammen Max. Wegen der Überproduktion ihrer Hühner. Mit Billigschinken aus dem Lidl im zehn Kilometer entfernten, so gar nicht idyllischen Industriegebiet. Es war sicher besser, sich nicht auf die Restaurants zu beziehen, sondern Neuenthals paradiesische Natur ins Spiel zu bringen. Die man *mit allen Sinnen erleben* konnte, ja, das war gut, sakrisch gut sogar! *Einen himmlischen Abend erleben Sie am Neuenthaler See, mit allen Sinnen, vom Anblick des malerischen Sternenhimmels, der zu romantischen Träumen inspiriert, über das verführerische Flüstern der Wellen und den leisen Windhauch, der Ihre Wangen streichelt, zart, wie der Finger des Geliebten, bis zu den wild lockenden Düften nach Jasmin, Flieder und Veilchen.* Sie hielt inne, fast ein wenig atemlos von ihrem Schreibfluss. Hatte sie wirklich Veilchen geschrieben, inspiriert von Matts Duft, der noch im Zimmer hing? Was war los mit ihr, warum stahlen sich ihre Gedanken dauernd zu ihm, und was sollte der *Finger des Geliebten* auf ihrer Wange und in ihrer Broschüre?

Therese Englers Liebesleben war nach der aufreibenden Nacht mit Matthias Glatthaler und ihren Folgen immer in angenehm ruhigen Bahnen verlaufen. Eine nicht gerade elektrisierende, aber gemütliche Wochenendbeziehung mit einem Touristen aus

Schwaben, die immerhin drei Jahre ruhig dahingedümpelt war, bis sie versandete. Eine etwas aufregendere Begegnung mit einem Tuchfabrikanten auf einer Messe. Einige Sommerabenteuer, eins davon sogar fern der Heimat. In jenen ersten und einzigen Sommerferien, die Susn bei ihrem Vater verbracht hatte. Matthias Glatthaler hatte sich von seiner damaligen Frau getrennt und war nach Frankreich gegangen. Nur unter tausend Ermahnungen hatte Therese das Madl fahren lassen, nach Paris, mei! Aber Matthias hatte sie nicht aufgefordert, mitzukommen. Also hatte sie ihren Laden ihrem Bruder überlassen und war selbst abgereist zur längst fälligen Kur in ein Ostseebad in Mecklenburg. Wo an vielen Stränden oben ohne gebadet wurde. Praktisch nackert. Lange schlich sie um den Oben-ohne-Strand herum. Gar so greislich sah sie ja auch nicht aus, sie konnte ihrem Bug ruhig einmal einen Sonnenstrahl gönnen. Und, was immer man von Therese Engler behaupten mochte, dass es ihr an Mut für Neues fehlte, gehörte gewiss nicht dazu. Am dritten Tag schon warf sie beherzt ihr Bikini-Oberteil von sich und widerstand der Versuchung, sich auf den Bauch zu legen.

Gerade als sie sich ausmalte, wie sie Toni und einigen anderen ihren nahtlos gebräunten Vorbau präsentieren würde, sprach sie ein Mann an. Nicht irgendein Mann. Der Bademeister höchstpersönlich. Der Baywatch, wie man heutzutage sagte. Wobei dieser Bademeister nicht ganz so aussah wie David Hasselhoff aus der Baywatch-Serie. Aber gebräunt war er, vielleicht sogar nahtlos, und er war Schwimmer und Taucher, wie ihr Bruder. Und so kamen sie gleich in ein angeregtes Gespräch, im Laufe dessen sie alle möglichen Kombinationen ausprobierte, in welcher Weise man Arme oder Hände vor einer bloßen Brust drapieren konnte. Dabei konnte sie sich durchaus unterhalten, wenn sie nackt war. Solange der andere eben auch nackt war.

Aber als sie dann beide komplett ausgezogen auf seinem Futon lagen, das an eine Turnmatte erinnerte, war er plötzlich nicht mehr so gesprächig. Er rückte sie zurecht, betrachtete sie prüfend, als beabsichtige er, Wiederbelebungsversuche an ihr zu demonstrieren, erwies sich auch im weiteren Verlauf der Übung als äußerst sportiv: Er stieg auf und wieder von ihr hinunter, drehte sie um, zog sie über sich, liebte sie sitzend, kniend, nötigte auch ihr einen gesunden gymnastischen Einsatz ab. Wenn sie fertig sein würden, bei diesem Gedanken erwischte sie sich, während er sie in die nächste Position manövrierte, könnte sie beim Abendessen im Kurhotel mit gutem Gewissen eine Extraportion Nachtisch essen. Was sie auch getan hatte. An diesem und an den anderen Abenden, nach der Gymnastik mit dem sportlichen Baywatch, für den sie bis zum Schluss nicht in Leidenschaft entbrannt war. Aber es war eine Erfahrung gewesen!

Und die nahtlose Bräune hatte lange gehalten, den ganzen Winter über, und Toni …

»Hallo?«

Sie fuhr auf. Christiane Breitners Stimme, von draußen.

»Therese? Bist du noch da? Ich wollte dich mal sprechen!«

Was wollte Christiane von ihr? Und hörte sie dort draußen nicht auch andere Stimmen? Schnell schloss sie die Datei *Nachtleben in Neuenthal* und trat auf den Balkon. Auf dem Parkplatz standen zwei Autos: Christianes Mini, cremefarben und frisch poliert, daneben ein anderer Kleinwagen, babyblau. Dem zwei Gestalten entstiegen. In Trachtenjacken, Modell Alpenpartner, für sie und ihn, wenn sie nicht irrte, aus ihrem Shop. Kannte sie die beiden? Woher nur? Christiane, eine Augenbraue hochgezogen, ging auf das Auto zu.

»Wow, ist das nicht ein Trabbi?«

»Nu sischer!«, sächselte der Mann.

Natürlich kannte sie ihn, jetzt fiel es Therese ein, vom letzten Sommer! Ein guter Kunde. Nicht nur ihres Ladens, auch von der Tauchschule ihres Bruders.

»Is schon gudd rumgegommn aufm Globüs, die Garre!« Der Mann tätschelte das Hinterteil des Wagens, und während Christiane und Therese sich noch ratlos ansahen – Garre? Karre?

Meinte er dieses Auto, dieses strampelhosenfarbene Gefährt? –, redete er schon weiter: »Bis zum Nordgabb sind wer gefahrn, nü ja, nischt Besönderes, erst nur äwisch Dannenwald, und dann siehts ooch nur aus wie im Sperrgebiet an der ähemalischen Zönengrenze.«

»Fählen nür die Selbstschüssanloochen!«

»Judda!«, ermahnte der Mann seine Frau, und in diesem Moment fiel Therese auch sein Name ein: Uwe. Was in Juddas Aussprache wie Üwe klang.

»Nü, is doch wahr, Üwe! Wö is denn nü die Bension von der ... da isse ja, auf däm Balgong! Därese!« Im Sprechen hatte Judda den Blick gehoben und winkte begeistert: »Gennsde üns noch?«

Keine fünf Minuten später hatten Judda und Üwe ein Komfortzimmer bezogen, obwohl Therese ihnen wegen ihrer Treue sogar die Neuenthaler Kaisersuite zu einem Spezialpreis angeboten hatte, was Üwe mit einem bescheidenen »Nü ja, Därese, wir sind zwar Größgabidalisden, aber Gaiser sind wer noch gehne!« ablehnte. Um sich dann in Begeisterung über die Bensiön zu ergehen, die im letzten Jahr doch noch eine ziemliche Brüchbüde gewesen sei. Eine Aussage, für die er von Judda zurechtgewiesen wurde. Therese überzeugte sich, dass der Begrüßungsdrink auf dem Tisch stand – Neuenthaler Kräuterlikör –, dass Kathi auch das Badezimmer geputzt hatte, dann ließ sie ihre Gäste allein und trat wieder hinaus auf ihren Balkon. Christiane stand noch vor dem Mini, lud zwei Kühlboxen aus.

»Du wolltest mich sprechen?«

Christiane neigte den wohlfrisierten Kopf. Jeder wusste, dass Christiane Breitner alle acht Wochen zu einem Top-Friseur in München fuhr. Für eine Frisur, die laut Anderl aussah wie ein Wischmopp. Aber ihre Haarfarbe war auf jeden Fall apart, ein helles Rot, irgendwo zwischen Eichkatzerl und Fuchs. Und was fragte sie da? Ob Therese schon einmal über eine kompetente und professionelle Wahlberatung nachgedacht habe? Hatte sie denn so etwas nötig? Und noch dazu von dieser Schnoin?

Christiane schlug die Tür des Mini zu. »Komm einfach morgen Abend zum Essen in die Tauchschule. Dann reden wir über alles. In Ruhe. Es gibt Sushi. Um sieben. Bis dann.«

Damit nahm Christiane Breitner ihre Kühlboxen und entstöckelte Richtung Tauchschule. Therese sah ihrem entschwindenden Heck im Bleistiftrock nach. Sushi. Einen Schweinsbraten durfte man bei Christiane Breitner natürlich nicht erwarten. Dafür einen teuren Rotwein. Die Sorte, die Fredl Weidinger bei seinen nächtlichen Aufräumrazzien am See zu beschlagnahmen pflegte. Um sie mit den Strobls zu trinken, jeder wusste es. Mafiöse Zustände! Über die jeder hier Bescheid wusste, ebenso wie über die schwarzen Kassen, aus denen Fredls Wahlkampf finanziert wurde.

Wahrscheinlich war es nicht unvernünftig, über Christianes Angebot zumindest nachzudenken. Bevor sie hierherkam und Hartl kaperte, hatte Christiane eine große Firma geleitet, sie war – so fair musste man sein – Therese in gewissen Businessbereichen durchaus überlegen. Und hatten nicht alle Politiker Wahlberater, sogar die Bundeskanzlerin? Kreizkruzifix, nicht dass sie sich in irgendeiner Form … Aber Fredl Weidinger würde sich bald wundern! Und Veit Strobl dazu!

Bei näherer Betrachtung gefiel ihr Christianes Angebot immer besser. Therese Engler war keine Einzelkämpferin mehr. Therese Engler hatte ein Team. Beinahe schon einen Clan. Eine Wahlberaterin. Einen Künstler, der für sie Plakate machte. Einen … ja, was war Matt jetzt für sie? Ein Freund? Oder ein Angehöriger, wegen Susn? Wie auch immer, jedenfalls machte er einen Film mit ihr. Und Susn musste sie auch anrufen, ihr vom neuesten Stand der Dinge berichten. Gleich! Nur noch einen Moment das Gesicht in die Sonne halten. Orangefarbenes Glühen hinter den geschlossenen Augen, Wärme auf Wangen, Nase, Lippen. Wie ein unverhoffter Kuss … geh, Schmarrn! Aber sie öffnete die Augen nicht, stand andächtig, dachte den Gedanken zu Ende: wie ein unverhoffter Kuss vom Glück! Kruzifix. Ja.

9.

Morgen. Etwas, das heraufdämmerte. Vor dem Fenster. Und vielleicht auch in meinem Kopf. Eine Erinnerung, mit der die Security-Abteilung meines Bewusstseins noch rang.

Fischaugen.

Sehnsucht.

Mein Kopf dröhnte, jemand musste Blei hineingefüllt haben. Und meine Kehle war eine staubtrockene Wüste. Ich stöhnte, griff nach dem Glas Wasser auf dem Nachttisch. Oh mein Gott!

Hatte ich wirklich Sekt in das Becken geschüttet, das Nefertiti mit ihren Haremsgenossinnen teilte? Und jetzt? Hatte Timo nach ihnen geschaut? Undeutlich erinnerte ich mich, dass er verschlafen hatte, aus dem Haus gestürzt war. Aber es konnten nicht mehr als ein paar Tropfen Sekt gewesen sein. Der Rausch würde höchstens für eine hochemotionale Lästerrunde unter Weibern reichen, wie sie auch beim Landfrauentreffen in der Neuenthaler Feuerwehrkneipe üblich waren. Und wenn nicht? Oh Gott! Würde ich gleich Nefertiti, Priya und Xanthippe hackedicht und vollkommen enthemmt vorfinden? Oder womöglich bauchoben treibend? Schon war ich aus dem Bett gesprungen, mit dröhnendem Schädel, rannte ins Wohnzimmer. Zopodil schoss in seinem Zehn-Liter-Selbstfindungsbecken hin und her. Anscheinend war er bei der Analyse seines Fehlverhaltens und seiner Bindungsangst noch nicht weitergekommen. Aber was interessierte mich das jetzt!

Auf alles gefasst, näherte ich mich dem 60-Liter-Becken, spähte durch die obere Abdeckung. Nirgendwo ein Fischbauch. Weich meine Knie, auf die ich sank, um den Grund zu inspizieren, auch hier nur ein umgedrehter Blumentopf, sanft fächelnde Wasserpflanzen. Sonst nichts. Mit zitternder Hand griff ich nach Timos Zollstock, der neben dem Becken bereitstand. Man musste das Wasser in Bewegung bringen, hatte ich von Timo gelernt, den Stock in langsamen Achten kreisen lassen, wie man Farbe umrührte. Oder Fondue. Oder Fischsuppe. Herrgott! Es war nur die Anspannung, die mich so etwas denken ließ.

Ich rührte, wirbelte Sand auf. Und drei weibliche Exemplare der Gattung Betta splendens, die langsam aus der Öffnung des Blumentopfs hervorschwänzelten. Angepisst und sichtlich verkatert. Aber sie lebten! Sie hatten es überstanden! Und sie hatten bestimmt Hunger. Gleich würde ich ihnen ein Katerfrühstück der Extraklasse bereiten. Ich verdrängte den Gedanken an ein eigenes Katerfrühstück mit Rollmops oder Matjesfilets und ging in die Küche. An das, was Timo in Schalen und Gläsern züchtete, traute ich mich nicht heran, ich suchte im Schrank nach dem Trockenfutter und holte aus dem Gefrierfach unseres Eisschranks die Tüte mit den gefrorenen Mückenlarven. Larven, eine großzügig bemessene Menge Flocken und ausgesuchte Granulatleckerli brachten die Haremsdamen sofort vom Blumentopf weg, sie schossen an die Wasseroberfläche, schnappten flossenpeitschend nach Flocken, Larven und nacheinander. Von Empfehlungen einschlägiger Diätforen wie *Essen Sie langsam und mit Genuss* schienen sie nicht allzu viel zu halten, sie inhalierten das Futter, ohne jeden Bissen *gut einzuspeicheln und mindestens dreißigmal zu kauen, damit er schon im Mund vorverdaut wird* – ein Tipp, der allerdings auch meinen Vorstellungen von Genuss widersprach. Ihr Appetit war wirklich rührend. Wenn Timo uns jetzt sehen könnte!

Vielleicht hatte ich in letzter Zeit zu wenig Verständnis für sein Hobby gezeigt. Und wahrscheinlich war meine Frage, wer wichtiger sei, die Fische oder ich, auch äußerst kindisch gewesen. Immerhin hatten wir daraufhin geredet. Und ich wusste jetzt, welches Brautkleid er bevorzugte. Aber wie seine und meine Wünsche zusammenbringen? Und welcher Brautmodenladen würde … Kruzinesen! Natürlich! Özcan Breithuber! Er könnte mir einen Kompromiss schneidern, aus Meerjungfrau und Sissi!

Oder es zumindest versuchen. Ich musste ihn fragen. Elektrisiert von diesem Gedanken nahm ich zwei Aspirin, packte die Brautkleidkataloge in meinen Rucksack und machte mich auf den Weg, um noch vor der Arbeit bei ihm vorbeizuschauen.

»Kannst du mir mal sagen, was das ist?« Früher Abend. Der Abend eines äußerst anstrengenden Tages. Timo stand in der offenen Wohnzimmertür und deutete anklagend auf das 60-Liter-Becken.

»W… was?«

Ich beugte mich vor: Die Haremsdamen dümpelten träge über dem Grund und sahen trotz sexueller Enthaltsamkeit ziemlich schwanger aus. Auf der Wasseroberfläche trieben vereinzelte Futterflocken.

»Aber ich wollte ihnen doch nur etwas Gutes … nach dem Sekt … äh … nach dem Frust gestern … ich dachte, du freust dich …«

»Lebendfutter! Vor der Paarung brauchen sie Lebendfutter, das weißt du doch!«, unterbrach Timo mein Gestammel. Um sich gleich darauf dem Computerbildschirm zuzuwenden, auf dem die Diskussionsseite des Zierfischforums geöffnet war.

Es war nicht fair! Ich hatte mir solche Mühe gegeben! Frustriert verließ ich das Zimmer, wusch mir im Bad das Gesicht. Warum nur ging in letzter Zeit alles schief? Özcan hatte ich heute Morgen auch nicht angetroffen, er sei noch im Schlachthaus, hatte seine Frau Franzi gesagt, und nachher müsse er Rüschen besorgen. Was ich denn von ihm wolle? In diesem Moment hatte ich meine Mutter Neuenthals Funmeile herunterkommen sehen in Begleitung zweier Touristen und mich hastig verabschiedet. Was, wenn Gina und ich in dem Münchner Laden auch nichts fanden? Was, wenn ich Özcan nicht überzeugen konnte, mir etwas auf den Leib zu schneidern? Würde mir am Ende nichts als das Hochzeitsdirndl oder der katholische, leicht vergilbte Siebziger-Jahre-Fummel meiner Schwiegermutter bleiben? Oder gar

Thereses Hochzeitskleid? Wie konnte sie nur so unsensibel sein, es mir anzubieten! Dieses Unglückskleid, in dem sie nein gesagt hatte! Ein Ereignis, über das man heute noch redete. Hoffentlich nicht, wenn meine Schwiegereltern zu Besuch kamen.

Wie ich dieses Treffen zwischen ihnen und Therese überleben sollte, ohne vor Scham in den Boden zu versinken, wusste ich sowieso nicht. Mit meiner Mutter gab es praktisch keine unverfänglichen Themen. Jederzeit konnte sie eine flammende Wahlrede halten oder als Beispiel gelungenen Widerstands erzählen, wie sie zu ihrer Pension gekommen war (sie hatte sich letzten Sommer vor dem Haus, das die Strobls abreißen wollten, angekettet), danach würde sie zwangsläufig auch erwähnen, dass sie in Wackersdorf gegen die Atomkraft demonstriert hatte, immer mit einem begeisterten: »Des war no a Widerstand, des war no a Solidarität!« Vor allem zwischen ihr und meinem Vater, Matthias Glatthaler. Schon seit Wochen regte mich der Gedanke an das Treffen auf, neben der Sorge um meine nicht vorhandene Wespentaille, das Brautkleid und alle Unwägbarkeiten des Festes. Und Timo ließ mich mit all diesen Sorgen allein!

Ich war mit den Nerven am Ende. So sehr, dass ich jetzt hinter den Spiegel griff und den Sparschweinschlüssel hervorholte. Mein altes Kindersparschwein, das den Schlüssel zum Dachboden enthielt, wo ich in dem Schmuckkästchen meiner verstorbenen Großmutter den Schlüssel zum Keller finden würde. Dort lagerte die Leiter, mit deren Hilfe ich an das oberste, hinterste, verbotenste Fach des Küchenschranks herankam, und damit an die Schokoladenvorräte. Trotz all dieser Vorsichtsmaßnahmen, so viel war mir klar, entsprach die durch die Beschaffungsmaßnahmen verbrauchte Energie höchstens der Kalorienmenge eines einzigen Hanuta. Bei dem es nicht geblieben war, als ich eine halbe Stunde später wieder das Wohnzimmer betrat. Nefertiti, Priya und Xanthippe dümpelten immer noch im 60-Liter-Becken herum, regungslos, mit stumpfem Blick, paralysiert von ihrer Überdosis Futterflocken. Timo hackte auf die Tastatur seines Laptops ein. Was er wohl schrieb? Liebes Zierfischforum, was soll ich tun, habe überfressenes Weibchen? Was eindeutig stimmte.

Ich klappte meinen Laptop auf, googelte, was man tun musste, um geschätzte 499 Kalorien zu verbrauchen, möglichst ohne Sport zu treiben (sieben Stunden Putzen und Aufräumen, vier Stunden Gartenarbeit, zwei Stunden intensiven Sex, inklusive mindestens drei Orgasmen). Frustriert öffnete ich die Seite des Brautforums. Zwei neue Antworten auf: Im Brautkleid der Schwiegermutter heiraten?

Bist du verrückt? Ist doch deine Hochzeit! und darunter: wieso? vintage kann cool sein! nimm halt moderne accessoires! Dann klickte ich auf meinen Lieblingsthread: Wenn sich der Alltag in das Liebesleben schleicht. Princessbraut (seit 1 Jahr, 5 Monaten und 23 Tagen im Glück) beklagte sich, dass ihr Mann die Kaffeepads nie aus der Maschine nahm. Sweet Sandy (am 8.8. ist unser großer Tag!) fand, es gäbe Schlimmeres, was Wedding-Elfe (seit dem 5.5.2010 im Himmel) sofort bestätigte und uns an ihren Klagen über das Gepupse ihres Gatten teilhaben ließ, der anscheinend noch die Angewohnheit hatte, vorher »Feuer frei« zu rufen und nachher zu sagen, sie verstehe überhaupt keinen Spaß. Quietschentchen wurde sogar melancholisch: die schmeterlinge im Bauch sind benebelt von Rutiene.

Ob Meerjungfrau2012 in die Klagen einstimmen und etwas über benebelte Fische vor der Hochzeit schreiben sollte? Die Finger schon über den Tasten, überlegte ich es mir nach einem Blick auf den in nächster Nähe tippenden Timo anders, scrollte nach unten zu den Ratschlägen: an ihm rumnörgeln nutzt nichts, schlug quietschentchen der frustrierten Wedding-Elfe vor, bring ihm doch mal was mit, villeicht nich gerade sauerkraut *lol*. Um gleich danach eine Idee für die Allgemeinheit in den Ring zu werfen: ich bastel meinem schatz einen erotischen kallender zu sein Geburztag. Diesen erotischen Kalender hatte sie auf die heißen Wünsche von Stupsi, Wedding-Elfe und Meerjungfrau2012 etwas genauer beschrieben: wie ein weihnachtskallender mit

Tührchen. am ersten Tag mach ich villeicht ein schönes Foto rein, im katzenkostüm oder als bunny. Am zweiten ein gutschein für ein kuss, an eine erottische stelle natürlich☺ Dann ein spruch, z.b. schatz, ich will, das du heute nacht an meinen nipeln saugst. usw.^^ Dies alles sollte sich laut quietschentchen steigern, bis zum grosen Tührchen an sein Geburztag. Wie währs mit handschelen? *g*.

Andere Forumsmitglieder hatten daraufhin ebenfalls beschlossen, erotische Kalender zu basteln, und auch ich hatte zaghaft begonnen, eine Sammlung anzulegen. Aber es gab auch andere Methoden. Sweet Sandy schlug vor: Ihn einfach mal auf der Arbeit anrufen und etwas sagen wie: »Oh mein Liebesgott, meine Jadepforte sehnt sich nach deinem Jadestab!« Wetten, dass ihn das anmacht? Es ist wichtig, dass ihr eure Stimme um mindestens 1 Oktave tieferlegt, und ihr könnt ruhig zwischendurch erotisch ins Telefon knurren. Sweet Sandy hatte nicht verraten, welchen Beruf ihr Mann ausübte. Bestimmt unterrichtete er nicht katholische Religion an einem Dorfgymnasium in Oberbayern. Aber auch im Biologieunterricht wäre ein »Grrr, deine Wildblume … rrrr … sehnt sich nach, gggrroarr, Bestäubung!« bestimmt nicht der Bringer. Quietschentchen schlug außerdem Dirty Talk per SMS vor: schreib einfach ganz nebenbei, *g*, das du »unten ohne« unterwegs bist. Sogar, wenns ganicht stimmt.^^

Gab es tatsächlich irgendwo da draußen Frauen, die einfach so »unten ohne« herumliefen? Und wie sollte eine solche Botschaft aussehen? Hi, Spatzl, bin gerade im Edekamarkt, habe übrigens keine Unterhose an. Oder sollte man die Unterhosen-Info lieber als eine Art Bussi-auf-Bauchi-Kürzel anhängen? Aber Haükunan klang eher, als hätte ich etwas mit japanischen Zierkürbissen vor. Und die Alternative Trakeisli, trage keinen Slip, erinnerte an Namen für eine neue Zierfischart. Was Timo vermutlich wirklich anmachen würde. Es war die pure Verzweiflung, die mich zu einer Notiz in mein Heft trieb, das ich immer bei mir trug: ihaschu – kein Niesanfall, sondern Kürzel für: ich hab Schuppen.

Oder lieber: Ich hab jetzt Flossen – ihajeflo. Einen Moment starrte ich auf das Wort, das auch der Name eines einsamen Berges in Norwegen hätte sein können, und spürte sie wieder, diese kribbelnde Aufregung. Das Prickeln, das einer guten Geschichte vorausging.

Seit ich klein war und Onkel Hartl und ich uns geheimnisvolle Märchen über Seeungeheuer und Nixenfamilien ausgedacht hatten, schrieb ich Geschichten, anfangs noch mühsam, in unbeholfenen Druckbuchstaben, am Tisch in Thereses Café. Wenn ich sie Therese vorlas, strich sie mir bedeutungsvoll über die Locken: »Madl, die Art Phantasie hast aber ned von mir.« Aber ich war immer überzeugt gewesen, dass ich meine Phantasie nicht von Matthias Glatthaler, sondern von Onkel Hartl hatte. *Ihajeflo.* Mit klopfendem Herzen starrte ich auf das Wort, sah die Landschaft dahinter, harsche Schneefelder über braunem Fels, Flächen federnden, sumpfigen Grüns, Moos, *das jeden ihrer Schritte verschluckte. Über ihr der Himmel des Nordens, tags wie nachts vom gleichen, gnadenlosen Blau.* Meine Hand, die linke, schrieb wie von selbst, der Kugelschreiber zitterte auf dem Blatt: *Ein fremdes, helles Blau, wie die Farbe seiner Augen. Sie hatte keine Wahl, sie musste Jon vertrauen, er war es, der sich hier auskannte, er war es, der sie vom Ihajeflo-Massiv hinunter zum Fjord führte, in das Gasthaus, wo sie ein Nachtlager fand.*

»Ich schlafe selbstverständlich draußen«, sagte er, und seine Stimme klang …

Kruzinesen! Das Telefon, im Flur. Bevor ich mich auch nur aufgerichtet hatte, war Timo schon losgestürzt, riss es aus der Station und rannte damit Richtung Küche. Um gleich darauf zurückzukommen und mir den Hörer hinzuhalten: »Deine Mutter.« Er klang nicht gerade begeistert, und seufzend nahm ich ihm den Apparat aus der Hand.

»Was gibt's?«

»Susn! Endlich! An dein Handy gehst ja ned! Dei Voder war

nachaad doo …« Sie holte Luft, wurde amtlich: »Also … dein Vater war … ist hier! I … ich meine, morgen kommt er wieder.«

»Äh? Morgen … Matthias Glatthaler … hier?« Ich konnte nur stottern, schickte Timo einen verzweifelten Blick, aber der hatte sich schon wieder seinem Computer zugewandt, saß mit gekrümmtem Rücken davor, den Kopf vorgestreckt, als wollte er in den Monitor hineinkriechen.

10.

Es war nur der Champagner. Am helllichten Nachmittag. Der Champagner, der sie schwindlig machte. Oder war es die Figur auf dem Plakat? Es klebte an der Tür ihres Ladens. Dort, wo alle es sehen würden. *Tradition braucht Zukunft. Therese Engler für Neuenthal.* Leuchtend blaue Buchstaben in einer spitzen Schreibschrift, Buchstaben wie kleine Berge. Über ihnen eine springende Figur mit Hut, der Hut flog mit dem Sprung, und auch der mächtige Busen der Figur wogte mit, vortrefflich eingefangen von diesem Münchner Künstler, das musste man ihm lassen. Es war beinahe ein Spagatsprung, den die Figur dort vollführte, zirkusreif, mit wehendem Rock.

»Mei – aber i … ich kann doch gar keinen Spagat!«, stammelte sie, hinein in Matts erwartungsvollen Blick, und er lachte.

»Aber klar kannst du! Einen Spagat zwischen deinen Berufen und Berufungen. Ladeninhaberin, Wirtin, Pensionsleiterin, Mutter, Politikerin, schöne Frau! Auf dich! Cin-Cin!« Wieder ein Schluck Champagner. Matt hatte Flasche und Gläser mitgebracht, als Beigabe zu den Plakaten. »Es ist ein Bild von deiner Seele, Therese. Deinem Mut. Deiner Grazie. Solche Darstellungen wirken direkt aufs Unbewusste, du wirst sehen!«

Was wohl das Unbewusste der Neuenthaler Bevölkerung dazu sagen würde? Schräg gegenüber schloss Franzi, die Inhaberin des Edekamarkts und der Poststelle, gerade ihr Geschäft. Zwei Stunden vor dem offiziellen Ladenschluss. Und eine halbe Stunde nach der Mittagspause. Auch hinter der Tür der Feuerwehrkneipe war Leben.

»Scho wieda strammer Max, ja und? Die Hühner legn hoit wia narrisch, seit der neue Gockel do is!«, grantelte Resi. Wann Anderl diesem Gegrantel und vierzehn Tagen strammem Max in Folge entfliehen würde, hierher auf die Straße, samt seinem

Alibi-Besen, war nur eine Frage der Zeit, und hörte sie nicht von fern das Brummen eines Dienstmotorrads? Oder war es das Summen in ihren Ohren? Es war eindeutig zu viel. Alles. Die Reaktion ihrer Tochter auf Matts Besuch, statt überschäumender Freude nur Ängste: Was die Eltern von Timo mit dem unmöglichen Nachnamen, diese Flantschs, dazu sagen würden, die Aufregung vor dem heute geplanten Abendessen im Restaurant, mit Matt, Susn und diesem Flantsch, und jetzt …

»Wo kleben wir das nächste hin, Therese?«

Matt schob sie weiter, tat so, als bemerkte er nicht, dass Fredl herangeknattert war. Im Schritttempo fuhr der Supercop Neuenthals neben ihnen her, hatte die schwere Maschine gedrosselt, ebenso wie seinen offensichtlichen Zorn.

Sollte sie Matt sagen, was ihre Wahlberaterin ihr gestern noch eingeschärft hatte? Eine Bürgermeisterin hänge ihre Plakate nicht selbst auf, sie solle jemanden dafür bezahlen.

»Therese, du bist ein Produkt«, hatte sich Christiane wichtig getan, bei Lachs-Spinat-Sushi. Therese konnte nur hoffen, dass der Lachs nicht aus der Tiefkühltruhe des Neuenthaler Edekamarkts stammte. Nur Touristen fanden den Edekamarkt urig, Einheimische betrachteten ihn eher als kulturelles Zentrum und kauften bei Franzi nichts, was ein Haltbarkeitsdatum hatte. »Und dieses Produkt«, hatte Christiane Breitner weiter ausgeführt, »muss zielgruppengerecht verpackt werden. Dies betrifft jede Kleinigkeit, die du sagst oder tust, jeden Eindruck, den du hinterlässt. Es ist eine Show, Therese. Wir haben noch fünf Wochen und zwei Tage. Was wir als Nächstes brauchen, ist eine Wahlumfrage. Ich habe Gina schon damit beauftragt. Wir müssen wissen, wo wir stehen.«

Beim bloßen Gedanken an das Ergebnis dieser Umfrage fing das Herz der Kandidatin Therese Engler heftig und bang zu pochen an, gebärdete sich, als ob es rauswollte aus ihrem Körper, vorübergehend auswandern in weniger aufregende Regionen. Oder lag es an Matts champagnerprickelnder Nähe?

Hinter ihnen hatte sich das Publikum gesammelt, man folgte ihr und Matt, der den Handkarren mit den Plakaten hinter sich herzog und die Rückseite der Plakate mit Leim bepinselte, als hätte er sein Leben lang nichts anderes getan. Klebend brachten sie die Geschäftsstraße hinter sich, gefolgt von einer stetig wachsenden Menschentraube. Franzi und Özcan Breithuber, Anderl und Resi hatten sich angeschlossen, ebenso Thereses Neffe Quirin, seine Freundin Gina und ein Schwarm Fliegen von der Schaufensterscheibe des Döner 24. Es war Resi, der die Frage entfuhr: Ob Therese etwa nackert sei auf dem Plakat?

Aufgewühltes Gemurmel.

»Naa, des is do ned die Therese!«

»Freili. Des is Kunst.« Ausgerechnet Özcan Breithuber, das tapfere Schneiderlein, schlug sich auf ihre Seite! Ob er auch in der Umfrage für sie stimmen …

»Geh, Özcan, Kunst!«, würgte Franzi ihn auch schon ab, die Arme in die Hüften gestemmt. »So a Strichmandl könnt i a malen!«

»Des is koa Mandl ned.« Fredl war vom Motorrad abgestiegen, kam näher, um einen schneidigen Gang bemüht. »Es is a Weibsbild, des siagt ma doch genau!«

»Und was für eins!« Ihr Neffe Quirin, mit unterdrücktem Lachen. Der Hundling!

»Ein Schattenriss ist das. Echt stylish!« Gina, Quirins Freundin. Ein patentes Madl, diese Gina.

»Des is koa Schatten, des is a Unverschämtheit, des verschandelt das ganze Dorf! Die Touristen bleim weg, wenn unser Dorf voller nackerter Weiber hängt!«

»A geh, Fredl«, Anderl schüttelte wissend den Kopf, »in Mohnau, an der Bushaltestelle, hats wochenlang gehangen, die Reklame fürs Schlammboxen. Und? Sans wegbliam, die Touristen?«

»Ein Spagatsprung im Schatten ist außerdem allemal besser als Schlammboxen.«

Ihr Neffe! Ein strenger Blick von Gina brachte ihn zur Raison. Wirklich patent, das Madl.

»Sehr gut, du polarisierst.« Matt legte ihr den Arm um die Schultern. »Und das Unbewusste der Herrschaften arbeitet auch schon auf Hochtouren.«

»Nuu, gugge, da is ja ünser Schnorschellehrer!«

»Üwe, mach doch mal n Bänoräma-Foddo! Cheese!«

Die Neuenthaler Bevölkerung erstarrte, während Üwe knipste und Judda Konversation machte. Sie redete auf Quirin ein, ihren Surf- und Schnorchellehrer vom letzten Sommer, erzählte von einer Greuzfahrt in der Garibig.

»Na ja, söö doll wars nisch, den ganzen Dag nischt als Blau, nischt wie Wasser!«

»Nu, Judda!« Üwe ließ entrüstet die Kamera sinken, hielt einen Vortrag über die Fische am Gorallenriff und über die von Quirin gelernten Schnorscheldeschniggen, die sie angewendet und verfeinert hatten. Immer noch lag Matts Arm um Thereses Schultern, und jetzt schob er sie sanft in Richtung seines Autos.

»Verschwinden wir am besten, lassen wir sie – wie sagt ihr hier? – ratschen!«

Die Nacht duftete nach Blüten. Der Himmel hatte sich bewölkt nach dem strahlenden Frühlingstag, und der Dreiviertelmond tauchte in die Masse aus kleinen Wölkchen wie in ein Schaumbad. Matt wich vorsichtig einem Schlagloch aus. Wie besonnen er fuhr, nach dem Champagner und den beiden Karaffen Wein, den sie vorhin im Restaurant bestellt hatten. Die Hausmarke, den *Mohnauer Charmeur*. Es war dann doch noch ein recht netter Abend geworden, nach einigen Anfangsschwierigkeiten, dort im *Chez Lutz*, der Hochzeitslocation von Susn und diesem Flantsch.

»*Chez Lutz*, ich hätte wirklich gedacht, es ist ein französischer Inhaber«, sagte Matt jetzt. Er hatte einen Arm locker auf die Lehne ihres Rücksitzes gelegt, mit der anderen Hand steuerte er.

»Er ist aus der Großstadt, der Lutz. Bei mir im Café hat er angefangen. Letztes Jahr.« Sie dirigierte ihn über die alte Uferstraße, die eigentlich für Autos gesperrt war. Nur zur Sicherheit, wegen des Mohnauer Charmeurs.

»Ich hätte nie gedacht, dass eine solche Küche funktioniert. Ohne Fleisch. Und dazu bayerisch-international. Bewundernswert. Das Sojahendl Bay-Thai war wirklich ausgezeichnet.«

»In Neuenthal hats auch ned funktioniert.« Angesichts seiner Begeisterung unterdrückte sie ihre Bemerkung, dass die Mohnauer und die Touristen eben überkandidelt genug waren für diese Art Experiment, das ihrer Ansicht nach zu Yoga-Ananas und orientalischen Schleiertänzen passte. Aber vielleicht dachte sie tatsächlich zu provinziell.

»Er macht tatsächlich auf Haute Cuisine, mit Ersatz-Hühnchen, mon dieu!« Matt konnte sich gar nicht genug daran ergötzen. Ob er auch bemerkt hatte, dass Susn kaum etwas anrührte von dieser *hot cuisine?* Weder von den Tandoori-Brezn mit Wiesenkräuterschmand noch von den Masalaknödeln mit Sauerkrautchutney hatte sie probiert. Während Matt sich bemüht hatte, mit diesem Flantsch Konversation zu machen. Gezeigt hatte er ihm, wie man Wein verkostete, zugehört, wie er sich langatmig über sein Hobby, diese Fische, verbreitete. Um gleich darauf seiner Tochter charmante Komplimente zu machen, mit ihr über ihre Pläne für die Feier zu reden. Und schließlich nach ihrem Kleid zu fragen. Ein Dirndl, habe er gehört? Was bei ihrer Tochter nicht besonders gut ankam. Egal.

Im Laufe des Abends wurden sie alle lockerer, Matt legte sogar ganz offen seine Hand auf Thereses, und sie spürte, wie sie rot wurde, trank schnell einen großen Schluck Charmeur, und schließlich, sie wusste nicht mehr recht wie, kamen sie sogar auf alte Zeiten zu sprechen, auf Wackersdorf, natürlich nur in zarten Anspielungen. Nach dem Dessert, einem – zugegeben! – vortrefflichen Mango-Datschi, verabschiedeten die jungen Leute sich schnell, dieser Flantsch musste früh raus. Schmarrn. Morgen war Samstag. Matt und sie hatten noch einen Cappuccino getrunken und über den Abend geredet. Susn, wie hübsch sie war, aber auch so nervös, das sei wohl normal vor einer Hochzeit, sagte Matt, und sie hatte an ihre eigene Beinahe-Hochzeit gedacht und gespürt, dass Matt auch an alte Zeiten dachte. Mei und jetzt? Sie hatten noch gar nicht darüber geredet, wo Matt heute Nacht schlafen würde. Natürlich würde sie ihm ein Zimmer in ihrer Pension …

»Weißt du, Therese«, Matt nahm die Hand von ihrer Rückenlehne, umfasste das Lenkrad, »ich war einfach nicht mutig genug, damals.«

Er sah sie nicht an, und auch sie schaute geradeaus, auf die dunkle Straße. Tiefer versunken war der Mond in seinem Wolkenschaumbad, der See neben ihnen lag schwarz und still, nur von der Dorfstraße her flackerte ein bläuliches Fernsehlicht.

»Aber ich habe dafür bezahlt.«

Matt nahm mit charmeurbeschwingter Eleganz die letzte Kurve, peilte das Tor zum Parkplatz vor ihrer Pension an, und gerade noch sah sie es: das Motorrad. Die Gestalt darauf. Himmiherrgott!

»Ich habe meine Tochter nicht aufwachsen sehen, aber nicht nur das …«

»Halt an. Licht aus!«

Dreißig Sekunden später schlichen sie gebückt Richtung See, raschelten durchs das Gras des Pensionsgartens, ignorierten die Rufe »Alkoholkontrolle!« vom Parkplatz her.

»Komm!« Was hatte Matt jetzt in sich hineinzukichern, sie zog ihn mit sich, durch die Hintertür ihrer Pension, die sie abschloss. Und hier im dunklen Kellerflur – mei! –, was wollte Matt jetzt, er drückte sie überraschend an sich, wollte er sie etwa küssen? Verwirrt machte Therese sich los, und er folgte ihr über die Kellertreppe nach oben, über den leeren Flur, und – Kruzifix! – ausgerechnet vor dem Zimmer der Sachsen umklammerte er sie wieder, umarmte sie von hinten.

»Das wollte ich schon die ganze Zeit tun«, flüsterte er und presste wild seine Lippen in ihren Nacken.

»Üwe, jetzt schald mal üm«, hörte sie Juddas Stimme hinter der Tür, »jetzt gommt der Dadord aus Dräsden!«

»Der is nisch aus Dräsden, der is aus Leipzsch!«

»Egal, nü is Schlüss mit Frauendausch!«

»Matt, geh, ned doch …« Therese schob ihn weg, eilte voraus und schloss die Tür zur Kaisersuite auf. Er könne gern die Nacht hier schlafen, sie gehe natürlich in ihre Wohnung. Dies sei das schönste Zimmer, mit Frühstück, und am besten zeige er sich nicht am Fenster, am Ende würde Fredl …

»Der ist wahnsinnig eifersüchtig, dieser Fredl, ich kann ihn verstehen!« Schon hatte Matt sie wieder umfangen, zog sie aufs Bett, streifte ihren Hut ab, aber sie ließ seine Schulter los, setzte ihn wieder auf. »Verstehe«, murmelte er. Und sah sie an. Lächelnd. Mit breitgezogenen Hamsterbäckchen. »Therese. Ich … ich hab nicht gewusst, wie sehr ich dich vermisst habe.«

Zart, sehr zart, strich er ihr über die Wange, und wieder der unpassende, aber sich aufdrängende Gedanke: Hätte er dies nicht früher sagen und tun können, vor den Hamsterbäckchen, oder wenigstens vor all diesen einsamen Cowgirl-Sonnenuntergängen am See? Viel wäre ihr erspart geblieben, auch die Gymnastikübungen mit dem Baywatch, der Pudding, den sie nachher mit gutem Gewissen löffelte, im nüchternen Licht des Kurklinik-Tagesraums. An das Puddingschälchen dachte sie, als Matt ihr Kinn zwischen Daumen und Zeigefinger einfasste, ein rotes Puddingschälchen aus Plastik, mit weißen Punkten, dann nur noch Lippen, Zähne, eine Zunge, die ihr entgegenkam. Wie weich seine Lippen waren, weicher als damals im Hüttendorf, sacklzement, konnte man denn auch an den Lippen zunehmen? Himmiherrgott, Therese, konzentrier dich, du wirst gerade geküsst! Draußen ein ankommendes Auto. Wer immer da kam, sollte sie denjenigen warnen? Zu spät.

»Alkoholkontrolle!«, röhrte Fredl, zuschlagende Türen, Matts

Finger, fahrig ihre Bluse aufknöpfend, den BH hochschiebend, Stimmengewirr, eine fremde Sprache. Gäste etwa, jetzt? Vorsichtig versuchte Therese, Matt wegzudrängen, aber er wollte nichts davon wissen, presste die Lippen in ihr Dekolleté. Mei, er würde doch nicht aus Versehen das kleine Kreuz an der Kette verschlucken, die sie vor vierzig Jahren zur heiligen Kommunion … Schritte, auf dem Flur.

»Därese! Ich gloob, du hasd Gündschaft!«

»Bleib hier!« Mit einem Ruck hatte Therese sich unter Matt hervorgewunden, zerrte ihren BH zurecht, knöpfte ihre Bluse zu, dann stürzte sie aus der Kaisersuite auf den Flur, vorbei an dem verdützden Üwe, die Treppen hinunter. Ein kurzer Blick in den Spiegel neben der Eingangstür: War ihr Lippenstift verschmiert? Nicht verschmiert, komplett weggeküsst! Und ihre Wangen leuchteten. Fredl, draußen, tobte, jemand klopfte an die Tür. Stimmen, durcheinanderredend. Sie riss die Tür auf.

Die Frau neben Fredl war blond. Zierlich. Ihr Lippenstift, rosa, war nicht weggeküsst worden. Ihre Augenschminke, Therese erfasste es in dem Sekundenbruchteil, der ihr zur Verfügung stand, war perfekt. Hinter ihr zwei weitere Männer.

»Du bleibst, wo du bist, Fredl!« Therese stellte sich breitbeinig in die Tür, rahmenfüllend. Hinter ihr Schritte auf der Treppe, wohl Üwe und Judda, doch sie drehte sich nicht um, denn die Frau redete, quasselte auf sie ein, schnell, in einer fremden Sprache. Hatte sie nicht eben Mattjö gesagt, und wieder: »Mattjö?«

»Pardon, Madame.« Einer der Männer hinter der blonden Frau sah sie aus schmalen, grünen Augen an. *Pardon madame*, wer hatte das erst neulich zu ihr gesagt, und warum kam ihr der Blick so bekannt, geradezu vertraut vor?

»Alkoholkontrolle, i hobs gewusst! Du bist am Steuer gesessen, i hobs gesehn!« Fredls ausgestreckter Zeigefinger. Therese fuhr herum. Was hatte Matt denn jetzt hinter ihr zu suchen, er sollte doch in der Kaisersuite bleiben! Und wieder rief die fremde Frau: »Mattjö!«, und von der Feuerwehrkneipe her antwortete Anderls übermotivierter Gockel, der, einmal geweckt, nicht so leicht zu stoppen war und den Christiane wegen seiner krähbedingten Heiserkeit Rod Stewart getauft hatte. Kruzifix, was konnte einem alles durch den Kopf huschen, in kürzester Zeit. Und jetzt trat der andere, jüngere Mann auf sie zu.

»Entschuldigen Sie die Störung, Madame, wir sind auf der Durchreise und suchen noch drei Einzelzimmer.«

»Mattjö!«

»Kikeriki!«

Mit drei großen Schritten war die blonde Frau an Therese vorbeigestürmt, hing an Matts Hals und drückte ihre Lippen auf seine. Benommen sah Therese, dass Matts Hemd noch aus der Hose hing. Ob sie genauso derangiert aussah? Und würde Fredl nicht sofort im ganzen Dorf verbreiten, was er gesehen hatte? Es galt, der Situation in aller Würde zu begegnen. Auch wenn einem kein bisschen würdevoll zumute war.

»Dann erledigen wir am besten gleich die Formalitäten«, sagte sie zu dem jüngeren Mann, der nach den Zimmern gefragt hatte, und er nickte, folgte ihr zum Empfangstresen. Er trug eine Brille, hinter den Gläsern leuchteten helle, wache Augen. Mit nur leicht zitternden Händen griff sie nach den Empfangsformularen, schob ihm drei hinüber.

»Wenn Sie mir das bitte ausfüllen …«

»Selbstverständlich, Madame, ich brauche aber nur eins. Es geht alles auf den Namen Delphine de Brulée.«

11.

In den Aquarien brannte das Nachtlicht. Ein bläulicher Mondsimulator, der, wie Timo mir erklärt hatte, dafür sorgte, dass sich die Fische im Aquarium nachts nicht verloren fühlten. Aber Zopodil wirkte durchaus verloren. Blau fluoreszierend, blauer als der Fischmond, stand er im Wasser, wedelte melancholisch mit den Flossen und hatte eindeutig den Midnight-Blues. Vielleicht war die zartere Seite seiner Kampffischseele ja nur durch eine traumatische Kindheit im Zoogeschäft verschüttet. Heute hatte Timo ihn wieder ins große Becken zu seinen Weibchen gesetzt, eine heikle Situation, in der alles möglich war: zerfetzte Flossen, gebrochene Herzen, Zickenkrieg. Aber nichts dergleichen war passiert, Zopodils Harem hatte sich friedlich und solidarisch zu einer Lagebesprechung in den Blumentopf zurückgezogen und ihren Pascha allein zwischen den Pflanzen zurückgelassen. Was Timo mit größter Besorgnis erfüllte. Den gesamten Nachmittag hatte er abwechselnd vor dem 60-Liter-Becken und im Fischforum verbracht und war abends nur durch Drohungen und Tränen zu bewegen gewesen, mit ins *Chez Lutz* zu kommen. Wo meine Eltern händchenhaltend und, wie es aussah, neu verliebt am Tisch saßen und Rotwein becherten. Womit hatte ich das verdient? Thereses verlegene Redseligkeit, Matthias Glatthalers gerührt-verschwommenen Blick? Mit dem er erst mich ansah, um dann in Thereses Ausschnitt zu schauen und zu murmeln, er wisse jetzt erst, wie viel er versäumt habe. Ging es noch peinlicher? Oh ja, es ging.

Seufzend drehte ich mich auf die andere Seite, versuchte dabei, Timo nicht zu wecken. Aus Sorge um die Fische schliefen wir heute Nacht im Wohnzimmer, und das Ledersofa war eng, zu eng für zwei. Ich verschränkte die Arme unter dem Kopf und starrte an die Decke.

Oh Gott, wenn ich nur daran dachte! Wie Therese und Matthias Glatthaler bei einem halben Liter Mohnauer Charmeur in trauter Einigkeit und einander liebevoll korrigierend erzählten, wie sie mich gezeugt hatten. Auf einem Baum. *Nein, nein, nicht im Freien, es war eine Hütte, nicht wahr, Matt* – sie nannte ihn Matt! – *ein Baumhaus eben. Aber es war kalt.*

Wirklich, Therese, zehn Grad unter null? Es kam mir gar nicht so vor.

Die Geschichte war mir schon immer peinlich gewesen, auch wenn Therese sie als Solo-Nummer zum Besten gab. Aber früher hatte sie wenigstens nur verlegene Andeutungen gemacht. Das erste Mal hatte sie davon angefangen, als ich ungefähr sechs gewesen war, kurz vor dem ersten und einzigen Besuch von Matthias Glatthaler in Neuenthal.

»Weißt Susn, wenn zwoa sich treffen und ganz liab ham, dann kanns scho mal passiern ... auch wenns ned verheiratet san.« Danach fragte sie mich, ob ich wüsste, woher die Küken unserer Nachbarin Resi kämen oder die Jungen meiner Stallhasen, und als Matthias Glatthaler schließlich vor der Tür stand, leicht verlegen und mit geschorenen Locken, erwartete ich jeden Moment, dass er Therese von hinten anspringen würde wie Resis Gockel die Hennen. Was er zu meiner Erleichterung nicht tat. Er stellte die üblichen Erwachsenenfragen, und weil er dazu Süßigkeiten mitbrachte und nett war, antwortete ich bereitwillig, erzählte ihm von meiner neuen Karriere als Schneeflocke beim kommenden Schneeflockentanz der Kindersportgruppe. Eine Aussicht, von der ich ebenso fasziniert war wie von meinen beiden wackelnden Vorderzähnen. Einer von beiden erlag im Laufe des Nachmittags dem Gummibärchen- und Karamellbonbon-Ansturm, und begeistert rannte ich zur Tauchschule, um Onkel Hartl meine neue Zahnlücke zu zeigen. Damals konnte mich nichts und niemand von der Überzeugung abbringen, Onkel Hartl sei mein Vater. Eine Überzeugung, bei der ich auch nach Quirins hartnäckigen Aufklärungsversuchen geblieben war.

Das nächste Mal sah ich Matthias Glatthaler, als er mich überraschend einlud, in den Ferien zu ihm zu kommen. Ich war dreizehn, hatte eine Zahnspange statt Zahnlücken und freute mich auf den Sommer in Frankreich. Den wir vor allem im Auto verbrachten. Matthias Glatthaler war Fachmann für Hightech-Toiletten und reiste im Auftrag seiner Firma durch Frankreich, um dieses sanitäre Notstandsland in den siebten deutschen Klosetthimmel zu bringen. In Nîmes überwachte er die Installation eines Flachspüler-Sitzklosetts mit Spar-Spülsystem und elektronisch absenkbarem Deckel, in Montpellier hielt er eine Rede zur Eröffnung einer hochmodernen Toilettenanlage. Dann fuhren wir endlich ans Meer. Um in einem Badeort unzivilisierte Hockklos durch moderne Tiefspüler zu ersetzen. In der Schule lernten wir kurz darauf den Begriff Globalisierung. Ich schrieb ihn mit K, noch beeinflusst von den französischen Klosett-Ferien, und beschloss, auch weiterhin Onkel Hartl als meinen Vater zu betrachten.

Was hatte Matthias Glatthaler jetzt vor? Wollte er länger hierbleiben und womöglich alle öffentlichen Klosetts Neuenthals, von denen einige sanierungs-, wenn nicht gar revolutionsbedürftig waren, einer fachmännischen Prüfung unterziehen? Was wollte er von Therese, hatte er nicht eine feste Freundin in Frankreich? Auf den Postkarten, die er mir selten schrieb, hatte er sie gelegentlich erwähnt. Soweit ich wusste, hatten sie eine gemeinsame Wohnung in Paris und ein Haus am Meer, vermutlich mit den modernsten Designer-WCs, mit Sprinkler-Intensivfunktion, Warmlufttrocknung und Deckelheizung. Und von mir aus durfte er sich gern wieder in seinen französischen Luxus zurückziehen. Niemand anderer als mein Onkel sollte mich zum Traualtar führen! Aber wie um Himmels willen sollte ich das meinen frischverknallten Eltern beibringen?

Timo wälzte sich auf die Seite, murmelte irgendetwas, und ich rutschte näher an den Rand des Sofas. Im Aquarium umschwänzelte Zopodil unruhig den Blumentopf, in den sein Harem sich verzogen hatte. War vielleicht irgendetwas nicht in Ordnung? Zerfetzten die Damen dort drinnen einander die Flossen? Sollte ich eigenmächtig den Topf lüften oder Timo wecken? Er hatte sich sofort nach dem peinlichen Abend im *Chez Lutz* samt Bettzeug ins Wohnzimmer verzogen und meine Ankündigung, selbstverständlich würde ich mit ihm bei den Fischen schlafen, nur mit einem gereizten Räuspern aufgenommen.

Was sollte ich denn noch tun? Ich bemühte mich doch um größtmögliches Interesse. Ich gestattete ihm sogar eine Lebendfutterzucht auf dem Balkon. Und ich hatte seine roten Mückenlarven in unserem Gefrierfach nur ein einziges Mal mit Glasnudeln chili-fresh extra dünn verwechselt. Dummerweise ausgerechnet, als sein Studienleiter zum Essen gekommen war. An den folgenden Streit dachte ich nicht gern, wohl aber an die ausschweifende Versöhnung danach. Wir hatten eine Nacht und einen Tag im Bett verbracht, Timo war nur einmal kurz aufgestanden, um verlorene Kalorien durch hastigen Hanuta-Verzehr wieder aufzunehmen, hatte sogar vergessen, die Fische zu füttern. So sehr hatte er mich begehrt. Damals. Noch vor etwas mehr als einem Jahr.

Was war nur passiert? Hatte *Rutiene wirklich alle schmeterlinge benebelt,* wie quietschentchen es ausdrückte?

Ich rückte etwas näher an Timo heran, strich ihm eine Strähne aus der Stirn. Beinahe verstohlen. Dabei war ich doch seine Freundin, Geliebte, bald seine Ehefrau! War es wirklich nur der Schulstress, der ihn von mir abhielt, wie er behauptete? Oder war ich in den letzten Monaten selbst zu gestresst gewesen, zu befangen in den Hochzeitsvorbereitungen, zu sehr beschäftigt mit meiner Figur? Oder zu leidenschaftslos? Vielleicht war ich ja schlecht im Bett, vielleicht erlebten andere Frauen andauernd diese erschütternden Orgasmen, wie Delphine de Brulée sie beschrieb:

Seine Zunge fuhr über ihre Haut wie eine sengende Flamme durch zitterndes Steppengras, und sie wollte sich hineinkrallen in das Fell seines Raubtiernackens, aber ihre Hände waren gefesselt, jede an einen Pfosten des Bettes, ebenso ihre Beine. Wie gekreuzigt lag sie, ausgeliefert seinen Zärtlichkeiten und den Schauern, die ihren Leib durchzuckten, einem gewaltigen Beben, dem Donnern gleich, mit dem eine Horde Wildpferde durch die Weiten der Camargue fegt, durch Sümpfe, Sand, Salzseen.

Donner gehörte bei Delphine de Brulée anscheinend immer dazu. An anderer Stelle wurde ihre Heldin von ihrem Orgasmus überrollt *wie von den donnernden Wogen des Atlantiks,* und dummerweise hatte ich beim Lesen wieder an die Flachspülertoiletten denken müssen, die Matthias Glatthaler anstelle der vorsintflutlichen Hockklos eingebaut hatte. Auf jeden Fall war klar: Bei all diesen Erschütterungen und Wogen wäre es schwierig bis unmöglich, den Bauch einzuziehen. Was ich beim Sex des Öfteren getan hatte, jedenfalls im letzten halben Jahr, ebenso wie am Strand, wenn ich einen Bikini trug. Im Luftanhalten hatte ich Übung durch das Tauchen. Ich konnte minutenlang schlank aussehen, wenn ein Mann mich betrachtete oder berührte, und in einem unauffälligen Moment durch schnelle Schnappatmung meinen Körper mit dem notwendigen Sauerstoff versorgen. Vielleicht lag es ja nicht an Timos Schulstress, sondern an meiner Schnappatmung, dass … aber Moment … was um aller Welt tat er da?

Sein Arm war auf meinem Bauch gelandet, und seine Hand streichelte sanft die Rundung, die ich sofort einzog. Aber er schlief doch, seine Augen waren geschlossen! Was flüsterte er, hatte ich richtig gehört? »Goldi«, »Flossi«, jetzt schob er mein Hemd hoch, seine Hand tastete sich zu meinen Brüsten vor. War es jetzt so weit, hielt er mich für einen Fisch und prüfte nach, ob ich schon Laichstreifen hatte? Oder meinte er doch mich? Im nächsten Moment passierten drei Dinge gleichzeitig:

1) Ich fasste den bahnbrechenden Beschluss, mein Verhalten bei künftigen Sexualakten ein für alle Mal zu ändern, und atmete aus, um mich auf eventuelle Erschütterungen und Wogen vorzubereiten, egal, ob Timo mich für einen Fisch hielt oder nicht.

2) Drei Weibchen verließen den Blumentopf und schossen auf Zopodil zu.
3) Timo wachte auf, seine Hand auf meinen Brüsten, und schaute mich an, als sei er statt einer zierlichen Goldi-Flossi einem plumpen, aber hochgiftigen tropischen Steinfisch begegnet.

12.

Therese war lange vor ihren Gästen erwacht. Auch lange vor Rod Stewart, Resis Hennenbeglücker. Mei, ging ihr dieser Gockel auf den Wecker! Würde er gleich *I'm sailing* singen? Auch dazu hatte sie schon Stehblues getanzt. Mit Fredl Weidinger. An jenem längst vergangenen Abend auf der Skifreizeit, an dem Therese Engler zunächst nicht aufgefordert worden war.

Sie hatten das Deckenlicht ausgeknipst, nur zwei Birnen einer Stehlampe glühten noch, partymäßig verkleidet mit einer grünen und einer roten Folie. Ein Licht, das den Raum und die Tanzenden verzauberte, ein Möglichkeitslicht, in dem alles passieren konnte. Auch die große Liebe.

In ihren ausgewaschenen Jeans und einem Hippiehemd aus dem Modeladen der Kreisstadt hatte Therese zugeschaut, wie Toni, gewagter gekleidet als sie, sich an die angesagtesten Jungen der Freizeit heranschmiss. Nach und nach begannen die Folien um die Glühbirnen zu qualmen und zu stinken, und die Tanzenden rückten enger zusammen, inzwischen waren nicht nur die tollen Kerle, sondern auch die unauffälligen netten Jungs mit Madln versorgt, dann auch die Streber, die Verklemmten, diejenigen, die man zur Not noch genommen hätte, die Pickligen und die Dicken. Die erste Folie schmolz von der Lampe, und das Lächeln der Übriggebliebenen wirkte immer bemühter, bedürftiger, ein Lächeln künftiger alter Jungfern. Und dann kam Fredl Weidinger mit seiner Taucheruhr und verbeugte sich vor Therese. Alles, was im Anschluss daran geschah, musste man in diesem Licht sehen: dem Licht der wieder hervorkommenden trüben Birne der Stehlampe hinter der geschmolzenen roten Folie.

Und ebenso war es mit Matt. Man musste alles im richtigen Licht sehen. Im fahlen Licht der Morgendämmerung, die nach und nach die Sterne schluckte, musste man den gestrigen Kuss betrachten, das, was beinahe geschehen wäre. Hatte sie etwas überhört heute Nacht? Ein Klopfen an der Tür, ein vorsichtiges: »Therese, ich bin's! Ich kann dir alles erklären!« Nein. Nichts hatte sie überhört. Und nichts hatte er erklärt. Nach einem langen und besitzergreifenden Kuss hatte die blonde Französin – Delphine de Brulée! In ihrer Pension! Mei! – wieder auf Matt eingeredet. Und wie! Jedes ihrer Mattjös hatte ein eingebautes Ausrufezeichen. Überhaupt klang fast alles, was sie sagte, explosiv. Und da sollte noch jemand sagen, die französische Sprache sei melodisch. Der bebrillte Mann hatte den Zettel ausgefüllt, während der andere alles schweigend beobachtete, aus schmalen, grünen Augen. Zu den Füßen etwas Unförmiges, ein Koffer war es nicht, oder doch, es war … Harrgottmarrgott! Ein Akkordeonkoffer. Deshalb war er ihr gleich so bekannt vorgekommen. Teifi! Er war es! Der Mann aus der Fetisch-Bar. In Männerkleidung. Ungeschminkt.

Trotzdem. Als sie ihn musterte, senkte er den Kopf, murmelte ein weiteres »Pardon, Madame«, und der jüngere Mann entschuldigte sich ebenfalls, dass sie so spät störten. Delphine de Brulée käme direkt aus Südfrankreich und sei den ganzen Tag durchgefahren …

»Aber … aber, was wollts denn ausgerechnet hier in Neuenthal?«, rutschte es ihr heraus, hilflos klang es, verwirrt, und sie schickte ein schnelles »Ich zeig Ihnen jetzt die Zimmer!« hinterher. Entschlossen schritt sie voraus in die ehemalige Wohnküche des Hauses, die zu einem Komfortzimmer umgebaut worden war. Das am wenigsten attraktive Zimmer im Haus. Mit Parkplatzblick. Gut genug für diese französisch keifende Schnoin mit ihren *Lustschreien.* Dem netten jungen Mann gab sie das hübsche Eckzimmer im ersten Stock, und dem Akkordeonisten bot sie den Raum mit Gartenblick im Parterre an. Waren diese Homosexuellen nicht besonders empfänglich für schöne Blumen? Zum Glück waren die Betten immer bezogen, für den Fall eines plötzlichen Touristenansturms, mit dem sie, wenn sie ehrlich war, nie wirklich gerechnet hatte. Und jetzt hatte sie beinahe ein volles Haus! Der junge Mann und der Akkordeonist schleppten Koffer und Taschen, beschattet von Fredl, der bereits die Nummer des französischen Wagens notiert hatte und mit einem Blasröhrchen auf Matt lauerte. Über der Feuerwehrkneipe wurde quietschend ein Rollo geöffnet, und rasch schloss Therese die Haustür ab, drehte den Schlüssel zweimal herum.

»Morgen ist der Spuk vorbei, verlass dich drauf«, hatte Matt ihr zugeraunt, bevor er mit dieser Schnoin im Komfortzimmer verschwand. Er werde ihr alles erklären.

Stunde um Stunde hatte sie auf diese Erklärung gewartet, in der Kaisersuite. Aber er war nicht gekommen. Sie hatte reglos auf dem Bett gesessen, beobachtet, wie der Mond, der einsame Cowboy der Nacht, sich durch die Wolken lavierte, immer dem Sonnenaufgang entgegen. Irgendwann war sie wohl eingeschlafen. In ihren Kleidern. Und jetzt stand ihr ein Frühstück für sechs Personen bevor. Jessesmaria!

Was frühstückten eigentlich Franzosen? Baguette? Croissants? Café au Lait? Nichts da! Bei ihr würde es Brezn geben, wie immer. Und Semmeln. Obazdn. Eier von der Resi. Einen deutschen Kaffee mit Milch und Zucker. Sie schlich durch den Flur, die Treppen hinunter, blieb eine Sekunde vor der Tür des Zimmers mit Parkplatzblick stehen. Stille. Nur leises, röchelndes Schnarchen. Matt? Oder gar Delphine de Brulée? Seltsamerweise hob dieser Gedanke ihre Stimmung, wenn auch nur leicht. Sie verließ leise das Haus, duschte in ihrer Wohnung, zog sich um. Und suchte in ihrem Bücherregal nach dem Taschenwörterbuch aus ihrem einzigen Frankreichurlaub. Wie hieß Frühstück noch einmal auf Französisch? Hier! Pe-tit Dé-jeu-ner. Petidäschönä, wenn sie die Lautschrift richtig entzifferte. Na also. Sie setzte ihren Hut auf und marschierte Richtung Tauchschule, um sich das Auto ihres Bruders zu leihen.

Inzwischen strahlte der Himmel, erste Sonnenfunken kitzelten die Wellen des Brachsees. Vor der Bäckerei Brunnhuber am Mohnauer Hafen war kein Parkplatz zu bekommen. Kruzifix! Natürlich! Heute war Samstag, zwischen sieben und acht Uhr gab es Rabatt auf größere Mengen Feingebäck und Brötchen. Als Therese endlich den Kombi in eine Lücke gezwängt hatte und die Bäckerei betrat, standen Toni und der Mohnauer Metzger bereits an der Verkaufstheke. Hinter ihnen teilte Franzi die aus Urlaubern und Mohnauern bestehende Menge, drängte sich zu den verbilligten Semmeln durch. Was wollte Franzi schon um Viertel nach sieben hier? Wenn doch ihr Edekamarkt in Neuenthal, wo sie die Mohnauer Rabattbrötchen unverschämte dreißig Cent teurer verkaufte, nicht vor halb zehn öffnete? Und was hatten sie heute im Angebot? Brezn. In zum Glück ausreichender Menge. Semmeln. Brotzeitstangerl. Strudel. Blechkuchen. Apfeldatschi. Quark- und Streuselstückerl, und wie hießen diese weißen Schaumgebäckteilchen neben den Aprikosenkrapfen, hatten sie nicht auch einen französischen Namen? Schmeckten nach Luft und Zucker und … Bäsee! Bäsee hießen diese kleinen Stückchen Nichts. Vielleicht sollte sie den Gästen diese Bäsees anbieten zum Peti… wie hieß das zweite Wort noch? Egal!

Eine Entschuldigung murmelnd, drängte sie sich hastig nach vorne, vorbei an zwei Touristen, die hoffentlich einsahen, dass sie deutlich mehr Zeit hatten als eine Pensionswirtin mit wartenden Gästen.

»Ja, manche mögen's heiß«, sagte der Mohnauer Metzger vorne an der Theke gerade, und eine Frau kicherte, ausgerechnet diese Yoga-Britschn, die für den orientalischen Schleiertanz am Pfingstmarkt verantwortlich war und deren Namen Therese aus Prinzip immer wieder vergaß. Sacklzement! Warum fiel ihr erst jetzt der Pfingstmarkt ein? Der Akkordeontransvestit war hier, in ihrer Pension! Gut, dass sie ihm das Zimmer mit Gartenblick gegeben hatte! Wie konnte sie ihn nur überreden, bis zum Pfingstmarkt zu bleiben? Sie musste diese Bäsee kaufen!

»Nackert!«, sagte der Mohnauer Metzger zur Brunnhuberin, der Frau des Bäckers. »Macht an Spagat oder so was, Sie wissens scho, die Haxn auseinand! Und jetzt machens no an Film! Und fuchzig Brezn.«

»Brezn?«, grantelte die Brunnhuberin. »Dafür hots doch gar koa Lizenz, die Therese!«

Kruzifix, was ratschten die da? Energischer pflügte Therese durch die Wartenden.

»Fuchzig Brezn für mich, Frau Brunnhuber. Zur Weißwurscht heut Mittag. Filmt hots der Franzose, der, wo die Plakate gemacht hat, gä, Toni, so war's doch?«

»Freili, genauso war's, er soll a Regisseur sein, sagt der Herr Weidinger, i hab ihn ja eben noch auf der Straßn troffen, und wissts was?« Toni, diese oide Biesgurkn, kostete die kleine Pause aus. »Heut Nacht is des ganze Filmteam angerückt, betrunken warns aa, und wissts, wer …«

»Pssst!« Die Brunnhuber-Tochter, die neben ihrer Mutter einen Urlauber bediente, hatte Therese entdeckt, zeigte mit einem Mohnstangerl in ihre Richtung und packte das Mohnstangerl danach seelenruhig in eine Tüte.

»Ah, Grüß Gott, Therese!« Toni, diese falsche Schlange, drehte sich lächelnd um. »I hob gehört, du hast Gäste.«

Ja, was denn sonst? Was war dabei, wenn eine Pension Gäste hatte?

»Was derfs denn sein, Frau Engler?« Die Brunnhuber-Tochter kassierte den Urlauber ab, lächelte ihr entgegen. Wie viele Bäsees aß wohl ein Franzose zum Petit Dingsbums? Delphine de Brulée würde bestimmt nur auf einem halben Bäsee herumkauen, so abgemagert, wie sie aussah, aber was war mit den Männern? Zwei Bäsees pro Mann oder gar drei? Kleinlich wollte sie nicht sein, auch für die Sachsen sollte es reichen, also: »Fuchzehn Bäsee«, sagte sie, deutete auf das weiße Schaumgebäck. Das halblaute Gemurmel im Laden verstummte.

»Koa Brezn heut?«, fragte die Brunnhuber-Tochter.

»Doch. Brezn auch. Zwölf Brezn und zwölf Semmeln fürs Frühstück. Croissants habts ja ned, nehm ich an.«

Die Brunnhuber-Tochter glotzte. Sollte sie nur. Diese Mit-Mohnstangerln-auf-andere-Zeigerin. Die im Übrigen vor zwanzig Jahren – warum dachte sie jetzt daran? – ihre Susn beim Schneeflockentanz von der Bühne geschubst hatte. Und was schaute dieser Metzger sie so an, mit diesem Kennerblick, als ob er sie insgeheim tranchierte und schon mal die besten Stücke raussuchte? Und was hatte diese Yoga-Ananas-Schnoin schon wieder so dreckert zu lachen? Therese rückte ihren Hut zurecht, drehte sich zum Rest der Menge um.

»Ich habe, wie wohl schon einige wissen, französische Gäste. Und dazu zwei Urlauber aus Sachsen.«

So, das hatte gesessen. Maria vom Café Seerose, die neben der Yoga-Ananas-Schnoin stand und sie neugierig musterte, hatte bestimmt noch kein einziges ihrer Fremdenzimmer vermietet.

Würdevoll sah Therese zu, wie die Brunnhuber-Tochter sich mühte, fünfzehn Bäsees, zwölf Brezn und zwölf Semmeln in sechs Tüten unterzubringen, zahlte und verließ den Laden. Sofort schwoll das Gemurmel hinter ihr an. Sie ging ein paar rasche Schritte, bog um die Ecke und stellte sich vor das Lüftungsgitter. Touristen hatten sich bestimmt schon oft gefragt, warum um dieses Gitter zu bestimmten Zeiten Gruppen von Einheimischen standen. Zum Glück war sie jetzt allein. Sie stellte ihre Tasche ab.

Die Akustik war heute wieder prächtig, Franzis Stimme tönte in bester Radioqualität zu Therese herauf.

»Jetza ist aba guad, so was macht die Therese ned!« Na also! Sauber! Franzi, als einzige Neuenthalerin, verteidigte Therese Engler gegen die Mohnauer und Toni. Was immer sie meinte mit *so was.*

»Aber glaubts mir doch«, Toni klang fast flehend, »der Herr Weidinger war ja dabei, sie hot sie selber hergeholt, die … die …

wie hoaßts glei, die Bestseller-Autorin mit dem Schweinkram do. Der Herr Weidinger hot grad erst ihre Bücher aus der Bibliothek konferiert.«

»Meinst die … diese Brülée?« Vor Überraschung verfiel Franzi in ein Beinahe-Hochdeutsch. Mariaundjosef! Fredl musste in all dem Tumult mitbekommen haben, wie der junge Mann am Tresen Delphine de Brulées Namen aussprach.

»Hobts des alle gelesn, ha?« Die Stimme des Metzgers. Mit fettigem Unterton.

»Naa!« Franzi. »I ned! Des is koa Literatur.«

»I aa ned.« Toni.

»Also, ich schon. *Lustschreie in Hochhausschluchten* war einfach super.« Aha. Die Yoga-Ananas-Schnoin. In betont selbstbewusstem Tonfall. »Aber noch besser war dieses andere Buch, wie heißts gleich, es spielt an der französischen Atlantikküste …«

»Und da hots auch a kleine Pension ghabt, am Strand!«, platzte Franzi dazwischen.

»Und im Wasser warns gar ned«, ergänzte Toni.

»Aber das Meer hat doch draußen gerauscht, die ganze Zeit, als sie in dieser französischen Pension … na ja, ihr wisst schon …« Die Yoga-Schnoin lachte keckernd, dann fuhr sie fort: »In diesem Badezimmer mit dem abblätternden Putz und dieser herrlichen, antiken Badewanne …«

»Mit Löwenfiaß!«, fiel Franzi ein. »So a Schmarrn!«

»A richtiger Schmarrn war des«, bestätigte Toni, »jeden Zehennagel von dem Löwen hats einzeln beschrieben …«

»Und erst hams no so damisches Zeug geredet, aber dann … mei!« Franzi verstummte, und für eine Sekunde war es still im Raum. Dann die Stimme des Metzgers:

»I hob dacht, ihr hobts des ned gelesn!«

Kurzes, beklemmtes Schweigen, dazwischen die Yoga-Schnoin:

»Und die ist bei euch in Neuenthal? Delphine de Brulée?« Dann Franzi: »Mei … naa … erzählt hab i's kriagt. Von dir, Toni!«

»Und i habs von der Resi!«

»Und die hats von da Therese!«

In diesem Moment sprang die Lüftung hinten in der Backstube an, mit einem leisen Knattern, das sich schnell zu einem Quietschen steigerte.

»Na, jetza wiss ma's! Wias in die Bibliothek kommen san, die Bücher von der Brüllee!«, sagte Toni.

Ach, tatsächlich? Therese lauschte angespannt, hörte nur Stimmengewirr und die immer lauter werdende Lüftungsanlage. »Des is a abgekartetes Spiel, meinst?«, verstand sie.

»Freili! Erst die Bücher, und jetzt hats die Brüllee selber hergeholt, und wissts, warum?«

Kruzifix, genau jetzt hatte der Ventilator die richtige Drehzahl erreicht, und aus dem Quietschen wurde ein Wimmern, dann ein ohrenbetäubendes Kreischen.

Als Therese zurückkam, waren ihre Gäste wach. Sie hörte es am Rauschen der Dusche. Aus dem Zimmer von Matt und der Brulée. Wer von beiden duschte oder ob sie sich gar beide zusammen in die kleine Duschkabine des Komfortzimmers gequetscht hatten, wollte sie sich nicht vorstellen. Sie legte ihre Einkäufe in der Küche ab, setzte Kaffee auf. Was sollte sie gegen diese Gerüchte tun? Eine öffentliche Rede halten? Oder lieber ein halböffentliches Verteidigungsplädoyer bei einem Alibieinkauf im Edekamarkt? Sollte sie sich erst mit ihrer Wahlberaterin besprechen?

Noch vor wenigen Tagen hätte sie nicht gedacht, dass der Gedanke an Christiane Breitner einmal ein Gefühl der Erleichterung, beinahe Rührung auslösen würde. Dabei war nichts Rührendes dabei, dass Christiane ihr helfen wollte. Christiane Breitner trug sich mit dem Gedanken, die Tauchschule zu vergrößern, und dabei störte Fredl Weidinger empfindlich, mit seinen nächtlichen Razzien und Kontrollen. Nichts weiter.

Therese legte die Servietten mit dem blauweißen Rautenmuster in die Brotkörbe. Wohin mit den Bäsees? Brauchte man dafür nicht andere Servietten, etwas Zarteres, Französischeres? Über ihr schon Schritte, Stimmen, und sie trug schnell eine Ladung Brezn ins Speisezimmer. Wo schon der erste Gast saß. Der Akkordeonist. Allein. Einen schönen Pulli trug er, Kaschmir, diese Männer hatten eben Geschmack! Was wohl »guten Morgen« auf Französisch hieß, Bongschur? Er sah sie an, Erwartung im Blick, und sie entschied sich für ein einfaches, hochdeutsches »Guten Morgen«, was er mit einem Satz beantwortete, der beinahe wie ein Gurren klang, ganz anders als bei Delphine de Brulée gestern.

»Es gibt gleich einen Kaffee. Verstehens? Kaffee. Zum Petit … petit …«, Kruzifix, sie kam nicht drauf, »äh … Petit Brotzeit!«

Er nickte und lächelte. Na bitte!

»Mit Obazdm. Und Brezn. Und …«, sie lächelte auch, kostete ihre Ankündigung aus. »Bäsee! Verstehens? Bäsee!«

Wie schaute er denn jetzt? Erschrocken. Vielleicht, weil er sie nicht verstand? Wie fühlte man sich wohl, wenn alle um einen herum in einer anderen Sprache redeten, schnell auch noch, und wenn dann Fredl Weidinger herumbrüllte wie gestern Abend, das musste einen feinfühligen homosexuellen Musiker schon erschrecken. Oder nannte man das transsexuell? Sie trat einen Schritt näher zu ihm. Er sollte einen guten Eindruck von Deutschland bekommen, insbesondere von der Einfühlsamkeit oberbayerischer Pensionswirtinnen. Schließlich sollte er ja auf dem Pfingstmarkt spielen.

»Croissants hams leider ned gehabt beim Brunnhuber. Deshalb hab ich Bäsees gekauft. Dieses weiße Schaumgebäck, das heißt doch Bäsee …«

War es Einbildung, oder war er zurückgezuckt? Sie stellte die Schüssel auf den Tisch.

»Wait a moment.« Warum war ihr das nicht früher eingefallen? Jeder lernte Englisch auf der Schule. Sogar Franzosen. Sie drehte sich auf dem Absatz um, stutzte nur kurz, als sie den jungen Mann im Flur sah, hinter ihm diese Brulée-Schnoin und Matt, und ging zurück in die Küche, um Kaffee in die Frühstücks-Thermoskannen zu füllen, Eier zu kochen, die Wurstplatte und den Obazdn herzurichten: aus einem zerstampften Brie aus dem Supermarkt, einer Schmelzkäse-Ecke, die, zugegeben, schon länger in ihrem Kühlschrank weilte, frischen gehackten Zwiebeln, Salz, Pfeffer, Paprika, Essig, Bier und einem Stückchen Butter. Als sie das erste Tablett hinübertrug, hörte sie von oben die Stimmen von Judda und Üwe. Beim zweiten Tablett saßen sie schon alle im Frühstücksraum, die drei Franzosen und Matt an einem, die Sachsen am anderen Tisch. Sie häufte ihre Herrlichkeiten auf das Büfett. Auch ein französisches Wort. Büfett. Wie Toilette. Etat. Portemonnaie. Bagage. Die deutsche Sprache war voller französischer Wörter, sie hatte es nie bemerkt.

Alle schauten ihr zu. Zeit für eine kleine Ansprache.

»Good morning! What you see here, san die Anfänge from a typical bavarian Brotzeit. Here are schon amoi the eggs from Resi, real Country-Eggs. More comes noch. Take a Brezn or a Semmel dazu. And then I have a great Überraschung: Bäsee! You understand? Bäsee!« Was schauten sie jetzt wieder so, dieser sensible Kaschmir-Transvestit und die Brulée in ihrem schicken karierten Röckchen mit weißer Bluse? Was rieb Matt sich die Augen, als ob ihn etwas quälte? Und was rannte dieser junge Kerl ihr jetzt nach? Sie betrat die Küche und bettete die Bäsees auf eine Serviette mit Rosenmuster, die noch von der alten Besitzerin des Hauses stammte. Der junge Mann nahm ihr das Körbchen ab, lächelnd.

»Jetzt verstehe ich. Das Gebäck heißt bei den Franzosen nicht Baiser, sondern Merengue. Wissen Sie, was Baiser bedeutet? Nein? Es heißt Kuss. Ein wunderbares Frühstück, Madame. Danke!«

Damit verbeugte er sich vor ihr und trug die Bäsees in den Frühstücksraum.

Heller Vormittag. Therese ließ die Tür ihres Geschäfts offen, ein fröhlicher Frühlingswind raschelte durch die hängenden Dirndl.

Draußen kehrte Anderl die Straße. Mei. Was für eine Lauferei so ein Frühstück für sechs Gäste bedeutete! Sie setzte sich in ihren Kuhsessel, streckte die schmerzenden Beine aus. Wie es aussah, würde es einen weiteren französisch-sächsischen Frühstücksmorgen geben. Mit fünf Personen. Ohne Matt. Und ohne Bäsees. Oder den übrigen Bäsees von heute. Denn Franzosen, hatte sie gerade gelernt, aßen zum Frühstück so gut wie nichts. Und das, was sie aßen, tunkten sie vorher in ihren Kaffee. Brezn tunkten sie in ihr Ei. Wobei sie für dieses Tunken normalerweise Weißbrot verwendeten. Aber sie aßen eigentlich sowieso keine Eier zum Frühstück. Hatte ihr der junge Mann freundlich erklärt. In den Obazdn tunkten sie ihre Bäsees. Jedenfalls hatte der Akkordeon-Transvestit es getan. Worauf eine lebhafte französisch-sächsische Diskussion ausgebrochen war, mit vielen Ohs und Oh-là-làs. Judda war zum Tisch der Franzosen getreten und hatte ihnen auf Englisch erklärt, dass der Öbazda with Bier gemacht würde, real german Beer wie on the Ögdöberfest. Worauf ein weiteres Raunen durch die Versammlung ging und sich alle über den Obazdn beugten, als ob sie ihn anbeteten. Gegessen hatten sie ihn trotzdem nicht.

Es war verwirrend. Und das Verwirrendste an allem war das Verhalten von Matt. Wie eilig hatte er es nach dem Frühstück gehabt! Ein dringender Termin, beruflich, er könne ihn nicht mehr aufschieben, es tue ihm leid, alles, was geschehen sei, Delphine sei eben sehr … – er zögerte, blass sah er aus, seine Hamsterbäckchen hingen herunter – … eben sehr besitzergreifend. Sie sei ihm nachgereist. Habe ihn sozusagen aufgespürt. Ja, er sei mit ihr … äh … zusammen. Er lebe sozusagen mit ihr … Aber sie müsse ihm glauben, als er sie, Therese, wiedergetroffen habe, da sei ihm klargeworden, was ihm gefehlt habe, und er werde …

In diesem Moment erklang ein krähendes »Mattjö!« von der Treppe, und Matt rief etwas auf Französisch, raunte ihr ein »Ich ruf dich an, Therese« zu. Aber so hatte sie ihn nicht gehen lassen! Wenigstens ihren Bürgermeisterfilm wollte sie haben. Aber in der Kamera war gar kein Film. Alles digital, sagte Matt, ihr Neffe solle es in den Computer überspielen. Damit drückte er ihr die Kamera in die Hand und fuhr davon.

Was die Brulée mit diesem Akkordeon-Transvestiten zu tun hatte und woher sie die Adresse ihrer Pension kannte – vermutlich von Matt selbst! –, all das konnte Therese nicht mehr erfragen. Und mei, was würden die Franzosen hier in Neuenthal anfangen? Sollte nicht irgendwer ihnen wenigstens die wichtigsten Sehenswürdigkeiten zeigen? Sollte sie Susn anrufen? Und was war da draußen schon wieder los?

Stimmengemurmel, von der Straße her. Anderls Kehrgeräusche hatten aufgehört.

»Delphine de Brulée«, verstand sie, »… Drehbuch. Doch. Die Toni hats gesagt!« Franzi. Die sie in Mohnau noch verteidigt hatte.

Dann Anderl: »A Sauerei is des scho.« Es hörte sich äußerst interessiert an.

»Wissts scho, wer die Filmmusik macht?«

Eine neue Stimme. Nat Wildmoser. Hatte einmal Musik zu ihrer Modenschau gemacht. Hardrock. Ziemlich greislich. Trotzdem ein netter Kerl, einer ihrer Wähler.

»Naa! Der Tschob is scho vergeben!« Fredl Weidinger. Auch das noch. »I hob genau gesehn, wias a Akkordeon einigetragen ham!«

»Aber bei … so einem Film«, Nat Wildmoser, zögernd, »meinst wirklich, Akkordeon passt zu *so was?*«

»Wenns die Szene mit den Wogen machen und der Löwenfiaß-Badewanne, dazu passt koa Akkordeon!«, mischte sich Franzi ein. »Dazu kannst koan Ländler spuin, des is doch ganz a anderer Rhythmus!«

»Vielleicht lieber was wie Ei wont your Sex oder Sche täm«, sagte Nat Wildmoser, und Fredl giftete: »Is doch egal! Des muss gestoppt werrn! Sofort!«

Was um alles in der Welt wollte er denn jetzt schon wieder

stoppen? Und was hatte das alles mit ihrem Film zu tun? Gut, dass sie wenigstens die Kamera hatte. Sie stand auf. Teifi, taten ihr die Haxen weh.

»Wissts ihr, ob die Therese überhaupt a Badewanne mit Löwenfiaß hat?«, fragte Franzi.

»A geh, des is do Requisite! Des wird vom Filmstudio gestellt!« Nat Wildmoser schien sich auszukennen.

»Do bin i amoi gespannt, wias des synchro... äh ... synchro... niern!«

Mei! Dass Anderl so ordinär klingen konnte!

»Dafür hams an Geräuschemacher, beim Film«, wusste Nat. »Der hockt sich mit aner Waschschüssl hin und planscht a bissl!«

»Des *Wasser* mein i ned!«

»Und des wollns wirklich drehn? In da Therese ihra Pension?«

»Sie drehen sicher no ned, sie müssens erst amoi *proben!*«

Was gab es da zu lachen? Und drohend zu rufen: »Jetzt hörst aber auf!«

Anderl war nicht zu bremsen: »Vielleicht hams ja des Drehbuch studiert, über Nacht, in da Therese ihra Pension!«

Therese blieb in der offenen Tür ihres Ladens stehen. Sie fühlte sich müde. Einfach nur müde.

»Äh, griaß Gott, Therese, scho auf?« Nat Wildmoser hatte sie zuerst gesehen, und auch alle anderen drehten sich zu ihr um, wünschten äußerst höflich einen guten Morgen, fragten, ob sie vielleicht Eier brauche oder Käse vom Edekamarkt, ob ihre Gäste denn gut versorgt seien?

»Schaug, da sans ja!«

Und tatsächlich, da schritten sie Neuenthals Einkaufsmeile entlang, die Franzosen, plaudernd, sich umschauend. Die Männer flankierten Delphine de Brulée, die ihr Karo-Röckchen trug und ihr garantiert sakrisch teures Blüschen. Zum Glück war der Transvestit immer noch in Männerkleidung, er hatte die Ärmel seines schicken Pullovers hochgekrempelt und entblößte gebräunte, leicht behaarte Unterarme. Der junge Mann machte sich auch gut, in Hemd und Jeans, hübsch anzusehen waren sie alle drei, in perfektem Gleichschritt kamen sie auf die Kreuzung zu, und in perfektem Gleichschritt überquerten sie die Ampel. Bei Rot.

13.

»Da bist ja, Susn. Der Özcan wartet schon.«

Franzi stemmte die Arme in ihre beachtlichen Hüften. Man musste es ihr lassen, sie trug ihre Pinguinmaße mit Würde. Obwohl sie eher den Typ Pinguin verkörperte, der eine Robbe gefrühstückt hatte. Im letzten Jahr war sie gefeierte Bierkönigin unseres Landkreises gewesen, hatte den Posten vorübergehend an eine jüngere, schlankere Frau aus Mohnau abgeben müssen und lauerte jetzt auf ihr Comeback. Kunstvoll ausstaffiert von Özcan Breithuber, der ihre Rundungen, ihre Liebe zu Bayern und zum Bier prachtvoll zu präsentieren verstand. Heute trug sie ein glitzerndes, weites Oberteil, dazu Leggings in weißblauem Rautenmuster, wobei die Rauten nicht überall als Rauten zu erkennen waren. Sie folgte meinem Blick und streckte mir ihr beachtliches Bein hin, das in einen biergelben Stiefel mündete.

»Schick, ha? Hat ois der Özcan gemacht. Hot Kotür, wia in Paris, gä!« Sie nahm meinen Ellbogen und führte mich durch die leere Döneria in die Schneiderwerkstatt.

Özcan Breithuber saß am Tisch. Er hatte den Frühlingstag ausgesperrt, die Rollläden heruntergezogen. Nur eine Art Lampion, der von der Decke hing, verbreitete einen schwankenden, rötlichen Schimmer, und in der Ecke flackerte eine Kerze unter einer orientalischen Duftlampe. Es roch leicht nach Räucherstäbchen. Und nach Dönergrill.

»Also, ich lass euch jetzt allein!« Franzi verschwand, und ich breitete meine Kataloge aus. Aber Özcan Breithuber würdigte sie keines Blickes. Er bedeutete mir mit einer stummen Geste, mich ihm gegenüber niederzulassen, und sah mich an. Lange und ohne ein Wort zu sagen. Ich kannte diesen Blick schon von meinen bisherigen Dönerkäufen, nur schien er im helleren Licht der Döneria nicht ganz so funkelnd, so orientalisch-intensiv zu sein.

Özcan Breithuber war bekannt dafür, dass er äußerste Sorgfalt darauf verwendete, genau jenen Döner maßzuschneidern, der zum jeweiligen Kunden passte. Gegrillte Paprika zum Fleisch oder rohe? Der Brotfladen nur leicht angebacken oder kross? Tomate oder Gurke oder beides? Wenn ja, warum? Die Zwiebel- und Knoblauchfrage war noch heikler, und die eine oder andere Fliege an der Scheibe durchlebte ihre Pubertät, große Liebe und die Wechseljahre, bis man endlich das Dönerkunstwerk in der Hand hielt. Vielleicht war dies der Grund, warum Özcan Breithubers Dönergeschäfte trotz zusätzlicher Haxn-Hotline nicht allzu gut liefen.

Heute trug Özcan nicht seine verschmierte Schürze, sondern weite weiße Leinenhosen und ein dazu passendes Hemd, all das Weiß machte seinen Blick noch dunkler, noch unergründlicher.

»Hier sind meine Maße.« Ich schob den Zettel über den Tisch. »90, 62, 81.«

Würde er nachmessen wollen? Sollte ich schnell hinterherschicken, dass die Zahlen meiner wirklichen Maße einige unbedeutende Zentimeterchen höher waren? Aber bis Özcan das Kleid geschneidert hätte, wäre ich sicher bei einer Zweiundsechziger-Taille. Aller Appetit war mir vergangen. Wie es sich anfühlte für immer. Was machte ich überhaupt hier? Nach allem, was ich heute Morgen erfahren hatte? Mir stiegen die Tränen in die Augen, und Özcan schob den Zettel beiseite, ohne mich aus seinem Blick zu entlassen.

»Timo, also mein Freund, er will … ein Modell Sissi«, stammelte ich in unser von dem orientalischen Lampion beschienenes Schweigen hinein.

»Ich weiß«, sagte Özcan. Noch nie war mir aufgefallen, wie samtig seine Stimme klingen konnte. Vielleicht war doch etwas Wahres an dem, was man über ihn erzählte: Özcan Breithuber, so raunte man im gesamten Landkreis, könne den Frauen bis auf den Grund ihrer Seele blicken, wenn er in der richtigen Stimmung sei, und schneidere ihnen dann genau das Kleid, das ihr Innerstes spiegele. Anscheinend war Özcan gerade in der richtigen Stimmung. Sein Blick, eben noch funkelnd, verschleierte sich, während ich etwas von einer Mischung aus Sissi und Meerjungfrau faselte, ob dies nicht möglich sei, und ich hätte hier Schnittmuster für beide Modelle. Ich schob sie zu ihm hinüber, und er warf einen flüchtigen Blick auf die Blätter, sah dann wieder mich an. Dabei atmete er tief ein, als wollte er meine Seele in sich hineinsaugen, und im nächsten Moment zog es mich in einen Strudel des Vergessens.

Mein Ich schien zu zerbersten und in alle Richtungen zu fliegen. Dann kehrte mein Bewusstsein wieder. Zuerst mit einem Bild. Einem schmerzlichen Bild. Ein Computermonitor. Mit der Startseite des Zierfischforums. In das ich mich heute Morgen eingeloggt hatte als Kampffischfreak82. Vor langer Zeit schon hatte mir Timo seinen Nickname und sein Passwort verraten. Ich hatte nie geglaubt, dass ich es einmal benutzen würde, um ihn auszuspionieren. Aber mir blieb keine Wahl. Nachdem er mich in der Nacht so angesehen hatte, mit diesem entsetzten Blick, um sich dann zu entschuldigen und wegzudrehen. Mit klopfendem Herzen hatte ich verschiedene Threads durchsucht und in *Ecken mit der Zahnbürste von Algen befreien* fand ich sie. Goldflossy. Nur den Bruchteil einer Sekunde war ich erleichtert, dass sie kein Fisch war. Sondern eine junge Frau. Blond und schmal, mit beneidenswert glatten Haaren und in kurzen Trekking-Hosen Größe 32/32. Es gab mehrere Bilder von ihr. Sie saß lächelnd vor einem Aquarium oder hielt ein Einmachglas hoch oder stand vor einem Tümpel. In einem Nichts von einem Bikini, dazu trug sie Gummistiefel und Handschuhe. Und sah zum Anbeißen aus.

Dieses Bild fand ich nicht im öffentlichen Bereich des Forums, sondern im Ordner der persönlichen Nachrichten von Kampffischfreak82. Wo ich auf einen regen Austausch persönlicher Nachrichten zwischen Goldflossy und Kampffischfreak stieß. Zunächst über die speziellen Probleme bei der Zucht von Lebendfutter in Einmachgläsern. Anscheinend begeisterte sich

Goldflossy ebenso wie er für Fruchtfliegen und Asseln. Aber es blieb nicht bei Asseln.

»Deine letzte sms hat mich ziehmlich durcheinandergebracht«, schrieb Goldflossy. »Stell dir vor, meine Zackenbarsche haben es auch gespührt, sie waren so unruhig wie ich.« Was Rechtschreibung und Grammatik betraf, war sie beinahe auf dem Niveau von quietschentchen aus dem Hochzeitsforum. Ein Gedanke, der mich nur kurz tröstete, angesichts der siedend heiß in mir aufsteigenden Vermutung, dass Timo und sie einander längst heiße ihajeflo-Kürzel-SMS schickten, während ich heimlich meinen erotischen Kalender bastelte und romantische Geschichten schrieb.

Was sollte ich tun? Was konnten wir gemeinsam tun, Timo und ich? Wie betäubt hatte ich vor dem Bildschirm gesessen, überlegt, ob ich ihn anrufen, aus dem Unterricht holen lassen oder lieber wie eine Furie in die Schule stürzen, in seine Klasse stürmen und rufen sollte: »Ich will jetzt wissen, was mit Goldflossy ist!«

In diesem Moment hatte mein Handy geklingelt. Özcan Breithuber. Mit schnurrender Samtstimme: Er habe gehört, ich wolle ihn sprechen? Er sei jetzt da. Daraufhin hatte ich meine Kataloge gepackt und war losgerannt, panisch und verzweifelt, Hauptsache weg vom Fischforum, weg von Goldflossy. Und jetzt saß ich hier, die orientalische Lampe flackerte, und eine Wolke Zwiebelgeruch von der Döneria her mischte sich in den geheimnisvollen Moschusduft der Schneiderei.

»Guuut.« Özcan atmete seufzend aus. »Ich sehe es.«

»Das … das Kleid?«

»Alles. Und alles wird gut.«

»Gut? Meinst du wirklich? Und was ist mit Goldflo… äh … wann kann ich das Kleid abholen?«

»Wenn die Zeit gekommen ist.«

»Und was … ich meine … was kostet es?«

»Du wirst bezahlen. Für alles. Aber am Ende wirst du belohnt werden.«

Er erhob sich, hielt mir mit einer kleinen Verbeugung die Tür zur Dönerstube auf, und der entstehende Windstoß zerstörte etwas, das aussah wie eine Schmeißfliegen-Loveparade an der Scheibe der Verkaufstheke, hinter der Paprikastücke, Tomaten und Gurken in Schüsseln lagerten und wirkten, als hätten sie gern von besseren Zeiten erzählt. Özcan entließ mich mit einer weiteren Verbeugung, und benommen trat ich hinaus auf die sonnenglänzende Straße.

Vor der Tür der Feuerwehrkneipe stand ein Mann. Reglos. Er hatte den Kopf schief gelegt und schien zu lauschen, mit einem Gesichtsausdruck, als vernähme er Engelsgesänge und nicht die wöchentliche Probe der Feuerwehrkapelle. In einer Hand hielt er einen Block, in der anderen einen Stift, mit dem er den Takt klopfte.

»Qui est-ce?« Er hörte auf zu klopfen, als ich näher kam, sah mich fragend an und zeigte auf die Tür. Anscheinend ein französischer Tourist. Ausgerechnet! Mir war nicht nach Arbeit. Überhaupt nicht. Ich wollte in mein Bett, mir die Decke über den Kopf ziehen. Aber ich nahm mich zusammen und lächelte höflich.

»C'est la Feuerwehrkapelle de Neuenthal!« Oder musste es vielleicht le Feuerwehrkapelle heißen, weil die Feuerwehrkapelle trotz des deutschen weiblichen Artikels aus Männern bestand? In diesem Falle wäre sogar das Wort Mannsbilder angebracht gewesen. Aber wie sollte ich diese deutschen Mannsbilder in einen französischen Artikel pressen, und konnte man *von Neuenthal* wirklich als *de Neuenthal* übersetzen? Aber er schien mich zu verstehen, er nickte eifrig und lächelte.

»Ah, je comprends! Le Feuerwérchapellö! Très impressionant! Ils peuvent le Königsjodlör aussi?« Fragte er mich ernsthaft, ob die Neuenthaler Feuerwehrkapelle einen Königsjodler beherrschte? Woher sollte ich das wissen? Ich wusste noch nicht einmal genau, wie ein Königsjodler klang. Aber ich kannte solche Fragen von Touristen, vermutlich würde er mich gleich nach einer Kuckucksuhr und dem Oktoberfest fragen, ungeachtet der Tatsache, dass es Kuckucksuhren nur im Schwarzwald gab, und das nächste bayerische Fest, das Touristen anzog, der Pfingstmarkt war. Am besten, ich zeigte ihm gleich, wo er Lodenhüte und Lederhosen kaufen konnte. In meinem etwas eingerosteten Französisch – wir hatten es bei Ausländern am häufigsten mit Asiaten zu tun, weshalb mein Pidginenglisch inzwischen ausgezeichnet war – erklärte ich ihm, dass dort drüben *un Lodenmodenladen* sei, aber er solle besser nicht bei Rot über die Ampel …

»Ah oui, oui, je sais! Le feu rouge, oui oui!« Er deutete auf die Ampel, schüttelte den Kopf und lachte in sich hinein. Dann wurde er wieder ernst, zeigte auf Thereses Laden.

»Et là-bas, c'est Lodönmodön? Chez Thérèse?«

Ich nickte. »Trachten. La Dirndl. Le Lederhosn. Comme c'est à l'Oktoberfest. Vous …«

»Ecoutez!«, unterbrach er mich aufgeregt, ergriff meinen Ellbogen, deutete mit dem Kinn Richtung Feuerwehrkneipe. Aus dem gestampften Dreivierteltakt der Kapelle hob sich etwas kläglich eine Tubamelodie, die mir vage bekannt vorkam. Und jetzt erst sah ich das Plakat von Therese an der Tür, das neue Plakat, von dem sie gestern so stolz erzählt hatte: eine Art scheußlicher Scherenschnitt, eine Frau, die durch die Luft flog, Busen voran, fehlte nur noch der Besen, und es hätte sich um die erste Hexe der Welt oder zumindest Bayerns gehandelt, die einen Cowboyhut trug. Was würde passieren, wenn Timos Eltern dieses peinliche Plakat …

In diesem Moment fiel mir wieder Goldflossy und damit mein gesamtes Elend ein, und durch den Schleier meiner aufsteigenden Tränen sah ich, wie Fredl Weidinger von seinem Motorrad stieg, es aufbockte und zu uns herüberkam. Anderls klägliche Melodie brach ab, von drinnen erregtes Stimmengewirr, dann setzte er neu an, und Fredls Hand fiel schwer auf die Schulter des Franzosen.

»Hams jetza Ihren Ausweis dabei? Hams überhaupt a Aufenthaltsgenehmigung?«

Der Franzose schaute von Fredl zu mir, fragend. Auch wenn mir nicht danach zumute war, ich musste ihm helfen. Ich schluckte, hob das Kinn und trat der polizeilichen Autorität entgegen.

»Herr Weidinger, ein Urlauber braucht keine Aufenthaltsgenehmigung.«

Der Mann hatte sich unter Fredls Griff weggeduckt und redete auf mich ein, in schnellem Französisch. Anscheinend war er wie alle Franzosen, die ich bisher im meinem Job kennengelernt hatte, davon überzeugt, man verstehe alles, sobald man nur ein paar Worte radebrechte. Zaghaft versuchte ich zu übersetzen:

»Er … er sagt, er interessiert sich für Musik …«

»Des is jo koa Wunder, er macht ja aa die Filmmusik zu dem Schweinkram do! Und dazu braucht er a Aufenthaltsgenehmigung!«

Der Mann redete weiter, was sagte er da, er sei Forscher? Musikforscher? Vielleicht Musikwissenschaftler?

»Er … er ist in einem Auftrag unterwegs, er erforscht die Musik der …«

»Des sog i doch, er hat an Auftrag für die Sauerei do, die dreckerte, wo's die Wogen in da Waschschüssel machen …«

»Wogen? Waschschüssel?«

»Geh, frag die Toni, a Pornofilm is des! In da Pension von deiner Mutter! Und des lass i ned zu, hosd mi?«

»'Ost mi? Qu'est-ce que c'est?« Der Franzose sah mich an, die Musik in der Feuerwehrkneipe verstummte, und ich war mit meinem Latein ebenfalls am Ende. Oder vielmehr mit meinem Französisch. Wie sollte ich »hosd mi« übersetzen? Avez-vous moi? Haben Sie mich? Soweit ich wusste, duzten Franzosen keine Fremden. Was sie wohltuend von Fredl Weidinger unterschied. Aber ich brachte sowieso kein Wort heraus, meine Kehle war zugeschnürt.

Was war jetzt wieder los? Hatte Fredl wirklich gesagt, in Thereses Pension würde ein Pornofilm gedreht? Und hatte etwa mein Vater auch damit zu tun? Gestern Abend hatten sie von einer Kamera geredet, aber davon wollte ich lieber nichts wissen, ich wollte gar nichts mehr wissen, wollte mich nur noch verkriechen und mich meinem Elend hingeben. Eine Träne rollte mir über die Wange, und verschwommen sah ich, wie der Franzose jemandem zuwinkte, einem Paar auf der anderen Straßenseite. Sie redeten in schnellem Französisch miteinander, lachten und riefen »Lucien«, anscheinend hieß der Franzose neben mir so, sie fragten ihn, ob er sich schon wieder in Schwierigkeiten gebracht habe, soweit ich ihr Französisch verstand, und er lachte ebenfalls und sagte irgendetwas über eine charmante junge Dame – über mich? Verwirrt sah ich zu, wie sie vor der Ampel verharrten, eine blonde Frau und ein Mann mit ebenfalls hellem Haar und Brille. Sie warteten ein, zwei Sekunden, in denen nichts passierte, dann äußerte die Frau ein vernehmliches »Merde!« und überquerte die Straße mit graziösen Schritten, rot leuchtete noch immer das stehende Männchen, provozierend langsam tänzelte sie, und der Bebrillte schüttelte den Kopf, lachte und stapfte hinter ihr her.

»Pour deux!« Sie hielt dem verdutzten Fredl Weidinger einen Zehneuroschein hin. Fredl glotzte auf den Schein, dann auf die Frau, dann auf mich. Und ich besann mich auf meinen Job: »Für zwei!« Verdattert verstummte ich. Wir hatten gleichzeitig gesprochen, der bebrillte Mann und ich, so genau in einem Rhythmus, als hätten wir es jahrelang geprobt. Er sah mich an, anscheinend ebenso überrascht wie ich, hinter der schwarz umrandeten Brille leuchteten seine Augen, ein helles Türkis, Gletscherseeaugen hatte er, und sein Haarschopf war verwuschelt, als hätte er sich gerade die Haare gerauft oder als wäre ihm jemand durch die Haare gefahren. Er trug ausgeblichene Jeans, vornehm zerfetzt, dazu ein weißes Hemd und Turnschuhe, er war jung, jünger als dieser Lucien und jünger als seine blonde Partnerin. Ich öffnete den Mund, er öffnete den Mund, und wieder redeten wir gleichzeitig: »Sie sprechen Deutsch«, stammelte ich, und er: »Haben Sie Kummer, Mademoiselle?«

Dann streckte er die Hand aus und wischte zart die Träne von meiner Wange, und die Ampel hinter ihm schaltete auf Grün.

14.

Jetzt tippte die Brulée schon seit Stunden. Ab und zu rief sie etwas, dann eilte der junge Mann herbei und brachte ihr eine Tasse Kamillentee. Den er mit Thereses Erlaubnis in der Pensionsküche kochte. Der junge Mann hieß Cedric, stammte aus der französischsprachigen Schweiz und war der Deutsch-Übersetzer sämtlicher Werke von Delphine de Brulée. Gleichzeitig ihr Sekretär. Delphine de Brulées Romane wurden in dreißig Sprachen übersetzt, sie konnte sich einen mitreisenden Sekretär leisten.

Und erst recht ein Komfortzimmer für vierzig Euro. In dem sie seit Einbruch der Dunkelheit tippte. Auf einer altmodischen Schreibmaschine. Sie könne nur auf ihrer Olympia schreiben, hatte Cedric Therese erklärt, schon der Anblick eines Laptops verursache eine Schreibblockade. Die Olympia schien das Gegenteil auszulösen. Delphine de Brulée hackte wie besessen, jeder Buchstabe eine kleine Explosion, zwischendurch ging sie ruhelos im Zimmer hin und her wie ein Gefangener in der Arrestzelle. Dabei redete sie vor sich hin, manchmal fluchte sie. Zumindest war anzunehmen, dass es sich um Flüche handelte.

Das Leben einer Erotik-Autorin hatte Therese sich anders vorgestellt. Mehr oh, là, là, weniger Kamillentee. Sie hatte noch einmal in *Lustschreie in Hochhausschluchten* geblättert. Mit deutlich mehr Achtung. Sicher brauchte es viel Hin-und her-Gelaufe, massenweise zerknüllte Blätter und literweise Kamillentee, bis ein Satz wie dieser herauskam: *Sie lag wartend, willenlos, loderte seiner Lanze entgegen.* Es war die Szene, in der sich die Chefin in dem Pariser Großraumbüro endlich dem Heizungsmonteur hingab, praktischerweise in einem Glasaufzug, der *durch den engen Schacht aufwärtsraste.* Allerdings hätte Therese Engler bei einem Heizungsmonteur eher einen Zollstock erwartet als eine Lanze. Oder – mei! – eine Messlatte. Aber das war wohl dichterische Freiheit. Und eine Messlatte hätte vielleicht auch nicht zu der Wucht des nächsten Satzes gepasst, in dem er endlich *heranbrauste, ein Orkan der Lust, ihre Küsten verwüstend.* Lodern. Lanzen. Lustorkane. Niemals hätte sie sich träumen lassen, dass solche Worte in ihrer Pension getippt wurden!

Eine Tatsache, mit der nicht nur Therese Engler, sondern die gesamte Neuenthaler Bevölkerung schwer fertig wurde. Und halb Mohnau dazu. Eigentlich hatte Therese in der Pension nur noch einmal nach dem Rechten sehen und dann ins Bett gehen wollen, als sie die Flanierenden bemerkte. Man schlenderte durch den zaunlosen Pensionsgarten, wisperte, schlich ums Haus, versuchte, einen Blick durch die Fenster zu werfen. Und wagte sich sogar verstohlen in die Nähe der unverschlossenen Hintertür! Was sollte sie tun? Sollte sie ihre Gäste über Nacht einschließen und allein lassen? Oder selbst in der Pension übernachten und Wache halten?

Unschlüssig setzte Therese sich an den Schreibtisch der Kaisersuite, lauschte Delphines Getippe auf der Olympia, Cedrics besänftigendem Gemurmel und Luciens Musik. Lucien, auch das wusste sie von Cedric, war Delphines Bruder. Sie standen einander sehr nahe. Obwohl sie sich nicht besonders ähnlich sahen. Zumindest was die Haarfarbe betraf. Aber vermutlich war Delphines Haar ja nicht naturblond. Was Delphine wohl davon hielt, dass er gern Frauenkleider trug? Erlaubte sie ihm gar, in ihren Röckchen herumzulaufen? Saß er vielleicht auch jetzt im Kleid auf dem Sessel des Komfortzimmers? Oder zog man sich als Transvestit nur bei öffentlichen Auftritten um? Und wie war er überhaupt auf die Bühne der Münchner Fetisch-Bar gekommen, und warum hatte er sie später in den Hauseingang gedrängt, noch dazu halb nackert? Sollte sie ihn einmal fragen und Cedric übersetzen lassen? Oder wäre dies unhöflich? Schließlich sollte er am Pfingstmarkt auftreten, sie wollte es sich nicht mit ihm verderben. Die Franzosen würden noch eine Weile bleiben, hatte Matt heute am Telefon gesagt, sie solle warten, er werde alles regeln, er denke an sie. Sie hatte sich nur kühl verabschiedet und aufgelegt.

Aus Luciens Zimmer drang eine neue Melodie, süß und melancholisch. Ob er sehr unter der Unsensibilität seiner Mitmenschen litt? Oh, wie gut sie das kannte! Sie schaltete den Laptop ein, öffnete den Browser. War es nicht ihre Pflicht, als Pensionswirtin und angehende Bürgermeisterin, sich über Menschen wie Lucien zu informieren? Flugs tippte sie das Stichwort Transvestit in die Browserzeile. Die nächste Dreiviertelstunde las sie konzentriert. Und lernte, dass ein Transvestit nicht etwa nur ein Mann war, der Frauenkleider trug, sondern dass unter dem Begriff Transvestit alle Menschen versammelt waren, die sich in der Kleidung des anderen Geschlechts wohler fühlten.

Jesses! Wie ihr eigener Puls auf einmal in den Ohren dröhnte, lauter als das Schreibmaschinengehämmer der Brulée. Ihre Hüte! An denen sie so hing. War man schon ein Transvestit, wenn man einen Cowboyhut … Schmarrn! Sie trug immer noch ein Dirndl. Dazu eine unbequeme, aber äußerst weibliche Feinstrumpfhose. Ein Kleidungsstück, das, wie sie jetzt las, von männlichen Transvestiten besonders bevorzugt wurde. Sie klickte ein Bild an, auf dem ein Mann in Damenstrümpfen und T-Shirt gemütlich auf einem Sessel saß und Kaffee trank. Unterschrift: *So entspanne ich mich zu Hause.* Anscheinend war eine Feinstrumpfhose die leichte Transvestitenkleidung für dahoam. Und, warum auch nicht? Andere Männer trugen Jogginghosen. Was auch nicht besser aussah, im Gegenteil. Sie klickte auf das nächste, etwas gewöhnungsbedürftigere Bild. Ein Mann in Damenstrümpfen mit Strapsen, auf Stöckelschuhen. Es war deutlich zu sehen, dass er Damenunterwäsche trug, und noch deutlicher erkannte man …

Jessesmaria! Es klopfte! Nicht an der Tür. Sie fuhr erschrocken auf. Mit einem Schrei, für den sie sich schon schämte, während sie ihn noch ausstieß, drehte sie sich zum Balkon. Poch! Poch! Poch! Sie sprang auf, riss die Gardine weg.

»Mach auf, Therese!«

»Kreizkruzifix! Fredl!«

»Wo is die Badwanna mit die Löwenfiaß?«

»Ich werd dir doch ned meine Badewanne zeigen, Fredl, spinnst jetzt?«

»I mecht di nur retten!«

»Retten? Du? Mich? Vor wem denn?« Sie spähte über seine Schulter. Am Haus lehnte eine Leiter. Sacklzement! Der Einzige, der eine so lange Leiter besaß, war Anderl von der Feuerwehrkneipe.

»Vor dir selber, Therese! Kriagst Geld dafür, ha? Viel Geld?«

»Bist jetzt vollkommen narrisch?« Sein wilder Blick! Sie riss sich zusammen, bemühte sich um kühles, amtliches Hochdeutsch. »Natürlich kriege ich Geld, wenn ich Zimmer vermiete.«

»Ned für die Zimmer! Für den Film! Therese, i kann des ned zulassen!«

»Jetzt reicht es aber! Meinst du, du bist der Einzige, der einen Film …«

»Therese! I ertrags ned, dass di so wegwirfst!«

Er hämmerte gegen die Scheibe. Sollte sie ihn fragen, ob er eine anständige Haftpflichtversicherung hatte? Das Akkordeonspiel im Nebenzimmer brach ab. Jetzt wurden schon ihre Gäste aufmerksam! Sie musste etwas tun. Aber was? Der Notruf schien ihr übertrieben, vielleicht sollte sie Fredls Vorgesetzten in der Kreisstadt anrufen? Das Telefon schon in der Hand, drehte sie sich noch einmal zu Fredl um. Er hatte die Fäuste sinken lassen, die Nase gegen die Scheibe gedrückt und starrte an ihr vorbei, mit aufgerissenen Augen, als hätte er ein Gespenst gesehen.

»Madame?«

Auch das noch! In der offenen Tür stand Lucien. Er trug ein T-Shirt, zweifellos ein Männershirt, in Schwarz, mit V-Ausschnitt. In dem sich wenige dunkle Brusthaare kräuselten. Im Flurlicht der Pension sah er männlich entschlossen, beinahe finster aus.

»Därese? Nuu, zum Glügg läbsde ja noch, das wor een Geglobbe äben, wir hom gedachd …« Üwe hatte sich an Lucien vorbeigedrängt und verstummte beim Anblick von Fredls Gesicht an der Scheibe.

»Sie unverschämder Badron, was machen Sie hier uff dem Ballgong von der …«

»Üwe! Bass bloss üff!« Judda versuchte, ihren Mann zurückzuhalten, aber Üwe riss sich los, war mit einem Satz im Zimmer, und auch Lucien stürzte herein, gemeinsam rissen sie am Griff der Balkontür.

»Mit dem Schweinskram hats bald an End, da könnts oan drauf lossn!«, schmetterte Fredl ihnen entgegen, schwang ein Bein schneidig über das Geländer, dann das andere und entkam über die Leiter. Zurück in der Kaisersuite blieben Üwe, in einem Shirt, das aus alten DDR-Armee-Beständen zu stammen schien, und einer durch mehrere Kochwäschen veredelten Unterhose, Judda, ebenfalls leicht bekleidet, in etwas, das man als Negligé bezeichnen konnte, und Lucien, in T-Shirt und weißen Shorts. Alle drei starrten abwechselnd auf Therese, die offene Balkontür und das Bild auf dem Display ihres Computers. Auf dem deutlich das Bild eines Mannes zu sehen war, der Nylonstrümpfe trug, Strapse, Stöckelschuhe und sonst nichts.

Der Rest dieser Nacht verging langsam, quälend langsam. Irgendwann schlief Therese erschöpft ein, träumte wirr, davon, dass in ihre Pension ein Glasaufzug eingebaut würde, und von Fredl in seiner grünen Polizistenjacke und Nylonstrümpfen. Am nächsten Morgen servierte sie eine reduzierte Petit-Brotzeit, und weil sowieso Sonntag und ihr Laden geschlossen war, geleitete sie die Franzosen über den Tännchenweg, zeigte ihnen den Campingplatz, den Aussichtsturm und die Tauchschule ihres Bruders. Wo es besonders Delphine de Brulée zu gefallen schien. Immer wieder befühlte Delphine die Taucheranzüge, die im Verkaufsraum hingen, brach in Tausende begeisterte Ouis und

Ahs aus, und schließlich lud Hartl sie alle auf seine Miniyacht zu einer Seekreuzfahrt ein. Cedric lehnte höflich ab, er werde leicht seekrank, dafür kam Christiane Breitner mit und bückte sich im Lauf der Fahrt mehrmals nach heruntergefallenen Nichtigkeiten. Lucien, auf einem Klappstuhl an der Reling, spielte Akkordeon, und unter der Musik berichtete Therese Engler ihrer Wahlberaterin mit gedämpfter Stimme, was in der Nacht zuvor geschehen war.

»… und dann hams alle des Buildl gesehn, von dem Mannsbild mit de Strapsn!«

Vor Aufregung verfiel sie ins Bayerische. Christiane schwieg eine Weile, sah Delphine de Brulée nach, die auf zierlichen Pantoletten übers Deck stöckelte, warf einen Blick hinüber zu Lucien, dessen Augen glitzerten, grün wie das Wasser des Brachsees, wandte sich dann wieder Therese zu.

»Es geht mich ja nichts an, aber … wieso hattest du eigentlich nach diesem Nylonstrumpf-Typen gegoogelt?«

Ein Thema, das äußerster Diskretion bedurfte. Therese beugte sich vor, senkte die Stimme. »Weil er«, unmerkliches Kopfrucken zu Lucien, »so einer is. Aber sags bloß ned weiter, wenns es erfahren, dann ists ganz aus mit der Toleranz!«

Darauf ließ sich Christiane die ganze Geschichte erzählen, angefangen von der Fetisch-Bar, schaute nachdenklich den spielenden Lucien an, dann noch nachdenklicher den schweigend steuernden Hartl, neben dem jetzt, zart und zerbrechlich, Delphine de Brulée stand.

»Und wovor genau wollte dich Fredl retten?«

Worauf Therese erneut die Stimme senkte und ihr von den Bemerkungen über Badewannen mit Löwenfüßen und Wogen erzählte, auch von seltsamen Erwähnungen eines Drehbuchs, das die Brulée schreibe.

»Was soll ich denn jetzt nur machen?« Therese fischte eine Zigarette aus der Packung in ihrer Tasche. Die erste seit der Fetisch-Bar.

»Leonhard, hast du das gewusst?« Christiane erhob die Stimme, über das leise Brummen des Motors und das Wellengeplätscher hinweg. »Ganz Neuenthal und halb Mohnau glaubt anscheinend, in Thereses Pension wird ein Pornofilm gedreht!«

»Jo mei.«

Mehr kam nicht, und Christiane wandte sich etwas genervt ab, zog ihrerseits eine Zigarette aus ihrer Handtasche.

»Mist. Die Fragebogen für deine Umfrage sind schon verschickt. Ich hatte vor, das Ergebnis öffentlich zu machen, nur wenn es gut ausgesehen hätte, natürlich. Demoralisierung des Gegners. Psychologische Kriegsführung und so weiter, der Wunsch der Leute, einer Mehrheit anzugehören …«

»Du … du meinst … a Porno? Mit mir?« Jetzt erst ging ihr auf, was Christiane Breitner eben gesagt hatte. Mit zitternder Hand suchte sie nach Streichhölzern, als sie plötzlich ein Flämmchen vor sich aufleuchten sah.

»Mesdames?«

Lucien, das Akkordeon noch vor der Brust, hielt ihnen ein silbernes Feuerzeug vor die Nase.

»Danke. Äh, merci.« Verwirrt zog Therese an der Zigarette, und ihre Wahlberaterin lächelte dem Feuer gebenden Lucien zu, stieß eine achtunggebietende Qualmwolke aus.

»Merci beaucoup. Therese, jetzt erst recht, wir lassen uns nicht unterkriegen. Uns bleiben noch vier Wochen und drei Tage. Du wirst die Wahl gewinnen, ich versprechs dir.«

Am nächsten Tag kam ein Ausflugsbus voller Senioren an, und Therese hatte zu viel zu tun, um nachzudenken. Hungrige Rentner belagerten ihr Café und verlangten nach Cappuccino und Würsteln, die schnell im zehn Kilometer entfernten Supermarkt besorgt werden mussten, weil sie Franzis Würsteln nicht traute und seit den Filmgerüchten weder beim Mohnauer Metzger noch bei Toni kaufen wollte. Den ganzen Tag rannte sie zwischen Café, Laden und Pension hin und her, als wäre schon

Hauptsaison. Während Fredl, dieser Hundling, die Gelegenheit nutzte, die Anzahl seiner Plakate zu verdoppeln. Und nebenbei eine verängstigte Gruppe weißhaariger Damen an der Ampel zu einem Bußgeld von je fünf Euro zu verdonnern. Was mit diesen Geldern geschah, wusste niemand genau. Aber es war nicht der geeignete Zeitpunkt, um danach zu fragen.

Alle, auch Fredl, begegneten Therese ausgesucht höflich, allerdings mit einem gewissen Funkeln in den Augen. Das sie, wie mit ihrer Wahlberaterin abgesprochen, einfach nicht zur Kenntnis nahm.

Ihre französischen Gäste schickte sie nach Mohnau, zu einer Führung von Susn. Sie blieben lange, kehrten begeistert schnatternd erst am späten Abend zurück. Sie seien alle zusammen zum Essen im *Chez Lutz* gewesen, berichtete Cedric bei der spätabendlichen Teebereitung in der Küche. Delphine de Brulée sei ganz begeistert von Susn, sie könne so gut Französisch und sei so höflich und so hübsch. Was er – Lächeln, aufblitzendes Leuchten hinter den Brillengläsern – nur bestätigen könne.

Therese nickte, so bescheiden wie möglich.

»Sie heiratet bald!«, sagte sie zu der gerade eintretenden Delphine. »Große Hochzeit. Great Bavarian Wedding! Im Dirndl! Hoch-Zeits-Dirndl!«

Delphine und sie sahen Cedric an, aber die Übersetzung schien ihm schwerzufallen, natürlich: Es gab bestimmt kein Wort für Hochzeitsdirndl im Französischen, und fast musste es einem leidtun, wie er daran herumkaute. Delphine nickte schließlich lächelnd, nahm ihren Kamillentee und entschwand. Gleich darauf drang aus dem Eckzimmer ein schneller, heftiger Monolog voller Mattjös, mit wenigen kurzen Pausen, in denen Mattjö vermutlich zu Wort kam. Cedric verließ ebenfalls die Küche, und Therese schob die Gardine beiseite, sondierte die Lage auf dem Parkplatz: Die Zahl der Schaulustigen hatte merklich abgenommen, die von ihrer Wahlberaterin empfohlene Nichtbeachtungstaktik schien zu fruchten. Sie konnte es wagen, nach Hause zu gehen.

Zu einem Stamperl Kräuterlikör. Einem Trost-Apfeldatschi mit Sahne. Und Willie Nelson. Unter dessen Songs sie einschlief, auf ihrem Sofa.

Wachgeküsst wurde sie von der Morgensonne. Ein blitzblauer Tag. Ein Tag wie eine Belohnung. Vielleicht war doch alles halb so schlimm. Die Filmgerüchte würden schnell einschlafen, wenn sie bei ihrer Taktik blieb. Und ihre Wahlberaterin sann bereits über wirkungsvolle Gegenschläge nach. Warum nicht Girgl von der Zeitung informieren? Darüber, dass Fredl Weidinger die Anwesenheit internationaler Gäste in der Pension von Therese Engler zur Ausstreuung kleinlicher Gerüchte missbrauchte und damit der touristischen Entwicklung der Region schadete? Nicht schlecht. Gar nicht schlecht.

Kurz entschlossen zog Therese ihren Badeanzug an und lief zum See. Zärtlich glucksten die Wellen, frühlingsfrisch, kühl und noch frei von Sonnenölresten empfing das Wasser des Brachsees die künftige Neuenthaler Bürgermeisterin. Sie schwamm bis zum Bootssteg vor der Tauchschule, versuchte sich auf dem Rückweg sogar im Kraulstil, und als sie herausstieg, prickelte ihr ganzer Körper. Sonnenfunkeln im Garten ihrer Pension, auch an der Scheibe des großen Komfortzimmers, so hell, dass sie Lucien erst wahrnahm, als er die Balkontür öffnete. Er trug eine kurze Badehose, die knapp am Oberschenkelrand abschloss. Um die Schultern hatte er ein Handtuch geschlungen.

»Cold?« Er lächelte, vollführte eine Schwimmbewegung.

Sie lächelte ebenfalls.

»Go … eini, you will see!«

Wie damisch, jetzt fiel ihr das englische Wort für »hinein« nicht ein. Wie sollte er sie verstehen?

»I mean, rein. Into. Into the water …« Sie zeigte auf den See, und er nickte.

»Passtchó!«

»Äh … wie? What?«

Er konzentrierte sich, mit gerunzelter Stirn. »Pásstscho!«

»Ah. Oui! Yes! Passt scho.«

Eine Sekunde standen sie lächelnd voreinander, dann wurde er ernst, sagte einen französischen, sehr melodischen Satz, den sie nicht verstand, und ging an ihr vorbei Richtung See.

Summend zog Therese sich in ihrer Wohnung an, holte ein Blech Apfeldatschi aus ihrem Café. Für die Petit Brotzeit, die sie gleich herrichten würde. Etwas reichhaltiger als gestern. Schwimmen machte hungrig! Im Vorbeigehen kontrollierte sie noch rasch die Plakate an der Stellwand auf dem Parkplatz. Sie klebten in scheinbar friedlichem Nebeneinander: *I bin der Bürgermeister! Aufräumen – starke Arme für ein aufgeräumtes Neuenthal!* und *Tradition braucht Zukunft – Therese Engler.* Darüber die springende Figur mit dem wippenden ... Moment!

Sie trat näher heran. Genau auf dem Busen der Figur klebte etwas. Etwas Rundes. Rot. Zuerst sah sie das Ausrufezeichen. Dann las sie die Aufschrift: *Schluss mit dem Schweinkram!* stand mitten auf ihrem Plakat, in großen, weithin lesbaren Lettern.

15.

He, du bist ja noch nicht mal angezogen! Sag bloß, du hast es vergessen!«

Gina sah mich vorwurfsvoll an. Ihr Klingeln an der Tür hatte mich aus dem Schlaf gerissen, dem verdienten, gnädigen Schlaf nach viel zu vielen Tränen und sinnlosen Grübeleien. Verdammt! Heute war der Termin im Brautmodenladen in München! In aller Eile sprang ich unter die Dusche, versuchte gar nicht erst, meine Haare in irgendeine Form zu bringen, und schlüpfte in die erstbeste Garnitur Unterwäsche. Meine Jeans ließ sich überraschend leicht schließen, und auch mein T-Shirt schlotterte um Bauch und Hüften. Also hatte ich tatsächlich abgenommen. Vielleicht würde ich sogar ein Meerjungfraumodell anprobieren können. Für den Bruchteil einer Sekunde heiterte mich diese Vorstellung auf.

Gina brachte mich dazu, ein Viertel eines Zwiebacks zu essen, auf den ich keinen Appetit hatte, beschwor mich, dass ich mich jetzt zusammenreißen müsse, und keine fünf Minuten später saßen wir in ihrem Auto, und Floh hechelte in unsere Nacken.

»Sorry, Susn, ich kann ihn nicht zu Hause lassen. Sobald er mit den Papageien allein ist, hört er nicht auf, sie anzubellen. Stell dir vor, gestern hat er sie sogar durch die Wohnung gejagt«, erzählte Gina. »Ich verstehe einfach nicht, was er hat.«

Ich verstand es. Im Moment nur zu gut. Mir drehte sich auch der Magen um beim Anblick eines glücklichen Paares.

»Dabei sind Picco und Sissi so …«

Von hinten ein drohendes Knurren.

»Aus, Floh! Merkst du jetzt, wie neurotisch er ist? Schon ihre Namen machen ihn aggressiv.« Gina schloss ihr iPhone ans Radio an, drückte darauf herum. Rauschende Orgelklänge übertönten die samtweiche Männerstimme ihres Navigationsgerätes, die ihr immer wieder nahelegte, doch bitte nicht auf die Autobahn aufzufahren. Falls es ihr nichts ausmache, natürlich.

»Hat sich inzwischen irgendetwas Neues ergeben, bei Timo und dir? Oh verdammt, Bruce, warum hast du mich nicht gewarnt?«

Vor uns Warnblinkanlagen und Blaulicht, und Gina trat auf die Bremse, drückte auf ihrem Navi herum, dessen Samtstimme schnurrte, es könne keine Ausweichroute finden, sie müsse mit einer Wartezeit von ungefähr sechzig Minuten rechnen.

Sechzig Minuten, in denen ich Gina immer wieder versicherte, nein, es habe sich nichts Neues ergeben. Ja, Timo wolle mich immer noch heiraten. Obwohl er zugegeben hatte, in Goldflossy verliebt zu sein.

»Und sie sind einander wirklich noch nie begegnet?« Gina fuhr kopfschüttelnd einen halben Meter weiter, hielt vor den Rücklichtern eines Lasters.

»Nein. Aber sie telefonieren.«

»Braaav«, sagte eine sanfte Frauenstimme, und ich fuhr herum. Was war das? Gina schien nichts gehört zu haben, auch Floh reagierte nicht, hechelte Richtung Fenster.

»Vielmehr, sie haben telefoniert. Jetzt natürlich nicht mehr.« Zumindest hoffte ich das.

»Er liebt dich, ja? Bist du dir ganz sicher?«

Ich nickte. »Er … er sagt, er wird es überwinden.«

Ob ihm das gelang? Bei einer Frau, die, zumindest nach den Fotos zu urteilen, den ganzen Tag in Trekking-Hotpants und Bikinioberteil herumlief, ein Einmachglas mit Asseln in der Hand. Gemeinsam würden sie wunderbare Lebendfutterzuchten anlegen.

»Feeein«, sagte die Stimme. Wieder sah ich mich um. Nichts. Gina war damit beschäftigt, einen Meter weiterzukriechen, auf die nächsten Bremslichter zu. War es etwa so weit? Hörte ich jetzt schon Stimmen? Vor Kummer? Oder hatte Özcan Breithuber bei unserer Sitzung meine Seele für irgendetwas Außerkörperliches empfänglich gemacht? Um die Stimme und meine eigenen Gedanken zu übertönen, erklärte ich Gina zum ungefähr hundertsten Mal seit meinem ersten verzweifelten Anruf bei ihr, dass Timo gar nicht von Goldflossys Äußerem beeindruckt sei, sondern vom Gleichklang ihrer Seelen.

»Jaaa!«, sagte die Stimme. »Schööön!«

Warum bloß schien diese Stimme alles toll zu finden, was Kampffischfreak und Goldflossy verband? Was wollte sie mir sagen? Dass ich Timo … ich schnappte nach Luft … freigeben sollte für die Frau, die ihn wirklich tief und innig verstand? Aber Timo hatte mir doch mit zitternder Stimme versichert, Seelengleichklang hin und her, nur ich sei diejenige, die seine Frau …

»Leeckerli«, unterbrach die Stimme meine Gedanken, Floh jaulte begeistert auf, und endlich begriff ich, dass die Stimme aus den Boxen kam und zur Musik gehörte. Es sei eine spezielle Hunde-Entspannungsmusik, erklärte mir Gina. Sie habe sie vor zwei Wochen bei *wuffi-wellness.wow* bestellt, obwohl sie nicht an solchen Quatsch glaube. Sie warf einen Blick nach hinten, auf den jetzt glücklich hechelnden Floh, dann nach vorne, auf den stehenden Verkehr, und setzte den Blinker. Nach rechts. Und bevor ich fragen konnte, ob diese Musik vielleicht auch bei Fischen wirkte – hatten Fische überhaupt Ohren? Goldflossy würde es mir sicher sagen können –, steuerte Gina das Auto auf den Standstreifen und gab Gas.

»Susn, wenn wir es noch schaffen wollen mit der Anprobe, müssen wir andere Maßnahmen ergreifen.«

Aber nur einen Kilometer nach ihrem beherzten Lospreschen brachte sie ein langsam in der Mitte vorbeifahrendes Polizeiauto dazu, sich kleinlaut wieder in den Stau einzureihen. Als wir nach anderthalb Stunden vor der Münchner Boutique ankamen, hatten wir die Wuffi-Wellness-CD dreimal gehört und unser Anproben-Zeitfenster war längst geschlossen.

»Schicksal«, murmelte ich ergeben. All mein Goldflossy-

Elend stieg in mir hoch und trieb mir die Tränen in die Augen, aber Gina schüttelte den Kopf.

»Jetzt erst recht!« Sie schob mich zurück ins Auto und fütterte ihr williges Navi mit den Adressen aller Brautmodenläden der Stadt. Die Sonne stand hoch, und Flohs Zunge hing tief, als wir endlich eingelassen wurden, in ein Geschäft am südlichen Stadtrand, dessen Chefin schon einmal im *Chez Lutz* in Mohnau gewesen war und sogar verstand, dass ein erschöpfter Floh sich nicht in der prallen Sonne vor einem Geschäft anbinden lassen würde. Natürlich waren alle Kabinen mit rosenumkränzten Spiegeln und roten Samthöckerchen längst besetzt, uns blieben ein wackliger Holzhocker mitten im Raum, ein Sonderangebots-Sissi-Modell in Größe 38 und eine eiligst herbeizitierte Verkäuferin, die gerade auf dem Weg in ihre Mittagspause gewesen war. Ihrer Laune nach zu urteilen, verpasste sie mindestens eine Verabredung mit Robert Pattinson aus Twilight. Sie nötigte mich in Stilettos, geschätzte acht, gefühlte dreißig Zentimeter hoch, dann auf den wackligen Hocker, dessen Fläche höchstens die Maße einer Minipizza hatte. Schnaufend half sie mir in das Kleid, eine rosa Rüschenlandschaft unübersehbaren Ausmaßes, zurrte fest, zog stramm und versuchte schließlich, die Kunststoffzähnchen des Reißverschlusses in meinem Rücken zu überreden, sich ineinander zu verklammern. Ich meinte geradezu, die Durchhalteparolen hören zu können, die ein Zähnchen dem anderen zurief: »Auf, Kameraden, einer für alle, alle für einen, gemeinsam schaffen wir es!« Allerdings nur, wenn nichts Unvorhergesehenes dazwischenkam. Zum Beispiel ein Atemzug von mir. Gina blickte von ihrem iPhone auf, dessen Hupton gerade die Ankunft einer SMS verkündet hatte.

»Hmmm … sieht schon ganz … äh … nett aus«, murmelte sie.

»Vielleicht oben etwas … Meinst du denn, du kannst darin den Hochzeitswalzer tanzen? Probier doch mal!«

»Tanzen?« Die Verkäuferin stemmte die Arme in die Hüften

und musterte mich, als hätte ich vor, in dem Kleid einen Stall auszumisten. Sie war jung, hatte violette Strähnchen im schwarzgefärbten Haar, und sie berlinerte. Was Gina veranlasste, noch hochdeutscher zu sprechen als sonst. Und dazu führte, dass ich mir mit meinem bayerischen Akzent fremd vorkam. Mitten in München.

»Nur wenn Se det Kleid mit den Schwitzflecken denn ooch koofen«, nölte die Verkäuferin, und die anderen Bräute drehten sich zu uns um. Auch die anderen, dezent gestylten und freundlichen Verkäuferinnen sahen zu uns herüber, stirnrunzelnd. Vermutlich war die violett Gesträhnte das Ergebnis eines unaufmerksamen Moments einer Personalchefin. »Und nur auf dem Hocka«, blaffte sie jetzt. »Sonst schleift der Reifrock auf dem Boden und det jeht jaa nich.«

Auch alle anderen Bräute standen auf Hockern, anscheinend waren all diese Hochzeitskleider für Frauen ab ein Meter achtzig gedacht. Die außerdem um die fünfzig Kilogramm wogen. Und von denen keine Einzige im Laden zu sehen war.

Bei einigen Bräuten schien es sich mit den Zahlen fünfzig und achtzig geradezu umgekehrt zu verhalten. Ein schwacher Trost. Und Tanzen war das Letzte, was ich jetzt wollte. Ich wollte raus! Aus diesem Geschäft und diesem Rüschenalptraum! Vorsichtig schöpfte ich einen halben Milliliter Luft. Und stieß sofort an Sissis Grenzen.

»Gina – ich – will – dieses – Kleid …«, brachte ich hervor, aber ausgerechnet vor der alles entscheidenden Negation versiegte mein Atemstrom. Warum nur stellte man im Deutschen die wichtigsten Wörter immer ans Satzende?

»Na bestens!« Die Augen der Verkäuferin leuchteten, als spürte sie schon Robert Pattinsons Zähne in ihrer Halsgrube. »Ick geb Ihnen zwanzig Prozent Rabatt und ein Bolerojäckchen dazu. Könnse die Oberarme mit kaschiern. Sieht picobello aus.«

Floh hob misstrauisch witternd den Kopf, und ich schnappte verzweifelt nach Luft, wie ein Apnoetaucher, der nach einem neuen Rekord ohne Pressluft an die Wasseroberfläche schießt. In der Tauchschule von Onkel Hartl hatte ich gelernt, dass man mit einem einzigen kräftigen Atemzug Zwerchfell, Lungen und Flanken füllen könne. Wobei ich mich immer gefragt hatte, wo die Flanken waren. Jetzt wusste ich es: dort, wo die Nähte krachten.

»Ich will keine Oberarme kaschieren! Ich will keine Sissi!« Die große Luftmenge, die mir plötzlich zur Verfügung stand, verschaffte mir das Stimmvolumen einer Opernsängerin, und der gesamte Laden wandte sich uns zu. Floh hob den Kopf und knurrte.

»Aus, Floh. Platz!«

Aber nicht Floh war es, der Ginas Befehl folgte: Ich spürte, wie die Reißverschlusszähnchen in meinem Rücken auseinandergetrieben wurden, knatternde Abschiedslieder singend, Kameraden, es war schön mit euch. Immer schneller lösten sie sich, beinahe freudig, und zur Krönung der allgemeinen Befreiung sprangen rund um meine Hüften Perlen ab, rollten über den Boden. In den ich so schnell wie möglich versinken wollte.

»Det gibt's ja nich! Die sprengt mir glatt die Sissi!«

Die lila Gesträhnte schoss auf mich zu, pellte mich unsanft aus dem Kleid, Bräute, Verkäuferinnen, Freundinnen und Mütter glotzten mit offenen Mündern, die Ersten begannen zu kichern, und aus Flohs Kehle kam ein immer bedrohlicheres bestialisches Grollen.

Auf der Rückfahrt schwiegen wir. Die Wuffi-Wellness-Musik rauschte aus den Boxen. Floh hechelte schuldbewusst.

Dann sah Gina mich von der Seite an.

»Okay, hätte besser laufen können.«

Die Untertreibung des Jahrtausends. Ich lehnte den Kopf an die Scheibe, versuchte, den Film, der unerbittlich über meine innere Leinwand flackerte, auszublenden, aber es gelang mir nicht: Eine lila gesträhnte Verkäuferin flüchtete kreischend durch den

Laden, Sissi hinter sich herschleifend, ein Hund nahm begeistert die Verfolgung auf, hetzte an bleichen Bräuten vorbei, ließ sich nicht von dem Schleier aufhalten, den der einzige Bräutigam todesmutig schwenkte. Ginas verzweifelte Rufe: »Der tut nichts!« verhallten, schon verschanzte sich die Verkäuferin hinter der Prosecco-Bar, Sissi als Bissschutz um den Arm gewickelt, und Floh, umhüllt von dem cremefarbenen Schleier wie von einer Ganzkörper-Hundeburka, rutschte blind durch den Laden, riss mit lockeren Schwanzschlägen Proseccogläser von Tischchen. Gina tippte wild auf ihrem iPhone herum, schickte sie Quirin etwa eine SMS? brklgplzt, flfrvk – Brautkleid geplatzt, Floh frisst Verkäuferin?

Dann rauschende Musik. Erstaunlich laut für ein so kleines Telefon.

»Braav. Leeckerli.«

Und die Hundeburka-Bestie hielt inne, spitzte die Ohren.

Ein Kameramann hätte vermutlich einmal über den gesamten schockstarren Laden geschwenkt, umgefallene Gläser eingefangen, Proseccopfützen, besudelte Brautkleider, halb ohnmächtige Bräute, fassungslose Verkäuferinnen, einen verschleierten Hund, der sich betreten an die Hüfte seines Frauchens schmiegte. Dann wäre ein langsamer Zoom an der Reihe gewesen, hin zur Quelle allen Unheils: Susn aus Neuenthal am Brachsee, immer noch auf ihrem Hocker, immer noch in Stilettos, aber ohne Sissi. Dafür in senfgelber Frotteeunterwäsche, bedruckt mit sich fröhlich tummelnden, um den Po herum bestimmt ziemlich verzerrten Snoopys, die auf dem verwaschenen Bustier sogar seilsprangen.

Warum geriet ich unweigerlich immer wieder in Situationen, in denen mich alle fassungslos anstarrten?

Das erste Mal war es im zarten Alter von sechs Jahren passiert, kurz nach dem ersten Besuch von Matthias Glatthaler. Beim Schneeflockentanz. Auf dem Mohnauer Weihnachtsmarkt. Alle Mütter hatten sich größte Mühe gegeben, ihre kleinen Schneeflocken mit Rüschenkleidchen, Haarreifen und Zopfschleifen in reinstem Weiß auszustatten, nur ich stach aus dem hervor, was wie eine gigantische Bleichmittelwerbung aussah. Therese hatte mich in ein Kinderdirndl aus ihrem Trachtenladen gesteckt. Ich wusste, dass so keine Schneeflocke aussah, mein zickiges gerüschtes Gegenüber hätte es mir nicht noch sagen müssen, viel zu laut, über den Schneewalzer hinweg, zu dem wir uns drehten. Die Zuschauer lachten verhalten, zeigten einander die rosageblümte Dirndlflocke, und die Petze in ihrem Rüschenkleid grinste zahnlos und streckte mir bei der nächsten Drehung die Zunge heraus. Ich nutzte das folgende Pas de deux, um meine Schneeflockenehre zu verteidigen und sie dafür zu watschen, so graziös wie möglich, integriert in unseren sorgfältig einstudierten Tanz. Worauf sie plärrend mitten auf der Bühne stehen blieb. Unsere Hinterflocken trippelten in uns hinein, und der Rest war Schneegestöber: Auch andere Flocken entdeckten das Watschen, auf der Bühne prügelten sich weißberüschte Mädchen, bis die Tanzlehrerin entnervt den Walzer abstellte und die Petze mir den letzten, entscheidenden Schubs versetzte. Ich taumelte über den Bühnenrand und landete in einer Pfütze.

»Die Susn war's! Die Susn hat angefangen!«, brüllte die Petze, und alle – Mütter und Väter meiner Klassenkameradinnen, unsere Lehrer, der Bürgermeister, der Pfarrer und die Touristen – starrten mich an: die einstmals geblümte, jetzt verdreckte, gewalttätige Monsterschneeflocke.

Ich wollte nicht mehr daran denken. Auch nicht an die ramponierte Sissi, die in einer Plastiktüte zu meinen Füßen lag, Prosecco und Verkäuferinnen-Angstschweiß ausdünstend. Dank Ginas Verhandlungsgeschick hatten wir trotz allem die versprochenen zwanzig Prozent Rabatt bekommen. Für alles andere, das Floh angerichtet hatte, würde Quirins Versicherung einspringen müssen.

»Susn, Kopf hoch, das ist alles halb so wild. Es gibt noch andere Brautmodenläden, in anderen Städten.« Gina schoss aus der Ausfahrt auf die Landstraße, und wir fuhren vorbei an Maibäumen, fliederbewachsenen Mauern, der geschlossenen Nail-Art-Metzgerei von Toni, auf den Neuenthaler Kirchturm zu.

»Was um Himmels willen ist das, eine Prozession?«

Gina trat so fest auf die Bremse, dass der Wagen schlingerte und Floh ein vorwurfsvolles Jaulen ausstieß.

Der Zug wälzte sich vom Ortseingang her über die Dorfstraße, flankiert von schaulustigen Urlaubern. Ich erkannte die Franzosen, Delphine de Brulée stand zwischen den beiden Männern – der Jüngere, Cedric, der Mann mit der Brille und dem verwirbelten Haar, sah sich nach uns um und winkte. Mir fehlte die Kraft, um zurückzuwinken. Am liebsten hätte ich die Augen geschlossen, wie in gnädigen Vor-Schneeflocken-Zeiten, als ich geglaubt hatte, mich auf diese Weise unsichtbar machen zu können.

Ich hatte längst noch nicht verkraftet, dass Delphine de Brulée, deren Bücher ich bewunderte, anscheinend die Geliebte meines Vaters war. Mein Leben war aus den Fugen geraten, aus den Nähten geplatzt wie ein zu enges Kleid, und ich ahnte, es würde noch schlimmer kommen.

Wir fuhren näher an die Prozession heran. Einige Teilnehmer trugen Transparente. Ich erkannte Fredl Weidinger, in Zivil, und Toni. Hinter ihnen einige Nachbarinnen, die Bibliothekarin der Gemeindebücherei und Veit Strobl. Zwischen den Urlaubern am Straßenrand kratzte sich der Bürgermeister am Kopf, neben ihm standen Franzi und Özcan, auch Anderl und Resi von der Feuerwehrkneipe liefen nicht mit in dem dünnen Zug. Vom Parkplatz am See her sah ich Therese kommen, im Laufschritt, mit wehendem Dirndl. Und jetzt erst drang zu mir durch, was auf den Transparenten stand: *Schluss mit dem Schweinkram! Kein Porno in der Pension!*

Gina begann zu kichern, obwohl es offensichtlich nichts zu lachen gab. Im Schritttempo fuhren wir auf die Prozession zu, und ich wünschte mir innigst, längst ausgewandert zu sein, auf einen friedlichen, einsamen Planeten, wünschte mir, außerirdische Gaukler würden landen und die beiden Schaulustigen vor dem Edekamarkt, die ich jetzt mit Entsetzen erkannte, mit einer kleinen Meteoritenjonglage ablenken. Aber nichts passierte. Ich schloss kurz die Augen und öffnete sie wieder. Sie waren immer noch da, halbwegs verdeckt hinter Franzi: meine künftigen Schwiegereltern.

16.

Ausgerechnet! Die Brulée! Stöckelte neben ihr, Therese Engler, her auf ihren bestimmt sakrisch teuren französischen Schnallenschuhen mit Absatz und half, die Plakate mit den Schweinkram-Aufklebern zu entfernen. Der Demonstrationszug hatte sich aufgelöst. Lächerlich kurz war er gewesen, nichts im Vergleich zum Neuenthaler Faschingszug. Trotz allem ungeheuerlich. Immerhin hatten sich viele herausgehalten. Franzi und Özcan, Amrei und Micha, die neben der Feuerwehrkneipe wohnten, Resi und Anderl, der jetzt die zerknüllten Plakatreste aufkehrte. Hinter ihm karrten Lucien und Cedric aufkleberfreie Plakate aus dem von Matt gelieferten Vorrat heran. Plakate, die Therese nun höchstpersönlich auf die leeren Flächen klebte. Konzentriert. Nur auf das Kleben. Nicht auf das Gemurmel der Umstehenden. Nicht auf die Gedanken, die in ihrem Kopf durcheinanderschwirrten wie aufgescheuchte Mücken:

Wer würde sie jetzt noch wählen?

Wo war ihre Wahlberaterin, wenn man sie brauchte?

Warum war sie verschwunden, ließ Therese Engler mit dieser Schmach allein?

War es nicht widerlich, wie Toni, ihre ehemals beste Freundin, neben Veit Strobl hergegangen war, fast hätte sie sich noch bei ihm untergehakt! Veit Strobl war es gewesen, der Toni und Therese auseinandergebracht hatte, vor Jahren.

Nicht daran denken, nur ans Plakatekleben. Sie arbeiteten Hand in Hand: Die Brulée kratzte mit einem Spachtel die Fläche frei, Lucien bepinselte sie mit Leim, Cedric reichte Therese das Plakat, Therese klebte, die Brulée strich glatt. Und weiter. Kratzen. Pinseln. Kleben. Streichen. Sonst nichts. Ganz meditativ.

Vor Jahren, nach dem Meditationskurs an der Kreisvolkshochschule, hatte Therese ein Buch über Zen-Meditation gelesen. Man musste ganz und gar eins mit dem sein, was man gerade tat, auch bei banalen Dingen wie Kartoffelschälen oder Sockensortieren. Das war die Kunst des Zen. Und jetzt praktizierte Therese sozusagen Zen in der Kunst des Plakateklebens. Es fühlte sich gut an, man war in einer eigenen, gelassenen Aura, ging auf in etwas …

»Therese?« Cedric hatte den Strom der Handgriffe unterbrochen, riss sie aus ihrer beinahe erleuchteten Stimmung. *»Fescht is beautiful,* was bedeutet das?«

Schmerzhaft drängte sich die Außenwelt wieder auf, als Therese Englers Blick Cedrics ausgestrecktem Zeigefinger folgte: zum Edekamarkt. Wo Franzi das ungewohnte Leben auf der Einkaufsmeile und das schon sommersaisonwürdige Wetter für ein wenig Eigenwerbung nutzte. Auf einem Tisch hatte sie eisgekühlte Bierflaschen verschiedener Brauereien aufgebaut, dezent flatterte ihr blauweißes Banner dahinter: *Franzi, Bierkönigin 2011, Wiederwahl: 2013! Bier macht fescht, und fescht is beautiful.*

»Fescht?« Therese Engler riss sich zusammen, wandte sich Cedric und den sie ebenfalls fragend ansehenden anderen Franzosen zu. »Na ja. A ordentliches Weibsbild.« Sie deutete Franzis ausufernde Konturen in der Luft an. Irrte sie, oder blitzten Luciens Augen amüsiert? Verstand er sie?

»A Bierkönigin must be fescht«, erklärte sie ihm. »That's what the Ausland thinks about Germany and Bavaria. Duttln and Bier, you know. A big Oberweite.« Cedric nickte lächelnd und übersetzte – war denn ihr Englisch so unverständlich? –, und Lucien strahlte, sprudelte einen französischen Satz hervor, und schon stöckelte die Brulée auf die Bierflaschen zu. Cedric hinterdrein. Sollten sie. Therese Engler konnte die Plakate auch ohne ihre Hilfe kleben. Sie nahm eins vom Karren, pappte es an die freie, von Lucien bepinselte Fläche der Mauer neben dem Edekamarkt. Sorgfältig und betont meditativ strich sie die Ecken glatt, aber es gelang ihr nicht mehr, in die Zen-Stimmung von vorhin zu kommen, zu sehr drängte sich die Außenwelt auf.

»Wollts a Bia? A Illenthaler Maibock? Is a ganz a würziger Tropfen mit anem sauguaden Abgang!«

»A oui! A Maibóck, c'est formidable!«

»I mach euch a Flaschn auf! Zwoa?«

»Gläsör?« Dann ein längerer französischer Satz, Cedric sprang Delphine de Brulée bei, fragte Franzi nach Gläsern, und Therese nahm das nächste Plakat. Mei. Sie hätte nicht gedacht, dass Gläser auf Französisch Gläsör hießen. So ähnlich waren die Sprachen einander, jedenfalls manchmal.

»Naa, Gläser hob i ned! Des Bia könnts do aus der Flaschn ...«

»A non non non! Theresö! Theresö!« Gestöckel, aufgeregt, dann zupfte jemand sie am Ärmel. Die Brulée. Lächelnd. Duftend. Reizend. Auf ihre Art. »Theresö! Kann ische der Gläsör olen?« Der ausgestreckte französische Finger mit dem lackierten Nagel zeigte auf die offene Tür des Cafés, eindeutig. Dazu der Blick. Wenn ein Blick duften könnte, hätte Delphines fragender Blick nach Rosenblättern geduftet.

Mei, auf welche Gedanken kam sie denn jetzt?

»Sie san im Schrank. Die Gläser. Über der Theke.«

»Ah, merci!« Delphine verschwand. Kruzifix! Sie hatten sich unterhalten! In einer gemeinsamen Sprache! Konnte sie, Therese Engler aus Neuenthal, plötzlich Französisch? Über Nacht? Hatte Delphines Blick sie verzaubert? Oder die Meditation? Einen Moment lauschte sie in sich hinein, wartete auf französische Gedanken. Die ausblieben. Jessesmaria! Sie legte das Plakat, das sie schon in der Hand hielt, wieder auf den Wagen.

»Sie ... Delphine kann Deutsch?«

Cedric, eine Flasche Maibock in den Händen, nickte. Etwas verlegen, wie ihr schien.

»Nur un peu, Therese, ein bisschen.«

»Aber warum hat sie die ganze Zeit ...?«

Sie könne es gar nicht gut, beeilte sich Cedric zu versichern, dafür, dass sie seit zehn Jahren einen deutschen ... na ja eben ... Mattjö habe, sie möge die Sprache eigentlich nicht, fände, sie klinge so hart, militärisch, deswegen habe sie schon einige Auseinandersetzungen mit Mattjö gehabt, auch mit ihm, Cedric, der sie immer wieder von der Schönheit des Deutschen habe überzeugen wollen. Erst jetzt, seit sie hier seien, habe sie angefangen hinzuhören. Ihr gefalle der bayerische Akzent.

Aha. Seit zehn Jahren also. Matt und Delphine. Diese Erkenntnis überschattete eine weitere Erkenntnis: Dass Delphine de Brulée die ganze Zeit verstanden hatte, was über sie geredet wurde. Oder zumindest einen Teil davon. Wusste sie, was Schweinkram hieß? Sollte sie die jetzt mit einem Tablett zurückstöckelnde Delphine danach fragen? Und warum schleppte Madame jetzt Weingläser heran? Unter den erstaunten Blicken halb Neuenthals ergriff die Brulée die bereits geöffnete Flasche Illenthaler Maibock, verteilte den Inhalt auf drei Weingläser.

»Aba dafür nimmt ma do a Hoibe!« Franzi. Vollkommen fassungslos.

»A oibe? Qu'est-ce que c'est?« Lucien hob sein Weinglas, betrachtete interessiert die schäumende Flüssigkeit darin, und Therese ließ den Karren mit den Plakaten stehen, begab sich selbst in ihr Café. Als sie mit einem Tablett voller Halblitergläser zurückkam, öffnete Franzi erfreut weitere Flaschen. Nicht nur Illenthaler Maibock, auch Dunkles und Reste vom Märzenbier.

»Und was sagt ihr jetza, wenns anstoßt?«

Eine Flut von Santés, A-la-vôtres und Cin-Cins folgte nach Cedrics Übersetzung von Franzis Frage, die spontane Bierprobe erweiterte sich, Sachsen und andere Urlauber traten hinzu, Therese Engler spendierte weitere Probiergläser und genehmigte sich selbst auch einen Schluck. Genau das Richtige nach dem Schock der Demonstration.

»Auf unsere wundervolle Wirtin«, sagte Cedric, und auch Judda und Üwe hoben ihre Gläser: »Nü sischer, auf Därese!« Alle, auch die zarte Delphine, ließen sich nachschenken und von Franzi in die Kunst der bayerischen Trinksprüche einführen, und ganz am Ende, nach einigen Übungen, erschütterte ein gemeinschaftliches, donnerndes bayerisch-französisch-sächsisches »Oans, zwoa, gsuffa!« die Einkaufsmeile und ließ Fredl Weidinger mitten im schneidigen Heranschreiten erstarren. In diesem Moment, ein wenig beschwipst, ein wenig amüsiert über die Franzosen und ein ganz klein wenig gerührt, wovon, wusste sie nicht genau, wagte Therese wieder zu glauben, dass doch nicht alles verloren war. Sie nahm einen weiteren Schluck. Und tastete nach dem klingelnden Handy in ihrer Tasche. Etwa Matt? Wollte er wieder sagen, dass er an sie denke? Obwohl er seit zehn Jahren …

»Mei! Susn! Ist was passiert?« Wie klang ihre Tochter denn? Kläglich wie damals, als sie Therese von der Schule aus angerufen und ihr gestanden hatte, sie müsse nachsitzen. Worauf Therese Engler sofort in die Kreisstadt zum Gymnasium gefahren war, um Susn abzuholen und nebenbei mit der Lehrerin ein Wörtchen über ihre Unterrichtsmethoden zu reden. Das gleiche mütterliche Schutzbedürfnis wie damals, jetzt noch maibockverstärkt, wallte in ihr auf, während sie ihrer Tochter zuhörte, die mit dünner Stimme versicherte, nein, nein, alles sei gut, nur die Schwiegereltern seien schon heute angekommen, einen Tag zu früh. Ob sie nicht zum Kaffeetrinken kommen wolle, zu ihnen nach Hause, jetzt? Aber was war denn daran so schlimm?

»Freili, Susn, ich komm gleich.«

Sie stellte ihr Glas auf den Tisch, überließ Franzi, die Sachsen und die Franzosen dem herannahenden Fredl Weidinger und ging in ihre Wohnung, um sich umzuziehen.

Eine halbe Stunde später wusste sie, warum Susn so nach Katastrophe klang. Susns künftige Schwiegermutter hatte mehr Haare auf den Zähnen als auf dem Kopf. Okay, das war eine Übertreibung, vielleicht von Franzis Maibock inspiriert. Natürlich hatte Frau Flantsch Thereses Bier-Pfefferminz-Fahne sofort erschnuppert. Frau Flantsch sah aus, als käme niemals etwas anderes als Fencheltee über ihre verkniffenen Lippen. Unter ihrem missbilligenden Blick fing Therese Engler, künftige Bürgermeisterin von

Neuenthal, tatsächlich an zu stammeln: »I hob … entschuldigen Sie, ich hab schon ein Bier trinken müssen. Mit meinen Gästen. Nach diesem Schmarrn … dieser Demonstration.«

»Ja, die haben wir mitbekommen. Eine gute Sache. Sehr lobenswert. Von der Kirche organisiert?«

»Stellt euch vor, ich habe heute ein gaaanz süßes Sissikleid probiert! Spatzl, hab ich dir das eigentlich schon erzählt?«

Mei, das Madl war wirklich überdreht. Sogar ihr Spatzl schaute sie fassungslos an. Therese wandte sich wieder an die Flantsch: »I wo, der Pfarrer, der redet nur, der tut nichts, genau wie unser Bürgermeister. Der Fredl Weidinger wars, mein Gegner im Wahlkampf …« Kruzifix, es war gar nicht so einfach, den Flantschs den wahren Sachverhalt beizubringen und dabei noch einen guten Eindruck zu machen. »Aufgrund falscher Informationen hat der Herr Weidinger angenommen …«

»… uuund habt ihr schon gesehen, wie toll Timo dieses Aquarium für die Kampffische hergerichtet hat? Zeig doch mal, Spatzl, diese neue Algenart, die du gepflanzt hast!« Schon dirigierte Susn sie alle vor ein Aquarium, und eine Zeitlang begutachtete sie folgsam graugrüne Algen und drei Fische mit schleierartigen Flossen, die um einen umgestülpten Blumentopf herumschwammen. Während die Flantschs ihrerseits sie begutachteten. Er mit kleinen Abschweifungen in Thereses Ausschnitt, sie mit ihrem Fencheltееblick. Um Susns willen musste sie ein unverfänglicheres Thema finden, hatte Susn nicht erzählt, sie …

»… interessieren sich für Literatur, nicht wahr?«

Tatsächlich glomm in Frau Flantschs Fencheltееblick ein Funken von Interesse.

»Ja, ich bin in einem Literaturkreis. Sie auch?«

»Äh … Nicht direkt.«

Frau Flantsch verzog die dünnen Lippen zu einem Lächeln. Einem ziemlich herablassenden Lächeln. Einem In-diesem-Dorf-habt-ihr-garantiert-keinen-Literaturkreis-Lächeln. Zu früh. Jetzt zog Therese Engler ihre Trumpfkarte!

»Ich hab gerade a Literatin als Gast, sie schreibt die ganze Nacht. Auf einer echten Schreibmaschine, einer Olympia, wie der Hemingway.«

»Tatsächlich? Wer ist es denn, jemand Bekanntes?« Frau Flantsch wandte sich endgültig vom Aquarium ab. Vor dem der junge Flantsch seinem Vater gerade den Mechanismus irgendeiner Pumpe erklärte. Susn schaute sie an. Was flackerte da in ihrem Blick?

»A französische Literatin«, sagte Therese. »In dreißig Sprachen übersetzt.« Damit sollte die Flantsch erst mal fertig werden.

»Und der Name fällt Ihnen nicht ein?«

Wut flackerte im Blick ihrer Tochter. Angst. Oder gar etwas wie … Mordlust?

Ja, es war vielleicht unüberlegt gewesen, von Delphine de Brulée anzufangen. Aber sie würde diese Klippe schon umschiffen, Susn brauchte ihr nicht noch dauernd verzweifelte Zeichen zu machen.

»Sie … äh … trinkt auch gern Tee. Aber Kamille, nicht Fenchel.«

Gut, nicht der beste Ablenkungsversuch. Sie war nicht in Form. Kein Wunder nach diesem Tag. Und der Illenthaler Maibock war vielleicht doch stärker gewesen, als sie gedacht hatte.

»Können Sie mir denn ein paar Buchtitel von ihr nennen?«

»Etwas mit … äh … Hochhäusern. Und … Wogen.«

»Das klingt eher nach Unterhaltungsliteratur.«

Frau Flantsch kaute auf diesem Wort herum und schaute, als hätte sie etwas Übles gegessen. Wie ungerecht Delphine gegenüber, die Nacht für Nacht auf die Tasten einhämmerte, um Sätze wie *Mondstrahlen streichelten ihre Blöße* hervorzubringen. Das sollte diese Fencheltee-Schnoin mit ihrem Literaturkreis erst einmal versuchen!

Susn hatte inzwischen rote Flecken im Gesicht, plapperte hektisch über Sissi-Kleider, sah Therese flehend an. Okay, Gelegenheit zum Themenwechsel, ja, sie begriff den Hinweis, brachte geschickt das Hochzeitsdirndl ins Spiel, das sie Susn natürlich keinesfalls aufdrängen wolle. Was Frau Flantsch denn davon hielte? Trachten seien wieder im Kommen! Na also! Schon folgte eine lebhafte Konversation über Hochzeitsvorbereitungen und -kleider, wobei Frau Flantsch – apropos Tradition! – immer wieder ihr eigenes Hochzeitskleid ins Spiel brachte.

»Hast du es denn inzwischen probiert, Susn? Ich würde mich so sehr freuen!«

Wie sie leuchteten, diese roten Flecken im bleichen Gesicht ihrer Tochter, wie sie herumdruckste! Konnte diese Flantsch nicht sehen, dass Susn dieses garantiert hochanständige Kleid nicht wollte? Schließlich erwartete Therese selbst ja auch nicht wirklich, dass Susn das Hochzeitskleid ihrer Mutter anzog, das sicher viel schöner war als der Fummel dieser …

»Ach? Ihr Hochzeitskleid? Aber Sie sind doch … also … geschieden?«

Na und? Was machte das denn für einen Unterschied? Abgesehen davon, war sie gar nicht … gaanz ruhig, Therese, reite dich nicht weiter rein. Atme. Sie hatte ihr Kleid doch nur erwähnt, um Susn zu verteidigen. Jetzt musste sie es ausbaden.

»Freili, geschieden«, sagte sie, so ruhig sie konnte. Warum schauten sie alle so an? Erwartete man noch etwas von ihr? Gründe?

»Mei. Ja. Die Ehe ist halt ned immer a Zuckerschlecken.«

Herr Flantsch sah für einen Moment aus, als hätte er gern zustimmend genickt, sein Blick irrlichterte wieder an ihrem Dekolleté entlang, fing sich gerade noch an ihrem Kommunionkreuz. Im letzten Moment verschluckte sie ein kumpelhaftes »Des kennens doch sicher« und fügte ein gefasstes »Aber mittlerweile verstehen wir uns wieder recht gut, mein Ex und ich, er kommt ja auch zur Hochzeit« hinzu. Zum Glück rief Susn in diesem Moment hektisch zum Kaffee, mit gekauftem Kuchen vom Mohnauer Bäcker, von dem das Madl – es hatte abgenommen! – keinen Krümel anrührte, und danach wurde sie endlich entlassen.

Die Abendluft war mild und schmeckte nach Freiheit. Mei! Wie konnte sie ihrer Tochter nur helfen? Sie lief die ganze Strecke zurück ins Zentrum, und als sie in der Pension ankam, war sie so durcheinander, dass sie dem Kamillentee kochenden Cedric ihre Sorgen anvertraute. So jung er war, der Mann konnte zuhören!

Das Madl, sagte Therese und schob ihm dabei eine Schale mit Keksen hinüber, sei einfach zu nervös vor dieser Hochzeit, und das mit dem Sissi-Brautkleid sei auch Schmarrn, man könne noch so märchenhaft heiraten, die Ehe sei trotzdem kein Märchen. Eine vielleicht etwas unbedachte Äußerung, die Cedric jedoch verstehend benickte.

»Weißt, Cedric«, sie nahm jetzt selbst einen Keks, »egal in welchem Kleid und mit welchem Mann, das Madl soll nur glücklich werden. Mehr wünsch ich mir ned!« Mei, wie dieser Junge einen ansehen konnte! Mit diesem wissenden, hellen Blick.

»Das haben Sie schön gesagt, Madame.« Er nahm den Beutel aus der Tasse und wollte sich entfernen, als sie ihn zurückhielt, ihm die Keksschale in die Hand drückte.

»Mei, es san die guten, vom Brunnhuber-Bäcker. Und es macht doch sicher Hunger … wenn man so viel schreiben muss.« Er dankte mit einer kleinen Verbeugung, und sie sah ihm nach, bis er im Zimmer der Brulée verschwunden war.

Den ganzen nächsten Tag hörte Therese nichts von ihrer Tochter. Auch nicht am übernächsten. Ans Telefon ging Susn nicht. Sollte sie noch einmal vorbeischauen? Aber sie hatte so wenig Zeit! Jetzt putzte sie auch noch selbst. Bürgermeisterinnenwürde hin oder her. Kathi hatte sie gekündigt. Was denn sonst, nachdem Toni in dieser Schluss-mit-dem-Schweinkram-Demonstration mitgelaufen war. Über die sogar das Kreisblatt berichtet hatte. Nicht unbedingt zu Therese Englers Gunsten. Aber wie sagte ihre Wahlberaterin: »Lieber eine negative Publicity als gar keine Aufmerksamkeit.«

Nachdenklich rückte Therese das Nachtschränkchen ein wenig zur Seite, um mit dem Staubsauger dahinterzukommen. Sie befand sich im Gartenzimmer, dem Raum, den Lucien bewohnte. Überall standen und lagen Instrumente, mehrere Akkordeons in verschiedenen Größen, kleine Gitarren, dazu elektronische Geräte, und nötigten sie zu einer Art Staubsauger-Slalom. Sie rückte das Nachtschränkchen wieder an seinen Platz. Das Bild darauf, eine Fotografie in einem Rahmen, war umgefallen durch ihr Gerempel, sie stellte es vorsichtig wieder hin. Es zeigte einen melancholisch dreinblickenden jüngeren Mann mit Schnauzbart. Sicher Luciens Freund. Ob er Sehnsucht nach ihm hatte? Ob er Lucien nachreisen, also ebenfalls eines Tages hier auftauchen würde? Falls sie noch länger blieben. Delphine gefalle es in Neuenthal, hatte Cedric beim Frühstück angedeutet, sie sei sehr inspiriert. Und Lucien wolle sowieso die deutsche Volksmusik erforschen. Von Mattjö hatte Cedric nichts gesagt. Einmal hatte Matt noch angerufen, gehetzt. Etwas bei einem Einbau habe sich verzögert, er könne nicht weg. Dann fragte er nach der Wahl, ob die neuen Plakate denn wirkten? Ha!

Sie hatte kein Wort von den Aufklebern gesagt, auch sonst nichts weiter. Ihre Sorgen gingen ihn nichts an. Energischer als nötig klopfte sie Luciens Kissen aus. Um ihre Zimmer ungestört herrichten zu können, hatte sie die Franzosen zum Spaziergang geschickt. Sie kannten mittlerweile den Tännchen-Rundweg, den Aussichtsturm und die alte Uferstraße nach Mohnau. Und immer öfter wurden sie angehalten, weil Urlauberinnen Delphine de Brulée um ein Autogramm baten.

Angefangen hatte alles mit der Yoga-Ananas-Schnoin, die Delphine als Erste angesprochen hatte.

»Super! Das schlachten wir aus! Das ist unsere Rettung!« Christiane Breitner war begeistert gewesen. »Wie findet ihr das: Unsere Kandidatin tritt mutig allen Schweinkram-Gerüchten entgegen und holt den Stein des Anstoßes selbst in den Buchladen zu einer Signierstunde. Wetten, der Laden brummt?«

Die Mitglieder der Tourismusinitiative Neuenthal, die gestern zu einer außerordentlichen Versammlung im Edekamarkt zusammengekommen waren, hatten erst verblüfft geschaut, dann begeistert zugestimmt. Bis Quirin zu bedenken gab, dass Neuenthal seines Wissens keinen Buchladen aufzuweisen habe. Ein Argument, das von Franzi und Anderl gleichzeitig überbrüllt wurde. »Dann mach ma's hoit hier im Edeka, i hob wenigstens Zeitschriften!«, rief Franzi, und Anderl konterte mit einem schlagfertigen: »Ah geh, was brauchts denn Bücher! A kulturelle Atmosphäre brauchts, wie bei uns in der Feuerwehrkneipe!«

Anderl und Resi waren nach der Demonstration zu Thereses Seite übergelaufen, gefolgt von Amrei und ihrem Mann, Nat Wildmoser, Franzi und Özcan. Es blieb Therese nichts übrig, als großmütig alle Bemerkungen über die *Proben* und die an Fredl verliehene Feuerwehrleiter zu verzeihen.

»I hob gar ned gewusst, dass strammer Max so kulturell is!«

Franzi beugte sich über ihre Tiefkühltruhe, wühlte darin und förderte zwei Pizzakartons und einen vollkommen vereisten Stapel DIN-A4-Briefumschläge zutage. Mei. Wenn Therese Engler trotz aller Schweinkram-Schwierigkeiten doch noch Bürgermeisterin würde, müsste sie das Problem Poststelle Neuenthal energisch angehen. Jeder wusste, dass Franzi der Dreifachbelastung Bierkönigin – Edekamarktbetreiberin – Poststellenverantwortliche nicht gewachsen war.

»In der Tauchschule«, unterbrach Christiane Breitner ihre Gedanken. Sie hatte eine Weißweinflasche aus dem Regal genommen, begutachtete das Etikett. »Die Tauchschule, das passt wunderbar zu ihrem letzten Roman: Latex und Lavendel.«

»Zu den Wogen passts auch.« Franzi studierte versonnen das Haltbarkeitsdatum auf den Pizzakartons, dann die Adressen auf den Umschlägen, zuckte mit den Achseln und legte alles wieder in die Truhe.

Sie hatten sich auf die Tauchschule geeinigt. Und erst einmal auf eine Pressekonferenz. Ein Ereignis, das die angeschlagene Toleranz Neuenthals nicht überstrapazieren würde.

»Die Bücher sind Bestseller«, hatte Christiane gesagt. »Wer Delphine de Brulée liest, ist auf der Höhe der Zeit, das müssen wir den Leuten klarmachen. Und wer vertritt hier den Fortschritt? Wir werden dich klar profilieren, Therese!«

Das sah Therese ein. Jetzt musste sie Delphine de Brulée nur noch fragen. Sofort wenn sie von ihrem Autogramm-Spaziergang zurückkäme. Und die Frage nach Luciens möglichem Konzert auf dem Pfingstmarkt, die sie noch immer nicht zu stellen gewagt hatte, erledigte sie am besten gleich mit. Sie trug Luciens Bettdecke zur offenen Terrassentür. Wie gut sie roch! Nach Seife. Oder nach der Duschlotion, die sie im Bad gesehen hatte. Herb der Duft, gleichzeitig fein, nicht so blumig wie Matts Veilchenparfüm. Das genau genommen schwuler gerochen hatte als dieser maskulin-sensible Duft.

Eine Sekunde stand sie in der offenen Tür, ihre Nase in der Bettdecke vergraben. Mei, wenn sie jetzt jemand sah! *Therese, du bist ein Produkt,* predigte die strenge Stimme ihrer Wahlberaterin in ihrem Kopf, und sie schüttelte die Decke kräftig und trug sie zurück zum Bett. Erst jetzt sah sie, was in dem offenen Gitarrenkoffer lag, im Deckel: eine Packung Saiten, ein Schraubenzieher, mehrere Plättchen, mit denen Lucien vielleicht über die Saiten strich, und – sie hatte es doch gewusst! – ein zerknülltes Paar Nylon-Damenstrümpfe.

17.

Gegen Mitternacht legte jemand Musik auf, graue, schwere Klänge, die sofort den Saal einnahmen und die spärlichen Gespräche verstummen ließen. Wie er die fremde Frau ansah … Einzuatmen schien er jede ihrer Bewegungen, jedes Wippen ihrer Mandarinenbrüste. Wie die Fremde ihre glatten, weißblonden Haare zurückwarf, Ekstase vorwegnehmend. Shisanna wandte sich ab. Und sah in die Augen des Fischers, dessen Blick sie die ganze Zeit schon auf ihrem Körper spürte.

»Hallo, Susn. Stör ich?«

Bevor ich die vollgeschriebene Seite mit der Hand verdecken konnte, hatte er sich schon neben mich auf die Uferbank gesetzt. Cedric. Schon wieder. In den letzten Tagen waren wir einander immer wieder über den Weg gelaufen. Zum ersten Mal nach meiner hilflosen Flucht aus unserer Wohnung. An dem Nachmittag mit Timos Eltern und Therese. Das Kennenlerntreffen zwischen ihnen war wie erwartet grauenhaft verlaufen, aber bei weitem nicht das hochnotpeinlichste Erlebnis, das dieser Tag zu bieten gehabt hatte.

Nach dem späten Kaffeetrinken und dem Abmarsch Thereses hatte Timo seinem Vater eine Live-Fütterung vorführen wollen. Mit den gefrorenen Mückenlarven. Aus dem dritten Fach unserer Tiefkühltruhe, seit dem Zwischenfall mit Timos Studienleiter gekennzeichnet durch einen Aufkleber: Achtung Fischfutter! Abgelenkt durch das Gespräch, vielleicht auch von Gedanken an Goldflossy, zog Timo am vereisten Griff der vierten Schublade.

»Äh, Spatzl, nicht …!«

Ich war nicht rechtzeitig am Kühlschrank, Timo ruckelte schon am Griff, öffnete die vereiste Schublade mit Schwung. Ordentlichem Schwung, der eine Packung Schlemmerfilet Käpt'n Iglo herauskatapultierte. Und ein Paar rote Strapse. Das Schlemmerfilet polterte zu Boden und schlidderte Timos Mutter vor die Füße. Die Strapse schnalzten gegen Herrn Flantschs Bauch. Timo, vor der offenen Schublade, erbleichte. Wobei nicht klar war, was ihm die Fassung raubte: die Packung Pangasius Zitrone-Mango, die ich außer dem Schlemmerfilet für heimliche, einsame Fischmahlzeiten gehortet hatte, oder die Handschellen. Ebenso wie die Strapse auf Rat von quietschentchen just for fun gekauft, für den erotischen Kalender. Außerdem enthielt die Schublade das Urlaubsfoto einer halbnackten Susn, die sich zwischen Zelt und Auto verstohlen ihres Bikinis entledigte, und eine Kopie des Covers von *Latex und Lavendel*, des bei weitem verruchtesten Romans von Delphine de Brulée. Eine Frauengestalt in einem kurzärmeligen Neoprenanzug, die sich zwischen lilafarbenen Blüten wälzte und sichtlich nicht mehr aus noch ein wusste vor Lust.

Timos Eltern spähten über die Schulter ihres Sohnes. Und konnten sicher auch meine erotischen Formulierungsversuche entziffern, auf einem leider grellfarbigen, leider großen Notizzettel. Mehrere Variationen über das Thema »Zauberflöte«. Was immerhin noch annähernd mit Kultur zu tun hatte.

Danach redeten wir nicht mehr viel. Kein schwarzes Loch tat sich auf und verschlang die Erde als kleinen Gaumenkitzler, bevor es sich als Hauptspeise ein paar Sonnensysteme und als Nachtisch ein Milky Way einverleibte. Noch nicht einmal ein winziger Alien quabbelte durch die Küchentür und lenkte die Flantschschen Blicke von dem Lavendel-Cover und meiner Zauberflötenpoesie ab. Es passierte einfach nichts.

Ich hob das Schlemmerfilet und die Strapse auf, murmelte irgendetwas von »Ooops, falsches Fach erwischt, die Mückenlarven sind doch hier, Spatzl«. Damit zog ich die richtige Schublade auf, stellte gleichzeitig beim universalen Amt für die Rückholung peinlicher, im falschen Zusammenhang ausgesprochener Wörter einen sofortigen Löschantrag für »ooops« und »Spatzl«. Und flüchtete unter dem fadenscheinigen Vorwand, meine Mutter habe etwas vergessen, aus der Wohnung.

Panisch rannte ich über den Uferweg, ohne zu wissen, wohin. Und wäre beinahe in Cedric hineingerannt. Wie begrüßte man jemanden, den man kaum kannte, wenn man gerade in Tränen aufgelöst war? Ich schluchzte ihm ein Hallo entgegen und wollte an ihm vorbeilaufen. Aber er machte kehrt und hielt mit mir Schritt. Nebeneinander trabten wir die alte Uferstraße entlang, die Nordic-Walking-Strecke der Touristen. Tatsächlich waren noch einige walkende Damen unterwegs, eine ganze Kolonie. Meinen Beobachtungen zufolge wurde Nordic Walking so gut wie ausschließlich von Frauen mit Pinguinmaßen betrieben. Vielleicht stammte daher sogar der Name Nordic Walking: von dem langen Marsch der ausgehungerten Pinguinweibchen Richtung Meer. Wobei sie die brütenden Männchen zurückließen. Meist auf dem Parkplatz am Startpunkt des Neuenthaler Rundwegs, wo es in der Hauptsaison eine kleine Holzbude mit heimischen Produkten gab. Die Männchen der Nordic-Walking-Pinguine hatten mitunter Walrossmaße und wirkten, als könnten sie eine lange Brutzeit überdauern, erzählte ich Cedric, inzwischen außer Atem, und er verlangsamte seinen Schritt, wir fielen vom Galopp in den Trab, in einen zuckelnden Lauf, bis wir schließlich nebeneinander standen, im verschwenderischen Duft der blühenden Bäume. Hinter uns das Klacken der Nordic-Walking-Stöcke.

»Ich … ich weiß nicht, warum ich dir das eben erzählt habe«, stammelte ich.

»Vielleicht, weil du nicht von deinem Kummer reden willst? Aber es ist eine schöne Geschichte.«

Klack. Klack. Klack. Immer näher kam die walkende Pinguinkolonie. Sanft griff Cedric nach meinem Ellbogen, lotste mich auf den Weg, der von der Straße zum Strand führte. Um uns die Büsche in prallster Blüte, voller summender, bestäubungswilliger Hummeln.

»Ist es … wegen deiner Hochzeit?«, fragte Cedric, und ich schüttelte schnell den Kopf. Auf einem Blatt saßen zwei Marienkäfer. Übereinander. Die gesamte Natur schien im Liebesrausch zu sein.

»Es ist wegen … wegen allem«, stammelte ich. Von den Bäumen her das Gezwitscher der Vögel, die von oben vermutlich nur ein All-you-can-eat-Insektenbüfett sahen.

»Das ist nicht gerade wenig.« Cedric hatte meinen Ellbogen noch nicht losgelassen, warm spürte ich seine Hand an meinem Ärmel. »Versuch doch mal, eine Liste zu machen. Das Schlimmste zuerst.«

»Äh … Liste?«

»Vielleicht ist es typisch schweizerisch. Aber es hilft.« Der Weg endete, vor uns lag der schmale Streifen Sandstrand, gesäumt von Steinen. Cedric war stehen geblieben, und trotz der Dunkelheit glaubte ich, hinter den Brillengläsern seine Gletschersee-Augen aufblitzen zu sehen.

»Goldflossy.« Ich hatte ihren Namen schon ausgesprochen, bevor ich meine Gedanken sortiert hatte. Ja, Goldflossy war das Schlimmste, schon schossen mir wieder die Tränen in die Augen. »Ihre verdammten Trekking-Hotpants«, brachte ich noch hervor, dann stolperte ich einfach los, durch den Sand, in Richtung des Bootsstegs vor der Tauchschule meines Onkels. Cedric blieb neben mir. Meine Tränen strömten jetzt, und ich sagte das Erstbeste, was mir einfiel.

»Die Asseln. Schlemmerfilet. Strapse. Das Sissi-Kleid. Timos Eltern. Mein Vater. Therese.«

»Was ist mit Therese?«

»Sie …« Wie sollte ich Therese und ihre Peinlichkeiten einem Fremden erklären?

»Ich hab eben noch mit ihr geredet«, sagte Cedric. »Sie … sie hat mir erzählt, wie sehr sie sich wünscht, dass du glücklich bist.«

»Darüber … hat … sie? Mit … dir? *Therese?*«

Er lachte. »Ich glaube, sie war … auch ein bisschen durcheinander. Willst du ein Stück Schokolade?«

Er schob mich sanft zu einem Stein, wir setzten uns, und Cedric öffnete den Reißverschluss seiner Umhängetasche.

»Hab ich immer dabei.« Er zog eine Tafel Schweizer Schokolade heraus. »Für Fälle plötzlichen Heimwehs und schlimmster Sehnsucht.«

»Nach … deiner Freundin?«

Er schaute einen Moment auf den See hinaus, dann sah er mich an und nickte. Mit einem Lächeln, so sehnsüchtig, dass es weh tat. Sollte ich fragen, ob er ein Bild von ihr hatte? Aber wollte ich es sehen? Wollte ich sehen, wie hübsch sie war, mit langen, glatten Haaren, einer Elfenfigur, betörendem Lächeln, den Maßen, die ich Özcan vorsorglich angegeben hatte, und dazu drei Doktortiteln? Und einem Bergführerabzeichen? Warum fragte ich nicht lieber, aus welcher Stadt in der Schweiz er kam? Ob er Ski fuhr, Raclette liebte, ein Taschenmesser und einen Lawinenhund besaß, eben all das, was man von einem Schweizer erwartete? Cedric stieß mich sanft an, hielt mir einen Riegel Sehnsuchtsschokolade hin. Ich aß. Den nächsten Riegel ebenfalls. Und noch einen. Auch den letzten, seinen, den er mir abtrat: Wie es aussehe, hätte ich die Schokolade nötiger als er.

Vermutlich stimmte es. Niemand schien mich zu vermissen, niemand suchte nach mir. Nach und nach verstummten die Vögel. Locker bestreut war der Himmel mit Sternen, schwarz wurde der See. Wir redeten nicht mehr über meinen Kummer, sondern über Neuenthal, meinen Job als Fremdenführerin, Cedrics Job als Sekretär von Delphine, als freier Lektor und Übersetzer. Ein Dreiviertelmond spendete eine silbrig schimmernde Bahn, und ein Schwanenpaar – natürlich ein Paar, was sonst! – schwamm auf den Mondstrahl zu, Körper und Füße noch im Schwarz, paddelnd, Köpfe und Schnäbel schon im Glitzern einer glänzenden Schwanenzukunft.

»Ein schönes Wort«, sagte Cedric. »Schwanenzukunft. Es klingt … blau.«

Er zog ein Heft aus seiner Tasche. Es war klein, mit festem

Pappeinband, es sah beinahe aus wie das Heft, das ich benutzte, um kostbare Wörter zu notieren.

»Darf ich's aufschreiben?« Belämmert nickte ich und sah zu, wie er Schwanenzukunft aufschrieb, sorgfältig, unter eine Reihe anderer, anscheinend hastig hingekritzelter Wörter, die ich nicht entziffern konnte.

»Danke. Ich träume manchmal Wörter. Im Traum haben sie Farben. Und manchmal benutze ich sie dann in einem Gedicht. Und du?« Er klappte sein Heft wieder zu, sah mich an, lächelnd, und einen Moment fragte ich mich, ob er seine Brille abnahm, wenn er seine Freundin küsste.

»Ich … ich muss gehen. Meine Schwiegereltern sind zu Besuch.«

Ich schrieb das Wort erst später auf. Zu Hause. Timo schlief, im Wohnzimmer. Aus unserem Schlafzimmer hörte ich seinen Vater schnarchen. Durchs offene Fenster Blütenduft, das heisere Quaken liebestoller Frösche, und plötzlich war ich froh, zu wissen, dass gar nicht weit entfernt jemand auf einem Stein saß und auch beinahe umkam vor Heimweh und Sehnsucht. Ein absurder Gedanke. Wonach sollte ich Heimweh haben? Ich nahm mein Heft mit in die Küche, nachdem ich eine Stunde vergeblich versucht hatte, einzuschlafen, schrieb ein vorsichtiges, gedrängtes Schwanenzukunft hinein und gab mich meiner Ihajefloh-Geschichte hin.

Am nächsten Tag reisten Timos Eltern ab, ohne noch einmal Fischfilets oder Strapse zu erwähnen, und wir fuhren zum Mohnauer Bäcker, um die Verzierungen der Hochzeitstorte zu besprechen. Auf dem Weg zum Parkplatz trafen wir Cedric und Delphine de Brulée, wir unterhielten uns eine Weile über Hochzeitstorten, und aus irgendeinem Grund vermied ich es, Cedrics Blick zu erwidern. Den ich auf mir zu spüren glaubte. Vielleicht fragte er sich, wie ich imstande gewesen war, in kürzester Zeit mehr als die Hälfte der Schweizer Schokolade zu essen. Oder ich bildete mir alles nur ein. Auf der Rückfahrt legte Timo eine

Hand auf die Rückenlehne meines Sitzes, zauste mein Haar und sagte, die Idee mit dem erotischen Kalender sei wirklich süß. Zu Hause zogen wir die Schublade noch einmal auf, vermieden die Strapse und die Fischfilets und betrachteten das Bild aus unserem ersten Urlaub, auf dem ich mich auf dem Zeltplatz umzog. Wir lachten, schwelgten in Erinnerungen. Vor allem an das gemeinsame Schnorcheln im Meer. Timo küsste mich auf die Wange. Sonst passierte nichts. Am Nachmittag erwischte ich Timo wieder vor der geöffneten Seite des Kampffischforums. kampffischmännchen verkriecht sich in blumentopf, was tun? von kampffischfreak82, las ich und schwor mir, auf keinen Fall nachzuschauen, ob Goldflossy ihm antwortete. Lieber versank ich wieder in meine Ihajeflo-Geschichte, in der mein Held nach einigen Verfolgungsabenteuern auf eine nordische Elfe abfuhr, während die Heldin alles tat, um ihn eifersüchtig zu machen.

Und vor dieser Geschichte saßen wir jetzt, Cedric und ich, einen Tag später, auf der Uferbank, und ich wünschte mir wieder Erdspalten, Meteoritenjonglage, quabbelnde Aliens. Warum hatte ich ihn gerade diesen Abschnitt lesen lassen? Er war Lektor! Übersetzer großer Werke! Immerhin ließ er es sich nicht anmerken, wie peinlich und kitschig dieser Abschnitt war, er lächelte und gab mir das Heft zurück.

»Und jetzt? Was wird sie tun, deine Shisanna?«

Ich zwang mich, seinen Blick zu erwidern. Ob er wohl stark kurzsichtig war? Ob das Gesicht seiner Freundin vor ihm verschwamm, wenn er die Brille abnahm beim Küssen? Schmarrn. Er würde sowieso die Augen schließen.

»Ich … keine Ahnung. Deswegen schreib ich's ja auf.«

»Hast du das nur im Heft oder auch in getippter Form? Die ganze Geschichte?«

»Getippt? Wieso?«

»Ich würde es gern ganz lesen.« Er nahm die Brille ab. Er konnte nicht sehr kurzsichtig sein, denn er sah mich an, ohne die Augen zusammenzukneifen. »Es gefällt mir. Es gefällt mir sogar sehr.«

Während der Pressekonferenz in der Tauchschule konnte ich mich nicht konzentrieren. Wir waren zusammen zur Tauchschule geschlendert, am Strand entlang, und ich hatte Cedric erzählt, dass ich schon lange Geschichten schrieb, aber nie auf den Gedanken gekommen war, sie jemandem zu zeigen. Auch Timo nicht. Auf Cedrics Frage, warum, war mir keine Antwort eingefallen. Und mir fiel auch jetzt keine ein.

Cedric saß am anderen Ende des Tisches und flüsterte mit Delphine de Brulée. Es war die erste Pressekonferenz Neuenthals, wie Christiane Breitner in ihrer einleitenden Rede betonte, einberufen im Namen der Tourismusinitiative Neuenthal. Die Mitglieder der Tourismusinitiative waren vollzählig angetreten: Christiane Breitner, Leonhard und Therese Engler, Franzi Breithuber, Anderl Hübner, Gina Fernande Zuhlau, Quirin Engler, Nat Wildmoser und Susn Engler, bald Flantsch. Genau zwei Journalisten waren der Einladung gefolgt, Girgl von der Brachseepost und ein Mann vom Kreisblatt, der eifrig mitschrieb.

»Und jetzt«, schloss Christiane ihre Ansprache, »fühlen Sie sich frei, der berühmten Autorin Delphine de Brulée, die auf Betreiben unserer Bürgermeisterkandidatin Therese Engler hier zu Gast ist, die Fragen Ihrer Wahl zu stellen.«

Sie setzte sich wieder, neben Onkel Hartl, faltete die Hände und lächelte mild. Der Kreisblattjournalist hörte auf zu schreiben. Dafür beugte sich Girgl tief über seinen Block, hielt den Kuli in der Schwebe, als wartete er auf eine große Eingebung. Mein Cousin Quirin flüsterte Gina etwas zu, und sie kicherte. Therese rückte ihren Hut zurecht. Sie hatte sich geschminkt, saß sehr gerade neben Lucien, Cedric und Delphine de Brulée. Delphine trug ein Dirndl aus Thereses Shop – wie es aussah, in Größe 36 – und wirkte mädchenhaft unschuldig. Wie alt war sie eigentlich, die Geliebte meines Vaters? Und ob Therese sehr eifersüchtig war? Hatten sie nicht vor einer Woche noch händchenhaltend im *Chez Lutz* gesessen, Therese und Matthias Glatthaler? Und wo war Matthias Glatthaler jetzt? Fragen, die ich mir vielleicht längst hätte stellen sollen, die jedoch vom Goldflossy-Canyon geschluckt worden waren. Einen Moment dachte ich an das, was Cedric gesagt hatte: Wie sehr sich Therese wünsche, dass ich glücklich sei. Warum fiel mir ausgerechnet jetzt ein, wie sie mich nach dem Schneeflockentanz-Desaster aus der Pfütze gezogen und getröstet hatte? Ich sei eine tolle Schneeflocke gewesen, eine Schneeflocke, die sich wehren könne, und das sei gut. Aber dass alles ohne ihr Blumendirndl niemals passiert wäre, sah sie bis heute nicht ein.

»Äh … Frau Brülee …« Der Kreisblattjournalist hatte sich gefasst und räusperte sich. »Wie ich gehört habe, schreibens seit dreißig Jahrn diese … äh … Art von Literatur. Macht Ihnen Ihr Tschob denn immer noch Spaß?«

Wieder Stille. Räuspern. Cedric übersetzte. Dann fing Delphine de Brulée an zu reden, leise und schnell, und bevor ich versuchen konnte, irgendetwas zu verstehen, wandte sich Cedric schon höflich lächelnd an die Journalisten.

»Delphine de Brulée hat Philosophie und französische Literatur studiert.« Er machte eine kleine Pause, wegen des ehrfürchtigen Raunens, das durch die Versammelten ging.

»Des is scho was«, hörte ich Franzi murmeln, und Anderl flüsterte, etwas zu vernehmlich: »Und dann machts so a Sauerei?«

»Ihre ersten Werke waren literarisch anspruchsvolle Romane mit philosophischem Hintergrund, außerdem hat sie mehrere Gedichtbände verfasst.«

Therese sah Delphine von der Seite an, mit einem Blick, den ich an ihr kannte, als wäre ihr irgendetwas nicht geheuer. Mit demselben Blick hatte sie mich angesehen, als ich meinen Bachelor gemacht hatte.

»Aber natürlich kann man mit der hehren Kunst keine Miete bezahlen, vor allem nicht in Paris, und so hat sich Delphine de Brulée auch der leichteren Unterhaltung zugewandt. Seit dem ersten Bestseller verlangt die Welt erotische Werke von ihr, und

Delphine de Brulée erfüllt dieses Verlangen gern, auch wenn ihr der Sinn manchmal eher nach Lyrik als nach Latex steht.«

»Des is aber koa Latex, des is Neopren, gä, Hartl?«

Anderl wies auf die extra für die Pressekonferenz drapierten Taucheranzüge, zwischen die Christiane Breitner Kopien der Cover von *Latex und Lavendel* plaziert hatte, und mein Onkel nickte. »Passt scho.«

»Aber, um Ihre Frage zu beantworten«, sagte Cedric, »natürlich hat Delphine Freude an ihrem Job, auch Spaß, und …«

»Non, non, non Cedi!« Delphine de Brulée hatte sich erhoben, genauer gesagt: Sie war in den Stand geschossen, legte Cedric eine Hand auf den Arm. »Isch verstehe die Deutsch, und ich 'abe nischt gesagt: Spaß. Mon dieu, immer diese Spaß!« Ich hatte Delphine bei unserem gemeinsamen Essen im *Chez Lutz* schon einmal Deutsch sprechen hören, aber das Dirndl schien ihren Fremdsprachenkenntnissen zu neuen Höhenflügen zu verhelfen.

»Glaubön Sie, es ist eine Spaß«, schmetterte sie dem Journalisten entgegen, »immer schreiben zu müssen über diese … diese … Cedi? Comme on dit en allemand?« Kurzes Geflüster zwischen Cedric und ihr, dann redete Delphine weiter:

» … oui! Merci! Brustwarzön! Toujours diese Brustwarzön!«

Geraune im Saal, dann ein weiterer Wortschwall, jetzt Französisch, mit Simultanübersetzung von Cedric:

»Delphine stören schon lange die erotischen Klischees, die in diesen Romanen erwartet werden, obwohl …« kurzer Seitenblick zu Delphine, »… obwohl ich nicht glaube, dass dies hierhergehört.«

»Mais oui, Cedi, es ge'ört 'er!«

Cedric fuhr sich durch die Haare, zerraufte sie, bis sie nach allen Seiten abstanden, und sprach weiter: »Sie muss immer von Brustwarzen schreiben, die gegen Blusenstoffe reiben, so oft hat sie das schon geschrieben, dass es ihr manchmal vorkommt … äh … als ob alle Brustwarzen der Erde gegen alle Blusenstoffe der Welt reiben würden, oder sogar alle Brustwarzen im Universum …«

»… und noch in die schwarze Löschér!«, fiel Delphine ein. Der Reporter kritzelte hingebungsvoll, Girgl saß stumm, mit offenem Mund.

»Dazu müssen die Männör immer 'aben Musköln auf die Brust und die Obärschenköl und die 'intern. Womöglisch sogar noch auf die 'erz!«

Angeregtes Geflüster, anscheinend fragte nicht nur ich mich, ob sie wirklich Muskeln auf dem Hintern und auf dem Herzen meinte.

»Sie wollen eine … comme on dit, Cedi … merci … eine Gorillà! Eine eschte … Cedi? Merci! Silberrückön, der auch ist zärtlisch und kennt die G-Point! Glauben Sie, nur eine einzige Mann ist so?«

»Da hat sie völlig recht!« Therese. Es wäre nett vom Schicksal gewesen, sie durch eine kleine Falltür im Boden verschwinden zu lassen, bevor sie der versammelten Presse von ihren eigenen Liebeserlebnissen im Allgemeinen und der Zeugung von Susn Engler im Besonderen erzählen würde, aber nichts dergleichen geschah. Zum Glück fiel Franzi beipflichtend ein, bevor meine Mutter weiterreden konnte.

»Des stimmt, realistisch is des ois ned! Aa ned, was die Klamottn betrifft! I mein, so a Spitzendessous, wo's immer anhaben, des is do a Qualität! Aber der Gorilla ziagt nur amoi am BH, und glei reißt der Stoff, und die Duttln hupfen naus!« Der mitschreibende Reporter blickte irritiert auf, auch Girgl schaute wild um sich, nach umherhüpfenden Duttln, aber alle Brüste blieben brav, wo sie waren, und Christiane Breitner erhob ihre Stimme.

»Ich hoffe, meine Herren, Ihre Fragen sind nun erschöpfend beantwortet worden. Kommen wir zu weiteren wichtigen Themen. Trotz der erbärmlichen Aktionen einiger Ewiggestriger, über die Sie ja groß berichtet haben, lässt sich Therese Engler, unsere Anwärterin aufs Bürgermeisteramt, nicht davon abhalten, dem Landkreis Brachsee Perlen internationaler Kunst zu präsentieren. Lucien Ledoux, ein Komponist und Musikwissenschaftler von internationalem Rang, hat Therese Englers Einladung angenommen und wird auf dem Pfingstmarkt in Mohnau auftreten, zusammen mit der musikalischen Elite aus Neuenthal: der Feuerwehrkapelle. Hier kann man getrost von Weltmusik sprechen!«

Spontaner Applaus von allen Mitgliedern der Tourismusinitiative. Lucien lächelte und verbeugte sich.

»Aber das ist noch nicht alles! Ich habe noch eine Überraschung parat! Eine wunderbare Überraschung. Genauer gesagt, gleich zwei.«

Kurze Pause, der Reporter unterbrach sein emsig schabendes Mitkritzeln.

»Auch Delphine de Brulée hat vorhin zugesagt, auf dem Pfingstmarkt aufzutreten. Sie wird aus ihren Werken lesen, mit Simultanübersetzung von Cedric Rozier!«

Allgemeines Raunen, Therese, die eine Hand auf Christianes Arm legte, ihr etwas zuflüsterte – tatsächlich, Therese konnte ängstlich aussehen –, Christiane, die energisch den Kopf schüttelte und zischte: »Natürlich wird sie lesen! Samt Diskussion über Brustwarzen im Universum! Das ist deine Publicity!«

Jetzt hob Christiane wieder ihre Stimme: »Außerdem habe ich als offizielle Wahlberaterin von Therese Engler noch ein weiteres Schmankerl bekannt zu geben. Den Bürgern Neuenthals wird die Entscheidung bei der so schwierigen Wahl erleichtert! Gleich am Sonntag nach dem Pfingstmarkt wird eine Veranstaltung stattfinden, wie wir sie sonst nur aus dem Fernsehen kennen. Im Festsaal des Gemeindehauses Brachsee.«

Pause. Der Kreisblattjournalist kaute an seinem Stift. Dafür schrieb jetzt Girgl, langsam und sorgfältig, als hätte er es eben erst gelernt.

»Therese Engler wird ihren Gegner Fredl Weidinger zu einem Duell der besonderen Art fordern: eine Schlacht des Wortes. Ein

Schwertkampf der Argumente! Zwei Philosophien prallen aufeinander, zwei Giganten liefern sich einen großartigen Kampf: Versäumen Sie es nicht, das große Rededuell zwischen Fredl Weidinger und Therese Engler!«

Einen Moment war es totenstill im Raum. Dann sagte Franzi: »Sauber!«, und mein Cousin Quirin biss sich auf die Lippen, wie es aussah, um nicht loszuprusten. Die Franzosen flüsterten, Cedric fuhr sich wieder durch die Haare, die inzwischen so zerrauft aussahen, dass man Lust bekam, sie glatt zu streichen, und die Tür der Tauchschule öffnete sich einen Spalt.

»Mei, Özcan!« Franzi winkte. »Komm eini! Das ist Özcan Breithuber, Schneider und Modedesigner«, erklärte sie dem Kreisblattjournalisten, der sicher auch schon mal einen von Özcan komponierten Döner gegessen hatte. »Wir ham hier in Neuenthal nämlich ned nur Trachten, wir ham auch Hot Kotür!«

»Franzi, bitte! Eine Änderungsschneiderei im Hinterzimmer einer Döneria wirst du ja nicht mit einem wirklichen Modeladen vergleichen!« Natürlich konnte Therese den Hinweis auf die Haute-Couture-Konkurrenz nicht auf sich sitzenlassen, und aus dem Augenwinkel nahm ich wahr, wie Christiane sie anstieß und sanft den Kopf schüttelte. Özcan kam näher. Oh Gott, was trug er da, unter einer Hülle aus Plastik? Feierlich schritt er an den Franzosen und Therese vorbei, auch an Nat, Gina und Quirin, trat auf mich zu.

»Es ist vollendet«, sagte er, verneigte sich vor mir.

»Dein Hochzeitskleid.«

18.

Zu Hause stand ich eine Weile regungslos vor dem Spiegel im Schlafzimmer. Zum Glück hatte ich Therese abwimmeln können. Es war sogar vergleichsweise leicht gewesen, da die örtliche Presse sie und Christiane mit weiteren Fragen zum Pfingstmarkt und zum Rededuell bombardierte. Schwieriger war es, Gina davon zu überzeugen, dass ich allein sein wollte mit Özcans schneiderischer Darstellung meiner Seele. Und jetzt wusste ich, dass meine Seele eine Kapuze hatte. Das Kleid passte wie angegossen, intuitiv musste Özcan meine tatsächlichen Pinguinmaße erspürt haben. Die Stoffe – Satin, Organza, glänzender Pannesamt und sogar Wildleder – fielen weich um meinen Körper und kaschierten geschickt meine Problemzonen. So weit, wie Gina sagen würde, zu den Pluspunkten.

Einen Moment schaute ich auf den Boden, auf den Samtrock, der sich sanft an meine Füße schmiegte, dann hob ich wieder den Blick.

Wenn das Innere meiner Seele so aussah, hatte ich wohl sechsundzwanzig Jahre mit einer Fremden zusammengelebt. Einen Moment stellte ich mir die Reaktion des Neuenthaler Pfarrers vor, wenn ich in diesem Kleid vor den Traualtar treten würde. Was würde er tun, entsetzt das Kruzifix hochhalten? Und wie müsste Timo gekleidet sein, um auch nur entfernt zu mir zu passen? Sollte ich Özcan danach fragen?

Schmarrn. Das Kleid, in verschiedenen, nicht unbedingt dezenten Farben gehalten, mit weiten Trompetenärmeln, weckte Assoziationen an durchgeknallte Feen, auch an etwas zu verspielte Gauklerinnen auf Mittelaltermärkten. Und ich plante weder eine Mittelalter- noch eine Phantasy-Hochzeit. Ich würde es auf keinen Fall tragen können. Obwohl ich noch nicht einmal schlecht aussah. Nur ungewohnt.

Sollte ich stolz darauf sein, dass ich es mittlerweile auf fünf Hochzeitskleider gebracht hatte?

Nummer eins: das Kleid meiner Schwiegermutter. Die sich vermutlich nicht mehr darauf freute, mich in die Flantschschen Familienverzweigungen einzutragen. Für sie war ich der Apfel der Sünde am Stammbaum.

Nummer zwei: Thereses schlichtes, beinahe mädchenhaftes Kleid, in dem sie – so konnte man es auch sehen – sich immerhin selbst treu geblieben war.

Nummer drei, Modell Alpenmädel, würde sie vermutlich erst dann zurücknehmen, wenn ich ihr drohte, es bei eBay zu versteigern.

Nummer vier in der traurigen Sammlung war Modell Sissi, zerfetzt, wie meine Träume von romantischer Liebe. Wir planten die Hochzeit, aber wir lebten nebeneinander her. Ich war in meine Ihajeflo-Geschichte versunken. Timo würde morgen auf Klassenfahrt gehen und setzte alles daran, vorher Zopodil auf den richtigen Weg zu bringen, der sich immer noch vor seinen Haremsdamen im Blumentopf verbarg. Die Antworten im Zierfischforum halfen nur bedingt weiter. hammerhai1 hatte gelästert: der typ hat ja wohl gar keine ahnung von betta splendens! glaubt der, in einem wildfluss in thailand gibt's blumentöpfe?

Der Gedanke an Wildflüsse in Thailand erheiterte mich auch nicht unbedingt. Gina hatte ja recht, was die geplanten Flitterwochen betraf. Es würde kein Honeymoon-Hotel geben. Nur ein Zelt. Das Kostspielige an der Reise, für die wir – eher gesagt: ich! – auf Feuerwerk, Gospelchor, Kutsche oder Bootsfahrt verzichteten, war der Flug. Und vor allem der einheimische Führer. Plus die Besichtigungen von Lebendfischmärkten in verschiedenen Städten. Ich hasste Lebendfischmärkte. Und ich hasste Zelten. Dies wusste ich schon seit unserem ersten Camping-Urlaub. Obwohl damals der Blick durch die Brille der Liebe selbst Ameisen im Schlafsack rosig verbrämt hatte, ebenso Mückenstiche, nasses Gras am Morgen und nächtliche Kilometermärsche zum

Toilettenhäuschen. In dem natürlich das Klopapier fehlte und bei dem eine Generalüberholung durch Matthias Glatthaler notgetan hätte. Jetzt verbrämte nichts mehr die Aussichten auf fehlendes Klopapier und Insekten im Schlafsack, die im thailändischen Urwald vermutlich um das Zehn- bis Hundertfache größer sein würden als Ameisen, ganz abgesehen von der Tatsache, dass sie vermutlich Stacheln hatten. Oder Tausende von krabbelnden Beinchen. Gab es im Urwald nicht Riesentausendfüßler?

Und warum nahm ich all das auf mich? Nur, um nicht mehr Engler, sondern Flantsch zu heißen? Oder Engler-Flantsch? Wie sich das anhörte: Engler-Flantsch. Wie ein Name für einen besonders heiklen Sprung beim Eiskunstlaufen. Ein Sprung, der mit unsanfter Landung enden konnte. Was, zum Teufel, gab mir solche Gedanken ein? War es etwa … das Kleid? Hatte Özcan es mit irgendeinem … Zauber versehen? Unsinn. Aber trotzdem. Am besten, ich gab es gleich zurück. Vorsichtig begann ich die Haken zu lösen, die Özcan an der Vorderseite des Kleides angebracht hatte. Dazu seitliche Reißverschlüsse, bequem zu öffnen und zu schließen. Das ideale Hochzeitskleid für Singles, eins, in das man bequem ohne Hilfe hineinschlüpfen konnte. Aber, wie es aussah, nicht hinaus.

Was hinderte mich daran, das Kleid abzulegen, warum verharrten meine Hände über den Haken, ohne einen weiteren zu öffnen? Weich, so weich lag der Pannesamt auf meiner Haut, und die Stoffe des Rockes liebkosten meine Beine bei jedem Schritt, als ich mich vom Spiegel weg und durch den Raum bewegte, wie von einer höheren Macht gesteuert. *Susn Engler, alles ist in Ordnung,* schienen die Stoffe mir zuzuraunen, *auch du bist in Ordnung, so wie du bist, jetzt, hier, in diesem Schlafzimmer, diesem Moment.* Leicht fühlte ich mich, plötzlich beschwingt. Obwohl es nicht den geringsten Grund dafür gab. Realitätsverlust war ein Anzeichen einer schweren Störung, und wenn ich schon Säume, Nähte, Stoffe flüstern hörte, würde ich mich vielleicht schon bald in Franzis Edekamarkt mit dem angegammelten Gemüse unterhalten. Schnell rief ich mir meine reale Situation ins Gedächtnis, die Eckpfeiler meines Elends: Ich hatte fünf ungeeignete Hochzeitskleider, einen Verlobten, der eine Seelenverwandtschaft mit einer anderen Frau hatte, und die Aussicht auf eine von Riesenameisen, Giftspinnen und Mega-Asseln dominierte Flitterwochenreise.

Aber angenommen, nur einmal angenommen, ich würde nicht mitfahren? Einfach darauf bestehen, meinen Anteil der Reise zu stornieren? Würde Timo sich trauen, Goldflossy mitzunehmen, die ja sicher auf eine solche Reise brannte? Wäre dies nicht ein idealer Test, um festzustellen, ob er mich wirklich liebte? Und würde ich wenigstens einen Teil der Kosten zurückbekommen, um sie in etwas Sinnvolleres zu investieren, etwas, das mir – Susn Engler – wichtig war? In ein Feuerwerk bei der Hochzeit? Oder in einen Gospelchor? Oder in einen Wochenendkurs: So schreiben Sie einen Roman. Geleitet von Cedric Rozier. Dies sei eine Möglichkeit, mich weiterzuentwickeln, hatte er gesagt, vorhin, als wir zusammen von der Uferbank zur Tauchschule gegangen waren. Er leite öfter solche Kurse, in der Schweiz, in Frankreich, aber auch in Deutschland.

Ich schloss einen Moment die Augen, dann verließ ich das Schlafzimmer, tänzelte barfuß durch den Flur. Ich würde jetzt mit Timo reden. Über Zierfische. Thailand. Und die Tür, die ich eben vor mir gesehen hatte, hinter geschlossenen Lidern: blassviolett angestrichen, unscheinbar, aus Holz, ein wenig sah sie aus wie die Tür zu der Spelunke aus der Ihajeflo-Geschichte, und hinter dieser Tür, wusste ich, lag eine Welt.

Neuenthal im Frühling, das heißt nicht nur majestätische Sonnenuntergänge über dem Brachsee, aufregende Düfte nach Flieder und Schweinsbraten – woher sollte dieser Duft eigentlich kommen, in der Feuerwehrkneipe roch es bestenfalls nach angebranntem Rührei, egal! – … *nicht nur Fun-Shopping auf der Einkaufsmeile, nein, es heißt auch Ringen um das Gute, das Ge-*

rechte. Zum ersten Mal in Neuenthals wechselvoller Geschichte kämpft eine Frau um das Amt des Bürgermeisters: Therese Engler.

Zufrieden mit dem Geschriebenen steckte Therese ihren Notizblock wieder ein. Seit Christiane das Rededuell angekündigt hatte, wurde sie überfallen von neuen Ideen, für Wahlreden, für die Broschüre, auch für ihren Bürgermeisterinnen-Image-Film, den Quirin noch immer nicht in den Computer gespielt hatte, der Hundling! Und nur noch vier Wochen bis zur Wahl! Die große, mitreißende Rede beim Duell musste noch gründlich geprobt werden, alle Argumente, die sie auf Fragen aus dem Publikum abfeuern würde, bedurften genauester Vorbereitung. Wobei die Fragen aus dem Publikum vielleicht eher spärlich ausfallen würden, bei dem Interesse für Politik, das ein Durchschnitts-Neuenthaler normalerweise an den Tag legte. Auch etwas, das sie dringend ändern musste.

Den Notizblock in der Tasche, begab sie sich hinüber ins Gartenzimmer. Sie hatte sich angewöhnt, ihre Reden dort zu proben. Vor Lucien. Beim Putzen hatte es angefangen, und Lucien war hereingekommen, hatte ihr gelauscht. Sie brauchte Publikum. Und Lucien war der beste Zuhörer, den man sich vorstellen konnte.

»Ihr wollt unbehelligt und friedlich leben in unserem idyllischen Dorf!«, schmetterte sie ihm jetzt entgegen, noch in der Tür. »So wie ihr schon seit Jahrhunderten hier lebt, unangefochten von den Machenschaften und Verderbtheiten der großen Welt.« Nicht schlecht. Lucien sah von dem Instrument auf, an dem er herumbastelte – was war das eigentlich, eine Miniaturgitarre? –, und lächelte. Wie er sie ansah aus seinen grünen Augen. Unter seinem aufmerksamen Blick fiel es ihr leicht, sich zu immer neuen Höhen der Rhetorik aufzuschwingen, bisweilen erreichten ihre Reden beinahe Bundestagsniveau.

»Der Frieden in unserem idyllischen Dorf liegt uns allen am Herzen. Aber wir dürfen jetzt die Augen nicht verschließen. Vor dem Zustand, in den dieser Ort geraten ist. Nein, ich meine nicht die Fliegen an der Fensterscheibe vom Döner 24, dessen Besitzer sich neuerdings auch als Modedesigner begreift. Mei, lächerlich, jetzt macht er sogar Brautmoden. Nun gut, wer sich von ihm Hochzeitskleider schneidern lässt, der wird sich noch …« Kruzifix, sie war völlig vom Thema abgekommen, so sehr warf sie Susns Geheimniskrämerei aus der Bahn! Therese sammelte sich, setzte wieder an: »Diese Fliegen an der Schaufensterscheibe sind ärgerlich, aber harmlos, ebenso wie die Försterliesel-Tännchen auf dem Uferweg. Und der stramme Max in der Feuerwehrkneipe. Sogar die willkürlichen Razzien in der Tauchschule sind harmlos im Vergleich zu dem, was in Neuenthals Untergrund brodelt und vor dem wir nicht länger die Augen verschließen können: Korruption! Schwarze Kassen! Wucher! Geldeintreiberei an einer völlig unnötigen Ampel! Ich sage dies nicht, weil ich mich als friedliche Fußgängerin von der Existenz dieser Ampel in meiner Freiheit beeinträchtigt fühle. Nein, es geht nicht um mich, es geht um euch. Wie wollt ihr leben? Frei und selbstbestimmt? Oder ausgebeutet und ferngesteuert? Hier in Neuenthal, meine Freundinnen und Freunde, erlauben Sie mir, dies so deutlich auszusprechen, hier in diesem friedlichen Fleckchen herrschen mafiöse Zustände! Aber wenn ich erst regiere …« Das Wort warf sie einen Moment aus der Bahn, sie bremste ihren Schritt, mit dem sie im Zimmer auf und ab gegangen war, und Lucien sah sie fragend an. Er trug wieder kurze Hosen und ein Hemd, das züchtig zugeknöpft war. Keine Nylonstrümpfe. Was er von ihr aus gern hätte tun können, wenn er sich darin so wohl fühlte wie der Transvestit aus dem Internet in seinem Sessel. Sie war tolerant. Ha! Ein neues Stichwort! Sie kam wieder in Fahrt, und Lucien lächelte.

»Toleranz ist ja einerseits eine gute Sache, andererseits sollte man mit der Intoleranz auch nicht zu tolerant sein. Seid nicht tolerant, wenn man euch das Recht absprechen will, Romane zu lesen, die euch gefallen, hart erarbeitet von einer Frau, die Tag und Nacht bei Kamillentee an den Sätzen feilt, die euch beglücken! Bürgerinnen und Bürger!« Sie breitete die Arme aus, und Lucien legte den Kopf schief, lauschend, als wolle er jedes einzelne Wort auskosten. »Von ganzem Herzen, mit Leib und Seele, den Verstand nicht zu vergessen, bin ich Neuenthalerin! Bin es immer gewesen, ihr wisst das. Mehr als Fredl Weidinger es jemals sein könnte. Fredl Weidinger ist ja nach der Schule weggegangen, zur Ausbildung, war danach ein paar Jahre in Niederbayern und wurde dann – böse Zungen könnten fragen, warum! – nach Mohnau versetzt. Uns Neuenthaler beehrte er – böse Zungen könnten jetzt sagen: glücklicherweise – nicht allzu oft mit seiner Anwesenheit. Bis die Mohnauer seine Versetzung mit viel Engagement an höchster Stelle durchpeitschten. Böse Zungen würden jetzt etwas nachhaltiger fragen, warum.«

Gut. Sehr gut. Lucien sah sie ernst und aufmerksam an. Was für einen schönen Mund er hatte. Diese Grübchen, eins am Kinn und zwei männliche Kerben in den Wangen. Direkt eine Verschwendung der Natur, dass so ein Mannsbild für Frauen nicht verfügbar war.

»Und betrachten wir einmal die Vergangenheit! An der Realschule Mohnau. Unter uns gesagt, an der Schule war Fredl Weidinger auch nicht immer eine Zierde der Gemeinschaft. Die Uhrzeit, nun gut, die hat er uns gesagt. Aber hat er uns darüber hinaus etwas gesagt? Hat er uns stattdessen nicht eher belästigt mit seinen Annäherungsversuchen, hat er ned das ein oder andere anständige Madl arg bedrängt? Gut, das Madl hätte sich wehren können, sicher, aber unter uns: Wenn das Licht aus ist, mei …« Sie stockte, und Lucien beugte sich taktvoll wieder über sein Instrument. »Und des könnts mir scho glauben, ned alle waren wie die Toni mit ihrem Top und der Jeans, die sie sich in der Badewanne hat anziehen müssen. Fünf Madln ham ja helfen müssen, bis sie den Reißverschluss zukriagt hat, das Aufmachen fiel ihr scho leichter … Ja, Freundinnen warn ma scho, bis der Veit Strobl auf mich scharf war wie a Bock auf die Geiß und sie ihn mir hat ausspannen wollen, aber der Veit is eben ned auf diese Flitscherljeans abgefahren, der Veit Strobl, der war scho geschieden und stand auf ein gutes Herz. Auf meins. Na ja, a bisserl drumherum hab ich ja auch gehabt. Und die Toni, meine Freundin? Eingeschnappt is' gewesen, hat überall verbreitet, i hätt ihr den Mann ausgespannt! Dabei wars umgekehrt. Mei, und auf einmal warn wir verlobt, der Veit und ich. So schnell! Alle ham mir zugeredt, weißt. Was hab ich denn auch für a Wahl gehabt? Verlobung oder Lehre beim Kaufhaus in der Kreisstadt. Verkäuferin in der Damenabteilung!« Im Eifer ihrer immer bayerischer werdenden Rede war sie im Zimmer hin und her gelaufen, an der Tür zum Garten hielt sie an, versuchte, zurück zu den hochdeutschen Regionen ihres Sprachzentrums zu finden.

»Ich wollt schon immer einen eigenen Laden aufmachen. Da hab ich mich eben verlobt. Aber ich hab sofort gewusst, es war ein Fehler. Ganz andere Freunde hab i gehabt als der Strobl. Auch damals hats des *Biafuizl* scho gebn, des, wo jetzt der Wildmoser der Wirt is, aber damals, weißt, ganz a verruchte Kneipn is des gewesen, da waren Leit aus dem ganzen Landkreis, auch politische, weißt. Und dann bin i nach Wackersdorf, demonstriern, und dann kam der Matt. Weißt was?« Sie blieb vor Lucien stehen. Er sah sie an. Ernst jetzt. Als wüsste er, wovon sie redete.

»Es is alles Schmarrn. Dass er sagt, er liebt mi, der Matt. A Schmarrn is des. Die Männer san alle gleich. Na, des weißt sicher auch, Lucien.«

Sie deutete auf das Bild des Mannes auf seinem Nachttisch. »Is er wenigstens nett, dein Freund, hosd mi? I mean nice, you have me?« Sie lächelte, zwinkerte ihm zu. »Oder is er auch so a Hallodri wie der Matt? Der Mattjö?«

»Mattjö?« Lucien schlug auf dem kleinen Instrument einen Akkord an, gefolgt von einer schnellen, beinahe ärgerlichen Melodie. Als sie weiterredete, dämpfte er die schrill nachklingenden Saiten mit der Hand ab.

»Der Matt, weißt, des war a Traum. An ihm hab i jeden Mann

gemessen, auch den Baywatch aus Mecklenburg, koaner war guad genug. Aber es war halt a Traum. Der Matt jetzt, des is reality. Der Matt und die Delphine. You understand? Reality. A Beziehung. Zehn Jahre! Mit Höhen und Tiefen, weißt. Und die Delphine, die is in Ordnung, des passt scho. Sie hat gar ned gewusst, dass der Matt a Tochter hat. Er hots ihr ned gesagt, der Schuft. Und mir hat er vorgejammert, es dad eahm so leid, dass er sie ned hat aufwachsen sehn. Schmarrn, Lucien, Schmarrn! Von der anderen Schnoin, die nix mit der Susn zu tun haben wollt, hat er sich ja scheiden lassen. Und die Delphine hat selbst zu mir gesagt, er hätt die Susn besuchen können. Wenn sie gewusst hätte, dass er a Tochter hat! Der Cedric hat mir ja alles übersetzt.«

Wie ernst er nickte, als hätte er jedes Wort verstanden. Er schlug wieder einen Akkord an, flocht eine kleine Melodie hinein, die auf diesem winzigen Instrument tapfer klang, hoffnungsvoll. Dazu der Duft nach Flieder, der ins Zimmer strömte. Wie ein Zeichen Gottes. Ein Zeichen, sich von vergangenen Träumen abzuwenden und in die Zukunft zu schauen. Thereses Hand tastete wie von selbst nach dem Kreuz in ihrem Dekolleté. Dabei war sie nicht besonders religiös. Vielleicht deshalb, weil Gebete doch eine etwas zu einseitige Form der Kommunikation waren. Ein Telefongespräch, in dem sie den Schöpfer vorsichtig auf kleinere – und, ja!, auch größere – Fehler bei der Organisation der Welt hätte hinweisen können, wäre durchaus sinnvoller. War das schon Gotteslästerung, so etwas zu denken? Aber sie fühlte sich gar nicht gotteslästerlich, im Gegenteil, sie fühlte sich … aufgehoben …

Dann hörte Lucien auf zu spielen, und sie ließ das Kreuz los, rückte ihren Hut zurecht. Sie würde das Rededuell gewinnen und die erste Bürgermeisterin von Neuenthal werden. Gerade als sie fortfahren wollte mit ihrer Rede, huschte ein merkwürdiger, scheuer und sofort wieder verscheuchter Gedanke durch ihren Kopf: Und dann?

Ich sah auf von meinem Bildschirm. Inzwischen hatte ich sechzig eng beschriebene Seiten. Zeit für eine Pause, Zeit für ein Lachsfilet. Ich hatte es im Supermarkt gekauft, gleich nachdem Timo losgefahren war. Seine Klassenfahrt dauerte vier Tage, und bevor er zurückkam, würde ich eine Groß-Lüftungsaktion starten. Als ich in die Küche ging, streichelten die Stoffe von Özcans Kleid sanft meine Schenkel. Ich brachte es nicht über mich, ihm seine Kreation zurückzugeben. Weil ich mich von diesem Kleid – es war seltsam, doch ich fand keinen anderen Ausdruck dafür – verwöhnt fühlte. Und noch mehr: In Özcans Kreation war ich mir selbst fremd, und gleichzeitig kam ich mir vor wie die absolute Reinform von Susn Engler. Das Original. Als ob alle anderen Susns – diejenige Susn, die unter ihrer Pinguinfigur litt, diejenige, die Gina und Quirin insgeheim um ihre Liebe beneidete, diejenige, die von ihrer Märchenhochzeit träumte – nur Abzüge gewesen wären.

Und so, als selbstbewusstes, beinahe forsches Susn-Engler-Original, war ich gestern Abend ins Wohnzimmer gestürmt, um mit Timo über unseren Honeymoon im Urwald zu reden. Was ihm, wie immer, gerade nicht passte.

»Pssscht, sei vorsichtig, Zopo ist eben aus seinem Blumentopf heraus …«

»Timo, ich will nicht mit nach Thailand fahren.«

»Was? … Um Himmels willen …!«

Es war klar, dass er aus allen Wolken fallen würde, ich hatte ihm ja die ganze Zeit vorgemacht, dass ich geradezu heiß auf Tropenflüsse und Lebendfischmärkte war. Aber jetzt war die Stunde der Ehrlichkeit gekommen. Entschlossen ging ich auf seinen Rücken vor dem 60-Liter-Becken zu.

»Schau! Zopodil! Wahnsinn! Das gibt's doch nicht!«

Zopodil war tatsächlich aus seinem Blumentopfexil herausgekommen und schwamm auf die Glasscheibe zu.

»Jetzt hör endlich mit Zopodil auf, schau mich an!«

Ich trat noch einen Schritt näher, wedelte mit den Trompetenärmeln des Kleides. Was Zopodil aufzustacheln schien, er ging mit steil aufgestellter Schwanzflosse auf die Scheibe los.

»Wow – das ist genau … das ist seine Farbe!« Timo hatte sich umgedreht, sah mich aus aufgerissenen Augen an.

Tatsächlich, der blaue Pannesamt des Vorderteils war durchaus kampffischfarben, eingefasst von brandroten Wildlederschultern, in der gleichen Farbe wie die Kapuze.

»Er … er hält dich für einen Rivalen!« Timos Stimme kippte über vor Entzücken. Auch der Harem schien kollektiv verzaubert zu sein. Beinahe regungslos, nur sanft mit den Flossen wedelnd, sahen die Weibchen zu, wie ihr Held mit auf- und zuschnappendem Maul versuchte, die Glasscheibe zu durchstoßen, außer sich vor Aggression und offensichtlich nicht bereit, die Situation zu Ende zu denken. Was man von einem Kampffisch in Rage vermutlich ebenso wenig erwarten konnte wie von einem BMW-Fahrer auf einer vollen Autobahn.

»Er … erkennt die Farbe von *Kleidern?*«

»Ja, ja, Fische können Farben erkennen, zumindest Betta splendens können das! Es gibt Untersuchungen … Oh Mann! Schau ihn nur an, ich dachte schon, er hat gar keine Cojones mehr! Bleib so, Susn!« Er schob mich näher ans Aquarium heran, legte den Arm um mich, und ich spürte seine Lippen auf meiner Wange. Ein dankbarer Kuss.

»Schönes Kleid. Neu?«

Ich beließ es dabei, zu nicken, und er küsste mich noch einmal, drehte meinen Kopf zu sich, um meine Lippen zu treffen. »Hübsch.«

»Timo, Spatzl, wir müssen über … Thailand und das alles reden.«

»Ja, Schatz.«

Und dann kam das, was mich immer noch in Wut brachte, sobald ich mich daran erinnerte. Timo strich mir sanft über den Rücken, und einen Moment war alles vertraut und warm, schon verschob ich das Reden über Thailand im Geiste auf später, schmiegte mich an ihn. Dann hörte ich, wie er die Kamera einschaltete, die Zopodils Raserei filmte.

Was ich danach getan hatte, kam mir immer noch fremd vor. Und gleichzeitig vollkommen authentisch: Ich hatte die Kamera aus der Halterung gerissen, sie zu Boden geschleudert, Timo fischbesessen und beziehungsunfähig genannt, um dann in meiner kampffischfarbenen Robe aus dem Zimmer zu rauschen und die Tür zuzuschmettern. Später, im Bett, hatten wir uns beide entschuldigt. Natürlich, er verstehe, dass ich nicht mit nach Thailand wolle, obwohl es ihm schrecklich leid tue, nein, er sei nicht enttäuscht, aber vielleicht wolle ich es mir noch einmal überlegen, sollten wir nicht noch einmal in Ruhe darüber reden, nach der Klassenfahrt? Ich war in seinem Arm eingeschlafen – es war nicht zu weiteren Annäherungen gekommen, aber, ehrlich gesagt, fühlte ich mich auch nicht danach. Und heute Morgen hatte er mich umarmt und geküsst und mir das Versprechen abgenommen, ihm jede Veränderung in Zopodils Verhalten sofort mitzuteilen. Jetzt hatte ich die Wohnung für mich allein. Das hieß: Fischmahlzeiten. Anscheinend erhöhte schon die Aussicht darauf meinen Serotoninspiegel und damit auch meine Stimmung. Vor mich hinsummend schob ich das Lachsfilet in den Ofen und begab mich zurück in meine Geschichte.

19.

»Des steht Eahna aba sakrisch guad!«

Therese kannte es schon, man musste warten, bis die Urlauberin den bayerischen Satz verarbeitet und für sich gedeutet hatte, bevor man das Verkaufsgespräch in neue Bahnen lenkte. Mit Dirndl kaufenden Urlauberinnen sprach sie trotz aller Bürgermeisterinnen-Würde nur bayerisch, das gehörte zwingend zum Neuenthal-Shopping-Erlebnis.

Die Kundin lächelte, und Therese zupfte ihre Bluse zurecht.

»Hinreißend! Nur vorne müssma Sie no a bissl aufmascheln, aber da hab i was für Sie.«

Die Kundin wirkte erschrocken, vielleicht brachte sie Aufmascheln mit Maschen zusammen und glaubte, Therese wolle ihren Ausschnitt umhäkeln wie einen Topflappen. Aber im nächsten Moment hatte Therese schon eine Auswahl an Dirndl-Push-up-BHs vor ihr ausgebreitet, ihr den Mechanismus des Duttln-Liftens erläutert, und in den Augen der Kundin glänzte Begeisterung. Die Käuferin ging mit einem Pelzdirndl, zwei Push-ups und der Bemerkung, sie werde die Kunde von Thereses Trachten unter ihren Freundinnen in Wuppertal verbreiten, ob man auch online bestellen könne?

Nachdenklich hängte Therese die anderen Pelzmodelle wieder an die strategisch günstigen, vom Eingang her einsehbaren Kleiderständer. Sie musste mit ihrem Neffen sprechen, sie brauchte dringend einen Online-Shop! Selbst Özcan Breithuber, das tapfere Änderungsschneiderlein, hatte eine Internetseite, auf der er zu orientalischer Musik – die bei Neuenthals lahmendem Internet immer hängenblieb – seine geschmacklosen Gewänder anbot. Und neuerdings also auch Hochzeitskleider. Wie konnte Susn nur auf die Idee kommen, bei ihm …

»Oh! Hallo! Komm doch eini, I mean rein, Lucien!«

Sie hatte ihn gar nicht gesehen, in ihrem emsigen Herumräumen, Weghängen, Verstauen. Er stand im Sonnenglanz der Eingangstür. Sie winkte ihn heran und bemerkte erst, als er schmunzelnd näher kam, dass sie noch einen Dirndl-Push-up-BH in der Hand hielt. Als stünde sie am Bühnenrand bei einem Konzert einer Boygroup. Andererseits: Gerade bei ihm war Verlegenheit doch nicht angebracht. Ein Mann wie er musste mit dergleichen Accessoires vertraut sein. Obwohl sie bisher keinen BH oder Ähnliches in seinem Zimmer gefunden hatte. Dafür weitere Paare Nylonstrümpfe. Sämtlich zerknüllt. Hastig ausgezogen, weil er Angst hatte, erwischt zu werden? Vor ihr musste er sich doch nicht schämen!

Sie schämte sich ja auch nicht vor ihm. Gestern, zum Beispiel. Mei! Beim Üben ihrer Rede hatte es sie einfach überkommen, die Worte waren geradezu aus ihr herausgebrandet, wie Delphine de Brulées Wogen, sie hatte ihm so viel erzählt wie nie, intime Dinge, darunter ein Erlebnis, das dreiunddreißig Jahre sicher in ihrem inneren Seelen-Safe verschlossen gewesen war.

Befreit fühlte sie sich seitdem, gereinigt. Selbstbewusst. Siegesgewiss. So musste man sich fühlen, wollte man die Massen begeistern. So, sie spürte es deutlich, stimmte ihre Ausstrahlung. Und was hatte sie, Therese Engler, Lucien dafür zu bieten? Als Gegenleistung für seine unbegrenzte, lauschende, geradezu heilende Aufmerksamkeit? Seit gestern dachte sie schon darüber nach, und jetzt schenkte sie Lucien ein Lächeln, das hoffentlich so sonnig ausfiel, wie sie sich fühlte. Den Push-up-BH legte sie sich unauffällig über den Arm. Sakra! Ihre Kleider! Dirndl! Wäre das nicht eine Idee? Sie trat einen Schritt auf ihn zu.

»Gefallens dir, diese Pelzmodelle? San scho schick, ha? Très chic!«

Lucien lächelte und nickte. Und sie nahm ein Dirndl von der Stange, strich über das pelzverbrämte Mieder.

»Extravagant sans! Koa Kunstpelz, des is a Hase! Hosd mi? You have me? Hasenpelz!«

Vorsichtig streckte er die Hand aus, eine, wie sie in letzter Zeit immer wieder bemerkt hatte, schöne, gebräunte, zarte und dennoch maskulin behaarte Musikerhand. Seine schmalen Finger strichen ebenfalls über den Pelz, seine Augen leuchteten, offensichtlich schien es ihm hier zu gefallen, in dieser Welt femininer, dennoch rustikaler Schönheit.

»Komm, ich zeig dir die anderen Modelle! Ich weiß doch, des magst, mia zwoa müssen do ned drumherum reden!«

Den Push-up über dem Arm, mit der anderen Hand seinen Ellbogen haltend, führte sie ihn durch den Shop, wie ein Weinkenner einen Gast durch seinen Keller erlesener Köstlichkeiten führen würde, blieb hier und da stehen und erläuterte die Besonderheit eines Dirndls. Wie nah er ihr war. Wieder dieser frische Duft, den sie auch in seinem Zimmer so gerne roch. Es war ein französisches Deodorant, hatte sie putzend und schnuppernd festgestellt, aber es entfaltete diese Frische erst in Verbindung mit seinem Körper.

»Welches Dirndl you like am meisten? The Pelzdirndl oder the Camouflage-Dirndl oder the Alpendirndl?«

Er schaute sich im Laden um, dann wieder zu ihr, dann zeigte er auf das Alpendirndl mit rosafarbener Schürze, was ihr ein vielleicht etwas unbedachtes »Yes, wenn schon then denn schon« entlockte. Er nickte und lachte, schaute lächelnd von ihr auf das Dirndl, dann wieder zu ihr. Auffordernd, wie ihr schien. Ob er … mei! Ja! Freilich! Er traute sich nicht, es zu sagen, aber sicher war er verrückt danach, ein solches Dirndl einmal anzuprobieren! Sie musste ihm den Gefallen tun. Aber … hier? In ihrem Laden? Sie warf einen prüfenden Blick nach draußen. Neuenthals Einkaufsmeile brütete in der Mittagshitze. Inzwischen musste der heutige Frühlingschnupperkurs der Tauchschule »Antauchen, Eintauchen, Abtauchen« begonnen haben, die meisten Urlauber würden sich also unter Wasser aufhalten. Auch vor den Türen des Edekamarkts und der Feuerwehrkneipe regte sich nichts, weit und breit kein fegender Anderl, noch nicht einmal ein Huhn überquerte die Straße. Wenn nicht jetzt, wann dann! Schnell schob sie ihn in die Umkleidekabine: »What for a Größe … Damengröße … mei … woman's size have you?«

»Woman? What?«

»You don't know?« Sie musterte ihn, kniff die Augen zusammen.

»Maybe 44 langt. Maybe weniger. Du bist so schlank! Leg scho amoi die Kleider ab!«

Aber als sie wiederkam mit zwei Alpendirndln – eins in 44, eins sogar in 42 – und dezent die Klapptür der Kabine einen Spalt öffnete, stand er da wie vorher. Mei, wie er sie anschaute aus seinen großen, schönen Augen, in deren meergrüne Iris sich heute ein Schimmer Blau mischte, das zarte Blau eines Spätnachmittagshimmels über dem Brachsee.

»Your shirt and your … äh … trousers, you must …« Das Wort für Ausziehen fiel ihr nicht ein, sie demonstrierte es mit eindeutigen Körperbewegungen, zog sich ein imaginäres Hemd über den Kopf. Dabei verrutschte der Push-up-BH, und in einem Anfall von Übermut – seit sie für das Rededuell übte und vor allem seit der Beichte vor Lucien war sie übersprudelnd gut gelaunt – nahm sie ihn, schleuderte ihn wie ein Lasso. Sämtliche Helden ihrer bevorzugten Westernfilme hätten ihre Freude daran gehabt, wie der BH durch ihren Laden sauste und am Kleiderständer hängen blieb. Und gleichzeitig fiel ihr eine französische Redewendung ein: »Comme ci, comme ça.« Was immer das heißen mochte.

»Comme ça?«, wiederholte er belämmert, und sie nickte, trat beherzt in die Kabine. Je schneller sie diese pikante kleine Gefälligkeit hinter sich brachte, desto besser. Auch wenn es, zugegeben, Spaß machte. Sie half ihm, das Hemd abzustreifen. Kleine, feine Härchen auf seiner Brust, die schon leicht gebräunt war, vielleicht vom Schwimmen im Atlantik? Noch feinere Härchen auf den Unterarmen, Härchen, die sich aufstellten, als sie versehentlich oder doch nicht ganz versehentlich leicht darüberstrich. Er fragte etwas, auf Französisch, sie verstand nicht und zuckte mit den Achseln. Dann redete er englisch: *really nessesäri,* was hieß gleich *nessesäri?* Hatte es etwas mit einem Necessaire zu tun, und was bedeutete gleich Necessaire? Kulturbeutel, Schminkkoffer? Wollte er sich erst schminken? Das wäre dann doch zu viel, wie lange würde das denn dauern!

»I have no Schminkzeug hier! But I help you!« Sie hängte sein Hemd über die Kabinenwand, wo sie bereits die Dirndl plaziert hatte. Seine Bermudas würden unter dem Dirndl nicht stören. Hoffentlich würde er hier im Geschäft, nur zum Probieren, keine Nylons tragen wollen. Sie hatte zwar hübsche Strumpfhosen da, mit Alpenblumen-Ornamenten, aber ... Jessesmaria! Was tat er jetzt? Warum legte er die Arme um sie, zog sie zu sich heran, ihr Bug touchierte – mei, sie dachte schon französisch! – seine Brust, sein Finger strich über ihre Wange. War das etwa seine Art, seine Dankbarkeit zu zeigen?

»First the Dirndl!«, mahnte sie, stemmte vorsichtig eine Hand gegen seine Brust, und ohne auf sein geflüstertes Französisch zu achten, befahl sie: »Hands up!« Die Verlockung, nachzuhelfen, war zu groß, sie ergriff seine Unterarme. Wie seidig sich seine Haut anfühlte, sicher benutzte er Cremes und Bodylotion, woran sich andere Mannsbilder mal ein Beispiel nehmen sollten! Sie hob sanft seine Arme: »Jetzt neischlupfa!« Rasch stieg sie auf den kleinen Schemel, von dem aus sie schon mancher groß gewachsenen Kundin bei der Anprobe geholfen hatte, streifte ihm das Dirndl über. Ohne Bluse. Größe 44 war etwas zu weit, stellte sie fest, noch vom Hocker aus, beugte sich über ihn, und – Herrgottsakra! – ihr Dekolleté lag ja genau in seiner Kopfhöhe! Und er hielt sie fest, fürchtete er etwa, sie würde fallen? Sie schob ihn weg, vorsichtig, sprang hinunter.

Ob er bemerkt hatte, wie ihre Brustwarzön sich dem heißen Hauch seines Atems entgegenreckten? So zart, so dreist und so bedürftig zugleich wie die Rosenknospen im Pensionsgarten. Heiß waren auch ihre Wangen, und sie versuchte, die Dreistigkeit ihrer Brustwarzön wegzulachen, mit einem »Komm, schau dich an!« drehte sie ihn zum Spiegel. Auch wenn der Anblick vielleicht ein bisschen befremdend war, er sah wunderbar aus! Seine hübsch bemuskelten Arme wirkten unter den zarten Trägern des Mieders noch männlicher, und seine schwarzen Haare bildeten einen entzückenden Kontrast zum Rosa der Schürze. Eng war's in der Kabine, dicht standen sie beieinander, er lachte, murmelte ein: »Mon dieu.« Und dann war sein Gesicht ganz nahe, seine blitzenden Augen, die Fältchen darum, der geschwungene …

Harrgottmarrgott! Stimmen! Von draußen! Nein, nicht von draußen, von drinnen! Ein zaghaftes: »Därese? Wir wollten nisch …«, dann eine weniger zaghafte Frage, was hier vorginge, gestellt von einer polizeilichen Autorität.

»Bleib bloß stad!« Therese legte einen Finger auf die Lippen, stürmte aus der Kabine, auf einen äußerst verlegenen Üwe zu.

»Ja, was machts denn … I … I denk, ihr seids im Tauchkurs!«, stammelte sie. Hinter Üwe, in der sonnendurchfluteten Eingangstür, drängten sich weitere Gestalten.

»Nu, mir sinn doch geene Onfänger mehr, wir broochen doch geenen Schnübbergürs, newahr … aber wir wollten nisch stören … Wir ham blöß was flieschen sähn durch den Laden, nü, und dann seid ihr zwei da in der Gabine …«

»Zwoa? Wo is der Hundling?«

Damit sprengte die polizeiliche Autorität an Üwe vorbei und riss die Kabinentür auf. Wo Lucien immer noch stand, männlich bemuskelt, im Dirndl mit rosafarbener Schürze.

»So a Sauerei! Du bist verhaftet! Ihr könnts die Kamera jetzt abschalten, des is a Festnahme wegen Sittenwidrigkeit!«

»Fredl! Schluss mit dem Schmarrn!« Mit einem Satz, einem wahrhaft raubtierhaften Sprung, war Therese an der Kabine, stieß Fredl zur Seite, schmetterte die Klapptür ins Schloss.

»Der is immer noch mein Kunde, und der kann probiern, was er will in meinem Laden, hosd mi! Und a Kamera gibts ned. Wir drehn keinen Film, des is bloß …« Sie schaute sich hilflos im Raum um, hinter Üwe war jetzt Judda aufgetaucht, mit Franzi und Amrei im Schlepptau. Von der Kabine her ein französischer Fluch, dann wackelnde Wände, anscheinend zog Lucien sich um.

Himmiherrgottsakra, was machten all diese Leute hier? Eben war die Straße noch leer gewesen. Und, was bloß, sagte man jetzt?

»Mei, Fredl, das war nur … a Gaudi!«

»Zu zwoat in da Kabine? Mit am BH, wo durch den Laden fliagn duad? Des ist koa Gaudi, des is a Sauerei!«

»Und was für oane«, murmelte Amrei träumerisch.

Der fliegende BH hatte, wie sich jetzt herausstellte, die Schaulustigen angelockt, zuerst Judda und Üwe, deren erstaunter Aufschrei Franzi auf den Plan gerufen hatte, dann Amrei. Alle zusammen hatten sie vor der Scheibe ausgeharrt und auf weitere Darbietungen gewartet. Geboten wurde ihnen ein über die Kabinenwand fliegendes Hemd, wackelnde Wände und einmal Therese Englers Hut, der über den Seitenwänden der Kabine schwebte. Genug, um stehen zu bleiben. Bis die Polizei anrückte.

Über die Seitenwand der Kabine flog jetzt das Alpendirndl, begleitet von einem kräftigen »Merde!«, und Therese hob es auf, hängte es wieder an den Kleiderständer.

Üwe versuchte inzwischen, die gespannte Stimmung etwas aufzulockern, mit einer Anekdote über einen entfernten Verwandten in Löbau, der in seiner Freizeit gern Frauenkleider getragen habe. Allerdings sei das in der DDR nicht ganz einfach gewesen. »Er stand halt nur uff Westwore, keene Dederon-Strumpfhosen, es mussten Strümpfe von Nür die sein oder von Melidda!«

»Nää, Üwe«, fiel Judda ihrem Mann ins Wort, »Melidda, des worn döch Goffeefilder, die worn halt ooch im Westpaket!«

In diesem Moment stürmte Lucien aus der Kabine und an Fredl vorbei, rannte nach draußen, ohne Therese noch einmal anzusehen. Kruzifix, sie hatte ihm doch nur einen Gefallen tun wollen! Aber jetzt musste sie retten, was zu retten war. Sie griff nach Fredls Arm.

»Fredl, jetza renn ihm ned nach, glaub mia doch, es war bloß a … a Wette!« Ja! Das war die Lösung. »Des kennst doch, Fredl, du warst doch auch in der Feuerwehrkneipn dabei, wie's gewettet ham, dass der Micha keine zehn Hoibe Bier in einer Stund schafft! Und das war eben das Gleiche. Nur mit Dirndln. A ganz a harmlose Gaudi halt.«

Sehr gut. Sich volkstümlich geben, bloß keine Toleranzrede schwingen, die würde sie sich für das Duell aufheben.

Fredl sah sie an. Mit dem gleichen Blick, mit dem er sie angesehen hatte, als sie gemeinsam mit Christiane Breitner und den Strobls die Einzelheiten des Rededuells besprachen. Wieder musste Therese Engler den phantastischen, beinahe schon genialen Einfall ihrer Wahlberaterin bewundern. Das Rededuell zu verweigern und damit zuzugeben, dass Fredl Weidinger nicht die rhetorische Kanone war und lieber durch Taten glänzte, war dem Gegner nicht möglich gewesen.

»A Gaudi, ha!«, stieß Fredl jetzt zwischen zusammengepressten Lippen hervor, drehte sich um und verließ den Laden. Stumm sahen sie alle zu, wie er auf sein Motorrad stieg und knatternd verschwand.

Den Rest des Tages dachte Therese Engler darüber nach, ob sie sich bei Lucien entschuldigen sollte. Und über Fredl Weidingers Blick. Den sie nicht nur von der Besprechung des Rededuells kannte. Sondern auch von einem wolkenverhangenen Sommermorgen vor dreiunddreißig Jahren. Mei. Seit sie Lucien davon erzählt hatte, war alles wieder so nah. Das Zimmer in der Pension *Seerose,* die Schleiflackmöbel, die Asche auf dem Teppich, die leeren Flaschen. Dem Morgen, an dem Fredl sie so angesehen hatte, war eine nächtliche Party vorangegangen. Eine Fete, die alle Feten vorher in den Schatten stellen sollte, auch die Knutschparty bei der Skifreizeit. Eine Übernachtungsparty im gesamten ersten Stockwerk der *Seerose.*

Die Besitzer, die Eltern ihrer Schulkameradin Maria, waren weggefahren, und Marias schwerhörige Oma war mit Obstler ruhiggestellt worden. Die Eingeladenen hockten auf Stühlen, Betten und auf dem Boden. Musik, *A Whiter Shade of Pale,* und irgendwas von Supertramp. Lambrusco und Zigaretten. Erste Annäherungen im tristen Licht der Pensions-Nachttischlampen. Entzückt-empörtes Gekreisch aus dem Badezimmer, eine laufende Dusche. Außer den Mädchen und den Jungen aus der Schule waren ein paar Hallodris aus der Kreisstadt gekommen, lässige Typen, denen Lambrusco nicht genügte. Sie packten seelenruhig ein Säckchen Haschisch aus. Stritten dann, weniger seelenruhig, wer von ihnen vergessen hatte, die Pfeife oder das Kawumm mitzunehmen. Keiner aus Mohnau oder Sonnau am anderen Ufer des Sees wusste, was ein Kawumm war, Therese Engler aus Neuenthal schon gar nicht. Einer der Lässigen ließ sich schließlich herab, die staunende Landbevölkerung aufzuklären: Ein Kawumm war ein Rohr, dessen hinteres Loch man zuhielt, um es beim Zug blitzschnell freizugeben, was den Rauch – Kawumm! – direkt in die Lunge katapultieren, die Wirkung der Droge erhöhen und gigantische Räusche auslösen sollte. In dem ehrfurchtsvollen Schweigen, das dieser Erklärung folgte, erhob sich Maria, schwankte lambruscoselig zur Tür, suchte eine Weile geräuschvoll in der angrenzenden Wohnung herum. Und kehrte entrückt lächelnd wieder. Mit der Blockflöte ihrer kleinen Schwester.

»Müssts hoit a paar mehr Löcher zuhalten«, säuselte sie, worauf einer der Jungen ein cooles »Passt scho« von sich gab und den inzwischen gedrehten Joint kurzerhand in das hintere Ende der Flöte steckte. Wie im Blockflötenunterricht der Mohnauer Kirchengemeinde geübt, legten die Kiffenden acht Finger auf die Flötenlöcher, vergaßen auch das hintere Loch für den Daumen nicht, griffen ein sauberes C, an dem ihre Lehrerin sicher viel Freude gehabt hätte. Kiffen, so viel wusste Therese, würde einen schlimmeren Skandal auslösen als die Antibabypillenpackung, die vor kurzem aus der Tasche einer Mitschülerin gefallen war. Und diesem Skandal würde Therese Engler aus Neuenthal in ihrem Hippiehemd aus dem Modeladen der Kreisstadt keinesfalls ausweichen! Vor Eifer atmete sie versehentlich in die Flöte, ein fiepender Ton entwich dem zweckentfremdeten Instrument, und schnell zog sie den Rauch in sich hinein. Und spürte nichts. Trotz ihres anschließenden Hustenanfalls. Die Wirkung der skandalösen Droge schien an Therese Englers Neuenthaler Bodenständigkeit abzuprallen. Während Maria schon mit der Zimmerpflanze redete, die Jungen glasig vor sich hinstarrten und sich zu *A Whiter Shade of Pale* wiegten.

Vielleicht war die Sache mit Fredl deshalb passiert. Weil sie unbedingt etwas spüren wollte. Fredl hatte an diesem Abend bestimmt zehnmal die Uhrzeit sagen müssen, zum Amüsement aller, was Therese, lambruscobedingt gefühlvoller als sonst, sogar ein wenig leidtat. Er zog auch ein-, zweimal an der Flöte. Und ansonsten passte er auf, dass keiner der lässigen Kifferkerle sich an Therese heranmachte. Und gerade als sie meinte, etwas zu spüren, ein Schweben, einen Schwindel, der vielleicht auch auf den Lambruscogenuss vorher zurückzuführen war, legte Fredl den Arm um sie. Konnte man den Rest mit »Mei, es war dunkel« entschuldigen?

Nach und nach verschwanden die anderen, paarweise, die lässigen Kiffer, die säuselnde Maria, und dann war da nur noch Fredl, seine Küsse, die Therese schon von der Skifreizeit kannte, und das Wissen, dass jetzt alle im ersten Stockwerk der Pension *Seerose* das Gleiche, Verruchte taten wie sie. Das Nächste, woran Therese sich erinnerte, waren die medizinisch riechenden Kondome aus der Apotheke und der verschwommene Gedanke: Würde Fredl, falls sie die Lust überkäme, ihm zärtliche Worte ins Ohr zu flüstern, ihr die Uhrzeit sagen? Wollte sie wissen, wie spät es war? Wollte sie – auch dieser schändliche Gedanke kam ihr – es ausprobieren, um am nächsten Tag in der Schule etwas zu erzählen zu haben? Nur intern natürlich, Toni und einigen Eingeweihten. Aber Toni war selbst weniger mitteilsam, seit sie mit Tom ging, und Therese Engler überkam nicht die geringste

Lust, Fredl Weidinger zärtliche Worte ins Ohr zu flüstern. Auch sonst überkam sie nichts weiter, kein plötzliches Verlangen, keine feierliche Erschütterung, weil sie jetzt zur Frau wurde, Therese Engler aus Neuenthal zog ihre Entjungferung durch, wie sie vorher an der Flöte gezogen hatte. Fredl Weidinger, der kein einziges Mal die Uhrzeit sagte und auch sonst nicht viel, war ihr Mittel zum Zweck. Am nächsten Morgen, als die hinter Wolken hervorlugende Sonne ein Desaster beschien – Gläser, Flaschen, Kippen, zerknülltes Bettzeug, alle Arten von Flecken –, bot Fredl ihr an, sie mit dem Mofa heimzubringen. Aber Therese Engler lehnte ab und wartete auf den ersten Bus. Und dort, vor dem Bushäuschen aus Holz, hatte Fredl Weidinger sie so angesehen, mit einem Blick, in dem Liebe, Schmerz, Schmach und verletzter Stolz glühten. Und dann hatte er sich auf sein Gefährt geschwungen und war davongebraust.

Am frühen Abend schloss Therese ihr Café und den Laden, zog sich um und schminkte sich. Sie würde gleich nicht nur Lucien, sondern auch ihrer Wahlberaterin gegenübertreten müssen. Perfektion in der äußeren Erscheinung war auf jeden Fall ratsam. Wie weit sich das, was im Laden passiert war, wohl inzwischen herumgesprochen hatte? Fredl hatte sich erstaunlicherweise nicht mehr blicken lassen, auch sonst hatte Therese außer dem zurückkehrenden Schnorchel-Schnupperkurs und einigen Touristen niemanden gesehen, der Edekamarkt schloss früh und die Einkaufsmeile blieb leer. Als ob sich das gesamte Dorf mental auf die heute stattfindende erste musikalische Probe für den Pfingstmarkt vorbereitete. Ein Ereignis, dem eine künftige Bürgermeisterin selbstverständlich beizuwohnen hatte. Eine nicht so angenehme politische Pflicht in Anbetracht der Speisenauswahl des Lokals. Aber vielleicht die günstigste Gelegenheit, Christiane Breitner das Dirndl-Desaster zu gestehen, bei einem oder zwei Hellen und friedlicher bayerisch-französischer Musik.

Die gesamten hundert Schritte von ihrer Wohnung bis zur

Feuerwehrkneipe übte Therese möglichst harmlos klingende, lockere Formulierungen, die ihrer Wahlberaterin einerseits das Geschehene näherbringen, es andererseits zu der kleinen, beinahe amüsanten Nebensächlichkeit machen würden, die es schließlich auch war. Ob Lucien das auch so sehen würde?

Immerhin lächelte er, als sie ankam. Er trug einen seiner sportlich-edlen Pullover, die immer ein bisschen nach Yachtclub aussahen, und hatte die Ärmel bis zu den Ellbogen hochgestreift. Neben ihm saß Delphine de Brulée in ihrem Blüschen, einen Hauch von einem Seidentuch um den zierlichen Hals. Anderl hatte zur Feier des Tages den runden Tisch frei gemacht, den der blauweiße Wimpel als Stammtisch auswies. Die eigentlichen Stammtischsitzer, eher unpolitische Neuenthaler, die man wegen ihrer regelmäßigen Anwesenheit auch hätte als Stammtischbewohner bezeichnen können, tranken ihre Hoibe im hinteren Bereich des Lokals, zwischen Hirschköpfen, Zinntellern, Resis bestickten Wandbehang-Staubfängern und der leeren Stelle, wo das Bild von der Negligé-Party gehangen hatte.

Therese Engler versäumte nicht, die Stammtischbewohner freundlich zu grüßen. Gerade sie, die angenommenen Nichtwähler, konnten das Zünglein an der Waage sein! Sollte sie eine kleine Entschuldigungsrede halten und auf die Wichtigkeit der Probe hinweisen? Ein etwas ungeduldiges »Nun setz dich doch, wir wollen bestellen« ihrer Wahlberaterin brachte sie von ihrem Vorhaben ab. Die Mitglieder der Tourismusinitiative Neuenthal waren fast vollzählig am Stammtisch versammelt, nur Nat Wildmoser und Franzi fehlten. Anderl, für seine Verhältnisse nahezu festlich gekleidet, in einem beinahe weißen Hemd und Stoffhosen, verteilte schon die Speisekarten, ein rotkariertes Geschirrhandtuch über dem Arm. Mei, würde sie jetzt immer an den Push-up-BH denken müssen, wenn sie einen Ober oder etwas Ähnliches wie einen Ober sehen würde? Auch die Speisekarten sahen für Feuerwehrkneipenverhältnisse ungewohnt festlich aus: keine Spur der sonst üblichen Fettflecken auf Resis gestochener

Schrift. *Semmelknödel mit Speck, strammer Max mit Leberkas und Neuenthaler Wildgulasch.*

»Wildgulasch?«, fasste ihr Neffe Quirin das allgemeine Erstaunen zusammen, während die Franzosen noch aufgeregt schnatterten: »Semmelknödöl, Cedi, qu'est-ce que c'est?«, und Susn von der anderen Seite Cedric zuzischte: »Äh, die Semmelknödel kann ich nicht empfehlen, überrede sie doch zu etwas anderem, ja?« Anscheinend hatte Susn auch von dem Gerücht gehört, dass in Resis Knödeln von Eierschalen über Hühnerfutter und Kaffeepulver bis hin zu Zahnstochern schon alles gefunden worden war. Böse Zungen hatten sogar behauptet, auf Dübel, Korken und ein kleines Küchenmesser gestoßen zu sein.

»Der Mo von da Amrei hot an Hasn überfahren«, beantwortete einer der verbannten Stammtischbewohner Quirins Frage nach dem Wildgulasch. Die jungen Leute, auch ihre Susn, lachten, Anderl dementierte heftig, erzählte eine windige Geschichte über Jäger aus Sonnau, denen er Wild abkaufe, Cedric übersetzte, beantwortete gleichzeitig auf ihn einprasselnde französische Fragen, vermutlich nach dem Essen. Therese hatte es bei ihrem Frühstück immer wieder erlebt, dass die Franzosen, sogar die schlanke Delphine, über jede Scheibe Bierwurst, jedes weiche Ei debattierten, als ginge es um weltverändernde politische Ereignisse. Sie wandte sich ihrer Wahlberaterin zu. Vielleicht war es günstig, sie schon einmal einzustimmen.

»Christiane, ich muss nachher über eine Kleinigkeit mit dir reden, nichts Weltbewegendes, es ist nur …«

»Was wollts? A Vorspeisn?« Anderls erschütterter Ausruf schnitt ihr das Wort ab, und ihre Wahlberaterin drehte sich zu ihm um.

»Das kann doch nicht so schwer sein, Anderl. Ein Salat mit warmem Ziegenkäse zum Beispiel, oder Weinbergschnecken. Trüffel, Lachssoufflé, Gänseleberpastete.« Aus dem Augenwinkel sah Therese, wie Christiane süffisant lächelte. »Und sag Resi schon mal, sie soll auch über ein Dessert nachdenken. Man liebt

Desserts in Frankreich, n'est-ce pas, Madame de Brulée? Mousse au Chocolat zum Beispiel. Und danach vielleicht eine kleine Käseplatte. Und natürlich Café Crème. Dass es keinen Wein gibt, damit hat man sich anscheinend ja schon arrangiert.«

Mit einem bemerkenswert lässigen, gleichzeitig königlichen Nicken deutete Christiane auf die kichernd ihre Halblitergläser stemmenden Franzosen.

»Wir wollen in fünf Minuten bestellen. Die Probe findet dann zwischen dem ersten und zweiten Gang statt. Noch Fragen?«

Anderl, wie immer eingeschüchtert in Christiane Breitners Gegenwart – was ihn allerdings nicht hinderte, sie hinter ihrem Rücken als überkandidelte Schnoin zu bezeichnen –, kratzte sich am Kopf. Dann verzog er sich in die Küche, wie es aussah, zu einer Krisenbesprechung.

Sakra! Das war eine Autorität! Und organisieren konnte Christiane Breitner, das musste man ihr lassen!

Wenige Minuten später rauschte Resi schon wieder herein, servierte persönlich die Vorspeise, obwohl noch niemand etwas bestellt hatte. Cedric übersetzte Anderls feierliche Ankündigung »Es gibt a Ochsenschwanzsuppe« ins Französische. Was nicht gerade schön klang, nach »Potarsch« und »Ködeböff«, und so ähnlich schmeckte die rasch aufgewärmte Dosensuppe auch. Das aufgeregte Geschnatter der Franzosen verstummte schnell wieder, höflich lächelnd schob erst Delphine ihr Schälchen weg, dann Lucien.

Therese konnte sich ein gönnerhaftes Lächeln in Anderls Richtung nicht verkneifen. Franzosen bewirten konnte eben nicht jeder! Und es half nur vorübergehend, sich an die Tuba zu setzen, wie Anderl es jetzt tat, um von der Suppe abzulenken. Mit zwei abwechselnden, schneidigen Basstönen stimmte er den Holzhackermarsch an, während Resi die vollen Teller wieder abräumte.

Therese zupfte ihre Wahlberaterin am Ärmel.

»Christiane, was jetzt diese klitzekleine Angelegenheit betrifft, von der ich dir vorhin schon erzählen wollte. Nichts Besonderes, wirklich, nur ein unbedeutender Zwischenfall mit einem Alpendirndl. Aber es könnte sein, dass …«

»Sag's mir später, Therese, lass uns erst mal bestellen.« Christiane wandte sich an die Runde: »Am besten, wir nehmen alle das Wildgulasch, oder? Gut. Dann fünfzehnmal Wildgulasch, Resi.«

Der Rest der Feuerwehrkapelle stimmte in den Marsch ein, auch Lucien griff zu seinem Akkordeon, und Resi verließ die Gaststube. Sogar von hinten sah sie ratlos aus. Kein Wunder. Falls es sich wirklich um einen einzigen Hasen handelte, musste sie sich einiges einfallen lassen. Lucien begann, einen romantischen Kranz aus Tönen um den Marsch zu winden, und Christiane Breitner lehnte sich zurück, nahm einen großen Schluck von ihrem Hellen.

»Also, was wolltest du mir eben erzählen, Therese, was war das für ein kleiner Zwischenfall?«

»Ach … wirklich nichts Gravierendes, also … ich mein … im Vergleich, weißt scho, mit allem, was sonst so passiert, Kriege, Umweltverschmutzung, Hungersnot, dagegen ist so ein Alpendirndl mit rosa Schürze doch …«

»Ah! Oh, là, là! C'est la Obstlör, n'est-ce pas, Cedi?«

»Der geht aufs Haus! Is a Selbstgebrannter! Zum Wohl!«

Sakra! Was war nur in Resi gefahren, was sollte dieser plötzliche Anfall von Großzügigkeit mitten in Therese Englers geschickter Einleitung, die das Alpendirndlgeschehen ins richtige Verhältnis zum Weltgeschehen setzte? Alle, auch ihre Wahlberaterin, kippten den Frei-Obstler und auch den nächsten, den Resi anbot, ihnen beinahe aufnötigte, vermutlich, um französische und bayerische Geschmacksnerven zu desensibilisieren und auf ihr Wildgulasch vorzubereiten. Obstlerbedingt kam die Probe jetzt richtig in Schwung, die Musik wurde erst lauter, so laut, dass alle weiteren Erklärungsversuche untergingen, dann sanfter. Ausgerechnet Anderl stimmte eine Melodie an, die Therese ihm niemals zugetraut hätte, bestehend aus mehr als den beiden Tönen, die man in Neuenthal von ihm kannte. Drei, nein vier, sakra, sogar fünf Töne brachte er heraus, bevor der sechste versickerte, als hätte die Tuba beschlossen, ihn wieder zurückzuholen.

Die Franzosen lachten, Luciens Augen leuchteten amüsiert, beim Spielen sah er zu ihr herüber. Mei, was wurde ihr wieder so heiß, war es der Obstler oder die Erleichterung, dass er ihr nicht mehr böse zu sein schien wegen des winzigen Dirndlzwischenfalls? Ein Zwischenfall, gegen dessen eventuelle Auswirkungen sie dringend etwas unternehmen mussten. Jetzt, da die Schockstarre des Nachmittags langsam wich, wurde es Therese klar: Was immer Fredl Weidinger plante, sie mussten schneller sein und …

»Mei, Anderl, des is ja unser Lied!« Resi, samt Gulaschtopf, blieb auf dem Weg zum Tisch mitten im Raum stehen. Kruzifix! Ja! Jetzt erkannte Therese es auch, das französische Lied, zu dem man in ihrer Jugend auf Partys getanzt hatte, neben *I'm Sailing* und *Love Hurts.* Ein Mann, der stöhnte, dazu eine Frauenstimme, die in den höchsten Tönen etwas sang, das wie schewäschewäschewä klang. Mit dieser Wäsche konnten nur die Stringtangas und Spitzenhöschen aus Delphine de Brulées Romanen gemeint sein, aber auf Anderls Tuba hörte es sich eher nach geblümten Unterhosen im Zehnerpack an, Größe 42 bis 46, die Sorte, die Resi bevorzugt im Drogeriegroßmarkt in der Kreisstadt kaufte.

Konnte man mit so etwas auf dem Mohnauer Pfingstmarkt einen orientalischen Schleiertanz ausstechen? Und war ausgerechnet eine Tuba das richtige Instrument für eine so heikle Melodie? Es klang wie ein Elefant mit einem bösen Schnupfen. Sollte sie als Bürgermeisterin nicht eingreifen, bevor sie etwas einstudierten, das später vielleicht …

»Wildgulasch mit Semmelknödeln!« Resi stellte einen Teller voller undefinierbarer brauner und hellerer Bröckchen vor ihr ab. Sollte sie davon wirklich essen? Auch Delphine de Brulée sah unentschlossen aus. Susn flüsterte Cedric etwas ins Ohr, während Christiane Breitner, Hartl, Gina und Quirin gemeinsam rätselten, welche verschiedenen heimischen Wildtierarten sich in diesem Ein-Hasen-Gulasch verbergen mochten, von Blindschleiche bis Nacktschnecke. Dann schob Christiane ihren Teller weg, so energisch, dass er ein Stück über den Tisch schlidderte.

»Was soll's. Tanzen wir!«

Sie drängte sich an Therese vorbei, zog Hartl mit sich, Kruzifix, verpasst war die letzte Gelegenheit, mit ihr zu reden! Unterstützt von Lucien, spielte sich die Feuerwehrkapelle in eine bayerisch-französische Trance, und mehr Tanzwillige drehten sich im Takt. Auch Susn ließ sich von Cedric herumschwenken, mit wehenden Haaren, fliegenden Röcken ... Kreizteifi! Was trug Susn da eigentlich für ein greisliches Gewand? Grellgelb die Ärmel, schreiend blau das Oberteil, dazu ... mei! Eine rostrote Kapuze! Wie schaffte sie es nur, darin noch so hübsch auszusehen? Ihre Augen glänzten, ihre Wangen glühten, und, mei, wie das Madl lächelte, so wie Therese ihre Tochter lange nicht mehr ...

»Wir ham da von einem Scherz gehört.«

Sie standen in der offenen Tür. Beide Strobls, Fredl und der amtierende Bürgermeister. Der sich hörbar um sein bestes Hochbayerisch bemühte.

»Von einem ... äh ... sakrisch schlechten Scherz. Und unter diesen Umständen sehn wir uns ... äh ... genötigt ...«

»Hör sofort auf zu spuiln!«, brüllte Fredl dazwischen, und die Musik verstummte mit einem kieksenden Trompetenton und zwei nachtröpfelnden Tubabässen von Anderl. Stille. Jetzt war es also so weit. Therese Engler wurde von ihren Verfehlungen eingeholt. Und tat nichts dagegen, saß nur starr und sehr gerade auf dem wackligen Kneipenstuhl, einen fliegenden Push-up-BH vor ihrem inneren Auge.

»Wegen dieser Umstände ham die Herren Weidinger und Strobl vor, die Kandidatur von ... äh ... Therese Engler noch amoi überprüfen zu lassen und ...«

»Ach ja?« Christiane Breitner hatte sich von Hartl gelöst, schritt forsch auf den Bürgermeister zu. »Auf welchen Paragraphen berufen Sie sich mit Ihrer ...«

»Dazu brauchts koa Paragraphen, wir san anständige Bürger und wolln koa Mannsbild in am Dirndl, des könnts in Paris machen, in da Mouläng Rusch!«, brüllte Fredl, und Veit Strobl schob sich nach vorne.

»Erstens gab es vor zehn Tagen einen Fall von Körperverletzung durch a Taucherbrille. I hab Hartl Engler, den Bruder von dieser …«, er schnaubte, »dieser *Kandidatin* inzwischen angezeigt, und nach den jüngsten Zwischenfällen is ja wohl klar, dass wir ein … äh …«

»… Wahl-Prüfungs-Verfahren wegen Unmäßigkeit während der Werbephase einleiten müssen«, sprang ihm sein Sohn bei. Dressiert hatte ihn der Veit gut, seinen BWL-Bätschler-Terrier. Der im Übrigen seine Blicke nicht von Susn lassen konnte. Unverschämte Blicke! Was, teifinoamoi, bildete sich dieser Kerl eigentlich ein, und warum gelang es Therese Engler nicht, einen klaren Gedanken zu fassen? Sie musste reden! Jetzt!

»Meine Herren«, begann sie, aber schon fuhr Fredl Weidinger herum, wutrot.

»Des heißt, bis nix geklärt ist, hoit ma die Pappn! Des Rededuell fallt aus!«

20.

Die Band soll das Härteste sein, was dieser Planet zu bieten hat. Sagt der Nat Wildmoser. Sie sind auf Oberbayerntour. Huglfing–Unterdießen–Neuenthal.«

»Klingt nach Durchbruch«, sagte Cedric. Dummerweise krachten wir gerade in diesem Moment in ein Schlagloch von den Dimensionen eines mittleren Mondkraters, und ich verzichtete lieber darauf, zu fragen, ob er die Ölwanne von Delphines Auto meinte. Ich hatte vergessen, wie holprig und schlammig die Abkürzung zum Parkplatz des *Biafuizl* war, besonders jetzt, nach dem Dauerregen. Geschüttet hatte es, den ganzen Tag. Immer noch tröpfelte es aus den Baumkronen über uns. Cedric gab Vollgas, das Auto schlingerte aus dem Krater heraus, hinein in die nächste Pfütze.

»Merde!«, fluchte Cedric, dann sah er zu mir herüber und lachte. »Heiß, was?«, fragte er, und ich schüttelte schnell die Locken in mein brennendes Gesicht. Die Heizung im Citroën, den Delphine Cedric großzügig geliehen hatte, ließ sich nicht abschalten, aber dies war nicht der einzige Grund, warum ich glühte. Der andere Grund war der Traum, aus dem ich am Morgen verwirrt und voller Sehnsucht erwacht war. Immer wieder musste ich daran denken: Ein Gletschersee, in dem ich schwamm, die Kälte, prickelnd auf meiner Haut, dann der Mann, der ein Badehandtuch um mich schlang, mich abtrocknete, langsam und zärtlich. Das Prickeln wurde zur Glut, jede Pore schien zu brennen. Gletscherseeaugen hatte dieser Mann, der sich in der weiteren Handlung dieses Traums äußerst ausführlich mit mir beschäftigt hatte. Aber ich liebte doch Timo?!

Gestern noch war ich verzweifelt gewesen, weil ich ihn nicht erreicht hatte. Natürlich hatte ich mir ausgemalt, er sei gar nicht mit der Klasse in einer Jugendherberge, sondern zu Goldflossy gefahren. Zum Glück war ich gründlich von meinen Horrorphantasien abgelenkt worden. Durch die Probe in der Feuerwehrkneipe, die ein so unangenehmes Ende gefunden hatte.

Fredl Weidinger konnte niemand ernst nehmen, aber die Strobls hatten mir Angst gemacht. Wie hasserfüllt der alte Strobl Therese gemustert, wie widerlich Alexander Strobl uns angeglotzt hatte! Erst mich, dann Gina. Das triumphierende, wissende Grinsen in seinem Gesicht. Quirins geballte Fäuste. Quirin hasste Alexander Strobl seit der gemeinsamen Schulzeit – und ganz besonders seit dem letzten Sommer, als Alex erst mich, dann Gina zu einer nächtlichen Fahrt in seinen Porsche gelockt hatte. Ein Ereignis, das wir zwar ab und zu kichernd besprachen, Gina und ich, an das wir aber beide mit Reue und einem gewissen Schaudern dachten.

Zum Glück war es gestern nicht zu der Schlägerei gekommen, die schon in der Luft gelegen hatte, aber die Strobls waren viel zu siegesgewiss abgezogen, Fredl und den Bürgermeister im Schlepptau. Bei der unweigerlich folgenden Krisenbesprechung gab sich die Lebensabschnitts-Durcheinanderbringerin meines Onkels ungewohnt feurig, versprach, bis zum Kreisrat zu gehen und für Therese zu kämpfen. Unterstützt von Delphine und Lucien, die auf Französisch schon die Revolution ausriefen, zumindest soweit ich sie verstand. Cedric übersetzte das Nötigste, Quirin, Gina und sogar Anderl versicherten ihre Solidarität, nur Therese blieb merkwürdig still. Beinahe tat sie mir leid. Ein völlig ungewohntes Gefühl, erzählte ich Cedric, als er mich nach Hause begleitete.

Wir schlenderten die alte Uferstraße entlang, über die Nordic-Walking-Strecke, die mondbeschienen und komplett frei von Nordic-Walking-Pinguinen vor uns lag, nur nachttrunkene Falter kreuzten unseren Weg.

»Es ist sicher nicht leicht mit ihr«, sagte Cedric, und auf einmal sprudelte alles aus mir heraus: Dass ich gar nicht so viel dagegen hätte, wenn der Gegner mit diesem Wahlprüfungsverfahren durchkäme, wie sehr ich unter Thereses Plakaten und Wahlaktionen litt, so wie ich schon als kleine Schneeflocke unter ihren Werbemaßnahmen für ihr Geschäft gelitten hatte. Vorübergehend, auch das erzählte ich ihm, hatte ich als Kind sogar geglaubt, über mein Leben wache kein persönlicher Schutzengel, sondern eine persönliche Peinlichkeitsbeauftragte, schließlich hatte niemand sonst eine Mutter, die Cowboyhüte trug und Wackersdorf-Geschichten erzählte, die sich vor Häusern ankettete, sich mit jedem im Dorf anlegte und einen Skandal nach dem anderen provozierte. Was sie jetzt gerade angestellt habe, wolle ich gar nicht wissen, erklärte ich Cedric, und er lachte. Zu meinem eigenen Erstaunen lachte ich mit.

Weiter liefen wir, an unserem Haus vorbei, eine neue Runde. Er glaube gern, dass Therese als Mutter fatal sei, sagte Cedric, aber er möge sie sehr, mutig sei sie, und … er zögerte, auch wahrhaftig und menschlich. Der Mond verzog sich zu einem Nickerchen hinter ein paar freundliche Wölkchen, aus denen es etwas weniger freundlich zu tröpfeln begann. Wir liefen durch den Regen, redeten, über Cedrics Mutter, die ihn mit ihrer Harmoniesucht in den Wahnsinn trieb, über meinen Vater, Cedrics Arbeit und sein Hobby, das Klettern, das er mit seiner Freundin teilte, über Timos Fische und die bereits abgetippte Ihajeflo-Geschichte, die er sehen wollte, am liebsten jetzt, sofort.

Und dann standen wir wieder vor dem Haus, in dem ich wohnte, atemlos und durchnässt. Das Fenster im Parterre war weit geöffnet, Fredl Weidinger blies Zigarillorauch in die Nacht. Unmöglich, unter seinen Augen Cedric mit nach oben zu nehmen. Ich ließ ihn unter dem schützenden Vordach stehen, hastete die Treppen hinauf, packte den Stapel Papier, der auf dem Wohnzimmertisch lag, stürmte wieder nach unten und drückte ihn Cedric in die Hand. Alles, was danach kam, Cedrics erfreuter Dank, unsere Verabredung zum Konzert von Devils Project im *Biafuizl*, wurde polizeilich überwacht, und wir verabschiedeten uns schnell. Worauf sich auch Fredl Weidinger zurückzog. Ich hörte Wasser rauschen, seine Klospülung, dann nur noch das stetige Rauschen des Regens. Ich konnte nicht schlafen, tigerte durch die Wohnung, vom Schlafzimmer ins Wohnzimmer und zurück, sah pflichtbewusst nach den Fischen. Zopodil schien in ähnlicher Stimmung zu sein wie ich, er schoss erregt im Becken hin und her, während sich sein Harem hinter den Blättern der Pflanzen verbarg wie hinter züchtigen Schleiern. Ich wollte ihn nicht allein lassen mit seiner Rage, richtete mein Lager auf der Ledercouch, überprüfte noch einmal, ob Timo angerufen hatte. Nichts.

Erst spät war ich eingeschlafen. Um von einem Mann zu träumen, der Cedric ziemlich ähnlich sah. Im Traum hatte ich ein Nichts von einem Bikini und dazu die Strapse getragen, die mit den Käpt'n-Iglo-Packungen aus dem Eisfach gehüpft waren. Und ich hatte vergessen, den Bauch einzuziehen, als er mich küsste und seine Hand … oh mein Gott! Selbst wenn ich nur daran dachte, wurde ich rot, hier in Delphines Auto, das jetzt über und über schlammbespritzt sein musste.

Ich drehte den Kopf zur Seite und schaute angestrengt aus dem Fenster. Bereits in der Einfahrt des Parkplatzes standen Autos. Wie es aussah, war der gesamte Landkreis zum Konzert angereist, wir hoppelten vorbei an glitzernden Wagendächern, Hunderten von großäugigen Katzen-Fensterschonern, bis zu den Premiumplätzen am Eingang des *Biafuizl*.

»Cedi … was machst du da?«

»Ich parke französisch.«

Er steuerte den Citroën rückwärts in eine zu kleine Lücke, stieß das hinter ihm stehende Auto, zum Glück Ginas alter Bus, sanft mit der Stoßstange an, so dass es folgsam einige Zentimeter zurückrollte und die Stoßstange des Wagens dahinter küsste. Dann zwängte Cedric den Citroën in die Lücke, nicht ohne Alex Strobls Porsche vor uns ebenfalls nach vorne zu verschieben. Zwei Millimeter hinter Strobls Stoßstange blieben wir schließlich stehen, und Cedric stieg aus, kletterte über die Motorhaube des

Citroën, um mir die Tür zu öffnen. Worauf ich dem verbeulten Wagen entschwebte, als stiege ich mindestens aus einem Rolls-Royce. An Cedrics Arm schritt ich um die Autos herum, hinein in die dampfende Hitze des *Biafuizl*.

Auf der Tanzfläche des Lokals rückte ein Schlagzeuger mit Sumo-Ringer-Figur seine Trommeln zurecht. Es war brechend voll, anscheinend wollte sich niemand im Landkreis die härteste Band des Planeten entgehen lassen. Wie durch ein Wunder fanden wir Sitzplätze, zwei freie Barhocker an einem Stehtisch, direkt vor einer Wand überdimensionaler Boxen. Eng war's, dicht nebeneinander standen die Barhocker, und Cedrics durch Kletterkurse gestählter linker Oberschenkel begrüßte mein rechtes nacktes Bein. Ich hatte den engen Jeansrock angezogen, dazu hochhackige Sandalen, anscheinend noch aufgeheizt von meinem Traum. Dabei hatte ich nach dem Aufwachen sofort und reumütig Timos Handynummer gewählt, und er hatte sich erfreut gemeldet. Er habe auch gerade an mich gedacht. Gestern hätten sie in der Jugendherberge einen Film gezeigt, es sei spät geworden. Wir redeten lange, über die Fische und wie ich sie füttern sollte und über die Hochzeitsvorbereitungen. Es war also alles in …

Ein Dröhnen riss mich aus meinen Gedanken, eine Sekunde fragte ich mich, ob es hier neuerdings einen Hubschrauberlandeplatz gab, dann begriff ich, dass die Geräusche aus dem Gitarrenverstärker kamen. Der Gitarrist der Band trug ebenso wie der Schlagzeuger nur eine Nappalederhose und Tattoos, und wo sich bei dem Schlagzeug-Sumo-Ringer der Überfluss in Gestalt von Wülsten und Röllchen austobte, sah man bei ihm nur Krater und Löcher. Sogar die tätowierten Drachen auf seiner eingefallenen Brust wirkten hungrig. Jetzt betrat Nat Wildmoser die Bühne, hinter ihm bauten sich die Mitglieder seines Chors auf. Spätestens seit dem Auftritt auf Thereses Modenschau im letzten Jahr war Nat Wildmosers Hardrock-Männerchor legendär, auch wenn sie nicht allzu oft auftraten. Gina hatte die Jungs unter

Vertrag genommen und vermittelte sie ab und zu an Firmenfeste oder Zeltpartys, auf denen ihr aus rauhen Kehlen geschmettertes *Born to be wild* bestens ankam. Der Chor war bekannt für seine Bierdosen-Percussion, die die Sänger auch jetzt zeigten: Wie ein Mann rissen sie ihre Bierdosen auf, ein Teil des Chors trank rhythmisch, ein anderer stampfte, der dritte verbeulte knackend die inzwischen leeren Dosen, und begeistert steuerte der Gitarrist mit den verhungerten Drachen einen dröhnenden Akkord bei, während der Sumo-Ringer, ebenfalls mit einem gewissen Hunger im Blick, noch seine Trommeln musterte. Cedric beugte sich zu mir.

»Übrigens, ich mag deine Geschichte.« Wegen des ansteigenden Pegels von Chor, Gitarre, Bierdosenpercussion brachte er seine Lippen dicht an mein Ohr. Einen Moment fragte ich mich, ob man auch auf dem Trommelfell eine Gänsehaut bekommen konnte.

»Du … du hast sie schon gelesen?«

»Noch in der Nacht.« Cedric bewegte seinen Mund keinen Millimeter von meinem Ohr weg, als wüsste er, dass er – oder der Mann, der ihm ähnlich sah – in meinem Traum gekonnt und aufreizend an meinem Ohrläppchen geknabbert hatte. Die Geschichte, sagte er, zeige eine große Begabung, und sofort überrieselte die Gänsehaut meinen ganzen Körper. Selbst die Haarzellen im Innenohr wuchsen seiner Stimme entgegen, begierig darauf, was er wohl als Nächstes sagen würde.

Allerdings gäbe es das eine oder andere, was man besprechen müsse. Ob ich Kritik vertragen könne?

Die Gänsehaut verschwand. Natürlich. Der Text war schlecht, er wollte nur nett sein.

»… wunderbare Stellen, ganz, ganz nah an den Figuren, und dann wieder diese Distanz, zum Beispiel die Stelle, als …«

In diesem Moment zählte der Sumo-Ringer laut bis vier, und mir wurde buchstäblich mit einem Schlag klar, warum die Plätze direkt vor den Boxen frei geblieben waren. Nicht nur die Lautsprecher flatterten, der gesamte Saal des *Biafuizl* erzitterte, Wände bebten, Holz ächzte lautlos, Atome in den Möbeln, im Bier und wahrscheinlich auch in uns ordneten sich zu neuen Molekülen. Als die Musik nach einer brausenden Ewigkeit überraschend aufhörte, eine beinahe schmerzhafte Stille hinterließ, fragte ich:

»WELCHE STELLE?« Ich war noch auf die Bandlautstärke eingestellt und brüllte in den aufbrandenen und wieder abebbenden Applaus hinein. Cedric, anscheinend ebenfalls halbtaub, schrie zurück:

»DIE STELLE, AN DER SHISANNA MIT DEM FREMDEN FISCHER KNUTSCHT, UM DEN HELDEN EIFERSÜCHTIG ZU MACHEN! WAS GENAU FÜHLT SIE?«

»WIE MEINST DU DAS?«

»IST SIE ABGESTOßEN, GLEICHZEITIG ERREGT, WILL SIE FLIEHEN, GENIEßT SIE DEN KUSS WIDER ERWARTEN, HAT SIE DESWEGEN EIN SCHLECHTES GEWISSEN? DU BESCHREIBST DEN RAUCH IN DEM RAUM UND ZIEMLICH GENAU DIE LAMPE AN DER DECKE, ABER NICHT …«

»SIE KÜSST HALT MIT OFFENEN AUGEN!«

Vor uns drehten sich Leute um, ich sah Ginas fragende Blicke, dann brüllte Cedric:

»SO LEICHT DARFST DU ES DIR ABER NICHT MACHEN! DU SOLLTEST …« Den Rest seines Satzes beendete die wieder einsetzende Band mit dem Charme einer Schlammlawine. Ein ohrenbetäubendes Grunzen ließ die Lautsprecher in den Boxen flattern, als wollten sie aus ihrem vergitterten Gefängnis flüchten. Das Grunzen ging über in eine Art Rülpsen, ich verstand einzelne Worte: »Hell! Holy hell!« Und vor meinen Augen schwebte plötzlich ein Bierdeckel, mit Druckbuchstaben beschriftet:

Um Shisannas Gefühle glaubhaft zu beschreiben, solltest du bei deinen eigenen Gefühlen anfangen.

»Holy hell, holy bells«, röhrte es ultratief, es kam von dem

Sumo-Ringer, der jetzt ein Mikrophon vor dem Mund hatte, so dicht, als hätte er vor, es zu verspeisen.

Welche Gefühle meinst du? Ich küsse nicht jeden Tag Fremde, um den Geliebten eifersüchtig zu machen.

Meine Kugelschreiberhand zitterte auf dem Bierdeckel, bevor ich noch nachdenken konnte, wütend. Ich schob die Botschaft zu Cedric hinüber. Er las sie lächelnd. Dann sah er mich an. Mit dieser bebrillten, hellwachen Aufmerksamkeit, die ich schon an ihm kannte, ein Gletschersee-am-Morgen-Blick, sozusagen ein Blick, der früh aufgestanden war. Er fuhr sich durch die ohnehin zerrauften Haare und beugte sich wieder über den Bierdeckel.

Ich meine es zwar anders, aber du bringst mich auf eine Idee.

Welche?

Mein Herz wusste es schon, es hatte beschlossen, eine Runde joggen zu gehen, gegen jeden sportärztlichen Rat gleich im Höchsttempo. Cedric schrieb, schnell, schob den Bierdeckel zu mir herüber.

Ein Autor muss manchmal für die Recherche ungewöhnliche Dinge tun, las ich.

»The evil is near!«, röhrte der Sumo-Ringer, und mein Herz hob von seiner Jogging-Piste ab und flatterte wie der gefangene Lautsprecher im Boxenkäfig hinter mir. Ich rutschte vom Hocker, schlingerte auf meinen hochhackigen Sandalen durch die Menge, ohne zu wissen, wovor ich flüchtete, eierte zum Nebenausgang hinaus und landete auf der Wiese hinter dem *Biafuizl.* Wo ich prompt die Strafe der Götter empfing, für etwas, das ich noch gar nicht getan hatte. Wäre Sisyphus eine Frau gewesen, hätten die Götter sie vermutlich keinen Stein bergwärts rollen lassen, sondern auf Pfennigabsätzen über eine nasse Wiese geschickt. Nach drei Schritten steckte ich zentimetertief und mit den Armen rudernd in der Grasnarbe, und sobald ich versuchte, den rechten Absatz herauszuziehen, sank ich links einen gefühlten Meter weiter ins Erdreich. Verschwommen dachte ich, dass man dafür das Wort Sisypussi-Arbeit hätte erfinden müssen, und dann war Cedric neben mir. Hatte ich ihn richtig verstanden, wollte er wirklich rechercheknutschen? Was war mit seiner Freundin, und wie sollte ich Timo einen solchen Kuss erklären? Dann dachte ich an Goldflossy, Schlieren von Ärger durchzogen meine Verwirrung, und schon legte Cedric die Arme um Sisypussy, enthob sie aller irdischen Stöckelschuhqualen, trug sie ein paar Schritte und setzte sie ab auf Kies.

»Versuchen wir einfach, uns das Gefühl zu merken«, murmelte er, nur leicht außer Atem. Wir standen auf dem Parkplatz, zu dunkel war's, um sein Gesicht zu erkennen, aber ich ahnte, nein, ich *wusste* sein Lächeln. Einen Fremden küsste ich, aber nichts Fremdes war an ihm, sein feiner Duft nach Orangen war ebenso vertraut wie seine Hand in meinem Haar, und unsere Zungen benahmen sich, als hätten sie schon einige Paartanzkurse besucht, ließen beschwingten Walzer und Quickstep hinter sich, gingen über zu Tango, zu wilderen Tänzen. Hinter uns spielte sich die Band ins Koma, jaulende Gitarren, Höllengegrunze, Beckengeklirr, als ob eine Horde Drachen eine Party in einem Musikgeschäft feierte, Sisypussys rechter Absatz hatte es vorgezogen, im Erdreich stecken zu bleiben, und von oben begann es sanft zu tröpfeln, aber nichts davon war wichtig, wir hatten uns in diesem Kuss eingerichtet wie im Inneren einer weichen, duftenden Frucht. Fingerspitzen, meinen Rücken entlangwandernd, verharrend auf dem Kragen meiner Bluse, suchend, hungrig nach Haut. Dass ich glücklicherweise heute nicht den Snoopy-BH trug, dieser Gedanke blitzte kurz in meinem Hirn auf und erlosch.

Dann blitzte etwas anderes auf. Das Licht einer Taschenlampe. Genauer: von einem iPhone mit Taschenlampen-App, dessen Lichtkegel uns erfasste, den verbeulten Citröen, an dem wir lehnten, und die Stoßstange des Porsche.

»Das wird teuer«, sagte Alexander Strobl.

21.

»Das ist nur gut für uns.« Wie konnte Christiane Breitner nur so ruhig bleiben! Es war früher Morgen, Tag zwei nach dem Desaster in der Feuerwehrkneipe. Tag eins war erstaunlich ruhig verlaufen. Die berühmte Ruhe vor dem Sturm, wie es sich jetzt erwies.

Anderls Ausruf »Himmioarschundzwirnkreizkruzifixvarreg!« hatte Therese geweckt, gleichzeitig mit Rod Stewards Gekrähe. Sie hatte unruhig geschlafen, vom Wald her das Gedröhne des Hardrock-Konzerts im *Biafuizl*, und jetzt, im Morgengrauen, bot die Neuenthaler Einkaufsmeile einen wahrhaft grauenvollen Anblick. Nächtliche raubtierhafte Wut, Eruptionen roher Gewalt, nichts anderes konnte die Ursache sein für das, was sich Therese Englers Blicken offenbarte: überall Papierfetzen, zerschreddert, zerknüllt, zertrampelt. Vandalen hatten alle Plakate der Kandidatin Therese Engler heruntergefetzt.

Wieso hatte sie nichts gehört? Sofort rief sie ihre Wahlberaterin an, die in einem Tauchschul-Bademantel herbeieilte, hinter ihr Hartl, ebenfalls im hellblauen Frotteemantel mit Tauchschul-Emblem. Wenig später säumten bereits Schaulustige den Straßenrand und sahen zu, wie Christiane Breitner all ihre Autorität aufbot, um ihrer Kandidatin das Eingreifen per Besen zu untersagen. Es war schließlich Hartl, der half, den Müll wegzufegen.

Einen schockstarren halben Tag lang blieb Neuenthals Einkaufsmeile frei von Plakaten der Kandidatin Engler.

Am späten Vormittag betrat Delphine Thereses Laden, heftig atmend, mit bebendem Busen, begleitet von Cedric. Der sich erst um eine unverfängliche Begrüßung bemühte, Dirndl und Krachlederne mit Schweizer Trachten verglich, bis Delphine herausplatzte: »Eine Unvörschämt'eit! Wir müssön etwas tun!« Dem folgte ein Wortschwall auf Französisch mit mehreren auffordernden »Cedi!«s, und schließlich fing Cedric an zu sprechen, zögernd zunächst: Er habe in der letzten Nacht nicht schlafen können und nach dem Konzert noch lange gelesen.

Was er wohl las? Auch Delphines Romane? Was lasen Männer eigentlich? Auf Luciens Nachttisch hatte sie ein Buch mit einem unauffällig blauen Einband gefunden, mit einem Titel, den sie nicht verstand. Sie hatte darin geblättert, nur Buchstaben, was hatte sie erwartet? Skandalöse Bilder? Und wieso schweiften ihre Gedanken dauernd ab? Delphines energisches »Cedi, sag Theresö, was du 'ast beobachtet!« rief auch sie zur Ordnung, und sie konzentrierte sich auf das, was Cedric sagte.

Gegen drei Uhr sei er noch einmal spazieren gegangen und habe Fredl Weidinger gesehen. Nicht beim Herunterreißen ihrer Plakate, aber immerhin, wie er sein Motorrad am Ende der Uferstraße abstellte, kurz hinter dem Ortsschild Richtung Mohnau. Und einige andere Autos hätten auch dort geparkt, darunter ein Lieferwagen der Baufirma von Veit Strobl.

»Stroböl!«, platzte Delphine dazwischen. »Was ist mit diesö Stroböl?« Das sei doch dieser grobe Kerl mit den schlechten Manieren, der vorgestern die Probe gestört habe, übersetzte Cedric Delphines folgenden Wortschwall, und dieser andere Schnösel, der sei sein Sohn? Was sie denn von Therese wollten?

Sollte sie es Delphine erklären? Immerhin wuchs ihr gegenseitiger Respekt von Tag zu Tag, Sympathie lag in dem Lächeln, mit dem sie einander begrüßten, Achtung im anschließenden Nicken. Sie redeten auch miteinander, in einem deutsch-französisch-bayerischen Sprachmix, über das Frühstück, den Trachtenladen, die Pension und Delphines Bücher. Nur beim Thema Matt waren sie vorsichtig. Als Delphine nach ihrer Tochter gefragt und Therese Matts spärliche Besuche erwähnt hatte, war Cedric dabei gewesen, hatte mit unbeteiligter Miene übersetzt. Vielleicht wäre jetzt, da Cedric hier war, der richtige Moment, davon …

Die hereinplatzende Judda, gefolgt von Üwe und zwei weiteren Touristen, stoppte die zarten Anfänge eines Gesprächs über die komplizierte Strobl-Geschichte, weiteres gemeinsames Echauffieren über die Sauerei draußen folgte, dann verabschiedeten sich Delphine und Cedric. Am Nachmittag beklebte Leonhard Engler harmlos pfeifend Neuenthals Einkaufsmeile mit neuen Plakaten. Christiane Breitner blieb bei ihrem »Das ist nur gut für uns«-Optimismus und informierte den amtierenden Bürgermeister, den Kreisrat und die gesamte Presse über den Vandalismus.

Am frühen Abend schaute Therese in der Pension nach dem Rechten und fand Delphine in der Küche vor, ihren eigenen Kamillentee zubereitend. Aus Cedrics Zimmer schallten in höchster Lautstärke hochdramatische französische Chansons.

»Er 'at wahrscheinlisch Liebeskummör«, sagte Delphine.

Therese schenkte zwei Stamperl Kräuterlikör ein, bot Kekse an, worauf es Delphine sich nicht nehmen ließ, ihrerseits Kekse zu offerieren, zartestes Buttergebäck aus Paris. Nach einigen Minuten Keksbeweihräucherung – Therese hatte schon gelernt, dass man über französische Erzeugnisse in ehrfürchtigstem Ton sprach – und einer halben Stunde weiterer höflicher Konversation in Delphines blumig duftendem, von herumliegenden Zetteln übersätem Komfortzimmer kam das Thema wieder auf diesön Stroböl. Und dann, versehen mit einem frisch gefüllten Stamperl, erzählte Therese tatsächlich die Geschichte ihrer missglückten Hochzeit. Die auch zu einem Teil die Geschichte von Therese Engler und Matthias Glatthaler war. Wie viel die an ihrem Stamperl nippende Brulée wirklich verstand, wusste Therese nicht. Zumindest nickte Delphine immer wieder teilnahmsvoll, äußerte ab und zu ein schnurrendes »ouiouioui«, und so offenbarte Therese schließlich zögernd einige Einzelheiten der Amour mit Matt im Baumhaus. Wobei die Schilderung um einiges nüchterner ausfiel als bei anderen Gelegenheiten, wenn sie unter Kräuterliköreinfluss davon erzählt hatte. Noch im letzten Winter, als sie ihren Bruder und Christiane eingeladen hatte, war sie von ihren eigenen Worten mitgerissen worden, so sehr, dass ihr die Tränen kamen. Ihr Bruder hatte ein beinahe wütendes »No, Therese, jetza machst amoi halblang, des is ois scho so lang her« ausgestoßen, worauf Christiane Breitner, die sich ihre Ausführung mit einer hochgezogenen Augenbraue angehört hatte, ihn zurechtwies, er habe manchmal einfach keine Ahnung, was in Frauen vorgehe.

Delphine de Brulée hatte Ahnung, was in Frauen vorging, dies bewiesen ihre einfühlsamen Schilderungen in ihren Büchern ebenso wie ihre nächste Bemerkung: »Die Männör sind alle gleisch!«

Eine These, die mit einem schwesterlichen »Ja, Hallodris sans! Alle miteinand!« beantwortet werden musste. Dann wiederholte Therese das, was sie schon Lucien gesagt hatte: »You and Matt, that's reality.« Und Delphine nickte, mit so viel französischer Verve, dass sie fast ihren Likör verschüttete. »Er kann sein eine Schatz und eine Arschlòch, savez-vous?« Eine Aussage, der Therese aufs lebhafteste zustimmte. War er nicht eine Schatz gewesen, was die Plakate betraf, und eine Arschlòch, als er feige den Schwanz einzog und sich davonmachte? Sie spürte, wie sie errötete, und goss schnell eine neue Runde Kräuterlikör ein. Verstand Delphine das Wort Schwanz womöglich im falschen Zusammenhang? Vermutlich kannte sie es aus den Übersetzungen ihrer Werke. Was sollte ihr interessierter Blick, sie erwartete doch wohl jetzt nicht, dass sie über Matts …

Stotternd erzählte Therese die Strobl-Geschichte weiter, berichtete über die Auswüchse ihrer Feindschaft – unter anderem hatte Strobl versucht, ihr Café schließen zu lassen – und dass der junge Strobl auch noch ihrer Tochter nachstellte. Obwohl Toni ihm ihre zungengepiercte Kathi bei jeder Gelegenheit aufdrängte.

Später kam Lucien herüber, brachte eine Flasche augenscheinlich aus Frankreich importierten Rotwein – aus Franzis Laden war er mit Sicherheit nicht! – und spielte auf seiner kleinen Gitarre gegen die nach wie vor aus Cedrics Zimmer dringenden, klagenden Chansons an. Warum lächelten Lucien und Delphine einander immer wieder zu, so verstehend? Um dann gemeinsam zu Therese herüberzulächeln. Einen Moment überlegte sie, ob sie jetzt nach der Fetisch-Bar fragen sollte, aber ohne Übersetzer schien ihr der Sachverhalt zu kompliziert, müde war sie auch. Sie entschied sich für ihr Bett und Willie Nelson.

Am nächsten Morgen war die Straße wieder voller Plakatmüll. Diesmal von den Plakaten der Gegner. Niemand hatte etwas gesehen, obwohl Neuenthal vor Gerüchten brodelte, geradezu überkochte. Von Mohnau und sogar von Sonnau kamen Neugierige, am Nachmittag, als Angestellte von Strobl die Wände mit neuen Plakaten von Fredl und dem amtierenden Bürgermeister bestückten. Vergeblich, wie sich am nächsten Morgen herausstellte.

Die nächsten Tage waren alptraumhaft, voller peinlicher Befragungen und Vorladungen, vor niemandem machte Fredl Weidingers kriminalistischer Spürsinn halt. Therese tat alles, um ihre Gäste zu schützen, versah sie sogar mit einem Alibi. Sie selbst, behauptete sie, sei nachts in der Pension gewesen und habe Lucien spielen und Delphine tippen gehört. Was nicht stimmte. Tatsächlich war es sogar ungewohnt still gewesen.

Fredl schäumte, befragte alle Mitglieder der Feuerwehrkapelle und besonders die Betreiber der Tauchschule, ließ sich französische Ausweise vorlegen, versäumte aber vollständig seine Polizistenpflichten, als in der verregneten Nachmittagsdämmerung dunkel gekleidete Jugendliche in Neuenthal einfielen, Therese Englers Plakate mit *Mutti, go home!* und Schlimmerem besprühten. Wobei ihr *Mutti, go home* weitaus mehr weh tat als *Fuck*. Ein Wort, das alle anderen aufbrachte. Delphine de Brulée, Lucien Ledoux, Leonhard und Quirin Engler traten zu Thereses Ehrenrettung an. Unterstützt von den ebenso empörten Sachsen rissen sie alles von den Wänden, was in Neuenthal klebte, auch die Ankündigungen des nächsten Sperrmülls, des Pfingstmarkts und des nächsten Preisskats im Gemeindehaus. Christiane Breitner und Therese Engler standen auf dem Balkon der Kaisersuite und sahen zu, auch Franzi und Özcan beobachteten das Geschehen vom Straßenrand, betroffen, aber interessiert, Anderl fluchte und warf den Besen hin, Resi brachte ihre Hühner in Sicherheit.

»Aber i bin doch hier dahoam, wohin soll i denn?«, fragte Therese ein ums andere Mal ihre Wahlberaterin. Die ihre Augenbraue auf einen Kurzurlaub hinter die Ponyfransen schickte, aber immerhin ihr Bayerisch nicht korrigierte.

»Nimm's nicht wörtlich, denen fiel einfach nichts anderes ein.« Christiane Breitner legte ihr die Hand auf den Arm, lieh sich sogar den Lieblingssatz von Hartl: »Des kriag ma scho.«

Es musste schlimm um ihre Kandidatur stehen. Wirklich schlimm!

Wer hätte das geglaubt – sie selbst bestimmt nicht –, dass sie in solch düsterer Stimmung, mit bewölktem Gemüt, das im Übrigen perfekt zum Wetter passte, zum Pfingstmarkt fahren würde. In den letzten Tagen hatte es Stunden gegeben, in denen sie wünschte, sich nie selbst zur Wahl aufgestellt zu haben. Sollten doch die Fredl Weidingers dieser Welt die Macht an sich reißen! Warum begab sich Therese Engler immer höchstpersönlich an die Front, wenn doch niemand sie dort haben wollte? Seit Christiane Breitner die Umfrage verschickt hatte, mobilisierte sie ihre letzten Tapferkeitsreserven für den Tag der Erkenntnis. Aber alle Tapferkeitsreserven reichten nicht angesichts der Tatsache, dass niemand, wirklich kein einziger Mensch aus Neuenthal, den Fragebogen zurückgeschickt hatte.

Es interessierte schlicht niemanden, wer Neuenthals Geschicke lenkte. Im Grunde nicht viel anders als in der großen Politik. Und in der Geschichte. Brot und Spiele, so nannte es ihre Wahlberaterin, neben der sie gerade dem Pfingstmarkt entgegenfuhr, Brot und Spiele, das wollten die Leute. Und heute bekamen sie es.

Das Aufgebot an Schweinsbraten, Erdäpfelsalaten, Fleischkäse-Aufläufen, Semmelknödeln, Backhendln, Lammhaxn, Mohnstrudeln und vielem mehr, dargeboten vom Landfrauenverein, überwältigte die Pfingstmarktbesucher jedes Jahr aufs Neue. Und die Spiele – man würde sehen. Sie warf einen Blick auf ihre Wahlberaterin, die perfekt geschminkt am Steuer des Tauchschulkombis saß und anscheinend vollkommen unbekümmert durch die Sauerei fuhr, die Therese Englers Gegner und leider auch die Franzosen hinterlassen hatten. Denn das Besprühen ihrer Plakate mit immer unflätigeren Worten hörte nicht auf, Rache für das Herunterreißen der Gegner-Plakate durch Quirin, Hartl und die Franzosen. Die sofort wieder loszogen, um die besprühten Plakate zu entfernen. Und die des Gegners dazu.

»Aaalles wird sich finden, Therese. Entspann dich. Wir konzentrieren uns jetzt nuur auf die Aufführung. In aaaller Ruhe.«

Würde ihre Wahlberaterin jetzt immer so mit ihr reden, in diesem Meditationslehrerinnen-Ton? Therese war beinahe froh, als Christiane Breitners Stimme wieder um eine Oktave sank, einen strengeren Klang annahm.

»Ich hab jetzt mit allen Kreistagsmitgliedern persönlich gesprochen, wegen des Rededuells. Es sieht nicht allzu schlecht aus. Allerdings hättest du es uns schon leichtergemacht, wenn du dich nicht mit einem Push-up-BH sozusagen ins Aus geschleudert hättest. Und anschließend mit einem Mann in der Umkleidekabine erwischt worden wärst. Na, egal, alle großen Politiker haben ihre Sex-Skandale.«

»Es war kein …«

»Ich weiß. Wir schaffen das. Ich bin schon mit ganz anderen Sachen fertig geworden.«

Christiane bog auf die Mohnauer Uferstraße ein. Von weitem waren die Zelte zu sehen, die Stände mit allerlei bayerischem Kitsch und auch einigen wenigen vernünftigen Angeboten, wie zum Beispiel einer Auswahl ihrer Dirndlmodelle. Der Stand kostete hundert Euro! Zum Glück passte die patente Gina darauf auf. Kathi konnte sie damit nicht beauftragen, und ihre Tochter war nicht ans Telefon gegangen. Sie hatte nur einen sehr unfreundlichen Flantsch am Apparat gehabt, der behauptete, Susn könne gerade nicht. Dabei brauchte sie den Stand dringend, denn auch Özcan Breithuber hatte einen für seine Flatterkleider, ebenso die Yoga-Ananas-Schnoin, die neuerdings Meditationskissen und Duftlampen vertrieb. Aber noch wichtiger als ein Stand war die Präsenz auf der großen Bühne, direkt am Hafen, auf der damals schon Susn als Schneeflocke zu sehen gewesen war. Und heute würde eine bedeutende Schriftstellerin dort lesen. Eingeladen auf Betreiben der Kandidatin Therese Engler. Die für Toleranz eintrat, und sich – Kruzifix, ja! – immer wieder an die Front stellte, weil ihr Neuenthal und der Rest der Welt nicht gleichgültig waren.

Ein schüchterner Sonnenstrahl wagte sich zwischen zwei Wolken hervor, ein Sonnenfinger, der auf den Parkplatz am Mohnauer Hafen zeigte, und mitten hindurch fuhr der Citroën der Franzosen. Am Steuer saß Cedric. Und neben ihm Delphine, diese Frau, die Nacht für Nacht schuftete, um solch feine Sätze zu ziselieren wie: *Seine Zungenspitze umschiffte ihre Brustwarze wie der erste Entdecker das Kap der Guten Hoffnung.* Delphine winkte ihr zu, und für eine Sekunde, bevor Christiane ausgerechnet neben dem Kleinlaster von Tonis Metzgerei einparkte, glaubte Therese zu spüren, wie der Sonnenfinger sanft über das Dach ihres Wagens strich.

Regenschirme. Dort unten. Eine Masse von Regenschirmen, an denen Therese Englers Begrüßungsrede abprallen würde. Schmarrn! Sie trat näher zum Bühnenrand, auf das Mikrophon zu.

Delphine saß schon an ihrem Tisch, zierlich und erhaben, vor ihr lag ein Stapel Papier. Las sie denn nicht einfach aus ihren Büchern vor? Hier, vor der regenschirmbewehrten Menge fiel Therese Engler ein, dass sie noch nie auf einer Lesung gewesen war, und bisher hatte ihr diese Erfahrung auch nicht gefehlt. Für sie gehörte Vorlesen an ein Kinderbett, und mit einem Anflug von Bierkuchenrührung dachte sie daran, wie sie der kleinen

Susn aus *Pu der Bär* vorgelesen hatte, bevor sie allein in den Sonnenuntergang über dem Brachsee geritten war. Aber Delphine, so viel stand fest, würde nicht aus *Pu der Bär* lesen, und beachtlich viele Menschen waren zusammengekommen, um sich diese Sauerei nicht entgehen zu lassen. Sie erkannte Resi, festlich gekleidet, neben ihr Amrei mit Mann, Toni, Kathi und ihr derzeitiger Freund aus Mohnau, Maria aus der Pension *Seerose,* die seinerzeit bekifft mit einer Zimmerpflanze gesprochen hatte – warum erinnerte sich niemand an diesen Skandal? Warum war ein Mannsbild in einem Dirndl so viel schlimmer? Susn, ohne Schirm, ohne Kopfbedeckung, mit diesem Flantsch, sie hielten einander an den Händen. Blass sah ihr Madl aus, war es krank oder etwa ... nein, sie wollte sich kein Enkelkind mit dem Flantschschen Mund vorstellen! Hinter ihnen Franzi, Judda, Üwe, die Yoga-Ananas-Schnoin mit der gesamten Bauchtanztruppe, der Mohnauer Metzger, der für diese Lesung seinen Stand seiner Gemahlin überlassen hatte, sie alle mischten sich unter die Touristen, die nach bayerischem Brauchtum lechzten. Am Bühnenrand baute sich schon die Blaskapelle auf, Therese hörte Lucien leise fluchen, als eine seiner kleinen Gitarren umfiel. Einen Moment dachte sie an ihre Übungen im Gartenzimmer, dann trat sie nahe ans Mikrophon, und machtvoll strömten die Worte aus ihr heraus. Von der Zukunft sprach sie, einer friedlichen, toleranten Zukunft, in der sich hohe Kultur und Schweinsbraten nicht ausschlossen. Und jetzt werde die weltberühmte Schriftstellerin Delphine de Brulée sie alle gleich in den Himmel der Literatur entführen.

»In a Himmel*bett* vielleicht, die Britschn!« Toni, wer sonst, musste die winzige Pause für diesen niveaulosen Zwischenruf nutzen. Und die Seerosen-Maria kicherte dazu, als wäre sie immer noch sechzehn und bekifft.

»Merci beaucoup, Theräsö!« Delphine de Brulée erhob sich, und prompt verstummte das Gezischel. Mit zarter, dennoch durchdringender Stimme lobte Delphine die Neuenthaler

Gemütlischkeit und das 'eimatgefühl, Wörter, die sie in ihrer französischen Rede deutsch aussprach, eben weil die Franzosen dafür keine Begriffe hatten. Und aus diesem gemütlischen 'eimatgefühl heraus habe sie sich etwas ganz Besonderes überlegt: Sie werde heute diejenigen Stellen aus ihren Büchern vortragen, die ihr Lektor zensiert ... An dieser Stelle unterbrach Cedric seine Übersetzung, redete Französisch auf Delphine ein, und ein Raunen ging durch die Menge.

»Es is ihr nò ned versaut genug!«

»Ausgschamte Britschn!«

»Nü ja, das mid der Zensur hat ooch bei üns nisch geglabbd, wir ham die Geschichte der Ö äben ünder der Bettdecke geläsen!«

Zwischen Delphine und Cedric war es zu einem kleinen Handgemenge gekommen, sie entriss ihm seinen Stapel Blätter, er versuchte, ihn wieder zu entwenden. Gut, dass Therese Engler noch auf der Bühne wartete, schnell gab sie der Kapelle ein Zeichen. »Oans, zwoa, drei, vier!«, zählte Anderl prompt, fing dann als Einziger an mit zwei tapfer marschierenden Basstönen, der Rest der Kapelle setzte nacheinander ein. Etwas Ähnliches wie der Holzhackermarsch erklang, noch schräger als gewohnt, Herrgottsakra, hatte der Trompeter, der auch zu den Stammtischbewohnern der Feuerwehrkneipe gehörte, sich etwa schon den einen oder anderen Schnaps genehmigt? Endlich übernahm Lucien die Melodie, und schon nach wenigen Takten begannen die Schirmspitzen sanft zu schwanken. Delphine und Cedric schienen sich auch geeinigt zu haben, ordneten ihre Stapel. Nachdem die französisch beschwingten Holzhackerbuam mit einem nachklingenden Basston Anderls geendet hatten, begann Delphine zu lesen. Eine Stelle aus den *Lustschreien,* die Therese bereits kannte: Man befand sich in einer Patisserie in Paris, verschiedene Obsttörtchen waren im Spiel, Anlass zu fein modellierten Wortspielen, Pfirsiche, Mandarinen und Bananen betreffend, und zu Kommentaren aus dem Publikum:

»Nehmts do a lieba a Zwetschgendatschi zum Schnacksln!«

»Weeßte noch, Üwe, sechsündachtzig, da hats plötzlisch Südfrüchte gegäben, des wor wie im Paradies!«

»Nee, des wor Tschernobyl. Gurken ooch! Die ganze Westwore!«

Immer mehr Leute strömten nun auf den Platz. Therese sah Fredl herannahen, streitlustig und breitbrüstig, die Strobls mit dem Pfarrer im Schlepptau, sie erkannte den Bäcker Brunnhuber mit Frau und Tochter und hinter ihnen … Kruzifix! Sie beugte sich vor: Der Mann trug zwar einen breitkrempigen Hut, aber sie kannte die Lederjacke, die weißen Hosen, zu jugendlich für einen Mann mit Hamsterbäckchen. Jessesmaria! Was wollte Matt hier? Ausgerechnet jetzt? Würde er die Dinge in Ordnung bringen, wie er es am Telefon angekündigt hatte? Und auf welche Weise? Seine letzten beiden Anrufe hatte sie durch wortloses Auflegen beendet. Matt gehörte zu Delphine. Therese Engler gehörte der Politik. Sie war wohl für die Liebe nicht gemacht, für sie würde die große Liebe immer unerreichbar bleiben, eine …

»… Illusion«, übersetzte Cedric das, was Delphine jetzt mit hoher, etwas aufgeregter Stimme las, »nichts als Schaumschlägerei scheint die Liebe zu sein, ein kalt gerührtes, aufgeblasenes Schaumgebäck, das, beißt man einmal hinein, in sich zusammenfällt und bröckelt wie ein Baiser-Törtchen.«

Was trug Delphine da vor? Kam denn jetzt nicht die Szene, in der der Chef der Patisserie, ein zärtlicher Gorilla, seine Kundin verführte? Eine zickige Französin mit Pagenfrisur, wie Therese sich erinnerte, die unter ihrem schwarzen Rollkragenpullover ausgesprochen gamsig war und sich ihm zwischen Petits Fours und Stachelbeertörtchen …

»Non, non, non, Cedi!« Cedric hatte die Übersetzung unterbrochen und seine Hand auf Delphines Arm gelegt, aber Delphine schüttelte ihn ab. »Lass misch sprechön über die göttlische Form von die Eros! Die Sähnsücht nach die bessere Älfte! Die wahrö Liebö!«

Sie fixierte, Therese sah es genau, die dritte Reihe. Wo Matt sich niedergelassen hatte, den Hut tief ins Gesicht gezogen.

»Und jetzt möscht isch fragön, was ist für eusch die Liebö? Ein Messör, mit dem ihr in eusch wühlt, wie euör großer Schriftstellör Kafkà sagt?«

Cedric lehnte sich seufzend in seinen Stuhl zurück, und einen Moment herrschte ratlose Stille. Dann meldete sich der Mohnauer Metzger: »So a Schmarrn. Mit am Messer wühl i in da Wurscht, ned in da Liab! Und jetza wolln ma wissn, wias weiter zuganga is, do in da Battisserie …«

»Naa, jetza wart amoi! Vielleicht wolln andere no was sagn über die Liab! Herzerl, du?« Amrei. Die ihren Gemahl erwartungsvoll ansah. Von den hinteren Reihen unwilliges Gemurmel. Sollte Therese Engler ordnend eingreifen, bevor Fredl Weidinger es tat? Sie schaute zu ihrer Wahlberaterin, die sich vor der Bühne, Sekt trinkend in Hartls Arm, bestens zu amüsieren schien.

»Was gibts scho zu sagen?« Amreis Mann hatte sich gefasst. »Die Liab … mei … die is hoit, wias is!«

»Ist das nicht ein Gedicht? Die Liebe sagt, es ist, wie es ist, oder so?« Die Yoga-Ananas-Schnoin war aufgestanden, und ihr Regenmantel klaffte auf. Darunter trug sie schon die Bauchtanzkluft, eine Bikinihose mit einem vorgehängten durchsichtigen Schleier und ein kettenverziertes Bikinioberteil. Was bei ihrer Figur, zugegeben, gut aussah.

»Sie trifft di wia a Blitz oder wia a Messer«, meldete sich der Mohnauer Metzger, »und ruckzuck bist verheiratet, und dann is Schluss, und die Oide lasst di nimmer ran!« Der Hundling! Das traute er sich nur, weil seine Frau seinen Stand betreute und nicht zuhörte.

»Will die Frau nicht, so komme die Magd, hat das nicht Luther gesagt?« Jetzt mischte sich auch noch Christiane Breitner ein, und Franzi ergänzte:

»Hat ned der Luther aa gesagt, zwoamal die Wochn, des duad guad und niemandem schaden?«

»Was wollts denn mitm Luther, der is ned katholisch«, rief der Pfarrer von hinten, wurde aber sofort übertönt von Resi: »Zwoamal die Woch? Is des ned vui zuvui?«

»Für eich vielleicht!« Amrei lachte keckernd. Jeder wusste, dass es zwischen Resi und ihr nicht zum Besten stand, nachdem Resi sich das Hühnerfutter nicht mehr von ihr liefern ließ.

»Bei eich warn aa scho lang nimma am Wochenend die Rollladen unten!«, giftete Resi.

»Und bei eich gibts Eier nur in der Kneipn!«

Jetzt musste jemand eingreifen, bevor das Niveau der Diskussion noch weiter sank! Therese ging schon auf Delphine und den eifrig die Diskussion übersetzenden Cedric zu, als Cedric selbst das Mikrophon ergriff und die Diskutierenden übertönte: »Jemand hat vorhin etwas von einem Gedicht gesagt, das möchte Delphine de Brulée gern noch einmal aufgreifen. In der Dichtung der Welt ...«

»Liebe ist aber nicht, herumzusitzen und zu dichten!«

Harrgottmarrgott, der Flantsch! Was wollte der denn jetzt? »Liebe ist, sich zu jemandem zu bekennen! In guten wie in schlechten Zeiten!«

»Recht hot er!«

»Suppa gesagt!«

Aufbrandender Applaus, ja, wirklich, schlecht war das nicht. Der Flantsch wurde rot und setzte sich wieder neben Susn, die ihn zaghaft anlächelte. Und gleich wieder blass wurde, als Alex Strobl von hinten stichelte: »Das mit dem Bekennen würde ich mir an Ihrer Stelle noch einmal gut überlegen!«

»Oh nein, Monsieur! Das Misstrauen ist der Feind jeder wahren Liebe!«

Alle wandten sich um zu dem Rufer aus der dritten Reihe, Therese hörte aufgeregtes Gezischel: »Das ist doch der Regisseur!«

»Ah geh, a Schmarrn is der, der hat a Scheißhaislfirma!«

»Die wahre Liebe ist Vertrauen, und vor allem selbstloses Geben«, übertönte der Mann mit der Scheißhaislfirma die murmelnde Menge, aber ein französischer, äußerst erzürnt klingender Redeschwall, durch das Mikrophon über den gesamten Mohnauer Hafen schallend, schnitt Matt das Wort ab. Bevor Therese einschreiten konnte, hatte der Trompeter der Feuerwehrkapelle schon mit schnapsgestärktem Mut den Regler am Mischpult heruntergezogen, und Delphines Ausbruch verstummte jäh. In die folgende kurze Stille brüllte Fredl Weidinger:

»Ha, geben! Alle gleich san die Weiber! Schlampen sans! Sie gebens sich hin in der Pension *Seerose,* gebens sich weg, als wärs nix!«

»Wieso in der *Seerose?*« Maria zielte mit ihrem Regenschirm in Fredls Richtung. »Die *Seerose* is a anständiges Haus!«

»Anständig?«, rief jemand mit hoher Stimme. Ein grauhaariger Mann mit Bart. Wer war das?

»Hasch hams geraucht, in da *Seerose!* Alle miteinand!«

»Weidinger, mach hoit a Razzia!«, brüllte jemand von hinten.

»Der Weidinger hot ja mitgemacht!«

Jetzt glaubte Therese, ihn zu erkennen, den grauhaarigen Verräter, ein ehemals schüchterner Junge aus Sonnau. Das Stimmengewirr schwoll an, man wollte mehr wissen, und der Sonnauer packte aus: »Die Maria war dabei, die Toni und die Therese, die ham alle mit der Blockflötn …«

»A Blockflötn? Hams *Alle meine Entchen* gspuilt?«

»Kifft hams! Der Weidinger aa!«

Mariaundjosef! Schluss! Therese stürzte zum Mischpult, stieß den Trompeter zur Seite und schob den Regler nach oben, bis zum Anschlag, aber bevor sie das Mikrophon an sich reißen konnte, hatte Cedric es schon geschnappt, und aus den Boxen jaulte und pfiff es.

»Bitte beruhigen Sie sich!«, rief Cedric. »Es geht nicht um Blockflöten oder Kiffen, es geht um Metaphysik, und wenn wir uns bitte alle …«

»Vor lauter Metaphysik solltest du aber nicht vergessen, deine Versicherung anzurufen, du Westentaschenphilosoph!« Alex Strobl hatte sich durch die Diskutierenden gedrängt, stand jetzt vor der Bühne. »Mein Wagen ist verzogen! Total verzogen! Und er lehnt seelenruhig am Auto und knutscht! Und wollt ihr wissen, mit wem? Mit der Tochter unserer …«

»Alex, halt die Pappn!« Susn! Aufgesprungen war das Madl wie ein Teufelchen aus der Schachtel! Zum Glück stand Quirin schützend an ihrer Seite, empfahl Alex Strobl ebenfalls, sofort die Goschn zu halten, und auch Cedric stürzte zum Bühnenrand. Delphine war aufgestanden, redete mit Matt, der ihr in all dem Tumult antwortete. Therese registrierte all das nur in den Außenbezirken ihrer Wahrnehmung, sie sammelte ihre Kräfte, griff nach dem freien Mikrophon.

»Vielen Dank an Delphine de Brulée! So etwas hat Mohnau noch nie erlebt, auch keine andere Stadt hier im Kreis, und die Tourismusinitiative Neuenthal, besonders ich als ihre Vorsitzende …« Mei, was war ihr denn jetzt herausgerutscht? Die Tourismusinitiative Neuenthal wusste ja nichts davon, dass Therese Engler ihre Vorsitzende war! Aber niemand schienen derartige Kleinigkeiten im Moment zu interessieren. Ein Teil des Publikums war noch vollauf mit der Blockflötennacht beschäftigt, Christiane versuchte, Quirin davon abzuhalten, auf Alex Strobl loszugehen, Cedric brüllte Strobl an, sagte ihm, wohin er sich sein Auto und seine Bemerkungen stecken sollte.

»Nach dieser Erlebnis-Lesung«, fuhr Therese fort, »wartet nun – auch gerade auf Sie, liebe Urlauber – noch ein besonderes Ereignis der Weltmusik: Die Feuerwehrkapelle aus Neuenthal wird nun zusammen mit dem bekannten französischen Musiker …«

»Des is da Sauhund mit dem Dirndl!«, brüllte jemand von hinten in die aufgeheizte Atmosphäre, und Toni nutzte die Gunst der Stunde: »Den wolln ma ned hörn, jetza kommt der Schleiertanz! Ihr habts scho überzogen!« Auch sie trug schon die Schleiertanzkluft unter ihrem Regenmantel. Was bei ihr weniger gut aussah als bei der Yoga-Ananas-Schnoin. Und das war noch freundlich gedacht. Aber Herrgott, stimmte das, wie spät war es denn? Sollte sie Fredl-Schatzerl fragen? Unmöglich, Fredl war beschäftigt. Er hielt Cedric in Schach, der von der Bühne gesprungen war und sich vor Alex Strobl aufbaute. Schon warfen andere Damen im Publikum ihre Regenmäntel ab, entblößten mit Blumengirlanden und Kettchen geschmückte, nur notdürftig verschleierte Bäuche. Ob die Neuenthaler Feuerwehrkapelle wohl auch etwas Orientalisches auf Lager hatte? Ob man so demokratisch eine Auftrittsmöglichkeit für beide Parteien schaffen …

Zu spät, die Bauchtänzerinnen stürmten die Bühne, und Delphine eilte zur Seitentreppe. Anderl fluchte, als die Bauchtänzerinnen über die Instrumente stolperten, Resi eilte ihm zur Hilfe, stampfte dabei über eine der kleinen Gitarren, und Lucien schrie auf.

Der nächste Moment: Ein Akkordeon, das vor Therese Englers Brust hing, festgeschnallt von Luciens zitternden Händen. Eine Gitarre drückte er ihr in die Hand, drängte sie zur Treppe, seinerseits ein Akkordeon vor der Brust, eine Gitarre auf dem Rücken, das zerbrochene Instrument in den Armen.

Vor der Bühne Gebrüll:

»MIT WEM ICH AN DEINEM PORSCHE KNUTSCHE, GEHT HIER NIEMANDEN ETWAS AN, DU SPIEßER!«

»DEINE VERLOBTE IST EINE SCHLAMPE, FLANTSCH!«

»BRUNZA! JETZT FANGST DIR OANE!«

Aus dem Augenwinkel sah sie, dass Hartl die Streitenden schon trennte, ihr Madl war in Sicherheit: Susn stand bleich, aber unversehrt neben Christiane Breitner, dieser Flantsch hatte einen Arm um sie gelegt. Auch hinter der Bühne Gerempel, Rufe: »Koa Sauerei auf dem Pfingstmarkt! Schluss jetza!« Und dann tauchten sie auf, anscheinend aus dem Nichts, die Jungs in Lederkleidung, Veit Strobls schnelle Plakat-Einsatztruppe.

Mit ihrer freien Hand griff Therese nach Luciens Arm, zog

ihn in den Eingang der Gasse, wo die Metzgerei lag, der Brunnhuber-Bäcker und auch das *Chez Lutz.* Schritte hinter ihnen, Rufe, ob Freund oder Feind wusste sie nicht und wollte es auch nicht herausfinden. So schnell sie mit den schweren Instrumenten konnte, hastete sie durch die Gasse. Hatte das *Chez Lutz* nicht eine Seitentür, die direkt ins Treppenhaus des Gebäudes … Schon riss sie die Holztür auf.

»Come!«

Dunkel war's im Treppenhaus, vom Gastraum des *Chez Lutz* her Musik, etwas Indisches, zum Glück hatten die meisten Restaurants zum Pfingstmarkt geöffnet. Akkordeon voraus polterten sie die Treppen hinunter, Lucien und sie, immer auf den Lichtschein zu.

Hier war doch die Toilette des Restaurants! Therese erinnerte sich an einen Toilettengang während eines Essens, als Christiane, Gina und sie nach Weingenuss gleichzeitig das Klo aufgesucht hatten. Eben noch herzhaft plaudernd, hatten sie plötzlich stumm in drei nebeneinanderliegenden Kabinen gesessen und darauf gewartet, dass es plätscherte. Zum Glück hatte Julia, die Frau des Chefs, für Beschallung gesorgt, in Form von Vogelgezwitscher. Und dieses Vogelgezwitscher empfing sie auch jetzt, als sie die Treppe hinunterstürmten. Von oben Stimmen, eine sich öffnende Tür. Sie zog Lucien ins nächste Klo. Eine Behindertentoilette, die gleichzeitig Wickelraum war, geräumig genug für zwei Menschen mit zwei Akkordeons vor der Brust. Plus zweieinhalb Gitarren.

Behutsam legte Lucien die verletzte kleine Gitarre auf die Plastikauflage des Wickeltisches. Dann drehte er sich zu ihr um, und sie standen einander gegenüber. Schwer atmend. Akkordeon an Akkordeon.

22.

Die Sache zwischen mir und Alexander Strobl war im letzten Sommer passiert. Kurz bevor Timo und ich zusammengezogen waren. Timo hatte um eine »Auszeit« gebeten, um alleine zum Zelten zu fahren. Damals ahnte ich noch nichts von Goldflossy – wie ich jetzt wusste, hatten sie zu der Zeit schon gechattet, allerdings noch ohne einander Fotos ihrer Aquarien zu schicken und rein auf Fischprobleme bezogen. Aber mich quälte der Verdacht, er sei nicht allein. Die Tatsache, dass er nicht an sein Handy ging, bestärkte meine Befürchtungen. Wut und Verzweiflung brachten mich dazu, Alex Strobls Einladung in eine Münchner Disco anzunehmen. Auf der Rückfahrt, unter hämmernder Musik, dafür mit eingeschalteter Sitzkühlung, zeigte der Tacho zweihundertfünfzig an, und ich wusste nicht, wie ich ihm bei *Pussy* von Rammstein auf höchster Lautstärke klarmachen sollte, dass es angebrachter wäre, beide Hände am Steuer zu lassen. Aus Angst vor einer unkontrollierten Bewegung, die uns mit Sicherheit in den Tod reißen würde, traute ich mich nicht, seine Hand wegzuschieben, und als wir endlich von der Autobahn auf die Schnellstraße abfuhren, war ich schon beim dritten Vaterunser. Auf der Landstraße (immer noch hundertachtzig) schwor ich, Timo alle Freiheiten zu geben, die er sich wünschte, und trotzdem nie mehr einen anderen Mann als ihn auch nur von weitem anzusehen. Kurz vor Neuenthal auf der kurvigen Uferstraße (hundertfünfzig, nur ein Geländer trennte uns vom See) war ich bereit, mich der Welt nur noch verschleiert zu zeigen. Als Strobl plötzlich anhielt, wünschte ich mir statt des Schleiers eine Komplettburka, denn seine Hände waren überall, aber nicht nur die Hände … Er hatte seine Schuhe ausgezogen, oder war er tatsächlich in Socken gefahren? Diese Möglichkeit trieb mir noch nachträglich den Schweiß auf die Stirn. Zitternd wehrte ich mich gegen die Hände, nur um seinen besockten Fuß an meinem bloßen Bein hochklettern zu fühlen. Und in diesem Moment sandte Gott oder Allah oder wer auch immer Hilfe in Form eines klingelnden Handys. Zum Glück war Alex Strobl so wichtig, dass er nachts um drei geschäftliche Anrufe aus den USA bekam. Zumindest behauptete er das. Vielleicht hatte er in irgendeinem Flirtforum gelesen, so etwas mache Frauen scharf.

Ich riss die Tür auf, stürzte hinaus. Strobl hatte an der romantischsten Stelle des Neuenthaler Strands geparkt, nicht weit von der Tauchschule entfernt. Quirin öffnete auf mein verzweifeltes Sturmklingeln, und den Rest dieser unsäglichen Nacht verbrachte ich mit dem Versuch, ihn davon abzuhalten, Alexander Strobl zu vermöbeln.

Die Fehde zwischen ihm und Alex war alt, sie hatte in der Grundschule begonnen, als Alex sich im Unterricht in die Hose gemacht hatte und fortan nur noch der Brunza genannt wurde, ein Spitzname, gegen den er sich durch gezieltes Petzen wehrte. Und heute, beim Pfingstmarkt, hatte Alex Strobl sein Petztalent wieder gründlich zur Schau gestellt, indem er Susn Engler eine Schlampe nannte. In aller Öffentlichkeit. Und in Gegenwart ihres Verlobten Timo Flantsch. Wie peinlich konnte es denn noch werden?

Zum Glück, wenn man in diesem Zusammenhang überhaupt von Glück sprechen konnte, war die Attacke nicht völlig überraschend gekommen. Timo wusste bereits von der Knutscherei am Porsche. Ich hatte ihm alles gestanden, bevor wir zum Pfingstmarkt fuhren:

Das Hardrock-Konzert.

Die nasse Wiese.

Sisypussis Rettung.

Meine Verwirrung. Auch wegen Goldflossy.

Meine Angst, Timo würde mich verlassen.

Meine Angst vor einer Panne bei meiner Märchenhochzeit, von der ich geträumt hatte, seit ich ein kleines Mädchen war. Gerade weil über Thereses Hochzeit immer wieder Gerüchte umgingen.

Die laute Musik an diesem Abend, die jeden vernünftigen Gedanken zerdröhnte.

Meine Freude, als Cedric mich als begabt bezeichnete.

Unser gemeinsamer Übermut.

Das Bier, das Cedric getrunken hatte und nicht vertrug.

Zumindest hatte er dies behauptet, als er sich entschuldigte, nach dem Kuss und der Szene an Strobls Porsche: Er wisse nicht, was in ihn gefahren sei, er sei wohl betrunken, es tue ihm leid.

Cedric habe eine Freundin und wolle nichts von mir, versicherte ich Timo in unserem Wohnzimmer, vor hundert stummen, vorwurfsvoll glubschenden Fisch-Zeugen. Timo machte mir keine Vorwürfe. Er sei zwar eifersüchtig, aber er verstehe mich. Er selbst bereue die Sache mit Goldflossy so sehr.

Was meinte er mit »die Sache«? Hatte er sie etwa getroffen? War etwas zwischen ihnen passiert?

Wir sollten einfach all das vergessen, sagte Timo, und ganz von vorn anfangen. Zusammen eine kurze Auszeit nehmen. Wir würden doch sowieso am nächsten Wochenende zum fünfundsechzigsten Geburtstag seines Vaters fahren. – Oh Gott! Dieses Ereignis hatte ich erfolgreich verdrängt! Wir könnten einfach das Zelt einpacken, einen Tag früher losfahren und uns irgendwo in der Natur ein schönes Plätzchen …

»Nein! Ich hasse schöne Plätzchen! Ich hasse Zelten!« Was rutschte mir da heraus? Wo Timo doch so verständnisvoll war!

»Aber Schatz … Wir … wir waren doch so oft zelten. Weißt du noch an diesem See in Österreich, wo wir tauchen waren …« Er sah mich aus großen, schokopuddingbraunen Augen an. »Warum hast du mir das denn nicht längst gesagt? Dann gehen wir eben in ein Hotel.«

»W… wirklich? Das würdest du tun? Für mich?«

»Natürlich, Schatz, du musst einfach nur sagen, was du willst.«

»Äh, was … ich … äh … will?«, stammelte ich und schaute

mit leerem Blick zu, wie Zopodil, den Timo zusammen mit der sanften Priya ins Paarungsbecken gesetzt hatte, näher zur Scheibe schwänzelte, einen beinahe mitfühlenden Ausdruck in den Fischaugen.

»Das tust du nämlich nie, Schatz. Du richtest dich immer nach mir und machst, was ich mache, gehst überall mit, wohin ich gehe, dabei interessierst du dich gar nicht dafür.«

Zopodil wedelte mit den Schleierflossen, und die sanfte Priya schwamm heran.

»Du interessierst dich ... eigentlich für gar nichts«, sagte Timo. »Nur für mich!«

Was sollte ich dazu sagen? Entgeistert sah ich zu, wie Zopodil seine Flossen spreizte, sein Tutu ausbreitete. Was Priya offensichtlich zu exaltiert war, sie schnappte danach.

»Aber Spatzl ...«, begann ich, und Timo sprang auf.

»Spatzl! Spatzl! Immer dieses Spatzl!«

Er hetzte durchs Zimmer, so wie Zopodil jetzt durch das 60-Liter-Becken hetzte, mit wehendem Röckchen, bedrängt von Priya, die offensichtlich nicht auf Dandyflossen stand, sich vielleicht Macho-Tätowierungen und Nieten wünschte. Er habe, sagte Timo, ein wirklich aufwendiges Hobby, das gebe er zu, und er habe mich auch deswegen vernachlässigt, aber das sei es eben ... Er stockte. Es komme ihm vor, als sei er, Timo Flantsch, mein einziges Hobby. Und mein Glück. Dies alles ... Er zögerte, blieb vor mir stehen. »Es schnürt mir die Luft ab, verstehst du?«

Es sei schon damals so gewesen, als wir zusammenzogen. Deshalb sei er in den Single-Urlaub geflüchtet. Er habe Angst gehabt, an zu viel Nähe zu ersticken. Dann habe er erkannt, wie sehr er mich vermisse. Und auch jetzt ...

»Ich ... ich schnüre dir die Luft ab? Nur, weil ich mich für dich *interessiere?*« Ich konnte es kaum fassen. Bei all der Mühe, die ich mir gegeben hatte! Mückenlarven hatte ich gesammelt, lebende Asseln verfüttert! Langsam wurde ich wütend. Wie Priya, die Zopodil durch das Becken jagte. Was sie vorhatte, schien auf keinen Fall eine Thai-Massage zu sein.

»Und ich *habe* Interessen! Ich schreibe! Ich mache bei einem Seminar mit! Bei …« Kruzinesen! Ich schluckte. Das Seminar konnte ich mir wohl abschminken nach der Knutscherei am Porsche. »Ich hab es dir schon mal gesagt, dass ich schreibe. Und auch, dass ich nicht nach Thailand will. Aber du musstest ja deine Fische filmen! Du hörst mir nie zu. Und … oh mein Gott! Timo, schau, sie zerfetzt ihm ja seine Flossen!«

»So eine Zicke.« Er fischte Priya mit dem Kescher aus dem Becken, setzte sie zu den restlichen Haremsdamen. Die sie feministisch-solidarisch und, wie mir schien, bewundernd umringten. Dann wandte Timo sich wieder mir zu. Obwohl Zopodil so aussah, als brauche er dringend eine Gesprächstherapie. Oder wenigstens ein Bier mit einem guten Kumpel. Das Problem war nur, dass Kampffische keine guten Kumpel hatten. Jedenfalls nicht lange. Timo griff nach meinen Händen.

»Willst du mir vielleicht … äh … was vorlesen, Schatz?«

Zwei Minuten später las ich vor einem verblüfften Fischpublikum und einem sich um Interesse bemühenden Timo aus meiner Ihajeflo-Geschichte, wobei ich die Kussszene vermied und ins Stottern geriet, als Timo den Arm um mich legte.

»Das hast du dir alles selbst ausgedacht?«

Er küsste mein Ohr, während ich noch erläuterte, wie mir die Geschichte eingefallen war, nämlich, als ich … als ich versucht hatte, mich in einen Fisch zu verwandeln. Ich hab jetzt Flossen. Schnell stammelte ich etwas von einem Berg, den ich mir vorgestellt hätte, und Timo murmelte an meinem Ohr: »Norwegen, da gibt es unglaubliche Flüsse … entschuldige, Schatz. Es ist eine schöne Geschichte. Mit so viel Natur!« Schon beschäftigte er sich intensiver mit meinem Ohr, knabberte daran, schob schließlich mein T-Shirt hoch, ohne aufzuhören, mich zu küssen, und ohne sich an den vielen glubschenden Augen zu stören.

»Oh Schatz, ich hab dich so vermisst.« Timo zog mir das

T-Shirt über den Kopf, streifte meine BH-Träger nach unten. Seine Hände umschlossen meine Brüste, und ich schwor mir, diesmal nicht den Bauch ... als es klingelte. Einmal, zweimal. Pause. Dann noch einmal.

Gina! Und Quirin! Der Pfingstmarkt! Sie wollten uns abholen! Hastig schlüpfte ich wieder in mein Shirt, rannte ins Bad, und fünf Minuten später saßen wir in Ginas Bus auf der Rückbank, Hand in Hand. Floh hatte seine Pärchenphobie anscheinend immer noch nicht überwunden, er hechelte demonstrativ Richtung Fenster. Da Floh nicht allzu viel von gründlicher Mundpflege, Zahnseide, Zungenreinigung, Spülen und Gurgeln hielt, war mir seine beleidigte Abkehr nicht ganz unrecht. Vor uns hatte Quirin den Arm locker auf Ginas Rückenlehne plaziert, seine Finger streichelten ihren Nacken. So fuhren wir, zwei turtelnde Pärchen und ein frustrierter Hund, zum Mohnauer Pfingstmarkt. Wo man Hand in Hand zwischen den Ständen umherschlendern, Liebesäpfel kaufen oder eine Lesung besuchen und sich Schlampe nennen lassen konnte.

Nach dem Eklat bei der Lesung und dem raschen Eingreifen Onkel Hartls, der gerade noch eine Schlägerei verhinderte, legte Timo den Arm um mich. Als er mir zärtlich und voller Verständnis durch die Haare strich, musste ich einen Moment an das denken, was er gesagt hatte: dass ich ihm die Luft abschnürte. Durch den Schleier meiner Schande – oh Gott, der ganze Landkreis wusste jetzt, dass ich eine Schlampe war! – sah ich die Bühne, wo ebenfalls Schleier waberten, dünne Schleier, die nur äußerst notdürftig Pinguinbäuche, Birnenfiguren, Hüftgold, bierwurstgestählte Oberschenkel verbargen. Eine Horde wild gewordener Putten tänzelte zu orientalischem Georgel, angefeuert vom Publikum, das die Diskussion, die Schlampe und die Beinahe-Schlägerei schon wieder vergessen zu haben schien. Wir entfernten uns gemeinsam vom Geschehen, Timo, ich und mein immer noch wutgeladener Cousin. Mein Onkel und Christiane schlossen sich uns an, gemeinsam holten wir Gina und Floh von Thereses Dirndl-Stand ab, obwohl Therese nicht, wie versprochen, kam, um sie abzulösen. Schließlich erklärte sich Özcan vom Stand nebenan bereit, auf die Dirndl aufzupassen, verabschiedete uns mit einem langen, glühenden Blick und der Bemerkung: »Vergesst nicht, ihr alle seid reine Liebe.« Angespornt davon legten die Männer die Arme um die Schultern der Frauen, Hände griffen nach Händen, Finger verschränkten sich ineinander, pärchenweise schlenderten wir über den Markt, und nur einmal drehte ich mich um, sah Cedric am Bühnenrand stehen, allein.

Später, nach ausgiebigem und tröstlichem Liebesapfel-Genuss, einer Karussellfahrt und dem Kauf von Yoga-Entspannungsduftkerzen, landeten wir im *Chez Lutz.* Wir belegten selbstverständlich den größten Sechsertisch in der Mitte des Raums, Lutz entfernte ebenso selbstverständlich das Reserviert-Schild. Natürlich werde man einen anderen Platz für die Urlaubergruppe finden. Und erst als wir saßen, bemerkte ich sie. Im selben Moment, in dem sie uns sahen und zu uns herüberwinkten: Delphine de Brulée und Matthias Glatthaler, am Tisch in der Nische, zwischen Bar und dem schweren Vorhang zur Küche. War Matthias Glatthaler etwa auch auf dem Pfingstmarkt gewesen? Hatte er gehört, wie seine Tochter Schlampe genannt wurde? Sie standen gleichzeitig auf, schritten auf mich zu, Delphine lächelnd, erhaben, schön wie immer, Matthias Glatthaler verlegen und etwas derangiert. Seit zehn Jahren seien sie zusammen, hatte Cedric mir erzählt, stritten sich und liebten einander. Und diese zehn Jahre sah man ihnen an, dieses gemeinsame Leben. Gegen das Therese niemals ankommen würde. Zum zweiten Mal in dieser Woche tat meine Mutter mir leid.

»Hallo … äh … Susn!« Matthias Glatthaler breitete die Arme aus, ließ sie dann, als ich mich nicht hineinstürzte, wieder sinken und küsste auf französische Art die Luft neben meinen Wangen.

»Ich bin eben erst gekommen, ich wollte euch noch besuchen! Wie geht's? Alles klar mit dem Hochzeitskleid?«

»Ah oui! Le Ochzeitskleid! Isch abe etwas für disch, Susn! Moment!«

Delphine rannte zum Tisch zurück, durchwühlte die beiden Riesenhandtaschen, die an ihrem Stuhl hingen, während Matthias Glatthaler und ich einander verlegen ansahen, bis Christiane schließlich die Situation mit einem »Jetzt setzt euch doch zu uns!« rettete. Stühle wurden gerückt, Platz geschaffen für eine zierliche und eine etwas breitere Person, und alle schauten zu, wie ich das flache Päckchen auspackte, das Delphine zu mir herüberschob. Eine teuer aussehende Schachtel. Darunter Seidenpapier.

Sie habe es sich aus Paris schicken lassen, sagte sie, und wie Paris sah es auch aus, das, was ich mit ungeschickten Händen aus dem Seidenpapier schälte. Feinste Spitze. Cremefarben. Ein sündiger Hauch von einem Kleidungsstück.

Man könne, lächelte Delphine, dieses Negligé auch unter dem Hochzeitskleid tragen. Und naturellement nach'er.

»Für die Après-Ochzeit! La nuit, tu comprends?« Worauf ich noch tiefer errötete. Und beschämt meinen Dank stammelte, ich wüsste gar nicht, wie sie dazu käme, mir so etwas Kostbares zu schenken, ich …

»Ah, Susön! Es ist eine Art … Comment on dit, Matthieu? Merci! Anerkennùng! Für deine … Werk. Cedi hat mir zu lesön gegebön eine Stück!«

Die nächsten zwanzig Minuten drehte sich die Unterhaltung um Susn-die-Schreiberin und die Ihajeflo-Geschichte, und ich fiel von einem Erröten ins nächste. Natürlich wollte Gina sie auch sofort lesen, überlegte schon, wie man sie vermarkten könnte. Quirin musterte mich spöttisch, er habe gar nicht gewusst, dass in mir ein Talent für erotische Literatur schlummere. Timo versicherte, es ginge dabei nicht um Erotik, sondern um tolle Landschaften. Und Onkel Hartl, für seine Verhältnisse äußerst redselig, erzählte von unseren Seeungeheuer-Geschichten, damals im Ruderboot der Tauchschule.

»Davon habe ich gar nichts gewusst.« Matthias Glatthaler

schaute mich an. Mit rotweinschwangerem Blick. Die ganze Zeit schon tranken wir Mohnauer Charmeur, auch bei mir wirkte der Wein, er verpackte Gedanken, Gefühle und Schlampenschmach in wattige, warme Tücher.

»Wie willst auch davon gewusst ham, du warst ja ned da.« Mein Onkel sprach den Gedanken aus, den ich erst mühsam aus den Rotweintüchern pellen musste, und Christiane Breitner legte ihm die Hand auf den Arm. »So weit, so gut, Leonhard, lassen wir die alten Zeiten ruhen!«

»Wo ist eigentlich Therese?«, fragte Quirin.

Christiane Breitner zog ihre Augenbraue hoch und sah meinen Onkel an. »Zuletzt war sie auf der Bühne. Meinst du, wir sollten mal nach ihr …«

»Therese?« Warum wurde Matthias Glatthaler jetzt rot?

»Es … es geht ihr gut«, sagte er, und Delphine nickte bekräftigend. Um gleich darauf in sich hineinzukichern.

»Woher wisst ihr das?«

»Von die … Toalett, n'est-ce pas, Matthieu?«

»Äh, Delphine, das musst du jetzt nicht so genau …«

»Wieso? Matthieu besischtigt immer die Toalett, wenn er ist irgendwo, c'est normal, c'est une déformation professionelle!«

Delphine verfiel in aufgeregtes, durch Kichern unterbrochenes Französisch, so schnell, dass ich nur noch wenig verstand. Matthias übersetzte simultan und etwas verlegen: Delphine und er waren zusammen zur Toilette gegangen, er aus Besichtigungsgründen, sie, um sich nach der Lesung frisch zu machen. Und wie es aussah, hatten sie Therese dort angetroffen. Im Damenklo. Nicht allein.

»Zwei Akkordeons«, sagte Matthias, und: »Er ist so heikel mit seinen Instrumenten. Zum Glück sind sie in Sicherheit.« Er räusperte sich und setzte hinzu: »Delphine hatte das Gefühl, es geht ihnen sehr gut.« Dann wurde eine neue Runde Mohnauer Charmeur serviert, und wir alle stießen miteinander an.

»Auf Thärèse!«, sagte Delphine. »Cin-Cin!«

»Ja, auf die Bürgermeisterwahl!« Christiane hob ihr Glas.

»Auf ihr Glück!«, sagte Matthias Glatthaler mit glänzenden Augen.

War ich die Einzige, die nicht verstanden hatte, was Therese dort im Damenklo eigentlich getrieben hatte? Ganz sicher etwas äußerst Peinliches, was sonst. Etwas, für das ich noch vor einer Woche in den Boden versunken wäre. Als ich auf die Toilette ging, erwartete ich halbwegs, sie noch dort vorzufinden. Aber die Toiletten waren leer und still, nur das übliche Vogelgezwitscher, dazu ab und zu die Klänge eines indischen Saiteninstruments, hin und wieder ein Rauschen, wie ein entfernter Wasserfall, ein Geräusch, das uns vielleicht daran erinnern sollte, die Klospülung zu ziehen. Die Toilette im *Chez Lutz* war nicht der schlechteste Ort der Welt. Selbst ein Spezialist wie Matthias Glatthaler musste dies zugeben.

Einen Moment blieb ich vor dem Spiegel am Waschbecken stehen, betrachtete mein Gesicht in der etwas schlierigen Scheibe: blasse Lippen, ungeschminkt, aber nicht ungeküsst, ein kleiner Rotweinfleck im Mundwinkel, große, noch vom Lob erstaunte hellblaue Augen – ich war froh, Thereses Augenfarbe geerbt zu haben, nicht Matthias Glatthalers Braungelb –, das Ganze umrahmt von Locken, die wild in alle Richtungen abstanden. Es war nicht das Gesicht von Susn-der-Braut, auch nicht das von Susn-mit-den-tausend-Ängsten. Es war das Gesicht von Susn-der-Geschichtenschreiberin. Ich wusch mir die Hände, sah mich noch einmal um, und dann sah ich ihn: Thereses Indiana-Jones-Hut, der an der oberen Türkante des Wickelraums hing. Ihr Lieblingshut. Was konnte ich anderes tun, als ihn mitzunehmen? Ich trug ihn die Treppen hoch, zurück in den Gastraum.

Nacht. Süß war die Luft, voller zärtlicher Düfte, sehnsuchtsschwanger, regenfroh und frühlingstrunken. Trunken war auch ich. Wenn ich in der Lage gewesen wäre, meinen Zustand zu analysieren, hätte ich ihn als voll wie eine Haubitze angeben müssen. Wobei ich keine Ahnung hatte, was eine Haubitze eigentlich war. Vermutlich konnte ich das Wort noch nicht einmal mehr aussprechen. Timo war eingeschlafen, lag im Bett, in das ich ihn – immerhin nüchterner als er – verfrachtet hatte. Wir beide vertrugen wohl weniger Alkohol als die anderen, oder wir hatten mehr getrunken. Gina hatte Quirin zwar ihren Autoschlüssel und das Steuer überlassen, war aber durchaus noch fähig zu unvernuschelten Sätzen: über meine Geschichte, über die nächste fällige Brautkleidanprobe, Strobl, diesen Idioten, den netten Abend, das entzückende Negligé, das ich doch jetzt gleich anprobieren solle!

Ich hatte es tatsächlich an. Hier, am offenen Wohnzimmerfenster. Timo waren schon im Auto die Augen zugefallen, und zu Hause hatte ich ihm das Hemd ausgezogen, die Hosen abgestreift, ihn zugedeckt. Er hatte sich bedankt, mir immer wieder gesagt, wie lieb ich doch sei. Und jetzt stand ich hier, in Delphines Negligé, vor mir die berauschende, tröpfelnde Frühlingsnacht, hinter mir der verletzte Zopodil. Unruhig stromerte er in seinem Becken herum, dachte vermutlich darüber nach, was herzlose, flossenzerfetzende Weiber einem anständigen Kerl antun konnten, und ich musste an Wedding-Elfes letzten, verzweifelten Eintrag im Hochzeitsforum denken: Er hat keine Manieren und keine Gefühle! Ich hab jetzt meinen Anwalt angerufen, wegen der Scheidung!

Darauf quietschentchens Rat: es gibt imer einen weg, geb nicht auf, liebe ist abeit.

Und darunter: Beiträge solcher Art gehören nicht hierher, von der Moderatorin des Forums. Worauf Wedding-Elfes Name nur noch als gelöscht auftauchte. Wie es ihr wohl gerade ging?

Plötzlich überwältigte mich Mitleid mit Wedding-Elfe, aber nicht nur mit ihr, auch der verstoßene Zopodil rührte mich. Ich riss mich zusammen. Alles war gut. Ich hatte Susn-die-Geschichtenerzählerin gefunden, auch Timo war stolz auf mich. Vielleicht hatte er recht: Ich hatte mich wirklich zu sehr auf ihn konzentriert. Aber ab jetzt würde alles anders werden. Ich hatte meine Leidenschaft, er seine, nach Goldflossy- und Kuss-Entgleisungen hatten wir wieder zusammengefunden. Der schönste Tag des Lebens konnte kommen, ein Märchen in Weiß mit zartlila Deko, Blumenstrauß in Wasserfallform und Hochzeitstorte mit Waldfruchtfüllung. Danach lebenslanges Schuften im Beziehungsbergwerk, liebe ist abeit, quietschentchen hatte es auf den Punkt gebracht.

Ich schloss das Fenster, sperrte Nacht, Blüten und den unsteten Mond aus. Er hatte wieder zugenommen, von der Sichel zum Dreiviertelmond, und litt sichtlich unter dem Jo-Jo-Effekt. Ein letzter unsinniger, vom Mohnauer Charmeur beeinflusster Gedanke, bevor ich die Vorhänge zuzog: Wer wohl jetzt ebenfalls am Fenster stand und denselben Mond ansah? Irgendwo auf der Erde? Oder zumindest auf dieser Hälfte der Welt, die gerade ins Dunkel getaucht war? Oder wenigstens in Europa? In Bayern? In Neuenthal?

23.

Wie angefressen der Mond aussah. Als hätte die Nacht an ihm geknabbert. Wie er sich vor ihr versteckte in den Schleiern der Wolken. Aber an Schleier wollte sie jetzt nicht denken.

Mei. Was für ein Tag! Noch ein Stamperl. Das letzte. Sie musste schlafen. Ihr stand wieder ein anstrengender Tag bevor. Zuerst musste sie zum Mohnauer Bäcker fahren. In all der Aufregung um die Plakate, den Müll auf der Straße und den Pfingstmarkt waren ihr die Frühstückssemmeln ausgegangen, die sie normalerweise einfror. Das würde ein schönes Geratsche geben beim Bäcker!

Und wenn schon. Sie, Therese Engler, hatte sich während der Diskussion und der Beinahe-Schlägerei tadellos verhalten. Und was nachher passiert war, auf der Toilette des *Chez Lutz,* wusste ja niemand. Außer Delphine. Die ungestüm die Tür aufgerissen hatte, vermutlich in der Absicht, die Toilette zu betreten. Wo Lucien und sie – es hatte keinen Sinn, dies abzustreiten – sich wild küssten. Wie nur war es dazu gekommen?

Zuerst, als sie voreinander gestanden hatten, Akkordeon an Akkordeon, waren sie erstarrt, nur die Instrumente, deren schwarze Knöpfe sich berührten, hatten einen quietschig-erstaunten gemeinsamen Akkord von sich gegeben. Dann hatte Lucien gelächelt.

»Merci.«

»Äh … gern geschehen.«

Er streckte eine Hand aus, überwand die Akkordeonbarriere.

»You look pfün-dig.« Sanft rückte er ihren verrutschten Hut zurecht.

»Pfundig you mean? I? Äh, i mein: Me?«

»Oui.«

Er streifte sein Akkordeon ab. Oder versuchte es. Aber sein Akkordeon wollte offensichtlich mit ihrem Akkordeon verbunden bleiben, verkantet, wie sich herausstellte. Lucien fluchte, sie beide ruckelten, und die Instrumente gaben Töne von sich, die Therese an Seefahrt denken ließen, Nebelhörner und Leuchttürme. Lucien lachte, und auch in ihr stieg es auf, ein ganz und gar nicht bürgermeisterinnenhaftes Kichern. Kichernd befolgte sie seinen Vorschlag – englisch, französisch, mit Gesten –, sich gemeinsam der Instrumente zu entledigen, auf sein Kommando: »Un, deux, trois!« Worauf ihr für einen Moment das Lachen verging, denn ein Akkordeon ließ sich nicht so einfach abstreifen, vor allem nicht, wenn ein zweites daranhing, das sie nun auch noch trug.

Er hatte sich befreit. Sie kippte nach vorn.

Mit einem entsetzten Ausruf stemmte er sich dagegen, sie stolperte rückwärts, taumelte, eine Sekunde ein sausendes Abgrundgefühl, dann fing sie sich an der Tür des Wickelraums, samt ihrer Last. Sie war akkordeonschwanger. Zwillings-Akkordeonschwanger. Bei diesem Gedanken stieg es wieder in ihr auf, das Kichern, und er quetschte sich in den Winkel zwischen Wickeltisch und ihr, stützte mit einer Hand, zog mit der anderen am Träger, an ihrem Arm. Auch er lachte wieder, angestrengt, schwerer atmend, sein französisch geschwungener Mund, so nahe, nahe genug, um, mei, was dachte sie da, an ihrem Ohr zu knabbern. Jetzt hatte er ihren Arm befreit, die Akkordeons gerieten in Schräglage, Kruzifix! Zum Glück gab es den Wickeltisch. Es gelang ihr, den anderen Arm herauszuwinden, und gemeinsam setzten sie die Akkordeonzwillinge darauf ab, neben der verletzten kleinen Gitarre.

Und alles andere, mei, es passierte von selbst, dort, in der Ecke zwischen Tür und Wickeltisch: sein Daumen, der sanft über die Stelle strich, wo die Träger eingeschnitten hatten, eine Insel nackter Haut zwischen Hals und Dekolleté. Seine Finger, die weiterwanderten, plötzlich die so empfindliche Haut ihres Nackens streichelten. Ihre Hände auf seinen Schultern, vorsichtig, beinahe mädchenhaft, als würden sie gleich einen Stehblues tanzen. Aber er hatte anderes vor, zog sie fester zu sich heran. Busen an Brust, Bauch an Bauch, und ja, Unterleib an … Aber, Herrgottsakra, er war doch …

»… ned normal!«, stammelte sie. »I mein, des is do ned normal für a …«

Weiter streichelten seine Hände: Nacken, Hals, ihre Schultern unter der Bluse.

»I mein, i bin do a Frau, a Weibsbild, verstehst, Lucien?«

Was redete sie da für einen Schmarrn? Er hörte sowieso nicht zu, streifte jetzt ihren Cowboyhut nach hinten, etwas, das sie bei Matt nicht zugelassen hatte, in den Nacken rutschte der Hut, wanderte von dort zu Boden, und seine Hände wühlten sich in ihre Haare. Sein Grübchenlächeln, jetzt in Pflücknähe. Sie meinte, das Lächeln noch zu spüren, als sie sich küssten. Dass man es in ihrem Alter ausnutzen musste, wenn man schon mal geküsst wurde, dies schoss ihr durch den Kopf, und, ja, auch sie strich durch sein Haar, ließ ihre Hände auf seinem Rücken weiden, ertastete, wenn sie schon dabei war, etwas von dem verlockenden Terrain seines festen Hinterteils. Worauf er seufzte und etwas Französisches flüsterte. Noch enger drängten sie sich aneinander, vergessen war die Akkordeonbarriere, noch nicht einmal mehr ein Piccoloflötchen hätte zwischen sie gepasst. Ihr blieb die Luft weg, als er eine kleine Kussarmee zur Eroberung ihres Halses ausschickte, zur Erstürmung ihres Dekolletés, während seine Hände … und genau in diesem Moment hatte Delphine die Tür aufgerissen.

Sie waren auseinandergestoben, als hätte jemand Dynamit zwischen sie geworfen. Hinter Delphine hatte jemand gestanden, ein Mann. Jessesmariaundjosef, etwa Matt?

Delphine und Lucien hatten gesprochen, aufgeregt und schnell – dieses Französisch war längst nicht so weich und elegant, wie sie es sich vorgestellt hatte. Der Mann – Matt? bitte nicht Matt! – war verschwunden, und sie hatte sich ebenfalls aus dem Staub gemacht, verwirrt war sie die Treppen hochgetaumelt, auf der Gasse vorbeigestürmt an den lustwandelnden Touristen, hutlos! Sie, Therese Engler! Morgen würde sie im *Chez Lutz* anrufen und danach fragen müssen. Und jetzt sollte sie endlich ins Bett gehen! Warum war sie nur so wach?

Sie hatte es schon mit einem beruhigenden Schaumbad versucht, mit Westernheftchen und ihrem Lieblingsfilm, aber sie war nicht in die Handlung gekommen. Warum, Kruzifix, hörten diese Wonneschauer nicht auf, sie zu durchrieseln, wenn sie nur an die Umarmung dachte? Die Umarmung eines Mannes, dem sie im Laufe ihrer Redeübungen viel von sich erzählt hatte. Wenn man es genau nahm, so viel wie noch keinem Mann zuvor. Auch wenn er vermutlich kaum ein Wort verstanden hatte.

Was ihr aber auch bei einem Mann hätte passieren können, mit dem sie die Muttersprache teilte. Alle Männer und Frauen in ihrem Umkreis redeten im Allgemeinen konsequent aneinander vorbei. Oder zogen es wie ihr Bruder vor, überhaupt nicht zu reden. Aber vielleicht verstanden Männer wie Lucien die Frauen nur aufgrund ihrer Sensibilität, ihrer gleichsam nylonbestrumpften Seele? Konnte man einen solchen Mann begehren? Sich gar in ihn … Geh, Schmarrn! Sie hatte wohl ein oder zwei Stamperl zu viel getrunken.

Was würde sie denn mit einem solchen Mann anfangen? In Dessousgeschäften stöbern, Dirndl an Dirndl in der Kirchenbank sitzen, ihm ihre süßesten Handtäschchen leihen? Wobei Therese Engler lieber Cowboyhüte trug als süße Handtäschchen. Und im Wilden Westen durchaus einen respektablen Kerl abgegeben hätte. Einen Kerl, der den Weg freischoss. War etwa auch mit ihr etwas nicht in Ordnung? Hatte er sie deshalb geküsst? Weil er den Cowboy in ihr spürte?

Sie nahm einen ordentlichen Schluck Likör, horchte mutig in sich hinein, aber sie fand nichts, keine Wünsche, ein Mann zu sein, keine lang verdrängten Leidenschaften, nur Enttäuschung.

Darüber, dass niemand an die Tür ihrer Wohnung geklopft, dagegen gehämmert oder sie sogar eingetreten hatte. Um sie zu lieben, wie sie seit siebenundzwanzig Jahren nicht mehr geliebt worden war. Oder vielleicht noch nie.

Jetzt, mit diesem Kräuterlikörzugang zu den entlegensten Gebieten ihrer Seelenprärie, konnte sie es zugeben. Zumindest für diesen Moment.

Mei. Sie kippte den Rest ihres Stamperls auf Ex, erhob sich, etwas schwankend, und lauschte ins Dunkel, ob vom Garten her etwa Akkordeonklänge herüberwehten. Schmarrn. Sie waren noch gar nicht zurück vom Pfingstmarkt. Vorhin hatte sie drüben nach dem Rechten gesehen, sich vergewissert, dass die Hintertür offen stand. Und sich kurz gefragt, ob sie zu überstürzt davongerannt war, statt Lucien mit seinen ineinander verkeilten Akkordeons zu helfen. Aber Delphine war ja dort gewesen. Und Cedric wahrscheinlich auch. Und …

Nicht an Matt denken! Sie würde jetzt schlafen, dem morgigen Tag tapfer in die Augen sehen.

Sie entledigte sich ihres Dirndls, putzte sich die Zähne und legte sich in ihr Bett. Bequem, frisch bezogen. Und gerade breit genug für eine Person.

»Therese?«

Sie hatte im Halbschlaf zu ihrem Handy gegriffen. In einem betäubten, vernebelten, katerverkündenden Halbschlaf. Jetzt öffnete sie die Augen ganz. Blendendes Sonnenlicht brannte das Muster des Vorhangs auf die Dielen. Kruzifix! Sie musste doch Frühstück machen!

»Äh, ich kann jetzt …«

»Doch. Du kannst.« Wie metallisch die Stimme ihrer Wahlberaterin klingen konnte. »Hier ist die Hölle los.«

»Die Hölle? … Wo?«

»Auf Neuenthals erfrischend lebendiger Geschäftsmeile. Bis gleich.«

Ruhe bewahren. Erst duschen. Mit einem fiesen, dumpfen Schmerz im Schädel. Therese hatte das deutliche Gefühl, dass in ihrem Körper gerade einige Organe einen Antrag auf Frührente stellten, allen voran die Leber. Aber auch in der Speiseröhre tobten tausend kleine Feuerteufel. In ihrem Alter waren Räusche aller Art harte Arbeit, so viel stand fest.

Als sie, noch immer benommen, aus der Tür trat, schaute sie trotzdem kurz in der Pension vorbei. Im Frühstücksraum benutztes Geschirr, Käsereste, sogar Eier hatte jemand gekocht und das letzte halbe Blech Apfeldatschi aus der Küche geholt. Aber niemand war zu sehen, und sie verließ die Pension, nahm die Abkürzung zur Einkaufsstraße durch den Hintereingang ihres Cafés und ihren Laden. Schon in der Tür sah sie den Papiermüll auf der Straße, den immer noch niemand weggeräumt hatte. Im Gegenteil, irgendwer hatte, vielleicht im Überschwang nach dem Pfingstmarkt, den Müll um verbeulte Dosen bereichert, um Bierflaschen, die zwischen den Füßen der Schaulustigen umherkollerten. Und was, Kruzifix, bedeuteten diese Bettlaken vor der Feuerwehrkneipe, dem Döner 24 und dem Edekamarkt?

Solidarität!, stand in flammenden Lettern darauf. *Wir streiken! Keine Müllberge mehr auf den Straßen! Unterstützt die Reinigungskräfte Neuenthals!*

Die einzige Reinigungskraft Neuenthals stand breitbeinig vor der Feuerwehrkneipe, auf seinen Besen gestützt. Und jetzt sah sie auch die Franzosen, Delphine, schick wie immer, neben ihr Matt, Cedric, Lucien.

Nein, sie würde jetzt nicht rot werden, und auch ihr Herz würde nicht schneller klopfen, wenn Lucien zu ihr herübersah. Hatten sie nicht in dem Meditationskurs vor Jahren eine solche Übung gemacht? Den Herzschlag verlangsamen? Nachdem sie versucht hatten, nur durch das linke Nasenloch zu atmen? Oder war das etwa die Übung gewesen? Sollte sie zur Sicherheit versuchen, durch das linke Nasenloch zu atmen? Aber es war ihr schon damals nicht gelungen, ein Nasenloch durch pure Vorstellungskraft aus der Wirklichkeit zu verbannen, und ihr Herz tat, was es wollte, pumpte, hüpfte. Schon kroch Hitze in ihr hoch, wallte auf, schwül war's heute, nach dem Regen knallte die Sonne aufs Pflaster, und die Straße samt Müll schien zu dampfen.

»Da haben wir die Bescherung«, sagte Christiane Breitner. »Deine Franzosen haben das Volk aufgewiegelt.«

»Wie … wieso … *meine* Franzosen?« Dieser fiese Kopfschmerz, ein Schmerz wie ein Belag, der ihr Gehirn überzog, träge, viel zu träge ihre Gedanken. Was grinste ihre Wahlberaterin so, was hob sie die rechte Braue, musterte sie? Jetzt pustete Christiane eine Ponyfranse aus ihrer Stirn.

»Okay. Vielleicht sind es auch ein bisschen meine Franzosen. Egal. Auf jeden Fall zeigen unsere Franzosen uns gerade, wie Revolution funktioniert, und ich hoffe, deine sächsischen Gäste werden nicht noch Wir-sind-das-Volk-Parolen unter die Leute bringen.«

Wieso waren ihre Franzosen jetzt auch Christianes Franzosen? Sie verstand gar nichts mehr, wollte aber auch nicht fragen, versuchte, ihren Kopfschmerz wegzuatmen, ruhig die Lage zu sondieren. Tonis Metzgerbus wartete knatternd an der roten Ampel, dahinter weitere Autos, vor der Feuerwehrkneipe plauderten die Franzosen liebenswürdig mit Anderl und Resi, wobei Lucien zu ihr herübersah. Den Straßenrand säumte eine Nordic-Walking-Gruppe, kollektiv staunend. Sie ließ ihre Wahlberaterin stehen, ging auf Franzi zu, die aus der offenen Tür des Edekamarkts trat, eine Kiste vergammelter Salatköpfe auf den Armen.

»Was ist hier los?«

»Was soll scho los sein? Mia streiken. Die Delphine hot uns alles erklärt. Des kann ned angehn, dass mia den Dreck von den Strobls wegmacha müssen. Und i mach a Inventur. Wenn i scho dabei bin. Halt amoi gschwind.«

War Franzi narrisch? Drückte ihr die dreckerte Kiste in die Hände! Therese bückte sich, stellte die Salatköpfe ab. Was, Mariaundjosef, glaubte Franzi …

Im nächsten Moment sprang sie zurück, Bremsen quietschten, vor ihr ein Schwein, jesses, ein Schwein, das sich die Nägel lackierte! Die Motorhaube von Tonis Bus. Der direkt vor der Kiste stand, knatternd und spuckend, anscheinend war die Ampel jetzt grün … Ein weiteres Quietschen kappte diesen Gedanken, etwas krachte, knallte, ein Aufschrei, jemand zog sie zurück, weg von der Straße, Himmiherrgott, Lucien! Ihr Herz! Er hielt sie höflich am Ellbogen, fragte, auf Englisch, ob alles okay sei, yes, all okay, yes. Dann ein kräftiges: »Mileckstamoarschvarreg, was musst denn bremsen, mitten auf der Straßn?«

Der Mohnauer Metzger stieg aus seinem Mercedes, der in Tonis Heck gekracht war. Auch Toni entkletterte ihrem Bus, anscheinend unversehrt. Ihre Arme, nackt und rosig, ragten aus der weißen, leicht blut- oder nagellackbespritzten Kittelschürze, ihr Gesicht glühte.

»Wegen dem Salat hob i bremst!«

»Bist narrisch, wer bremst denn wegen Salat!«

»Wieso? I brems aa für Salatköpf, ned nur für Wurscht! Und die Therese war ja aa no do.«

»Pooolizei! Lassts mi durch!« Von der Ampel her näherte sich Fredls Motorrad, und immer noch hielt Lucien höflich Thereses Ellbogen, als könnte sie nicht allein stehen. Und ihr war auch schwindlig, mei! Die dampfende Schwüle, sie ging ihr auf den Kreislauf, alles erschien so unwirklich: Lucien an ihrer Seite, das Gebrüll der Unfall-Kontrahenten, Matts belämmerter Blick von der anderen Straßenseite. Er musste es gewesen sein, gestern, auf der Toilette, der Gedanke war nicht mehr zu verdrängen, als streikten auch die Reinigungskräfte ihres Hirns. Hielt er sie jetzt für eine Britschn? Die sich Männern mit Vorliebe in besonderen, gar gefährlichen Situationen hingab, in Baumhäusern oder Toiletten?

Sie machte sich von Lucien los, trat einige Schritte vor. Fredl war schon bei der hochoffiziellen Aufnahme des Unfalls, fotografierte beide Wagen, verhörte die Fahrer, verhörte die Umstehenden. Was hier überhaupt vorgehe.

»A Streik.« Franzi parkte seelenruhig weitere Kisten voller Salatköpfe vor dem Edekamarkt.

»Wegen dem Müll!«, rief Neuenthals Reinigungskraft, die sich von der Feuerwehrkneipe näherte, samt Besen, aber ohne zu kehren.

»Und wegen da Solidarität mit da Bürgermeisterin! Weils ihre Plakate immer beschmiern duan«, ergänzte Resi.

»Mit *wem?*«

»Ihr könnts do gar ned streiken, ihr seid do gar ned in da Gewerkschaft«, mischte sich der Mohnauer Metzger ein, und Resi baute sich vor ihm auf.

»I bin in da Kirch und im Gocklzuchtverein, langt des ned?«

»Richtig! A Streik muss genehmigt werden!«

Fredl plusterte sich vor Resi auf. Angesichts seiner glänzenden Glatze im Sonnenlicht wurde Therese noch schwummriger zumute. Jetzt stieg auch noch Übelkeit in ihr auf, in kleinen, unbarmherzigen Wellen.

»So ein Unsinn.« Christiane Breitner trat vor. »Ihr müsst gar nichts genehmigen lassen. Ihr könnt streiken, wann und wo ihr wollt. Die Frage ist nur, ob das wirklich gut für eure Bürgermeisterin …«

»Was für a Bürgermeisterin? Hier is koa Bürgermeisterin! Des is a Wahlbeeinflussung! Des is strafbar!«

Dies war der Moment, in dem Therese Engler vortreten musste, unbedingt, egal, wie ihr zumute war. Die Kiste! Mitten auf der Straße. Sie kippte die Salatköpfe aus, drehte die Kiste um. Mei, war ihr schlecht. Trotzdem. Sie stieg auf ihr provisorisches Podest.

»Bürgerinnen und Bürger! Ich appelliere an eure Vernunft. Wir hatten gestern schon beinahe eine Schlägerei!«

Die Nordic-Walking-Gruppe am Straßenrand zuckte kollektiv zusammen, aber sie hatte jetzt keine Wahl, sie musste die Wahrheit aussprechen. Schonungslos.

»Vandalen verwüsten unseren Ort, lassen keinen Stein auf dem anderen! Unser Frieden ist bedroht! Unsere Zivilisation wankt!« Kruzifix, etwas anderes wankte auch. Die Kiste. Unter ihr. »Und ihr verstärkt dieses Beben, das durchaus den Einsturz bedeuten kann ...« Verflixt, ja, sie krachte, die Kiste, hoffentlich nur unter dem Gewicht ihrer Worte ... »... durch kleinliches Gezänk! Bürgerinnen und Bürger! Ich verstehe euer Aufbegehren gegen die Zustände! Aber wenn ihr schon streiken wollt, dann ...« Jessesmaria! Sie ruderte mit den Armen, schon streckten sich hilfreiche Hände aus, einheimische, französische. Therese roch Luciens Frischeduft, dann lag ein anderer Arm um ihre Schultern, der ihrer Wahlberaterin.

»Komm mal raus aus der Sonne«, beinahe besorgt klang Christianes Stimme, »du bist das nicht gewohnt, so ohne Hut.« Bravo-Rufe um sie herum. Kam ihre Rede so gut an? Und was meinte Christiane mit: ohne Hut?

»Hier is kühl, i hab eh grad die Truhe offen«, sagte Franzi, und an Christianes Arm, so würdevoll sie es vermochte, betrat Therese Engler die neonbelichtete Kühle des Edekamarkts. Wie gut die Kälte tat, im Gesicht, um die Ohren, den ... Sie griff sich an den Kopf und ertastete nur: Haare. Hoffentlich einigermaßen korrekt frisierte Haare. Sonst nichts. Zum ersten Mal seit bestimmt zwanzig Jahren hatte sich Therese Engler den Bürgern von Neuenthal hutlos gezeigt.

Sie atmete. Durch beide Nasenlöcher ein und durch den Mund wieder aus. Sie saß neben der Gefriertruhe. In der Franzi fast gänzlich verschwunden war. Nur ein Paar Beine in weißblauen Rauten-Leggings waren zu sehen, zwei Mammut-Maibäume.

»Hab ich dir schon gesagt, dass die meisten Mitglieder des Kreistags für das Rededuell sind? Schon allein wegen der Sensation.« Christiane nahm eine Bierflasche aus dem Regal, betrachtete sie von allen Seiten. Musste das sein, ausgerechnet jetzt, da Therese kaum an Alkohol denken konnte? Aber schon stellte Christiane die Flasche zurück ins Regal, und der Rest von Franzi tauchte aus der Gefriertruhe auf, eine Packung Lachs und einen Stapel vereiste DIN-A4-Umschläge in den Händen. Umschläge, die Therese seltsam bekannt vorkamen. Woher nur? Kruzifix, wenn sie nur nicht solche Kopfschmerzen …

»Ich geh jetzt mal den Bürgermeister informieren!« Mei, musste Christiane so laut sprechen? »Und ich denke, da so gut wie alle dafür sind, kriege ich das Rededuell heute noch durch. Dann müssen wir nur noch sehen, was wir mit diesem Streik … Was hast du denn da, Franzi?«

»Lachs. Wuist ihn ham? Nur drei Wochen überm Datum, des is fei gar nix.«

»Ich meine die Umschläge.« Mit zwei Schritten war Christiane bei Franzi, riss sie ihr aus der Hand. »Dacht ich's mir doch! Deine Wahlumfrage, Therese! Und da sind ja noch mehr drinnen! Was nicht ankommt, kann auch nicht zurückkommen, ganz klar!« Jetzt beugte sich auch Christiane über die Truhe, präsentierte ihr Heck, obwohl kein Mann in der Nähe war, wühlte, schimpfte, warf vereiste Fischstäbchenpackungen und gefrorene Hähnchenschenkel aus der Truhe und tauchte mit einem weiteren Umschlagstapel wieder auf.

»Ich nehme am besten die Fragebögen und verteile sie gleich. Ich glaube, ganz Neuenthal ist gerade auf der Straße. Und, Therese, wenn du Bürgermeisterin bist … Vielleicht ist es nicht verkehrt, mal drüber nachzudenken, ob man das mit der Poststelle anders regeln sollte. Schönen Tag noch, Franzi!«

Damit rauschte Christiane Breitner ab. Und Therese verbrachte eine weitere klamme halbe Stunde im Edekamarkt, nahm eine Tablette aus dem Aspirinvorrat, den Franzi hinter den Bierflaschen aufbewahrte, und beteuerte ein ums andere Mal, alles werde so bleiben, wie es gewesen sei, zumindest die Poststelle betreffend. Allmählich verstand sie die Kollegen im Bundestag immer besser. Ein Wahlversprechen war schneller gegeben, als einem lieb sein konnte. Sie erhob sich schließlich, ließ Franzi mit ihrer Inventur allein, ging rasch und würdevoll an den Umstehenden vorbei und schlüpfte durch die Tür ihres Ladens. Draußen verteilte Christiane Breitner die Fragebögen, tatsächlich! Ihr Herz! Nicht daran denken, wie die Umfrage ausgehen würde. Im Vorbeigehen griff sie nach einem Hut, einem weiblichen Modell, das sie auch Touristinnen empfahl, durchquerte ihr Café und eilte in ihre Wohnung. Deren Tür sie am liebsten hinter sich verrammelt hätte, um sie nie mehr zu öffnen. Aber daran durfte sie nicht einmal denken. Gott sei Dank begann die zweite Aspirin zu wirken. Sie brauchte einen Plan. Sie nahm ihr Handy und rief ihren Bruder an.

Auf dem Parkplatz schloss sie mit ihrem Zweitschlüssel den Tauchschulkombi auf. Da Hartl nicht ans Telefon ging, war anzunehmen, dass er sich unter Wasser aufhielt und sein Auto nicht brauchte. Sie würde sich beeilen, nur schnell in Mohnau Brot, Käse und Semmeln holen, schließlich musste sie für ihre Gäste sorgen. Einen anderen, dringlicheren Grund hatte sie auch.

Kruzifix, ausgerechnet jetzt war der Verkehr so dicht! Zu spät fiel ihr ein, dass heute die Pfingstprozession in Sonnau stattfand. Aber warum fuhren diese vielen Autos alle in die andere Richtung, nach Neuenthal, auch dieser Bus voller Asiaten?

Während sie in der Einbuchtung wartete, um ihn vorbeizulassen, dachte Therese darüber nach, ob sie doch für die Verbreiterung der Straße bei Neuenthal stimmen sollte. Aber dann wäre sie der gleichen Meinung wie die Strobls! Kurz vor Mohnau war die Straße frei, und sie steigerte das Tempo auf gute hundert Stundenkilometer, trotzdem kam sie zu spät: Ihr Hut war weg, die Toilette des *Chez Lutz* leer. Klingeln bei den Besitzern des *Chez Lutz* half nichts, niemand öffnete, und war es Einbildung, dass die Brunnhubers in der Bäckerei, Mutter und Tochter, sie merkwürdig ansahen? Wussten sie schon etwas? Wurde ihr Hut bereits in Mohnau herumgereicht und die passende Geschichte dazu? Wer hatte nicht dichtgehalten? Delphine? Matt? Oder hatte noch jemand etwas gesehen?

Mit grimmiger Miene kaufte Therese zwanzig Semmeln, zwei Bauernbrotlaibe und Brezn. Sie ignorierte die Frage der Brunnhuber-Tochter »Heute keine Bäsees?« und antwortete auf das folgende, etwas süffisante »Aber a tolle Veranstaltung war's, die äh … Vorlesung do« mit einem bekräftigenden Nicken. Sie benickte auch das Lob des Bauchtanzes, erfuhr, dass es noch bis weit nach Mitternacht hoch hergegangen sei, der Umsatz der Mohnauer Geschäftsleute sei grandios gewesen. Gleichmütig stimmte sie dem Brunnhuberschen Frohlocken darüber zu und packte ihre Semmeln in den großen Korb.

»Und was is jetza scho wieda bei eich los?«, rief ihr die Brunnhuber-Mutter nach, als sie endlich den Laden verlassen konnte.

»A Streik, was denn sonst«, gab sie zurück, schmetterte die Tür zu, ließ den Motor des Kombi aufheulen und stellte sich in den Stau Richtung Neuenthal. Herrgottsakra! Was wollten die alle bei ihnen? Ausgerechnet heute!

Schon während sie auslud, auf dem überfüllten Parkplatz, kamen ihr Touristen entgegen. Mit Appetitblick auf ihre Brezn im Korb.

»Bekommt man wenigstens bei Ihnen etwas zu essen?«

»Das ist ja ein Ding, dass man hergelockt wird und dann nichts zu essen bekommt!«

»Äh, Entschuldigung, wir haben hier zufällig einen klitzekleinen Streik und …«

»Ein Streik? Keine Pfingstprozession? Henning, du hast doch etwas von einer Pfingstprozession gesagt!«

»Nein, irgendetwas mit Kühen! Die geschmückt durch die Straßen laufen!«

»Entschuldigen Sie, die Pfingstprozession findet in …«

»Und es gibt wirklich nichts zu essen? In diesem ganzen Ort nicht? Vielleicht verkaufen Sie uns ja privat ein paar Brezn?«

Was, wenn sie in ihre Wohnung ging, einige Brezn mit Butter schmierte und sie verkaufte, für … sie rechnete rasch … zehn Prozent über dem Einkaufspreis. Wobei man noch die Butter abziehen musste. Nicht, dass sie etwa daran verdienen wollte, es ging nur um Neuenthals Ruf.

Aber was für einen Eindruck würde es machen, wenn ausgerechnet sie, als Objekt der Solidarität sozusagen, den Streik unterlief? Am liebsten hätte sie den Streik beendet, indem sie selbst die Straße kehrte. Natürlich vollkommen undenkbar! *Therese, du bist ein Produkt!*

»Es tut mir leid, Sie müssen nach Sonnau …«

»Auch nichts zu trinken? Für die Kleine?«

Auch das noch! Ein kleines, bezopftes Mädchen vor ihr, den Mund schon zum Weinen verzogen.

»Ich … Moment!« Sie würde eine Flasche Wasser aus der Wohnung holen, sie schlug die Kofferraumtür zu, suchte gleichzeitig nach dem Schlüssel, mit schwankendem Korb. Aus dem zwei Brezn fielen.

»Schau, Anne-Sophie, jetzt kannst du dir eine Brezel vom Boden aufheben!«

»Nein, doch nicht wirklich, das hat Mutti nur im Spaß …!«

»Henning, das ist kein Spaß! So etwas habe ich noch nie erlebt! Komm, Anne-Sophie, wir fahren!«

»Hier gibt's Würschte! Und Fleischpflanzerl! A Limo hob i aa!«

Ohrenbetäubendes Hupen. Tonis Bus. Den sie immerhin von der Straße geräumt hatte. Jetzt versperrte er die Einfahrt des Parkplatzes. Toni klappte die Schiebetür auf, reichte Fleischpflanzerl heraus, vermutlich die Reste einer ganzen Woche, zum Sonderpreis.

Es war zu viel. Erschöpft stellte Therese den Brezn-Korb ab. Nur um sich sofort umringt zu sehen von Fragenden, Befehlserwartenden.

»Therese, was machma jetza? Die ham die Prozession falsch angekündigt!«

»Könnten Sie vielleicht dafür sorgen, dass der Parkplatz freigeräumt wird, wir wollen herausfahren!«

»Kuckucksuhl? Where can I buy Kuckucksuhl?«

»Therese, wir dachten, wenn die Leut schon hier san, bieten wir ihnen was. Wo können sich denn die Musiker aufbauen?«

Die nächsten zwei Stunden delegierte Therese die vielfältigen Aufgaben, ließ den murrenden, aber hilfsbereiten Quirin eine Straßenecke vom Müll freiräumen für die Feuerwehrkapelle, die sich mit Lucien zu einem Solidaritätsständchen entschlossen hatte. Sie sorgte für einen Tisch, an dem Delphine de Brulée die Autogramme geben konnte, nach denen die Touristen fragten, schleppte eigenhändig einen Kasten Wasser aus ihrer Wohnung nach draußen und erklärte ihre Brezn großzügig zum Allgemeingut, um den verheerenden Eindruck von Tonis Fleischpflanzerln wieder zurechtzurücken. Sie stellte sich todesmutig dem Mohnauer Metzger entgegen, der auch noch ein paar Würste im Auto hatte, regelte den Verkehr der An- und Abfahrenden – zumindest, so gut sie konnte und ohne Fredl, der seinerseits regelte, in die Quere zu kommen –, sagte den Asiaten, es gebe hier keine Kuckucksuhren, wobei sie sich die Bemerkung verkniff, dass ihres Wissens sämtliche Kuckucksuhren sowieso in Asien hergestellt würden. Sie wies ihren Bruder an, neue Plakate zu kleben – irgendwer der vielen Menschen, die sie umringten, hatte sie gefragt, ob das nicht eine gute Idee wäre, mei, wie sollte sie das denn wissen, in all dem Tumult! –, sie mahnte Aufgebrachte zur Besonnenheit. Was wenig nutzte. Lauter wurde die Musik, jetzt unterstützt durch Nat Wildmosers Hardrock-Männerchor, was nicht jedem gefiel, lauter wurde auch das allgemeine erregte Gemurmel. Der amtierende Bürgermeister stand nur herum und rang die Hände, Veit Strobl, neben ihm, ließ die Arme hängen und sah aus wie ein ratloser Gorilla, ein Eindruck, den Therese im Vorbeirennen aufnahm. Und was wollte jetzt Micha, Amreis Mann, mit vier Kühen im Gefolge?

»Wenns a Prozession wollen oder was mit Kühen, dann mach ma a Prozession mit Kühen, hosd mi?«

Kruzifix, Michas Kühe versperrten die Straße, und hinter ihnen kam ein Kübelwagen mit Dünger, welcher Bauer war denn so narrisch, heute …

»Therese?« Ja, sie hieß so. Und wie konnte Christiane bloß so adrett aussehen, kein bisschen verschwitzt?

»Hast du mal eine Minute?«

Genauso gut konnte man den amerikanischen Präsidenten fragen, ob er mal ein Sekündchen hätte, während gerade ein außerirdisches Raumschiff die Erde bedrohte. Oder waren es Sonneneruptionen? Und aus welchem Film war das gleich? Auf jeden Fall war der Präsident im Film mindestens so busy wie Therese Engler. Aber Christiane Breitner hätte vermutlich auch ihm genau in dem Moment, als die ersten Außerirdischen das Raumschiff verließen, einen Stapel Fragebogen vorgelegt, obenauf eine getippte Statistik.

»Es ist … na ja … nicht schlecht ausgegangen! Ich hab's schon zusammengefasst. Es kommt ja immer darauf an, wie man es betrachtet. Sagen wir … das Glas ist halb voll.«

Wobei Therese einfiel, dass sie von ihrem eigenen Wasser nichts abbekommen hatte, keinen Tropfen. Kein Wunder, dass sie nur ein heiseres »Die Umfrage meinst?« herausbrachte.

»Die meisten haben ›egal‹ angekreuzt. Fünfzehn waren für Fredl Weidinger, fünf dafür, dass alles so bleibt, wie's ist, und sechzehn für Therese Engler.«

»Sechzehn?« Sie krächzte schon, räusperte sich. »Sechzehn wollen mich wählen? Von … wie viel Einwohner haben wir?«

»Das sollte eine Bürgermeisterin aber wissen! Ich hab sie natürlich nicht an alle verteilt. Man könnte es hochrechnen. Ich fürchte nur, das Ergebnis würde uns nicht wahnsinnig glücklich machen.«

Von allen Seiten jetzt der Lärm, Hupen, Muhen, Gebrüll. Der Verkehr auf der Uferstraße war gänzlich zusammengebrochen, Fredl schrie in sein Funkgerät hinein, was nichts half, der Verkehr stand, der Kübel stank, über allem *Highway to Hell* von Nat Wildmosers Chor.

»Ja, wir müssen schon noch Überzeugungsarbeit leisten. Den Nichtwähler ködern.« Christiane nickte ihr zu und stöckelte davon, Richtung Bürgermeister. Direkt vor der Kapelle bückte sie sich nach ihrem heruntergefallenen Kugelschreiber, und die Blicke des gesamten Männerchors tasteten ihr Heck ab, der Refrain von *Highway to Hell* gewann an Inbrunst. Die Umfrageergebnisse in der Hand, stand Therese einen Moment wie eine Kuh, wenn's donnert, dann drehte sie sich zum nächsten Fragenden um, der etwas von ihr wollte: Özcan, lächelnd, mit Wärme im Blick. Ob es nicht besser sei, wenigstens die Toiletten aller Etablissements aufzusperren. Einige Herren seien in die Büsche gegangen, einige Damen begehrten schon flehend Einlass im Döner 24, und es könne bald sozusagen ein Brunzproblem …

Matt tauchte wie aufs Stichwort auf, während sie noch abwog, dann die Toilettenöffnungserlaubnis erteilte. Resis erregten Zwischenruf »Zwoa Euro für a kloans Geschäft, a großes a Fuffzgerl mehr!« ignorierte sie erschöpft.

»Werte Dame, haben Sie einen Flachspüler? Dann lassen Sie lieber für eins fünfzig brunzen, und schlagen Sie für alles andere einen Euro drauf.« Matt verneigte sich lächelnd vor der verdutzten Resi, um gleich darauf mit bekümmerter Miene nach Thereses Ellbogen zu greifen. Was wollte er, jetzt? Sie musste ihr Café aufsperren, um Resis Unverschämtheit abzumildern …

»Therese, ich wollte schon die ganze Zeit mit dir reden. Geht es dir denn … gut?«

War er vollkommen narrisch? Sie starrte ihn nur an, registrierte aus dem Augenwinkel, wie Resi an einer Ecke von Delphine de Brulées Autogrammtisch die ersten Brunzschildchen auf Pappe schrieb.

»Du … wofür musst du mich bloß halten.« Er schaute sie an, mit flehendem Blick.

»Ich hab dich nie für irgendwas … mei … Matt, es is jetzt ned …«

»Ich … glaub mir, Therese, ich habe Gefühle für dich, aber …«

»Du gehörst zu Delphine«, sagte sie, so ruhig sie konnte, in dem ganzen Tumult, »mach dir um mich keine Gedanken.« Das hast du ja nie getan, dieser Satz hing in der Luft, und Matt schien ihn auch zu hören.

»Ich weiß, dass Delphine dir gesagt hat, ich hätte Susn von ihr aus jederzeit besuchen können. Aber das stimmt nicht, glaub mir! Delphine ist in vielerlei Hinsicht ein Engel, aber …«

Von fern ein Geräusch, nicht zu identifizieren bei all der Musik und dem anschwellenden, erregten Gemurmel über die unverschämten Brunzpreise.

»… aber sie ist sehr eifersüchtig. Zum Beispiel nach deinem Anruf, als du mir von Susns Hochzeit erzählt hast und ich zu dir fahren wollte, nach Deutschland … Sie hat etwas rausgekriegt und mir einen Spion hinterhergeschickt …«

Jetzt konnte Therese die Geräusche identifizieren: Polizeisirenen, viele, Rufe, hysterisch. Was erzählte Matt jetzt von irgendwelchen Spionen und ob sie noch wisse, als er in der Fetisch-Bar …

»Matt, nicht jetzt, mei!«

Polizisten sprangen aus Einsatzwagen, regelten den Verkehr, sprachen in Funkgeräte, Fahrer stiegen in ihre Wagen, lenkten sie zur Seite, machten einem riesigen grünen Fahrzeug Platz, dreimal so groß wie der Düngewagen, ein Fahrzeug, das in Wackersdorf noch anders ausgesehen hatte, ihr aber trotzdem bekannt vorkam. Matt, neben ihr, sprach es auch schon aus: »Ein Wasserwerfer! Du liebe Güte!«

Die Musik verstummte, als sich das erste Rohr auf die Menge richtete.

Jessesmariaundjosef, womit hatte sie das verdient?

24.

»Passt scho«, sagte mein Onkel.

Wir standen im dämmrigen Verkaufsraum der Tauchschule. Das Kleid hing auf einem Bügel neben den Trockentauchanzügen. Im Dämmrigen schimmerte es in all seinen Farbschattierungen: Elfenbein, Silberweiß, Creme. Es schien aus Millionen von seidigen, leuchtenden Schuppen zu bestehen, Stoffschuppen, bis in Kniehöhe, wo sich der Rock fischschwanzförmig in übermütigen Rüschen bauschte. Ein Meerjungfraukleid, elegant, stilvoll, erotisch. Das Kleid, von dem ich immer geträumt hatte. Auch jetzt kam ich mir vor wie im Traum. Wie sollte ich ihm nur danken? Und woher hatte er gewusst … Mein Onkel lächelte. »Hosts hoit irgendwann mal gsagt, nehm i an. Oder der Quirin hots erzählt. Und da hob i amoi a bisserl gegoogelt.«

Er hatte nicht nur gegoogelt, er war auch mehrmals in ein Geschäft nach Starnberg gefahren, das auch einen Maßschneider beschäftigte. Meine Kleidergröße habe er von Gina. »Und außerdem hob i da selber an Blick dafür, i hob scho so vui Weiberleit Taucheranzüge verpasst, weißt.«

»Aber … das … das muss furchtbar teuer gewesen sein.«

»Bist mein Patenkind, oder bists ned, Susn? Probiers hoit an, in Ruh, und sog Bescheid, ob ma was ändern muss.«

Ich nickte. Tränen in den Augen. Ich, die alte Heulsusn. Stand vor meinem Onkel, dem liebsten Onkel der Welt, der mir gerade das Kleid meiner Träume geschenkt hatte, und bemühte mich, mein Schluchzen zu unterdrücken.

Onkel Hartls Hand auf meiner Schulter.

»Susn, es is no oiwei ois guad ganga. Wenn ma nur auf sein Herz hört.«

Er legte mir das zellophanverhüllte Kleid in die Arme.

»I sog dem Quirin Bescheid, dass er di hoambringt. So a

Kleid kannst übrigens zu jedem Fest tragen, ned nur zu a Hochzeit.«

Damit entschwand er durch die Tür, die zum Wohnhaus führte, ließ mich mit dem edel geschuppten Gewand allein.

»Spatzilein, ist es auch wirklich okay? Werden sie es verstehen? Aber weißt du, Thereses Rededuell …«

»Ja, Schatzelchen, ich weiß doch. Ich werde dich entschuldigen, es macht gar nichts, mein Vater hat sowieso so viele Geburtstagsgäste. Sogar der Kirchenchor singt.«

Welche Mühe wir uns gaben, seit dem Eklat auf dem Pfingstmarkt. Glücklicherweise war tags darauf der Streik ausgebrochen, und alle redeten nur noch von dem Wasserwerfer, der Neuenthal bedroht hatte. Auch jetzt noch, beinahe eine Woche später, tobte der Streit darüber, wer den Polizeieinsatz bezahlen sollte, und die Gerüchte über das Geknutsche am Porsche waren verstummt, wenigstens vorübergehend. Die Franzosen rüsteten sich zur Abfahrt, wollten nur noch das morgige Rededuell zwischen Therese Engler und Fredl Weidinger abwarten. Und danach würde es wieder ruhig werden im idyllischen Neuenthal am Brachsee, man würde sich vorbereiten auf das nächste große Ereignis: die Märchenhochzeit von Susn Engler und Timo Flantsch.

»Schatzimäuselein, nicht weinen, ich bleib doch nicht lange.« Timo zog mich in seine Arme. Wir redeten nicht mehr über vergangene Verfehlungen, auch nicht darüber, dass meine Ausrede, ich dürfe Thereses Rededuell nicht versäumen, ziemlich dürftig war. Wir erwähnten nicht, dass irgendwer irgendwem die Luft abschnürte, wir gönnten einander alle Freiheiten, respektierten unsere Hobbys und küssten uns, wann immer wir uns zwischen Tür und Angel trafen. Auch jetzt küsste Timo mich zärtlich, erst auf die Wange, dann auf den Mund.

»Wenn ich weg bin, darfst du auch ins Wohnzimmer, meine Süße! Also, bis später, ich ruf dich an.«

Vom Schlafzimmerfenster aus sah ich zu, wie er ins Auto stieg und losfuhr, ich winkte, bis das Auto um die Biegung Richtung Mohnau verschwand. Dann setzte ich mich an meinen Laptop.

Wir hatten seit unserer Aussprache getrennte Hobby-Bereiche, mein Schreibtisch stand jetzt im Schlafzimmer, zwischen unserem Bett und dem Schrank. Timo konnte im Wohnzimmer nach Herzenslust die Aquarien säubern, im Forum chatten und Zopodil mal mit dem einen, mal mit dem anderen Weibchen zusammenbringen. Bisher ohne Erfolg. Seit Priyas Angriff schien Zopodil der Liebe vollkommen abgeschworen zu haben. Zu den Weibchen war er ritterlich, ließ ihnen galant den Vortritt beim Fressen, sogar bei den roten Mückenlarven. Seine Flosse sah schon beinahe wieder aus wie vorher, und sein früheres offensives Selbstbewusstsein, das doch nur Unsicherheit verbarg, hatte sich zu einer für einen Kampffisch äußerst seltenen Gelassenheit gewandelt. Ich würde später nach ihm sehen. Und nach der Überraschung, die im Wohnzimmer auf mich wartete. Vorhin hatte Timo sich eine Stunde im Wohnzimmer eingeschlossen, herausgekommen war er mit glänzenden Schokopuddingaugen.

Aber zuerst trieb es mich an die Ihajeflo-Geschichte. Ich musste endlich die Kussszene umarbeiten. Solange Timo im Nebenzimmer saß, hatte ich es nicht gekonnt. Jetzt ließ ich meinen Recherchekuss-Erfahrungen freien Lauf, tippte atemlos, wie ferngesteuert. Immer länger wurde der Kuss zwischen Shisanna und dem Fischer, füllte ganze fünf Seiten. Die ich, nach einem schnellen Kaffee und einem Gang ins Bad, durchlas wie die Geschichte einer Fremden. Wenn ich die Kussszene so ließe, würde sich die ganze Story ändern, Shisanna würde mit dem Fischer nach Hause gehen und sich ihm hingeben. Leidenschaftlich, busenbebend. Etwas, das ich an der eher spröden Shisanna bisher nicht bemerkt hatte. Und, ehrlich gesagt, auch nicht an Susn Engler. Die bei dem kürzlich absolvierten Versöhnungsbeischlaf mit Timo, einen Tag nach dem Pfingstmarkt, zwar nicht den

Bauch eingezogen, aber ansonsten über alles Mögliche nachgedacht hatte: die Hochzeitsfeier, die Szene, die sie gerade schrieb, und darüber, dass jetzt alles gut war. Was dieser Shisanna, wie sie jetzt auf dem virtuellen Papier stand, niemals passiert wäre. Diese Shisanna hatte alles vergessen, als sie sich an den Fischer drängte … wie auch Susn Engler sich an Cedric gedrängt hatte während des Recherche-Kusses. Vielleicht waren es auch mehrere Küsse gewesen, wenn man es analysierte: Momente, in denen wir Atem geschöpft, einander im Dunkeln angesehen hatten, fassungslos lächelnd, um uns noch enger aneinanderzupressen, Zungenspitze an Zungenspitze, Atem an Atem, Pore an Pore.

Dass dieser Kuss in mir war, dass ich ihn aufgehoben und in flaumweiche Sehnsuchtswatte gebettet hatte, dass in jeder freien Minute meine Gedanken kusswärts strebten, so wie auch alles andere an mir Cedric entgegengestrebt war, dies musste ich mir jetzt eingestehen, angesichts dessen, was Shisanna auf meinen virtuellen Seiten tat. Die Hand über der Löschtaste, verharrte ich einen Moment, kopierte dann den Text, speicherte ihn in einem Extra-Dokument ab und versuchte erneut, die Szene zu schreiben, so, dass sie zur Geschichte passte. Nach einer Stunde zähen Kampfes gab ich auf und ging zum Kleiderschrank.

Ich hatte Jacken und Blusen in Timos Schrankteil verbannen müssen, um Platz für die Hochzeitskleider zu schaffen. Und da hingen sie, alle sieben: das keusche Kleid von Frau Flantsch, Thereses Unglückskleid, das mädchenhafte Hochzeitsdirndl, die ramponierte Sissi, Özcans Kreation, in allen Farben strahlend, Delphines Negligé – und jetzt das Meerjungfraukleid von Onkel Hartl. Ich hatte es an Timo vorbeigeschleust, als er im Wohnzimmer saß. Ich wollte es erst allein anprobieren. Um ihn dann zu überraschen. Vielleicht.

Vorsichtig schälte ich das Meerjungfraukleid aus seiner Hülle, zog mein T-Shirt aus, dann die Jeans. Auch die Socken streifte ich ab – es würde zu mir passen, am Tag meiner Hochzeit in Ringelsocken aufzutauchen, aber wie ich jetzt wusste, gab es

Schlimmeres. Der Reißverschluss zog sich über den gesamten Rücken des Kleides. Warum hatte außer Özcan noch niemand ein Hochzeitskleid erfunden, in das eine Frau in aller Würde alleine hineinkam? Ein Kleid für Einzelkämpferinnen an der Hochzeitsfront? Warum rief ich nicht Gina an und ließ mir von ihr helfen? Warum redete ich nicht mit ihr über alles? Sie hatte schon mehrmals auf meinem Handy angerufen, auch Quirin hatte mich gefragt, ob denn alles in Ordnung sei, ob ich nicht mal rüberkommen und reden wolle. Aber ich wollte nicht reden, und ich wollte allein mit dem Meerjungfraukleid ringen.

Ich zog und zupfte, redete mit Engelszungen auf die Zähnchen des Reißverschlusses ein, überredete den Stoff, sich nicht in Wülsten über meine Hüften zu pellen, sondern graziös an mir entlangzufließen. Nach einer peinvollen Dreiviertelstunde voller Verrenkungen, Yoga-Übungen für Fortgeschrittene und einer Art Limbotanz mit Schlangenbewegungen – wobei ich nicht die Schlange war, sondern eher die Mahlzeit, die in der Schlange steckte – hatte ich es endlich geschafft. Ich raffte den Rüschenrock um mich und trippelte zum Lichtschalter. In meinen Träumen war nicht vorgekommen, dass die beiden Seinszustände: *ein Meerjungfraukleid tragen* und *laufen wie ein normaler Mensch* einander ausschlossen. Dabei hatte ich noch keine hohen Schuhe an. Und nicht alle Zähnchen des Reißverschlusses hatten zueinandergefunden.

Warum nahm man eigentlich solche Torturen auf sich? Steckte stundenlang das Haar auf, ließ sich die Befestigung des Brautschleiers in die Kopfhaut rammen – im Hochzeitsforum hatte ich Schlimmes darüber gelesen! –, quetschte sich in wirbelsäulenmordende und blasenerzeugende Schuhe, wenn es doch um den schönsten Tag des Lebens ging? Warum gab es keine schicken, aber bequemen Trainingsanzüge für Bräute, in denen sie sich bei ihrer Hochzeit bequem hinsetzen, sich in Trance tanzen und sich anschließend den Bauch mit Torte …

Ich stockte, starrte in den Spiegel. Vor mir, beschienen vom

Deckenlicht, stand eine schimmernde Gestalt, mit vollem Busen, weich gerundeter Hüfte und einem kleinen Bauchansatz, der aber zu ihr passte und ihre Erscheinung nur liebenswerter machte.

Vor mir stand eine Traumbraut.

Die einen anderen geküsst hatte.

War dies der Engler-Brautfluch? War ich verdammt, Thereses Fiasko nachzumachen? Immerhin war es beim Kuss geblieben, und es bestand keine Gefahr, dass ich ein Kind bekäme, einen Jungen mit dauerzerrauften Haaren und hellwachen Augen. Schon spürte ich kleine, kräftige Hände, die sich gegen mich stemmten, für mütterliche Umarmungen in der Öffentlichkeit war er schon zu groß, er rannte davon, stolperte über den Sand zum Saum des Wassers, wo er ein gigantisches Tunnelsystem grub. Bis zum Ende des Urlaubs würde er die gesamte französische Küste unterhöhlt haben, flüsterte sein Vater mir ins Ohr, und ich lehnte mich zurück in seinen Arm, in seinen Duft nach Orangen.

Die Vorstellung war so real, dass mich eine Gänsehaut überlief. Und jetzt? Sollte ich in Thereses Fußstapfen treten und vor dem Altar nein sagen? Aber das passte nicht zu Susn Engler. Susn Engler würde vielleicht etwas sagen wie: Also, ich weiß nicht, ich muss noch einmal darüber nachdenken. Es ist ja nicht nur, dass Timo und ich seit einem halben Jahr keinen Sex mehr gehabt hatten, und der Sex auch vorher nicht wahnsinnig spannend gewesen war, der Grund, warum ich mich Cedi derart … naja, hingegeben habe, war ein anderer. Wissen Sie, Herr Pfarrer, das Geknutsche an Alex Strobls Porsche war etwas wie die Fortführung eines Gesprächs, das wir sowieso die ganze Zeit geführt haben, Cedi und ich konnten von Anfang an miteinander reden, mit Worten und in Gedanken und, jetzt schauen Sie mich nicht so an, von Seele zu Seele. Die Sehnsucht der Haut, der Zellen und wie's aussieht auch der Gebärmutter ist nur die Folge davon. Aber es ist müßig, darüber nachzudenken, Cedi will mich nicht, er hat sich nach dem Kuss entschuldigt, und seitdem geht er mir aus dem Weg. Er hat sicher ein schlechtes Gewissen und hat bestimmt schon alles seiner Freundin …

Glücklicherweise vibrierte das Handy auf dem Nachttisch, bevor ich mich weiter hineinsteigern konnte, und mit schlechtem Gewissen las ich Timos SMS:

schatz, warst du schon im wohnzimmer? viele tausend küsse daduhdl timo.

Die Überraschung! Schnell trippelte ich durch den Flur und riss die Wohnzimmertür auf. Nichts. Nur die leuchtenden Aquarien, die LED-Monde. Im Paarungsbecken schoss Zopodil unruhig umher, stieß heftig Richtung Abdeckung vor. Was er wohl hatte? Und was hieß eigentlich daduhdl? War Timo am Ende gar nicht bei seinen Eltern, sondern heimlich einer fischanbetenden Sekte beigetreten und war deren Großer Daduhdl geworden?

Gerafften Rockes trat ich auf das Aquarium zu, ohne das Deckenlicht einzuschalten. Was hing dort, etwas Weißes, etwas wie … ein Transparent? Blödsinn. Ich bildete mir wohl ein, überall Transparente zu sehen, seit diesem Streik, als auf einem Bettlaken vor der Feuerwehrkneipe Solidarität für die Bürgermeisterin gefordert worden war und meine Mutter sich heldenhaft vor den Wasserwerfer gestellt hatte. Aber Timos Fische streikten nicht, ganz im Gegenteil. Das, was dicht unter der Wasseroberfläche in der Strömung waberte, hatte ich schon einmal gesehen. Oh mein Gott. Ein Schaumnest! Und Timo war nicht hier! Was sollte ich tun? Ihn sofort anrufen, damit er kurz vor dem Ziel wendete und mit quietschenden Reifen zurückfuhr? Selbst wenn Zopodil, ritterlich, wie er sich jetzt gab, ein Vorspielspezialist geworden war, würde eine Fischpaarung vermutlich keine drei Stunden dauern.

Vorsichtig schlich ich näher an das Aquarium heran. Eins der Weibchen, Xanthippe, das kleinste von ihnen, stand unter dem Nest, sah Zopodils souverän werbendem Getänzel in konzentrierter Ruhe zu. Die anderen Haremsdamen hatten sich in die

Pflanzen zurückgezogen, nur ab und zu blitzte eine Flosse hervor, ein Auge. Vermutlich feuerten sie ihre Haremsgenossin an, bei der Eiablage alles zu geben, ein Cheerleader-Grüppchen mit rosa Puscheln an den Flossen.

Und tatsächlich sah ich etwas Rosafarbenes, etwas, das von der Pflanze hing, das dort nicht hingehörte. Ich kniff die Augen zusammen: Es handelte sich um eine Art durchsichtiges Schild, beschriftet mit rosa Leuchtbuchstaben. Eins der Weibchen verdeckte es mit seinen Flossen, als es langsam vorbeischwamm, wie ein lebender Vorhang, der aufgezogen wurde, enthüllte sich der Text Buchstabe für Buchstabe: tug driw sella, las ich, hcid ebiel hci. Eine schockstarre Sekunde glaubte ich an eine geheimnisvolle Fischbotschaft. Dann war das Weibchen vorbeigeschwommen, von rechts nach links, und mir wurde zweierlei klar:

1. Ich hatte rückwärts gelesen.
2. Fische können keine LED-Buchstaben auf Plastik kleben.

Ich las die Botschaft noch einmal, richtig herum, und begriff sie: Susn, ich liebe dich. Alles wird gut.

Einen Moment passierte gar nichts. Nicht in meinem Hirn, in meinem Herzen oder im Aquarium. Dann durchzog ein Fisch mein Blickfeld: Zopodil, der einer Choreographie zu folgen schien, einmal schräg durchs Becken tänzelte, anmutig wendete, sich in flehenden Windungen nach oben schlängelte, Richtung Nest, und ich begriff, dass ich nicht länger warten konnte.

In aller Vorsicht näherte ich mich der Kamera, die wie durch ein Wunder meinen Wutanfall von letzter Woche überlebt hatte, schaltete sie ein und schaute ins Display. Ausgezeichnet. Das Licht der LED-Monde reichte aus, Zopodil war groß im Bild, hinter ihm war das still wartende Weibchen zu ahnen. Jetzt schnell den Laptop einschalten, der noch mit der Kamera verbunden war. Zum Glück hatte mir Timo alles erklärt. Ich öffnete die Seite des Zierfischforums, loggte mich ein als Kampffischfreak82 und drückte den Button »Hochladen«. Eine spannende Weile dauerte es, dann erschien Zopodil, prachtvoll und tiefblau, auf dem Bildschirm. Ich schwenkte die Kamera noch ein wenig, zoomte ihn näher heran. Was auch den Vorteil hatte, dass die Wasserpflanze mit ihrer Leuchtbotschaft nicht im Bild war. Es wäre Timo sicher nicht recht, wenn das gesamte Forum erfuhr, dass er mich liebte. Besonders Goldflossy. Die sich bald mit einem Absolut traumhaft! unter dem Paarungs-Livestream meldete. Und damit anscheinend die gesamte Belegschaft des Forums auf den Plan rief.

Während Zopodil seine Kreise stetig enger zog, erschienen immer mehr begeisterte Kommentare. Oh mein Gott! Jetzt eilte ich doch ins Schlafzimmer, drückte die Timo-Taste meines Handys, aber Timo ging nicht ans Telefon, wahrscheinlich saß er schon bei der Geburtstagsfeier seines Vaters und hörte dem Kirchenchor zu. Als ich zurückkam, wand sich auch das Weibchen in graziösen Bewegungen, die Zopodil aufstachelten zu auffordernden, leidenschaftlichen, aber immer noch galanten Pirouetten – ein Mann, der wusste, was er tat, der über seine Macho-Allüren hinausgewachsen war und es verstand, eine Frau zu verführen. Er tanzte ein komplettes viergängiges Menü mit weißen Tischdecken, Kerzenlicht, erlesenen Weinen und erlesenen Komplimenten, die das Einmalige seines weiblichen Gegenübers hervorhoben, seine Angebetete ahnen ließen, dass er nicht nur ihren Körper, sondern auch Geist und Seele begehrte.

Sollte ich Musik dazu auflegen, die CD von Lucien, die Cedric mir geschenkt hatte? Aber ich wollte nicht an Cedric denken, dies war Timos große Stunde, außerdem würde jede Art von Musik, sogar Luciens, dieses Schauspiel entweihen.

Zopodil hatte sich nun wie ein Ring um Xanthippe geschlungen, beide verharrten, unter dem Nest und auf dem Bildschirm, während es in dem Thread unter ihnen bewundernde Kommentare schneite. Und dann schneite es auch im Wasser: Unzählige winzige Perlen trieben, strömten, sanken, langsam und leise, taumelten wie im Traum.

Wow, sie laicht ab, schrie hammerhai1 auf.

Ja was denn sonst, du Ködel, gab Guppyschwabe unversehens zurück.

Und Xanthippe löste sich aus Zopodils Umarmung und schwamm davon, zu ihren Schwestern. Eine gemeinsame Zigarette, eine Après-Sex-Analyse oder Kuschelfernsehen war bei Fischen anscheinend nicht vorgesehen, auch Zopodil befreite sich mit einem Flossenzucken aus der majestätischen Starre und schwamm mit offenem Maul den Eiern hinterher, um sie einzusammeln und ins Schaumnest zu spucken, wie mir die Kommentare von Hammerhai1, Guppyschwabe und Goldflossy erläuterten.

Wie würdevoll Zopodil dieser Aufgabe nachging! Ein Mann, der sich die Hörner abgestoßen hatte – falls man Derartiges von einem Fisch behaupten konnte –, der verletzt hatte und verletzt worden war. Ein Mann, der das Leben und die Liebe kannte und jetzt bereit war, Verantwortung zu übernehmen.

Schon wieder wurde mir eng im Hals, ich dachte an Timo, wie sehr es ihn freuen würde, wenn ich ihm diesen Film und die begeisterten, bewundernden Kommentare im Forum zeigen würde … aber was blinkte dort auf, am unteren Bildschirmrand?

Kampffischfreak, du hast eine persönliche Nachricht.

Von Goldflossy natürlich. Bevor ich es mir anders überlegen konnte, hatte ich sie schon geöffnet. Und während Zopodil unermüdlich Eier einsammelte, sie ins Schaumnest transportierte, während die Weibchen die erschöpfte Xanthippe betütelten, las ich Goldflossys ausufernde Botschaft. Die mit einem: Liebster Timo begann und sich mehrere Zeilen lang in Jubelrufen erging, wie traumhaft diese Paarung sei, einfach nur zum Weinen schön. Goldflossy, erfuhr ich, konnte nicht aufhören zu weinen, nicht nur wegen der Paarung, auch wegen allem anderen. Aber ich verstehe dich, glaub mir, ich verstehe dich soo gut!!!!!!

Nach diesem Ausrufezeichen-Ausbruch riss sie sich zusammen und gab praktische Anweisungen, für die ich beinahe dankbar war: Warum ich (oder Kampffischfreak) das Weibchen noch nicht entfernt hätte? Und die anderen Weibchen auch, das sei ja sowieso Wahnsinn, sie bei der Paarung im Becken zu lassen, ein Wunder, dass es nicht zu Angriffen gekommen sei. Noch niemand habe so etwas gewagt, aber Timo sei eben ein Innovator, ein Held. Ihr Held. Aha.

Ich drückte auf den Antwort-Button. Ein kleines weißes Blatt öffnete sich, versehen mit den Smiley-Optionen des Forums: lächelnde Fische, zwinkernde Fische, sich kaputtlachende Fische, sekttrinkende, feiernde, feixende, böse schauende Fische, ein bewegungsanimierter Hai, der quer über das Blatt schwamm. Eine Weile klickte ich fasziniert einen nach dem anderen an, vergaß ganz, was ich Goldflossy antworten wollte: liebe goldflossy, für mich ist dein superman ein gekrümmter rücken vor dem aquarium. (feixender Fischsmiley mit spitzen Zähnen) und ist es wirklich so heldenhaft, zwei fische zu etwas zu bringen, was sie sowieso tun würden? (zwei Fischsmileys, übereinander, um sie herum blinkende Herzchen) in der natur jedenfalls. (zwinkernder Fischsmiley) vielleicht nicht, wenn man sie in einen glaskasten sperrt. (mit aufgerissenen Augen glotzender, anscheinend von einer Erkenntnis überfallener Fischsmiley) viele grüße, die verlobte deines helden

Ich beherrschte mich im letzten Moment, den Finger über dem Button, auf dem Senden stand, erhob mich und öffnete die Abdeckung des Aquariums. Goldflossy hatte ja recht, die Weibchen mussten weg, bevor irgendetwas Unentspanntes passierte, Zopodil von ihrer Gegenwart so verunsichert wurde, dass er die Eier verschluckte oder worauf Kampffischmännchen sonst so kamen, im Stress der Vaterschaft.

Ich stellte die Kamera ab, fuchtelte mit Timos Kescher blind in den Wasserpflanzen herum. Noch nie zuvor hatte ich einen Fisch aus dem Aquarium geholt, und die Tatsache, dass die Weibchen und ich nicht unbedingt an einem Strang zogen, machte die Aktion nicht einfacher. Es verging eine turbulente halbe Stunde mit Flossenschlagen, Flüchen, albernen Lockrufen (hatten Fische

Ohren?), mit Versprechungen, Flehen und schließlich deutlichen Drohungen mit der Bratpfanne und Rosmarinkartöffelchen als Beilage. Und als das alles nichts half, sogar mit Panade und Remouladensauce. Was immerhin Nefertiti dazu brachte, freiwillig in den Kescher zu schwimmen, und kurz darauf folgte der Rest des Harems. Da ich schon einmal dabei war, fischte ich auch das Plastikstück mit der Susn-ich-liebe-dich-alles-wird-gut-Aufschrift heraus. Dann setzte ich mich wieder hin und zwang mich, Goldflossys Botschaft zu Ende zu lesen.

Oh Timo, ich weiß, das sollte ich nicht sagen, aber immer, wenn ich nach meinen Larven schaue, muss ich an dich denken. Wie du mich zärtlich Lärvchen genannt hast und mein Asselchen und wie du dabei gelächelt hast. Ich höre immer wieder deine Stimme und denke an … du weißt schon. Mike hat übrigens nicht gemerkt, dass ich überhaupt weg war. Ich hätte mir die ganze Lügerei mit der Freundin und so, dass ich bei ihr schlafe, gradewegs sparen können. Es interessiert ihn nicht, was ich mache. Timo, ich werde mich von ihm scheiden lassen. Ich weiß, es ändert für uns nichts mehr. Ich verstehe dich. Wir haben ja lange über alles geredet.

Wann hatten sie geredet? Und was meinte Goldflossy mit: Du weißt schon? War Timo doch nicht auf Klassenfahrt gewesen? Oder hatte er sich davongestohlen, auf ein paar Stunden, eine Nacht? Und hatte er jemals erwähnt, dass Goldflossy verheiratet war?

Ich kann verstehen, dass dir dein zweites Staatsexamen und deine Zukunft wichtiger sind als eine Amur fu. Du wirst schließlich Beamter, und wer wirft schon alles über den Haufen und riskiert den Job, nur weil er sich verliebt. So sehr, dass es weh tut. Du hast es selbst gesagt. Und ich habe die Tränen in deinen Augen gesehen, nachdem wir … ach, mein Kampffischlover, es war die wunderbarste Nacht meines Lebens.

Wo hatte diese wunderbare Kampffischlover-Nacht wohl stattgefunden? In einer Badewanne? Hatte Timo-Superman eine

Haifischfinne getragen und Schwimmflossen? Und warum dachte ich albernes Zeug, statt mir klarzumachen, was das kleine Asselchen meinte mit: zweites Staatsexamen und den Job verlieren? In mir keimte eine Ahnung, die zur Gewissheit anwachsen wollte, schneller, als mir lieb war. Sie trieb mich durchs dunkle Zimmer, vorbei an all den Glaskästen mit ihren künstlichen Monden.

»Kampffischlover!«, sagte ich, fassungslos lachend, zu einem mich beinahe besorgt anglubschenden Diskusfisch im großen Becken. Und: »Amour fou! Sie weiß noch nicht mal, wie man's schreibt«, zu einer desinteressierten Buntbarbe, ergänzte, während sie ihr Maul gleichmütig öffnete und schloss, dass Goldflossy ansonsten wohl ihr Rechtschreib-Korrekturprogramm eingeschaltet haben müsse. Im Gegensatz zur letzten Mail, wo sie noch ziehmlich viel »gespührt« hatte. Timos hässlichem Tiefseefisch im großen Aquarium, einem Vieh mit krötenähnlichem Look, erzählte ich, dass unter diesen Umständen Timos Großmut, Cedric betreffend, nicht weiter verwunderlich sei. Worauf der verwarzte Tiefseefisch mich aus einem grünumrandeten Auge ansah und mit einem Schwanzschlag davonstob. Als wollte er nicht mit ansehen, was ich jetzt tat: Mit zitternden Händen öffnete ich die Schiebetüren im untersten Teil des Wohnzimmerregals, zog die Ordner heraus, die ich sonst mied, graue Ringhefter, in denen Timo Steuerbescheide, Rechnungen und offizielle Briefe aufbewahrte.

Schon im zweiten Ordner fand ich, was ich suchte: einen Brief der erzbischöflichen Diözese, in dem von der Missio canonica die Rede war, der endgültigen Unterrichtserlaubnis für katholische Religionslehrer. Die nur dann erteilt wurde, *wenn Ihre Lebensführung den Anschauungen der katholischen Kirche entspricht.* Und daran geheftet das Schreiben des Direktors des Gymnasiums, dass der Anstellung eines *verheirateten* Religionslehrers nichts im Wege stünde. Datiert am Tag vor Timos Antrag. Der unter nicht unbedingt romantischen Umständen erfolgt war.

Ich war erkältet gewesen, im unansehnlichsten und unausstehlichsten Stadium, hatte ein Taschentuch unter den Nasenlöchern stationiert, das in erschreckend kurzer Zeit zu einem widerlichen nassen Klumpen wurde. Als schniefendes, triefendes, unleidliches, rot verschwollenes Schnupfenmonster lag ich im Bett und beantwortete den Heiratsantrag, den Timo mir eher beiläufig machte, mit einem verstörten: Hatschi! Später lachten wir darüber, und alles wurde, nachdem ich den Schnupfen los war, herrlich aufregend. Timo wollte, dass alles schnell ging – jetzt wusste ich ja, warum! –, wir bestellten in aller Eile das Aufgebot, erklärten den schon gebuchten Thailandurlaub zur Hochzeitsreise, und für ein paar Wochen – bevor mir klarwurde, dass ich in äußerst knapper Zeit etwas gegen meine Pinguinfigur tun musste – war ich glücklich. Trotzdem mied ich den Thread euer Antrag im Hochzeitsforum. Nachdem ich Berichte über die traumhaften Anträge von anderen gelesen hatte: Abende in Restaurants, ein angehender Ehemann, der das ganze Haus mit Blütenblättern schmückte, bevor er die Liebste fragte, eine Ballonfahrt, eine Woche in Paris … Nur quietschentchen war im McDonald's gewesen: zwei chesbürgermenüs mit groser Cola, ein heiratsantrag *g*, und dan noch ein quiki in der tiefgerage. ^^ Den sie anscheinend auch höchst romantisch fand.

Ich räumte die Ordner wieder ins Regal und kehrte zum Bildschirm und zu Goldflossys Nachricht zurück. Sie habe, schrieb Goldflossy, angesichts der so ergreifenden Fischpaarung begriffen, dass sie es nicht länger in ihrer Ehe aushalte, sie werde Mike verlassen und allein für ihre Buntbarsche leben. Sie wolle Timo aber nicht weiter im Weg stehen. Eine geschiedene Frau an seiner Seite werde man ganz sicher nicht akzeptieren, weder in der Diözese noch in seiner Schule.

Liebster, du sollst wissen, dass ich dich nie nie, nie vergessen werde. Aber wir sollten einander nicht mehr in Versuchung führen. Dies ist meine letzte Nachricht. und damit du siehst, dass ich es vollkommen ernst meine, werde ich in einer halben Stunde meinen Account hier im Forum löschen. Goodbye forever. Dein Asselchen.

Eine Weile saß ich still, sah zu, wie Zopodil meditativ und tänzerisch Eier ins Schaumnest spuckte. Und plötzlich schwebten meine Finger über den Tasten, hoben und senkten sich. Ich, Susn Engler, schien gar nichts damit zu tun zu haben:

Liebstes Asselchen, bitte, verlass mich nicht! Auch ich kann dich nicht vergessen, und schon gar nicht unsere Nacht …

Einen Moment hielt ich inne: Ich hatte keine Ahnung, wie diese Nacht verlaufen war, ob sich Kampffisch-Superman, eingewickelt in den Duschvorhang, mit einem ganz und gar unfischigen Schrei auf sein Asselchen gestürzt oder sich eher so verhalten hatte, wie ich ihn kannte. Besser, ich beließ es bei diesen sehnsuchtsvollen, vielleicht Asselchens Erinnerung beflügelnden drei Pünktchen nach dem Wort Nacht. Außerdem musste ich mich beeilen, bevor Goldflossy ihren Account löschte.

Geliebtes Asselchen, ohne dich fühle ich mich schrecklich einsam, mehr als das, ich fühle mich ausgesetzt in unendlicher Schwärze, dunkel ists um mich und in mir wie in der Tiefsee, hier in den schwarzen Wassern meiner Seele bleibt mir nichts, als die Angel meiner Sehnsucht auszuwerfen, den Strahl meiner Hoffnung ins Dunkel zu schicken, auf dass er dich erfasse, mein Asselchen …

Hatte ich übertrieben? Timo neigte nicht unbedingt zu dieser Art von Poesie, jedenfalls nicht der Timo, den ich kannte. Egal, die Zeit lief ab, und obwohl ich Goldflossy-Asselchen nicht kannte, ahnte ich, sie würde entzückt sein, vor allem über das, was ich jetzt schrieb:

Mir ist jetzt und hier endlich klargeworden, dass ich nicht meinen Job über mein Leben bestimmen lassen kann. Heiraten werde ich nur aus Liebe und nicht wegen irgendwelcher Gebote unserer Kirchenväter oder meiner Eltern, deren glühendster Wunsch es ist, dass ich Beamter werde. Aber wie mein tapferer Zopodil werde ich mir meinen Weg durch das Labyrinth des

Lebens erkämpfen müssen. Und ich hoffe auf eine ebensolche Belohnung, wie sie auch Zopodil erfahren durfte: die Belohnung einer vollendeten Paarung in ewiger, vollkommener Liebe.

Bitte, ruf mich an!

Forever yours, dein Kampffischlover

Ich drückte auf Senden, überzeugte mich, dass Goldflossy noch online war, dann klappte ich Timos Laptop zu und ging zurück ins Schlafzimmer. Draußen war es inzwischen vollständig dunkel, schwarz standen die Bäume, in stiller Andacht, über ihnen das Netz aus Sternen. Ich setzte mich an meinen Behelfsarbeitstisch, öffnete die Ihajeflo-Datei und ließ mir Flügel wachsen.

Erst nach zwei Stunden blickte ich auf. Ob Goldflossy Timo schon angerufen hatte? Ob ich ihm nicht wenigstens eine SMS schicken sollte?

habe schluss gemacht, falls du es noch nicht gemerkt hast (asselchen), hoffe, es war in deinem sinne. zopo und den weibchen gehts gut, und danke für die liebeserklärung.

Das Telefon in meiner Hand verschwamm vor meinen Augen, jetzt erst kamen die Tränen. Ich schluckte sie hinunter. Plötzlich fiel mir auch ein, was DADUHDL hieß: denk an dich und hab dich lieb. Was für eine Lüge!

Gerade wollte ich das Telefon auf den Boden schmettern, als ich den blinkenden Umschlag auf dem Display entdeckte. Eine weitere Nachricht. Eingetroffen schon vor mehreren Stunden.

Ich muss dich sehen. Treffen am alten Turm? Cedric.

Ich war aufgesprungen, noch bevor mein Gehirn den Entschluss dazu gefasst hatte. Cedi! Was wollte er? Einen weiteren Kuss? Mir gestehen, auch er habe bemerkt, dass die Sehnsucht stärker war als die Vernunft? Wollte er mir sagen, dass er seine Freundin verlassen würde, so wie Timo mich verließ – auch wenn ich hierbei ein wenig nachgeholfen hatte –, dass er nur noch auf sein Herz hören würde, wie es mein Onkel mir geraten hatte?

Mein Herz jedenfalls tat alles, um ihm entgegenzustürmen.

Es trieb mich hinein in die Stiefel mit halbhohen Absätzen, die noch am Schuhschrank standen und nicht unbedingt zu einem Meerjungfraukleid passten, aber das war jetzt auch schon egal, dann ins dunkle Treppenhaus. Ich raffte den Rock bis weit über die Knie und rannte, etwas x-beinig, über den Parkplatz und in den Wald. Was wollte Cedric ausgerechnet am alten Turm, der zwar ganz in der Nähe des Neubaugebiets, aber gottverlassen lag? Und wartete er überhaupt noch auf mich? War ich vollständig übergeschnappt? Seine SMS war vor Stunden gekommen. Ich musste ihn anrufen! Und warum hatte er es nicht versucht?

Ich blieb atemlos stehen, wählte, wartete, hörte mir von einer neutralen Stimme an, dass diese Nummer momentan nicht erreichbar sei. Kruzinesen, vielleicht war er doch am Turm. Soweit ich wusste, gab es so tief im Wald keinen Funk. Und er saß doch so gern im Dunkeln und schrieb, wie noch vor kurzem, als ich ihn nach der Trostschokolade zurückgelassen hatte.

Schneller lief ich, benutzte mein Handy als Taschenlampe, nur noch die Kurve, die vertraute Biegung des Forstwegs, dann eine kleine Parkbucht, der Schatten des Turms. Früher hatte eine Kirche dazugehört, ein Holzanbau am Steinturm, der abgerissen worden war. Als Kinder hatten wir dort gespielt, und ich hatte mich manchmal dorthin mit meinem Heft zurückgezogen, auf die obere Plattform. Vielleicht hatte ich Cedric davon erzählt, ich wusste es nicht mehr.

Wie in Trance stolperte ich auf den Turm zu, von oben musste ich aussehen wie ein Gespenst. Ein Gespenst in einem Hochzeitskleid. Das ich nicht mehr brauchte. Ich brauchte auch keine Anprobe mehr, keine Thailandreise, keine Schwiegereltern …

Plötzlich fühlte ich mich leicht, so leicht, als könnte ich tatsächlich abheben und als Hochzeitsgespenst hinauf zu der einzigen Fensteröffnung schweben. Hinter der etwas schimmerte. Licht.

»Cedi? Bist du da?«

Still war's, nur ein einsames Grillenmännchen suchte verzweifelt surrend ein Weibchen, unterbrach seine Gesänge nicht, als ich den Strahl meiner Handy-Taschenlampe ins Gras richtete, den Turm umrundete. Das Gestrüpp dahinter war gerodet, und jetzt erst bemerkte ich den Bauzaun. Therese hatte mir erzählt, dass die Strobls auch den Turm zu exklusiven Ferienappartements hatten umbauen wollen, die Bauarbeiten aber stagnierten. Der Strahl erfasste die Tür. Die angelehnt war.

»Cedi?«

Sie hatten die alte Treppe abgerissen und durch eine provisorische Wendeltreppe ersetzt, die noch nach frischem Holz roch. Mit bis über die Oberschenkel gerafftem Kleid kämpfte ich mit den Stufen. Die Tür zum ehemaligen Glockenturm stand offen.

»Cedi?«

Vorsichtig trat ich in den Raum. Und fiel. In eine Umarmung. Heftig, ledrig. Schweißgeruch. Jemand riss an mir, riss etwas ab. Ich schrie. Wurde gestoßen. Das Licht erlosch. Schritte. Dann fiel die Tür zu.

25.

Heute! Der große Tag! Therese Engler hatte wunderbar geruht. Ohne Alpträume von Prüfung und Versagen, von Nicht-Genügen oder Noch-einmal-den-Schulabschluss-machen-Müssen, womöglich in Mathe. Sie hatte von einem Schloss am Meer geträumt. Es musste an dem Entspannungsschaumbad liegen, das sie sich vor dem Einschlafen verordnet hatte. Oder an allem anderen, das ihr in den Tagen zuvor vergönnt worden war.

Mei. Ihr tangotanzendes Herz, ihre fragilen Knie, ihre sehnsüchtigen Lippen, sobald sie nur daran dachte. An ihn dachte. Vergraben wollte sie sich in seinen Duft, vergraben sollte er sich in ihr, umschlingen sollte er sie, küssen dort, wo er sie geküsst hatte in den Nächten in der Kaisersuite.

Kruzifix! Nicht jetzt dieser süßen Schwäche erliegen, die jeden vernünftigen Gedanken lähmte, nicht jetzt, so kurz vor dem Ziel!

Dynamisch erhob sie sich, warf ihr Nachthemd von sich und musterte sich im Spiegel. An ihrem Oberschenkel ein großer blauer Fleck, vom Fallen aus dem breiten Bett der Kaisersuite, das ihnen nicht breit genug gewesen war, in ihrem spielerischen Kampf. Wer hatte noch gleich das Komfortzimmer direkt darunter? Ob die Sachsen etwas gehört hatten? Na und! Sollten sie es doch alle wissen: Therese Engler hatte einen Lover. Nichts weiter. Nichts, was ihre Gefährlichkeit beim Rededuell oder ihre Entschlossenheit, Neuenthal in eine bessere Zukunft zu führen, beeinträchtigte. Im Gegenteil. Sie fühlte sich entspannt. Stark. Erfüllt. Bereit, alles zu geben. Und der andere blaue Fleck, der an ihrem Hals, würde sich auch verbergen lassen.

Wann hatte sie den letzten Knutschfleck gehabt? Zu Fredl Weidingers Zeiten? Beinahe tat Fredl ihr leid. Welche Anstrengungen die Gegenpartei in den letzten Tagen noch unternommen hatte, um das Rededuell abzuwenden! Aber nach der Zustimmung des Kreistags hatte es kein Halten mehr gegeben.

Sicher hatte auch ihr Verhalten beim Streik eine Rolle gespielt. Sie war dem Wasserwerfer entgegengeschritten, hatte sich allein und mutig Fredl Weidingers Dummheit gestellt. Wie konnte er so hirnrissig sein, über Funk einen riesigen desaströsen Aufmarsch zu melden?

Sie duschte, verwendete großzügig die Anti-Aging-Bodylotion, die Toni ihr katzenfreundlich zum vorletzten Geburtstag geschenkt hatte, vervollständigte ihre Duftkomposition mit einigen Tropfen Parfüm. Dasselbe Parfüm, das sie immer auftrug, bevor sie hinüberging in die Kaisersuite oder ins Gartenzimmer, um *ihn* zu treffen. Wieder überfielen sie wohlige Erinnerungsschauer. Vor sich hinsummend suchte sie aus dem obersten Fach des Wäscheschranks einen soliden, rededuelltauglichen BH heraus. Und dachte einen Moment an den Bleistifttest. Mei. Keine vier Wochen her. Und was alles war darauf gefolgt!

Sie schlüpfte in die leichten Strumpfhosen mit dem Blumenmuster, dann zog sie ihr kostbarstes Dirndl an. Nichts Ausgefallenes, nichts, was die Neuenthaler Bevölkerung unnötig verschrecken würde. Seide und Organza. Harmlos-weibliche Pastellfarben. Die nicht nur Fredl Weidinger, sondern auch das Publikum von ihrer Gefährlichkeit ablenken würden. Vorübergehend. Bis die Pfeile ihrer Argumente auf sie einhagelten, so lange, bis die Gegenpartei zusammenbrechen, ja, um Gnade winseln würde!

Kriegerisch schwang Therese den Augenbrauenstift, tupfte Rouge auf die Wangen, die bei genauerer Betrachtung kein Rouge mehr nötig hatten, gab ihren Lippen einen rosa Schimmer und setzte den Indiana-Jones-Hut auf. Gina hatte ihn zwei Tage nach dem Pfingstmarkt vorbeigebracht. Ohne zu erwähnen, wie dieser Hut in ihren Besitz gelangt war. Therese hatte auch nicht gefragt, sich nur bedankt.

Mit gemessenen Schritten verließ sie das Haus, ging hinunter zum Parkplatz. Das Frühstückrichten in der Pension hatten heute die Sachsen übernommen, rechtzeitig, damit alle, Sachsen, Franzosen, Schweizer, pünktlich am Gemeindehaus ankämen. Um Therese Engler siegen zu sehen. Was tat ihr der Weidinger leid! Der cremefarbene Mini ihrer Wahlberaterin fuhr vor, schwungvoll öffnete Therese die Tür, stieg ein und zusammen rauschten sie vom Parkplatz.

Als sie die Musik hörte, wusste sie, dass sie den Weidinger unterschätzt hatte. Oder die Strobls. Die feixend im wohlgefüllten Saal saßen und zusahen, wie Fredl Weidinger die Bühne betrat. Oder eher auf die Bühne einmarschierte, wie bei einer Boxweltmeisterschaft, zu den Klängen von *We are the Champions.* Laut und feierlich, die Wählerseele berührend. Über Musik beim Bühnenaufgang hatten Christiane und sie nie gesprochen, ein Fehler! Die Strobls hatten anscheinend keine Mühen und Kosten gescheut, von *We are the Champions wurde* meisterlich überblendet zu *Eye of the Tiger,* und Fredl Weidinger, in Uniform, mit spiegelnder Glatze drehte sich, schritt einmal die Bühne in voller Länge ab, schneidig, im Takt. Nur wer ihn gut kannte, ahnte den Bandscheibenvorfall und den schmerzenden Ischiasnerv, über den er gern klagte. Die allgemeine Begeisterung steigerte sich, als *Eye of the Tiger* in *Simply the Best* überging, das Publikum klatschte mit, auch Judda und Üwe, in der ersten Reihe. Die schuldbewusst das Klatschen wieder einstellten, als Thereses Blick sie traf.

»Das hast du nicht nötig«, flüsterte ihre Wahlberaterin. Was sicher gut gemeint war. Aber in welche Politikerseele hätten sich angesichts der allgemeinen Begeisterung für den Gegenkandidaten keine Zweifel geschlichen? *Nur sechzehn Leute wollen dich wählen,* wisperte es auf ihren Gehirnfluren, und: *Schau mal, noch nicht einmal deine Tochter unterstützt dich!* Sie hatte selbstverständlich damit gerechnet, dass Susn da sein würde, schon allein in ihrer Funktion als Mitglied der Tourismusinitiative. Aber Susn saß nicht bei Quirin, Gina, Nat Wildmoser und Hartl, der sich ebenfalls im Saal umsah, vermutlich ebenso irritiert wie sie. Auch bei Franzi, Özcan, Anderl und Resi saß Susn nicht. Und fehlte nicht auch Cedric?

Therese konnte es nicht mehr überprüfen, denn Lucien war aufgestanden, vor der Brust sein kleines Akkordeon, das, wie sie jetzt wusste, Bandoneon hieß. Ebenso, wie sie jetzt wusste, dass die Fotografie auf seinem Nachttisch nicht seinen Freund, sondern seinen Lieblingskomponisten zeigte. Und dass Nylonstrumpfhosen sich bestens dafür eigneten, Gitarrensaiten abzudämpfen, wenn man Musik aufnahm. Im Gartenzimmer, bei einem Glas Rotwein, hatte sie gewagt, ihn danach zu fragen: »What do you do with the Feinstrumpfhosen?« Um ihre doch sehr direkte Frage abzumildern – vielleicht auch, weil sie sich vor einer direkten Antwort fürchtete – hatte sie ein lockeres »nur so, by the way« hinzugefügt. Der anschließende Dialog war kompliziert gewesen, und auf dem Höhepunkt der Missverständnisse – sie hatte auf ihre Feinstrumpfhosen gedeutet, er hatte versucht, sie ihr auszuziehen – hätte sie beinahe Cedric gerufen. Auch wenn die Angelegenheit vielleicht ein wenig pikant war. Aber schließlich hatte Lucien verstanden und ihr lachend gezeigt, wie er die Nylonstrumpfhosen um die Sättel der Gitarren schlang. »The best material«, hatte er gesagt, ihr vorgeführt, wie anders die Gitarre mit dieser Strumpfhosenveredelung klang, trocken, zirpend, ohne dass Saiten nachtönten, wenn Lucien rasend schnelle Läufe spielte. Dann hatte er sich wieder ihr zugewandt und … Sakra! Nicht daran denken, nicht jetzt.

Das Publikum hörte endlich auf, den Weidinger zu bejubeln, und ihre Wahlberaterin verpasste ihr einen ermunternden Schubs. »Jetzt geh, zeig's ihnen!«

Lucien fing an zu spielen, ein Chanson, irgendwoher kannte sie das Lied, sie hatte es zu Hause, noch auf Schallplatte, und sie hörte die Kratzer der Platte mit, als Lucien weiterspielte: *Non, je ne regrette rien.* Hieß das nicht: Ich bereue nichts, und war die

Sängerin nicht Edith Piaf, der Spatz von Paris? Gut! Hier kam der Spatz von Neuenthal. Unter dessen harmlosem Gefieder sich ein Bussard verbarg. Und zu bereuen hatte Therese Engler auch nichts.

Geschmeidig erklomm sie die Treppe und stand im Scheinwerferlicht. Mei, wie das blendete! Was tat jetzt Delphine de Brulée, warum stand sie auf, was hielt sie hoch? Ein Transparent: Liberté, Egalité, Fraternité, sie hatte doch immer gewusst, dass das Dritte klang wie ein Kaltgetränk. Auch andere Transparente wurden jetzt geschwenkt, von Hartl, sogar von Anderl, Franzi und Özcan. *Für ein tolerantes Neuenthal*, las sie auf Hartls Plakat, dann kam Anderl mit: *Neuenthal is the world!* Franzi schwenkte: *Für einen Anschluss an eine globale Zukunft und an die internationale Mode! Fescht ist beautiful!*, verdeckte fast Özcans Transparent: *Fortschritt, Erleuchtung, Liebe.* Und auf allen Transparenten, sogar auf Franzis, prangte groß ihr Name.

Im Publikum raunte es, als ein glasklarer Jodler sich erhob, wie ein Adler über dem Chanson kreiste, sich höherschraubte, immer höher, zu einem majestätischen Looping, bevor er sanft wieder landete und verklang. Lucien hatte jodeln gelernt. Für sie! Während der atemlosen Schweigesekunde im Saal schluckte Therese an ihrer Bierkuchenrührung, dann brach der Applaus los, die entzückten Schreie. Unter die sich auch Therese-Engler-Rufe mischten. An den verärgerten Gesichtern der Strobls konnte sie die Wirkung ermessen. Und tat das Großzügigste, Toleranteste und auch Klügste, das ihr möglich war: Sie verbeugte sich, setzte sich an ihren Tisch und ließ dem Weidinger den Vortritt.

»Neuenthaler!« So weit, so knapp. Das Publikum wartete gespannt. Aber mehr kam nicht, Fredl lief, Schritt, Schritt, Schritt, weg vom Pult, sozusagen weg von sich selbst und wieder zurück, sichtlich mit bedeutenden Gedanken ringend. Das erste frech eingeworfene »Fredl-Schatzerl« aus dem Publikum schien ihn beinahe zu erleichtern: »Viertel nach zehn! Ja, sicher, am

Vormittag! Sonst hätt i zwoarundzwanzig Uhr fünfzehn gesagt. Neuenthaler! Wir müssen … äh … wir müssen dringend etwas ändern!« Schritte, zurück zum Pult. Wo das Skript lag. Ein eng beschriebenes Blatt. Bestimmt nicht von ihm getippt.

»Von Fortschritt redens!«, las er jetzt ab. »Und i frag eich: Was is a Fortschritt? Wenn a Weibsbild eich anführt, is des Fortschritt? Sollt ned Neuenthal, unsere Hoamat, wenigstens no a Platzerl auf der Erde sein, wo no alles stimmen duad, a … mei … a Oase inara wüsten Welt? Sechzehn nach! Und die Akkordeonschwuchtl soll ned so vor mia rumtanzen, des is a unerlaubte Ablenkung!«

Lucien setzte sich folgsam wieder, sein Bayerisch hatte wirklich grandiose Fortschritte gemacht in den letzten Tagen, vielleicht hatte er aber auch nur Fredls verscheuchende Handbewegung verstanden. Im Saal erhoben sich murrende Stimmen.

»Des is koa Schwuchtl ned!«

»Was ist denn das für ein Vokabular!« Ihre Wahlberaterin war aufgestanden. »Schämt ihr euch nicht?«

»Richtig! Schamma soits eich! So a Intoleranz!« Franzi schwenkte ihr Plakat.

»Und er is so a feiner Kerl, der Lucien!« Anderl wuchs über sich selbst hinaus. »So a genialer Musiker, selbst wenn er so was wär, so a … so a …«

»Des is er ned! Die Amrei hot gesehn, wie er mit da Therese Engler …«

»Ruhe! Bitte! Ruhe! Reißt's euch zusammen!« Therese erhob sich, in all ihrer Autorität, und tatsächlich wurde es still im Saal. Herrgottsakra! Das hatte gerade noch gefehlt, was wollte Amrei gesehen haben, etwa, wie Lucien und sie …

Mei, die Sache auf dem Fensterbrett war auch zu unvorsichtig gewesen, aber anscheinend hatte Lucien nicht mehr an sich halten können, angesichts der flammenden Rede, die sie, im Zimmer auf und ab gehend, sich ihrer Ausstrahlung bewusst, und, okay, nicht mehr vollständig angezogen, geübt hatte. Stehend hatte er sie geküsst, sie gegen die Wand gedrängt, aufs Fensterbrett gehoben, wo sie … mei! Nicht jetzt daran denken, jetzt kam es drauf an!

»Neuenthalerinnen und Neuenthaler!« Das war Fredls erster, schwerwiegender Fehler gewesen, die Frauen, die hier immerhin in der Überzahl waren, nicht anzusprechen. »Wie wollt ihr leben?« Um möglichen Vorschlägen aus dem Saal zuvorzukommen, feuerte sie sofort die nächste Frage ab: »In kleinlicher Enge, mit eingezogenen Köpfen? Unter der Geißel der Korruption, mit nächtlichen Razzien, bei denen Rotwein beschlagnahmt und später illegal konsumiert wird? Ja, es ist an der Zeit, die Dinge beim Namen zu nennen! Fredl Weidinger und Veit Strobl wurden beim Genuss einer beschlagnahmten Flasche zwotausendsiebener Bordeaux reservé, appellation d'origine contrôlée, mis en bouteille au château Lavenceau erwischt!« Kurze, begeisterte Zwischenrufe von Delphine und Lucien angesichts ihres eloquenten Französisch, das in den letzten Tagen ebenso wie Luciens Bayerisch gewaltige Fortschritte gemacht hatte. Dann redete sie weiter: »Wollt ihr euch von unlauterer Geldeintreiberei an Ampeln tyrannisieren lassen, von Mafia-Methoden, von überteuerten Brunz-Genehmigungen?« Ja, dies war die Stunde der Wahrheit, sie hatte Resi die zwei Euro noch nicht verziehen! In Mohnau lästerten sie immer noch darüber!

»Wollt ihr immer brav an der roten Ampel stehen bleiben, statt vorwärts zu stürmen und euch die kostbare, süße und durch nichts zu ersetzende Freiheit zu nehmen?« Tosender Applaus, sie wartete ihn ab, bevor sie damit begann, eine goldene, tolerante, glückliche und menschliche Zukunft für Neuenthal zu entwerfen, nichts konnte sie mehr stoppen, nichts würde sich ihr in den Weg …

Was war das? Was stürmte er hier einfach herein und auf die Bühne zu? Cedric! Unruhe im Saal, fragendes Gemurmel, das anschwoll, sofort wieder verstummte, als Cedric anfing zu reden, keuchend, außer Atem, aber so laut, dass es jeder verstand:

»Susn! Es geht um Susn! Die ganze Nacht! Die ganze Nacht hab ich gesucht!«

Kruzifix, wieso hatte er Susn gesucht? Und musste er ausgerechnet mitten in ihrer Rede damit ankommen, und was rief Cedric jetzt, Harrgottmarrgott, brüllte er wirklich durch den gesamten Saal, dass er ihre Tochter liebe? Was hatte er ihre Tochter zu lieben, jetzt, da sie den Sieg schon vor Augen hatte? Warum konnte Cedric nicht warten, bis dieses klitzekleine Rededuell vorüber …

»Polizei! Wir müssen die Polizei verständigen!«, rief Cedric, und dies war der Moment, in dem Therese Engler aus dem verfrühten Siegestaumel erwachte. Und begriff, dass ihre Tochter verschwunden war.

Totenstille, im gesamten Saal. Aufgerissene Münder und Augen. Luciens Augen, grün schimmernd. Cedrics hellere Augen, hinter den Brillengläsern, rund und groß. Angst. Seine Angst. Um Susn. Angst und Liebe. Ein Vierteljahrhundert im Zeitraffer, die Hütte in Wackersdorf, einsame Sonnenuntergänge am See, Susns winzige Hände, mit noch winzigeren Fingernägeln, alles an ihr so perfekt, als Therese sie das erste Mal im Arm gehalten und einen Moment das Gefühl gehabt hatte, in ein völlig fremdes Gesicht zu blicken. Etwas, das sie auch später immer wieder überkommen hatte, angesichts des kleinen Susn-Persönchens, das die Augen der Englers, Matts Locken, aber einen ganz eigenen Charakter besaß, sich mit anderen Schneeflocken prügelte, Geschichten schrieb, nie Schulprobleme hatte und eine Bätschlerin wurde, dann mit diesem Flantsch … Teifinoamoi! Wo steckte ihre Tochter?

»Bloß koa Polizei!«

Mit diesem Ruf war sie von der Bühne gesprungen, das ganze Gewicht auf einmal auf ihren Knöcheln, aber dafür war jetzt keine Zeit, sie rannte zur Tür. Lucien, der sein Bandoneon abgelegt hatte, holte sie ein, auch Cedric trabte neben ihr her, berichtete atemlos, er habe Susn gestern Abend aufgesucht, sie zu Hause nicht angetroffen, auch nicht ihren Verlobten, er habe nur noch einmal mit ihr sprechen wollen, bevor sie alle wieder abfuhren, die ganze Nacht habe er versucht, sie telefonisch zu erreichen, zu Hause, per Handy, nichts. Und heute Morgen, als er vor ihrem Haus auf und ab ging, habe er von einer Urlauberin aus dem angrenzenden Appartement erfahren, dass der junge Mann weggefahren sei, gestern, und die junge Frau habe sie zu später Stunde auf dem Waldparkplatz gesehen. Die Waldwege sei er schon abgegangen, nichts, Suchtrupps müssten sie bilden, das gesamte Gelände systematisch durchkämmen …

»Und dafür brauchts a Polizei!« Fredl war ihnen schon auf den Fersen. »Bloß koa Amateure, ned bei a Entführung! Ihr ruinierts die ganze Spurensuche!«

So ein Schmarrn, wie kam er auf eine Entführung, schneller, sie musste schneller sein, sie stürmte durch die Tür, auf den Parkplatz, teifinoamoi, natürlich trug sie ihre Cowboystiefel, und den Schlüssel des Tauchschulkombis hatte sie auch nicht eingesteckt. Aber vielleicht war ein Auto auch nicht das Richtige, wenn es um das Durchkämmen eines Waldstücks ging? Und wohin zerrte Lucien sie da, in schnellen, zu großen Schritten? Dabei rief er etwas, von einer »Tour«, immer eine »Tour«. Es ging doch nicht um einen Ausflug! Auch an Cedric wandte er sich mit seiner Tour, und Cedric nickte, rief einen französischen Satz und schwang sich, sie sah es nur aus dem Augenwinkel, auf das herumstehende Rennrad des Hausmeisters. Wohin er fuhr, konnte sie schon nicht mehr sehen, hörte nur noch Fredls entsetzten Aufschrei, einen Anlasser und einen Motor, der aufheulend ansprang. Sie solle aufsteigen, brüllte Lucien, oder sie vermutete zumindest, dass er etwas in der Art brüllte. Er saß auf Fredls Motorrad.

Schon vor dreiunddreißig Jahren, als er noch Kleinkraftrad gefahren war, hatte Fredl immer den Zündschlüssel stecken lassen, daran musste Therese denken, als sie aufstieg, und wie lange hatte sie nicht mehr auf einem Motorrad gesessen, nicht mehr seit den frühen Fahrten ins *Biafuizl!* Aber sie wusste noch, wie man sich an einen Rücken klammerte. In flotter Fahrt steuerten sie auf das Ortsschild zu, bogen auf die alte Uferstraße ab und von dort auf den Waldweg, bretterten über die Lichtung, vorbei an der Weide, auf der sie im Sommer das Kuhkuscheln betrieb. Auch heute waren die Kühe dort, sie standen rechts und links des schmalen Feldwegs, schon flogen sie vorbei. Lucien folgte der Tännchen-Markierung, die zum Türmchen führte, zum neu erbauten, viel zu abgelegenen Aussichtsturm. Vor dem sie eine Minute später standen. Lucien drosselte den Motor, und sie stieg steifbeinig herunter.

»Und du meinst … sie ist hier?«

»Oui. Ja. Vielleischt.« Dann etwas Längeres, Französisches, sie verstand nichts, hinter ihnen Knattern und Rumpeln, Schreie, Muhen. Keine Zeit, Lucien zu fragen, wie er darauf kam, sie ließ ihn beim Motorrad, stürzte auf die Treppe zu und rief nach ihrer Tochter. Weiteres französisches Palaver unter ihr, Cedric musste einen Weltrekord gefahren sein mit dem Rennrad des Hausmeisters. Und keine Spur von Susn. Nicht auf der mittleren Plattform, nicht auf der oberen, die Cedric kurz nach ihr erreichte. Lucien, erläuterte ihr Cedric atemlos japsend, habe bei seinen Spaziergängen durch den Wald Susn schon öfter auf diesem Turm gesehen, auf der oberen Plattform, in ihr Heft vertieft, und er habe gedacht …

Cedric und sie sahen einander an, keuchend, verschwitzt, besorgt. So viele Gedanken, die durch Thereses Hirn schossen: dass Tour auf Französisch wohl Turm heißen musste, dass ihre Stiefel sie umbrachten, dass ihr Cedric viel lieber war als dieser … Himmiherrgott! Ihr Herz schlug Kapriolen, und in ihrem Hirn klopfte eine Idee gegen eine noch versperrte Tür, hämmerte, pochte, Tour heißt Turm, Susn ist verliebt …

»Diebstahl! Du bist verhaftet, Bürscherl!« Fredl sprang vom Sitz eines Traktors – der Traktor vom Micha! –, ging gerade noch rechtzeitig in Deckung vor der auf ihn zurasenden Kuh, auf deren Rücken – war ihren Augen zu trauen? – ihr Bruder Hartl saß.

Mit einem »Susn? Ist sie hier?« sprengte Hartl auf den Turm zu. Treppab polterte Therese, Hartl entgegen, auch der Kuh, deren Name ihr jetzt einfiel: Regula. Kruzifix, was dachte sie jetzt an Kuhnamen, und was taten sie hier, warum hatte noch niemand die Tür zu Susns Wohnung aufgebrochen? Quirin habe es eben getan, erklärte Hartl ihr jetzt, immer noch auf Regulas Rücken, sein Telefon in der Hand. In der Wohnung sei niemand, auch sonst nichts Auffälliges, nur ein paar Kleidungsstücke seien verstreut. Wie damals, als Susn, vierjährig, ihren Koffer packte und in die Tauchschule ziehen wollte. Und neun Jahre später war das Madl, zum ersten Mal verliebt und außer sich vor Liebeskummer, samt Rucksack verschwunden, einen ganzen Nachmittag und Abend lang. Gefunden hatten sie Susn im Glockenturm der alten …

Freilich! Liebeskummer! Tour! Turm! Dies war die Idee, die gegen die versperrte Tür ihres Hirns geklopft und gepocht hatte, schon hatte sie Fredl beiseitegestoßen, mit der ganzen Kraft ihrer mütterlichen Liebe, hatte das Motorrad bestiegen. »Die Kirche! Die oide! Lucien! Hartl! Pack ma's! Gradaus! Durch die Büsche!«

26.

Als ich das Geknatter hörte, die brechenden Zweige, die Stimmen, hatte ich es längst aufgegeben zu rufen. Ich wusste, alle würden beim Rededuell sein, keine Nordic-Walking-Kolonie würde zufällig vorbeikommen. Wobei die Nordic-Walking-Kolonien ohnehin diesen Forstweg mieden, wegen der vielen Baggerlöcher. Ich stand auf von der Liege, auf der ich geruht, ja sogar geschlafen hatte – ich hatte geträumt, seltsam friedlich, von Zopodil und Xanthippe, wie sie einander umtanzten in dieser dringlichen, leidenschaftlichen Choreographie. Jetzt schob ich die Wolldecke weg und ging zum Fenster. Falls man die kreisrunde, mit Plastik bedeckte Öffnung in der dicken Mauer so bezeichnen wollte. Schon gestern hatte ich das Plastik beiseitegezogen, nachdem ich mich erst keuchend an der Wand entlanggetastet hatte, mich langsam ans Dunkel gewöhnend. Auf die Öffnung, ein Grauschimmer in Schwarz, war ich zugestolpert, im Vorbeistreifen eine Baulampe umstoßend. Eine Baulampe, an der ich einen Schalter fand. Der gelbliche Lichtschein bestrahlte eine zweite Baulampe. Und deren Lichtschein ein Brett, das jemand über zwei Backsteine gelegt hatte. Auf dem Brett eine Tüte Brezn aus der Mohnauer Bäckerei. In der Ecke eine Gartenliege, darauf, säuberlich zusammengelegt, eine Wolldecke. Beinahe wie im Hotel. Bis auf die Tatsache, dass die Tür nach außen abgeschlossen war. Und die kleine Tafel Schokolade auf dem Kopfkissen fehlte. Genau genommen auch das Kopfkissen. Der Fernseher. Und das Telefon. Ein Kasten Wasser stand in der Ecke, angebrochene Flaschen, auch frische. Hinter einem Türrahmen ein noch rudimentäres Bad, Stapel von Kacheln, Werkzeug. Zwei volle Eimer Wasser. Ein Klosett mit Spülkasten. Man konnte es hier aushalten. Wie lange? Meine Tasche, samt Handy und Wohnungsschlüssel, war weg, der nach Schweiß riechende Mensch musste sie mir abgenommen haben. Wann würde sich der erste Spaziergänger hierherverirren? Und wer, zum Teufel, hielt mich hier gefangen? Alexander Strobl? Um nachher höchstpersönlich vorbeizukommen? Eine späte Rache für meine Flucht aus seinem Porsche? Oder für unser Geknutsche an eben jenem Porsche und den Kratzer an seiner Stoßstange? War ihm so etwas tatsächlich zuzutrauen?

Ich riss die Plastikplane vom Fenster und rief um Hilfe. Natürlich antwortete niemand. Außer einer Waldohreule, die mich vielleicht für einen potenziellen Partner hielt. Auf meine Hilferufe antwortete sie mit einem äußerst animierten »Chiwitt! Chiwitt!«. Was in der Waldohreulensprache vielleicht etwas hieß wie: »Hallöchen, was macht jemand wie du an einem Ort wie diesem?«

»Hallo, ist da jemand? Ich bin eingesperrt!«

»Chiwuuui!« (Aber hallo! Ich bin hier! Schau mal, was ich für tolle Federn habe!)

»Hilfe! Hallo! Hilfe!«

»Chwäccchrz! Chrüüj!« (Oh Baby, deine Stimme macht mich verrückt! Lass uns zusammen ein Nest bauen, brüten und der Welt neue, kleine Eulen schenken!)

»Verdammt! Ich bin hier eingeschlossen!«

»Chrüüj! Kiwuuuii! Chrrrääāz!« Ihr Gekreisch klang beinahe schweizerisch. Und wo war nur Cedric? Hatte er mich wirklich gesucht? Wahrscheinlich nicht, auch die SMS war nur ein Trick, vermutlich von Strobl. Ich hatte Cedric nie meine Handynummer gegeben, auch seine kannte ich nicht. Was mir reichlich spät einfiel.

Erschöpft ließ ich mich auf die Liege sinken, zog die Wolldecke über mich. Ich brauchte einen Plan. Aber was für einen Plan, angesichts der Tatsache, dass es unmöglich war, in einem Meerjungfrau-Hochzeitskleid durch ein Fenster zu flüchten und eine senkrechte Wand hinunterzuklettern? War ich wirklich dazu verdammt, hier zu bleiben und mit einer Eule zu kommunizieren? Unter dem angestrengten Nachdenken über einen Ausweg musste ich wohl eingeschlafen sein, Eulenschreie in meinem Traum, ein nächtlicher Gang zum Bad, ein Schluck Wasser, weitere Hilferufe meinerseits, als es hell wurde. Aber selbst die Eule schwieg. Erneutes Einschlafen, der Traum von Zopodil und Xanthippe.

Und jetzt das Knattern. Rufe. Dazwischen aufgeregtes Muhen. Etwa Strobl? Aber was wollte Strobl mit Kühen? Vielleicht ein Bauer? Ich lehnte mich aus dem Fenster, so weit ich konnte. Und fragte mich, ob ich immer noch träumte. Ich sah: Ein heranrasendes Motorrad, es schlingerte durch ein Baggerloch, Staubwolken stoben auf, und als der Staub sich legte, rollte schon die nächste Wolke an, die Bugwelle eines heranbretternden Traktors. Rufe, Flüche, das Motorrad schlidderte auf die gerodete Fläche. Auf dem Motorrad zwei Figuren, eine trug einen Hut, der ihr in den Nacken gerutscht war. Und dann, als Staubkörnchen für Staubkörnchen wieder zurücktrudelte an seinen Platz, sah ich den Rennradfahrer, der in halsbrecherischen Haken versuchte, am Traktor vorbeizukommen. Ich stützte mich auf die steinerne Brüstung, mein Herz gebärdete sich wie ein Stepptänzer beim Solo. Abstehende Haare, in alle Richtungen, ein unter der Anstrengung gekrümmter Rücken, gestählte Oberschenkel, es war Cedric, eindeutig, der dort unten wie verrückt in die Pedale trat. Und hinter ihm – mein stepptanzendes Herz kam kurz aus dem Takt – donnerte eine Kuh heran. Auf der jemand ritt. Therese war schon vom Motorrad gesprungen, rannte auf den Turmeingang zu.

»Ihr seids verhaftet! Diebstahl von Polizeieigentum!«

Der Traktor bretterte auf den Platz, und der fallende Staub enthüllte einen wutschnaubenden Fredl Weidinger.

»Hoit dei Pappn, Fredl! Susn! Herrgottmariaundjosef! Kind! Gehts dir guad?«

»Warum bist du nicht bei deinem Rededuell? Ich bin eingeschlossen!«

»Chiwuuii!« Für die Eule schien »eingeschlossen« etwas wie ein Schlüsselreiz zu sein, ein Balzruf, auf den sie auch im Halbschlaf reagierte, aber niemand beachtete sie.

»Pack ma's, wir brechen die Tür auf! Hartl!«

In diesem Moment erkannte ich, wer auf der Kuh saß. Die jetzt langsamer wurde und stehen blieb, beinahe verlegen zu Boden schaute, als mein Onkel abstieg, ihr die Kruppe tätschelte.

»Passt scho! Des kriag ma scho!«

Schritte auf der Treppe, Bollern an der Tür, Tritte, Rufe, Ruckeln, Flüche. Die ich kaum wahrnahm. Denn unter mir stieg Cedric jetzt vom Rennrad. Schmutzig sein Hemd und offen, darunter hob und senkte sich die Brust. Er schien die Luft zu trinken, in riesigen Schlucken. Sein Gesicht war verschmiert, die Brille schlammbespritzt, er nahm sie ab. Er schwieg und trank Luft und schaute zu mir hoch.

»Cedi ... ich ... ich ...« Wie sollte ich ihm sagen, dass ich Timo zu Goldflossy geschickt hatte, dass ich nur eins wollte: unser Gespräch fortführen, mit Worten, mit Blicken, Lippen ...

»Runter do! Des is Polizeieigentum! Gsssch! Schleich di! Mistviech! Schleich di!«

Fredl war vom Traktor gesprungen, rannte etwas steifbeinig auf das Motorrad und Lucien zu, aber die Kuh hatte anscheinend beschlossen, Lucien zu verteidigen, und widerstand stoisch allen Aufforderungen, sich zu schleichen. Hinter mir hörte ich Onkel Hartl fluchen, auf Stahltüren mit Sicherheitsschlössern. Es sei unmöglich, sie aufzubrechen, sagte er zu Therese, und ich solle durchhalten, er käme gleich zurück, mit dem Schweißgerät. Danach Gepolter, sie stürmten die Treppe wieder hinunter. Und Cedi setzte die Brille auf, ohne seinen Blick von mir zu lösen.

»Ich komm jetzt mal rauf«, sagte er.

»Chiüüü! Chräccch!« Eine äußerst angepisste Waldohreule rauschte aus der Tanne, ließ sich im Baum nebenan nieder. In ihrer Empörung klang sie noch schweizerischer als zuvor, was vielleicht auch daran lag, dass ein Schweizer ihre Tanne erklomm. Was hatte Cedi vor? Er hatte eine Weile auf der Baustelle herumgesucht und ein Drahtseil von einer Rolle gewickelt, während Fredl, die Kuh, Lucien und Therese in Verhaftungsdiskussionen verstrickt waren und Onkel Hartl das Rennrad bestieg. Jetzt, vom beängstigend wackelnden Baumwipfel aus, schwang Cedi das Seil wie ein Lasso.

»Fang, Susn!«

»Chräwrrrz!«

Dann ging alles schnell: Ich wich vor dem auf mich zufliegenden Seil zurück, das trotzdem in der Fensteröffnung hängen blieb, erwischte es im letzten Moment, folgte mit zitternden Fingern Cedis Anweisungen, wie ich es an der Eisenschlinge verknoten sollte, die in die Wand eingelassen war. Einen schwindligen Moment lang erwartete ich, er würde es spannen und darauf zu mir herüberbalancieren. Aber er kletterte schon hinunter, hatte anscheinend nur in die Höhe meines Fensters gelangen wollen, um mir das Seil zuzuwerfen. Nun hing es schlaff wie ein Tau in der Schulturnhalle von der Eisenschlinge bis zum Boden. Und spannte sich, als Cedi – oh mein Gott! – die senkrechte Wand hochkletterte, sich mal an Vorsprüngen festhaltend, mal am Seil. Immer wieder überprüfte ich den Knoten, schlang das Seil sicherheitshalber auch noch um mein Handgelenk, danach blieb mir nichts mehr als zu beten, zu sämtlichen Schutzpatronen aller Kletterer, Bergsteiger, Burgfräulein, Dornröschen, Schweizer und Liebenden dieser Welt. Endlich sah ich verschrammte Finger am Sims, ein anstrengungsverzerrtes Gesicht, Schultern, unter die ich, mich weit aus dem Fenster lehnend, griff, Arme, auf die er sich stemmte. Oberkörper voraus schob er sich zum Fenster herein, und wir beide fielen auf den Steinboden. Mein Schmerzensschrei, als das Seil in die Haut meines Handgelenks schnitt, Cedrics Fluch: »Putain de merde! Bist du wahnsinnig?«

Ich? Wahnsinnig? Wer war denn gerade die Fassade hochgeklettert wie der Prinz bei Dornröschen?

»Ich hätte dich mitgezogen, wenn ich gestürzt wäre. Das ist das Dümmste, was du tun kannst beim Klettern.«

Das Letzte, was ich jetzt brauchte, war ein Vortrag über das Klettern. Wie eine von Delphine de Brulées Wogen überrollte es mich, das ganze Ausmaß der ausgestandenen Angst, Zittern, aufsteigende Schluchzer, Schmerz, aufbrandende Wut. Und bevor ich nachdenken konnte, warf ich ihm schon alles vor, die Nacht, mein Warten, die Gedanken an Strobls möglichen Besuch, die ich verdrängt hatte, dass er mir dauernd aus dem Weg ging, und wo er die ganze Nacht geblieben war, in der ich …

»Aber ich war doch bei dir! Bei dir zu Hause! Du hast mir doch diese SMS geschickt! Dass ich kommen soll, dass du mich sprechen willst, nachts um halb elf. Und dann warst du nicht da. Ich bin fast verrückt geworden und habe die ganze Nacht nach dir gesucht!« Er setzte sich auf, fuhr sich durchs Haar.

»Ich? Dir? Eine SMS? Quatsch!« Ich brach ab, verstand erst jetzt, was er gesagt hatte. »Du … du hast mich gesucht …? Warum?«

»Weil ich … ach, merde alors! Weil ich dich liebe!«

»Du … äh … mich? Aber … du hast dich doch dauernd entschuldigt für diesen verdammten Kuss!«

»Susn! Verflucht! Ich hab dir nicht im Weg stehen wollen! Du bist eine Braut!«

»Bin ich nicht, Kruzinesen!«

»Aber du trägst ein Hochzeitskleid!«

»Warum schreien wir uns eigentlich so an?«

Blass war er, verschrammt und verschmutzt, er kniete auf den Rüschen des Meerjungfraukleids und beugte sich vor, befreite vorsichtig mein Handgelenk.

»Du siehst wunderschön aus, Susn …«

»Cedi, ich … ich … heirate nicht.«

»Du …? Was?« Er verharrte, über mein Handgelenk gebeugt, ich sah nur den Wirbel seiner Haare, der anscheinend für alle Zerrauftheiten zuständig war, dann hob er den Kopf, schaute mich an, schien die Luft zu trinken, wie eben auf dem Fahrrad. »Sag das noch mal!«

»Die Fische haben sich gepaart, und dann hat Kampffischfreak Goldflossy geschrieben, sie soll ihn anrufen und ich … ich liebe dich auch … und …«

Weiter kam ich nicht, das Nächste, was ich spürte, waren Bartstoppeln und Lippen. Unrasiert war er, die Stoppeln kratzten, während des Kussregens, der auf mich niederging, auf Gesicht, Haar, Hals.

»Auch wenn ich nicht alles verstehe, es klingt wunderbar, mon cœur«, murmelte er, und ich hielt mich an ihm fest, schaffte es gerade noch, nach seiner Freundin zu fragen, was denn mit ihr sei, bevor unsere Lippen, Zungen, Fingerspitzen ihr eigenes Gespräch führten.

»Ich hab keine Freundin, nur eine Ex«, flüsterte er in einer Atempause, es gelang ihm, hinzuzufügen, dass ich es war, die von seiner Freundin angefangen hätte, und er es für besser gehalten habe, nicht zu widersprechen. Aus bestimmten Gründen, die wir in der nächsten Kusspause klärten.

Als er mich das erste Mal gesehen habe, an der Neuenthaler Ampel, sei etwas passiert, das er die ganze Zeit in einem Gedicht habe beschreiben wollen, was ihm nicht gelungen sei, und dann sei es zu der Führung in Mohnau gekommen, zu dem ersten gemeinsamen Essen im *Chez Lutz,* und ihm sei klar gewesen, dass er sich in mich verliebt habe. Aufgeregt und berauscht sei er zur Pension zurückgelaufen. Wo er eine kalte Dusche empfing, als Therese ihm sagte, dass ihre Tochter heirate. Deshalb sei ihm diese Freundin beinahe recht gekommen, als eine Art Schutz vor der eigenen Verliebtheit, und es sei auch unverantwortlich von ihm gewesen, mich zu dieser Recherche zu …

»Susn, alles in Ordnung bei euch?«

Thereses Stimme, ungewohnt ängstlich, von unten, und wir schafften es, aufzustehen und ans Fenster zu treten. Dornröschen und Prinz, in zerrissenem Hemd und schmutzigem Brautkleid, mit blassgeküssten Lippen. Es hätte nur noch gefehlt, dass wir in die Menge gegrüßt hätten.

Aber unten stand keine Menge, nur Lucien, der vom Motorrad gestiegen war, eine Hand auf Thereses Schulter gelegt hatte, und Therese neben ihm hatte den Hut abgesetzt und sah von oben sehr klein aus. Hinter ihnen suchte die Kuh auf dem Bauplatz nach Gras. Irgendetwas an diesem Bild trieb mir die Tränen in die Augen, aber ich schluckte sie hinunter.

Alles supi, rief ich, wir würden hier warten, bis Onkel Hartl käme. Und bei ihr?

»Passt scho«, riefen Lucien und Therese wie aus einem Mund, ignorierten Fredl, der verhaftungsbereit um sie herumsprang. Vom Wald her das Geräusch brechender Zweige, Quietschen und Rattern, anscheinend rückte Verstärkung an. Lang würde es nicht mehr dauern, bis sie kämen und uns vor uns selbst retteten.

Eine Stunde später standen wir in der Menge vor der Polizeiwache. Onkel Hartl hatte uns befreit. Nicht mit dem Schweißgerät, sondern mit einem Schlüssel. Den er Alexander Strobl abgenommen hatte. Natürlich war Alex Strobl aus allen Wolken gefallen, wusste nicht, wie so etwas hatte passieren können, versprach, seine Bauarbeiter zu befragen. Onkel Hartl hatte ihn schließlich unterbrochen in seinem Betroffenheitsgetue, ihn liebenswürdig aufgefordert, die Fotzn zu halten und ihm den Schlüssel auszuhändigen, andernfalls werde er ein wenig nachhelfen.

So erzählte es Christiane Breitner, die bei der Schlüsselübergabe dabei gewesen war und Onkel Hartls Drohungen mit der Ankündigung einer Anzeige Nachdruck verliehen hatte.

Jetzt stand sie neben uns im Gewoge. Sie habe bereits ihren Anwalt informiert, sagte sie, der Fall sei ja wohl klar: ein ganz besonders perfider Einfall der Strobls, um das Rededuell in letzter Minute noch zu torpedieren. Therese selbst aus dem Verkehr zu ziehen, wäre viel zu direkt gewesen, und der Strobl habe ja Cedric und mich beobachtet, als wir … nun ja … einander nähergekommen seien an seinem Porsche. Nein, ich müsse nicht rot werden, im Dorf habe wohl inzwischen jeder das Gerücht gehört, in Mohnau und Sonnau ebenfalls, und vermutlich wüssten es auch die Enten im See. So etwas passiere nun einmal, dass man sich ent- und verliebe, das gehöre dazu, und der Strobl habe es ausgenutzt, mit Cedrics Besorgnis gerechnet, und wenn Cedi nicht gekommen wäre, dann hätte er vermutlich selbst …

»Freilassen!«, tönte es hinter uns, um uns. »Lasstas aussa, jetza! Alle zwoa!« Die Menge drängte nach vorne, und Christiane redete nicht weiter, aber ich konnte mir den Rest auch so denken: Die SMS an Cedric war viel später abgegangen als seine an mich, die, wie ich vermutet hatte, nicht von ihm gewesen war. Strobl hatte damit gerechnet, dass er mich suchen, aber nicht finden und schließlich halb Neuenthal alarmieren würde. Und es war anzunehmen, dass Strobl meine Wohnung beobachtet hatte oder beobachten ließ. Hätte ich nicht selbst das Haus verlassen, hätte er mich vielleicht doch noch eigenhändig entführt. Lieber nicht daran denken.

Lauter wurden die Rufe um uns herum, immer heftiger drängten andere nach, jetzt war auch Nat Wildmosers Männerchor dazugestoßen, skandierte ein rhythmisches: »Frei-heit! Frei-heit! Aus-si! Aus-si!« Wie es Therese dort drinnen wohl ging? War Lucien bei ihr? Ob wir nicht eine Kaution für sie hinterlegen sollten, fragte ich Christiane, es sei doch lächerlich, sie nur wegen eines Motorraddiebstahls, der genau genommen gar kein Diebstahl sei, festzuhalten.

»Nein nein, Susn, alles okay, lass uns noch warten. Ich glaube, was hier passiert, ist gut für uns, richtig gut.« Mit einem Kinnrucken wies Christiane auf das Pappschild, das jetzt über der Menge schwebte: *Freiheit für Therese Engler* stand in flammendem Rot darauf. Und als Resi an uns vorbeidrängte, sahen wir für einen Moment die Rückseite: *Kleines Geschäft 1,50 €, großes Geschäft 2,– €.*

»Verstehst du das?« Ich sah Cedi an. Seine Haare waren nass

und standen schon wieder zu Berge. In der Tauchschule hatten wir schnell geduscht, in zwei getrennten Kabinen, und während das Wasser auf mich einprasselte, hatte ich auf das Prasseln von nebenan gelauscht und gewusst, auch er lauschte, ebenso atemlos wie ich. Christiane war gekommen, mit Jeans und einem nach ihrem Parfüm duftenden Shirt für mich, Onkel Hartl hatte Cedi ein Hemd und Trainingshosen von Quirin gegeben.

»Ich versteh gar nichts mehr. Aber das ist mir ganz egal, mon cœur. Es ist alles wie ein Traum. Ein wunderschöner Traum.«

Und bald würde die Wirklichkeit uns einholen, oder zumindest mich: Timo, der vielleicht mit Goldflossy zusammen war, vielleicht aber auch reumütig in der Wohnung wartete oder schon zehnmal auf mein Handy gesprochen hatte. Die Hochzeit, die abgeblasen werden musste, der Kuchen, den ich abbestellen würde, ausgerechnet bei Karin Brunnhuber, die ich damals beim Schneeflockentanz gewatscht hatte. Die Wohnung, was war mit unserer Wohnung? Wer von uns beiden würde ausziehen und wohin? Was war mit den Fischen, würde mir Zopodil etwa fehlen? Und was, wenn Zopodil die Verantwortung der Vaterschaft doch nicht so gut verkraftete?

»Ich … ich glaube, ich muss nach den Fischen sehen«, stammelte ich, und Cedi strich mir über die Stirn, sanft, sehr sanft, als wollte er jeden sorgenvollen Gedanken einzeln ausstreichen. »Gut, dann gehen wir jetzt die Realität an, ganz schweizerisch, Liebste, eins nach dem anderen.«

Er legte mir den Arm um die Schulter, schob mich vorsichtig durch die aufgebrachte Menge. Hinter den Kästen, die sich seit der Inventur und dem immer wieder aufflammenden Streik vor dem Edekamarkt stapelten, blieb er stehen, zog sein kleines Notizheft aus seiner Tasche.

»Wir machen eine Liste. Das Schlimmste zuerst.« Er sah mich an, strich mir mit der freien Hand eine noch feuchte Strähne hinters Ohr. »Vielleicht nur noch ein klitzekleines *bisou* vorher, mon cœur? …«

Während ich mich noch fragte, ob bisou mit baiser und damit auch mit Bussi verwandt war, küsste er mich schon, ich spürte die Kante des Notizhefts in meinem Rücken, und meine Hände wanderten wie von selbst unter sein Hemd. Hinter uns die Rufe nach Freiheit, an meinem Ohr Cedis Atem, schneller jetzt, sein Flüstern, wir sollten rasch diese verdammte Liste machen, sonst würden wir womöglich unseren Enkeln erzählen müssen, dass wir uns das erste Mal zwischen vergammelten Salatköpfen geliebt hätten.

»Stürmt endlisch diesen Kerkör!«, forderte Delphine de Brulée mit französischer Verve, ein donnerndes bayerisches »Lossts aussa« antwortete ihr, und irgendwie schafften wir es, uns voneinander zu lösen, um zusammen Befreiungs-, Fisch- und Entliebungsprobleme anzugehen. Für alles andere würde später noch Zeit sein, viel Zeit.

»Aus-si! Aus-si! Frei-heit! Lassts die Therese aussa.«

Eigentlich hatte sie es gar nicht so eilig, hier rauszukommen. Eigentlich war es ganz gemütlich in Fredls Verhör- und Arbeitszimmer mit dem Plüschsofa, auf dem er sich an langen Nachmittagen vom Verbrecherfang ausruhte. Lucien saß nebenan, in der winzigen Küche der Polizeidienststelle, in der sich Akten türmten, neben Tassen und einer Kaffeemaschine, die nur noch aus Kalk zu bestehen schien. Ihr Kerkermeister Fredl hatte Lucien gnädig ein Instrument gewährt, die winzige Gitarre, die Ukulele hieß und klang wie eine liebeshungrige Zikade in einer Sommernacht. Ihr hatte er zwei Butterbrezn vom Brunnhuber gewährt und einen Kaffee. Nicht aus seiner verkalkten Maschine, aus ihrem Café. Was auch das mindeste war. Nachdem er Lucien und sie wie Verbrecher behandelt hatte.

Nur ein einziges Paar Handschellen hatte er dabeigehabt, der Weidinger, aneinanderfesseln hatte er sie müssen, Lucien und sie, und ein Polizeifahrzeug war auch nicht vorhanden gewesen, er hatte von Anderl den Feuerwehr-Mannschaftswagen angefordert. Was Anderl nicht unbedingt recht war. Der Mannschaftswagen, ein Bus mit dem Emblem der Feuerwehrkapelle, wurde ansonsten vor allem für Trinkausflüge in die nähere Umgebung genutzt, und Anderl gedachte, ihn auch weiterhin für diese Zwecke zu schonen. Er weigerte sich, auch nur einen Meter weiter als bis zur Schranke am Forstweg zu fahren. Der Rest des Weges war voller Löcher von Baggern und Baufahrzeugen, nichts für empfindliche Stoßdämpfer, und Lucien und sie mussten angekettet einen halben Kilometer laufen. Eine Schande! Wenn ihre Wähler sie so gesehen hätten!

Aber weit und breit zeigte sich kein Wähler. Die Vögel zwitscherten, ein Sonnenstrahl schob sich zwischen zwei Bäumen hindurch, so wie Luciens Hand sich in ihre schob. Gefesselt oder nicht, sie wären sowieso Hand in Hand gegangen, da sollte der Weidinger ruhig missbilligend dreinblicken. Wenn man sich die Fesseln und den Weidinger wegdachte, war es beinahe wie ein Spaziergang im Wald, ein romantischer Spaziergang. Und nachher im Bus war Anderl so zartfühlend gewesen, nicht in den Rückspiegel zu schauen. Fredl fuhr mit seinem Motorrad gebieterisch voraus, Anderl hoppelte durch die Schlaglöcher des Fahrwegs, der auch hinter der Forstschranke nicht im besten Zustand war. Lucien Ledoux und Therese Engler hoppelten mit, Hand in Hand, zwischen Flaschen, Wimpeln, Mundstücken für Blasinstrumente und Bierseideln. Und als Lucien noch näher an sie heranrückte und ihr ein hörbares »Therese, je t'aime!« zuflüsterte, fing auch ihr Herz an zu hoppeln, Walzer, Chanson, Tango, alles auf einmal wollte es tanzen, und Lucien schaute sie an, abwartend, aus schimmernden grünen Augen, was sagte man auf »je t'aime«? Monoplü? Aber das erinnerte sie wieder an den Stehblues, an den vorausfahrenden Fredl. Ihre Atemluft reichte gerade noch für ein gehauchtes »Jo. Freili«, als Lucien seine ungefesselte Hand auf ihr Knie legte, freili, mei, was denn sonst, sie hatte keine Ahnung, wo das alles hinführen sollte, aber es fühlte sich großartig an. Und sie hatte auch noch eine Hand frei, mit der sie seinen Nacken streichelte, als er sich zu ihr beugte, um sie zu küssen.

Anderl, ganz Gentleman und Feuerwehrmann, brachte sie erst zum Gemeindehaus, wo sie Luciens Instrumente abholten, dann zur Polizeiwache. Vor der nicht nur ihre Wahlberaterin wartete, sondern auch eine aufgebrachte Menge. Sie könne sich in aller Ruhe in Polizeigewahrsam begeben, versicherte ihr Christiane, Susn gehe es gut, sie und Cedric seien in der Tauchschule. Und Fredl solle ruhig seinen Willen bekommen, es entwickle sich alles nicht schlecht, gar nicht schlecht.

Und es war wirklich nicht schlecht, hier in der Zelle zu warten, bis Fredls Vorgesetzter aus der Kreisstadt kam, um den Fall zu klären. Ein bisschen Ruhe tat gut nach all der Aufregung. Therese entledigte sich ihrer mörderischen Stiefel, streckte sich auf dem Sofa aus und wackelte mit den bestrumpften Zehen. Mei. Wenn sie nur daran dachte, was sie alles durchgemacht hatte! Das Rededuell, der verfrühte Siegestaumel, die Angst um Susn. Die überraschend nicht mehr diesen Flantsch liebte. Dabei hatte mit Susns Absicht, diesen Flantsch zu heiraten, doch alles angefangen!

Eigentlich eine merkwürdige Verkettung von Zufällen. Mit denen der Allmächtige im weiteren Verlauf ordentlich jongliert hatte. Zuerst waren Delphine de Brulées Bücher in der Bibliothek aufgetaucht. Kurz bevor Susn ihr Aufgebot bestellte und ausgerechnet Christiane Breitner Therese in harmlosem Tonfall fragte, ob eigentlich auch Susns Vater zur Hochzeit eingeladen werde. Zu diesem Zeitpunkt hatte sie keine Ahnung gehabt, dass Delphine de Brulée und Matt zusammengehörten, und sie wäre auch nicht im Traum daraufgekommen, bei ihrem ersten Treffen in der Fetisch-Bar.

Wo Lucien sie observiert hatte. Von der Bühne aus. Sozusagen undercover, im besten Sinn des Wortes: als Akkordeonist einer bayerischen Transvestitenkapelle. Wie es dazu gekommen war, hatte er ihr mehrfach zu erklären versucht. Im Gartenzimmer, bei einem Glas Rotwein. Sie hatten schließlich Cedric hereingebeten, weil Englisch, Deutsch und Gesten nicht mehr genügten, um diese Geschichte zu erzählen. Cedric übersetzte mit unbeteiligter Miene, was Lucien in schnellem Französisch heraussprudelte: Lucien und seine Schwester Delphine hätten immer ein recht enges Verhältnis gehabt, gerade weil sie beide Künstler seien. Und Matt, nun ja, er sei nicht sein Wunschschwager. Was Therese gut verstehen konnte. Matt war eben eine Schatz und eine Arschlòch. Oui oui. Sie legte eine Hand auf Luciens Oberschenkel, lächelte ihm zu, und Lucien streichelte ihren Handrücken und redete weiter: Delphine sei in Rage geraten, nachdem sie heimlich Matts E-Mails gelesen und erfahren hatte, dass er in Deutschland seine Tochter und die dazugehörige Mutter besuchen wollte. Sie habe ja von der Existenz Susns nichts geahnt und sich so lange echauffiert, bis Lucien sich schließlich bereit erklärte, seine geplanten Volksmusikforschungen in Deutschland vorzuverlegen und Matt nachzureisen.

Hier unterbrach Cedric seine Übersetzung und erklärte, Lucien forsche schon lange im Auftrag eines Instituts und besäße Tausende von CDs mit authentischer Folklore aller möglichen Gruppen und Stämme der Welt. Aha. Therese musterte den leicht errötenden Lucien von der Seite. Betrachtete er die Bayern und besonders die Neuenthaler etwa als Stamm? Sollte sie ihn danach fragen? Aber Lucien und Cedric waren schon weiter, redeten von einer Liste von Volksmusikgruppen, die Lucien von seinem Institut bekommen habe. Auf dieser Liste habe er die Band gefunden, die genau in jenem Club auftrat, in dem Matt Therese treffen würde. Und der Rest war … »fou!«, wie Lucien mehrfach ausrief, kopfschüttelnd und lachend. Vollkommen irrsinnig. Es habe ihn einfach gereizt. Alles. Mit der Band zu spielen, Matt auszuspionieren. Die Sache mit den Dirndln habe er erst für einen Volksbrauch gehalten, so ähnlich wie Schottenröcke beim Dudelsackspiel. Und im nächsten Moment habe er schon auf der Bühne gestanden – in Rock und Bluse, weil ihm alle Dirndl zu groß gewesen seien.

Inspiriert von dem Anblick der schönen, stattlichen Frau in Matts Armen sei er beim Spielen zu sehr aus sich herausgegangen, habe damit wohl Matts Aufmerksamkeit geweckt. Das Nächste, was er gesehen habe, seien Matts ungläubig aufgerissene Augen gewesen. Dann stürmte sein Beinahe-Schwager schon zur Bühne. Aha. Matt, der Tiger. Oder Tiescher, wie Üwe, der gerade unter ihnen im Komfortzimmer rumorte, sagen würde. Lucien und Cedric bemerkten Thereses zweifelnden Blick. Oh ja, Matt könne durchaus wütend werden, sagte Lucien, es sei nicht das erste Mal, dass er und Matt aneinandergerieten, und immer ging es um Delphine. Und um Matts – pardon – Affären. Aber das sei jetzt egal, er selbst, Lucien Ledoux, habe sich jedenfalls außerordentlich dämlich verhalten. Die dümmste Idee sei es gewesen, in der Garderobe schnell die peinlichen Kleider abzustreifen, ein einziges Chaos sei diese Garderobe gewesen, überhaupt nicht das, was er sich unter typisch deutscher Ordnung vorgestellt habe: zerknüllte Dirndl, Perücken, Socken, Bierflaschen, Jacken, Teller mit Brezn und Weißwurst, in der Eile habe er weder seine Hose noch den Pullover gefunden. Und schon rissen die Mitglieder der Band die Tür auf, hinter ihnen Matt. Warum er sich nicht auf seinen korpulenten Fast-Schwager gestürzt habe, sondern samt seinem Instrument davongerannt sei, bevor Matt ihn entdeckte, könne er nicht sagen, es sei wohl ein Reflex gewesen, vollkommen *fou,* aber … Lucien hatte gelächelt, ihre Hand gestreichelt und einen leiseren Satz gesagt, den Cedric mit einem »Aber es war auch wunderbar« übersetzt hatte. Um kurz darauf taktvoll aus dem Gartenzimmer zu verschwinden.

»Befreit unsere Bürgermeisterin!«, schmetterte es von draußen, und Therese schreckte aus ihren Gedanken. Ihr Neffe war's, der Hundling, der amüsierte sich doch nur auf ihre Kosten. Vielleicht auch nicht, seine patente Freundin wiederholte den Ruf, und auch andere Stimmen fielen ein.

»Befreit unsere Bürgermeisterin!«, wiederholten sie ein ums andere Mal, dazwischen erklangen weitere Rufe, hoben sich aus dem Chor wie eine stolze Melodie: »Sie ist nicht nur Bürgermeisterin, sie ist Mutter!«

»Eine gute Mutter!«

Was sollte das denn jetzt? Nur, weil sie vorhin zum Turm gefahren war, um Susn zu retten?

Mei, wie sie sich freute, dass Susn wie durch ein Wunder nicht mehr in diesen fischigen Flantsch, sondern in Cedric verliebt war. Ein fürsorglicher, dazu gutaussehender Kamillenteekocher, der außerdem noch klettern konnte und hilflose Frauen aus Türmen rettete. Sauber! Besser hätte sie selbst es nicht planen können für … Kruzifix! Die Hochzeit! Was war mit der Feier im *Chez Lutz?* Das ganze Restaurant war reserviert, bezahlt war das Fest auch schon, von ihr, Therese Engler, persönlich! Es war Sache der Mutter, und nicht etwa von diesen Flantschs. Sie hatte bereits in geheimer Mission alles geregelt. Und auch noch ein Feuerwerk dazu spendiert. Über dem Mohnauer Hafen. Weil sie wusste, das Madl wünschte es sich. Eine ziemlich kostspielige Überraschung. Aber in letzter Zeit waren ihre Geschäfte gut gelaufen. Und jetzt? Absagen? Feier, Menü, Feuerwerk, alles? Konnte man nicht irgendetwas anderes feiern? Aber was? Susn würde Cedric ja wohl nicht gleich heiraten, und für eine eventuelle Siegesfeier war es auch zu früh. Die Wahl würde genau am Tag danach stattfinden. Und hatte sich nicht vorhin ein, zugegeben, etwas kitschiger Gedanke in Therese Englers Hirn eingeschlichen: dass es im Leben vielleicht doch eher auf die Siege des Herzens ankam?

Von draußen die Sprechchöre. Von nebenan Luciens Musik. Ein zarter Akkord, bedürftig und hoffnungsvoll zugleich, wie eine aufblühende Blume. Aus dem Akkord wuchs eine kleine, tapfere Melodie, sie kannte sie schon, von dem Moment aus dem Gartenzimmer, als sie sich an ihrem Kommunionkreuz hatte festhalten müssen. Und wie im Gartenzimmer überkam es sie auch jetzt, dieses beinahe heilige Gefühl. Als hätte Gott – oder Göttin, wer wusste das schon? – gerade eben ein höchstpersönliches himmlisches Okay gegeben zu allem, was war: zu Musik und Sprechchören, zu sich vergnügenden Staubkörnern im Sonnenstrahl, der durchs Kerkerfenster fiel, zu Butterbrezn, Fredls verkalkter Kaffeemaschine, den Blasen an Therese Englers Füßen und der Bierkuchenrührung in ihrem Herzen. Die man vielleicht Liebe nennen konnte. Und die sich in ihr ausbreitete, warm und kribbelnd, von den Zehen ihrer malträtierten Füße bis hinauf in den Kopf. Sie ließ sich zurücksinken in Fredls plüschige Polster. Es würde sich schon alles finden. Das mit dem Fest. Oder wie es mit ihr und Lucien weitergehen würde. Auch mit Susn. Und den Geschicken Neuenthals. Therese Engler konnte der Zukunft in aller Ruhe entgegensehen. Sie fühlte sich entspannt. Ganz entspannt. Kruzifix. Ja.

Epilog 1

»Na los, Therese! Wir warten!« Kein Wunder, dass Christiane Breitner es so eilig hatte. Schließlich war sie die Einzige, die eine gewisse Aussicht hatte, den Test zu bestehen. Resi hatte nur den verschwindend geringen Hauch einer Chance, Franzi nahm eher außer Konkurrenz teil. Was ihr herzlich egal zu sein schien.

»Aufi, Therese, jetza!«, rief sie. Christiane und Resi klatschten rhythmisch, als gelte es, eine Rudermannschaft anzufeuern, hier in Christiane Breitners Arbeitszimmer über der Tauchschule. Also gut. Weg mit dem BH! Liberté, Egalité, Frappé! Irgendetwas stimmte nicht an dem Dritten, dem Kaltgetränk der Revolution, aber Delphine konnte sie nicht fragen, sie war schon mit Matt in der Pension verschwunden.

Es war spät geworden, auch die jungen Leute waren nach dem Feuerwerk verschwunden, nur noch Anderl, Özcan, Lucien und Hartl saßen im Kaminzimmer der Tauchschule, bei einem kleinen Absacker. Und sie, die Weiberleit, hatten sich kichernd hier oben versammelt. Zu ihrem eigenen kleinen Absacker. Was man fast wörtlich nehmen konnte, wenn man sich so umschaute. Mei. Vier Paar Brüste, die schon viel erlebt hatten. Ob Christiane auch wirklich die Tür abgeschlossen hatte? Jesses, sie hätte nie gedacht, dass ihre Wahlberaterin so albern sein konnte! Dass sie kreischend in den See springen würde! Noch dazu in dem rosafarbenen Sissi-Brautkleid, das Susn gehörte. Es war aber auch ein rauschendes Fest gewesen! Ein Fest, das die Negligé-Party vom letzten Jahr endgültig auf den Schattenplatz verwies, der ihr gebührte. Wie gut, dass ihr noch dieses griffige Motto eingefallen war: Fest des Lebens und der Liebe.

Susns Hochzeitskleider hatten sie auch integriert. Allen voran ihr Bruder Hartl, der genauso albern gewesen war wie seine

Christiane. Nach dem Feuerwerk war er wie ein Gespenst auf dem Mohnauer Bootssteg aufgetaucht, hatte sich bejubeln lassen wie ein Popstar. Susns Meerjungfraukleid passte ihm nicht schlecht, mei, schlank war er schon immer gewesen, nur zu kurz war es ihm. Und die Schwimmflossen sahen nicht unbedingt gut dazu aus. Wie alles entzückt aufschrie, als er mit einem eleganten Kopfsprung und rauschendem Rock die Wellen teilte, um mit einem nicht minder eleganten Flossenschlag unter Wasser zu verschwinden, eine Meerjungfrau in ihrem Element. Zum Glück hatte Gina, die das Hochzeitsdirndl trug, nicht ebenfalls beschlossen, schwimmen zu gehen. Auch Susn war an Land geblieben. Leider, musste man fast sagen. Aber sie sah in Özcans greislicher Kreation so glücklich und hübsch aus, dass Therese Özcan Breithuber seine Geschmacklosigkeit auf der Stelle verzieh. Außerdem hatte Özcan, das tapfere Änderungsschneiderlein, ihr eigenes Skandal-Hochzeitskleid vortrefflich hergerichtet, das musste man ihm lassen. Er hatte Stoff einfügen müssen, um Jahren, Erfahrung und Apfeldatschi ihren Tribut zu zollen, und alle hatten Therese darin bewundert. Delphine de Brulée war im katholischen Kleid von Frau Flantsch erschienen. Das, ebenfalls dank Özcan, eine wunderbare Metamorphose durchgemacht hatte. Eng, neu berüscht und perlenbestickt lag es an Delphines zartem Körper an. Begehrliche Männerblicke folgten ihr, als Matt sie zum Tisch führte und galant ihren Stuhl zurechtrückte. Mit vor Eifer zitternden Hamsterbäckchen. Mei! Was ihr erspart geblieben war! Wie dankbar sie dem Schicksal sein konnte, dass es ihr Lucien Ledoux beschert hatte. Oder, genauer gesagt, konnte sie Christiane Breitner dankbar sein.

Nicht der Allmächtige hatte mit den Zufällen jongliert, oder wenigstens nicht er allein, Christiane Breitner hatte kräftig mitgemischt. Und das gar nicht so schlecht, alle Achtung.

Angefangen hatte alles, wie Therese jetzt wusste, an diesem denkwürdigen Abend vor einem halben Jahr, als sie ihren Bruder und seine Schnoin zu sich nach Hause eingeladen und kräuterlikörbedingt etwas zu rührselig die alten Zeiten und Matt beschworen hatte. So inbrünstig, dass ihr Bruder sie genervt bat, damit aufzuhören. Dass Christiane Breitners schweigsam duldender Leonhard aus seiner Tauchlehrer-Reserve gelockt wurde, war vielleicht der erste Grund für Christianes Interesse an der ganzen Geschichte gewesen. Sie hatte sich von ihrem Leonhard noch einmal alles erzählen lassen: Thereses kämpferisches Nein-Wort, ihre Tapferkeit, seine sofortige Abneigung gegen diesen Wackersdorf-Hallodri. Am nächsten Tag hatte sie nach Matthias Glatthaler gegoogelt. Nach einigen Anzeigen für Toiletten mit Duschstrahl und automatischem Föhn Marke *Wüstenwind* war sie auf Matts Kunstsammlung gestoßen. Und darüber auf einen Artikel über eine Vernissage in Paris, der die berühmte Erotik-Autorin an Matthieu Glatthalers Seite erwähnte: seine Lebenspartnerin Delphine de Brulée. Worauf Christiane Breitner, immer interessiert an der Aufmischung des dörflichen Lebens, eine Kiste erotischer Bücher ersteigert und in die Gemeindebibliothek geschmuggelt hatte.

Damit war die Lunte gelegt, die Bombe hatte der Allmächtige selbst gezündet. Indem er Timo Flantsch einen, wie man jetzt wusste, äußerst katholisch motivierten Heiratsantrag machen ließ. Die patente Assistentin des Allmächtigen hatte nur noch ein wenig nachgeholfen, was die Idee anging, Matt zur Hochzeit einzuladen. Eine Idee, die man in Therese Englers Seele nicht erst hatte säen müssen, um ihre Früchte zu ernten.

»Achtung, Mädels, es geht los!«, kommandierte Christiane Breitner jetzt. »Habt ihr eure Stifte?«

Warum hatte sie vorhin nur die Geschichte des längst vergangenen Bleistifttests mit Toni erzählt! Christiane, Resi und Franzi waren nicht mehr zu bremsen gewesen und bestanden auf einen sofortigen Selbstversuch. Und das am Abend vor der Wahl. Genau genommen nur noch Stunden vor der Wahl. Um die es seit dem abgebrochenen Rededuell nicht allzu schlecht aussah, wie Christiane Breitner immer wieder versicherte.

»Los, Mädels, wir nehmen alle die linke!« Schulmädchenhaftes Gekicher folgte Christianes neuem Kommando, dann der gemeinsame, schallende Ruf: »Oans, zwoa, drei … Feuer!« In den Therese Engler einstimmte. Im Gleichtakt mit den anderen hob sie ihre linke Brust an und klemmte den *Faber Castell Jumbo Grip* darunter. Mei. Was hatte sie schon zu verlieren?

Epilog 2

»Mon cœur, ma cherinette, je suis ivre de toi …«

Nie hätte ich gedacht, dass Franzosen, auch französische Schweizer, so viel redeten bei der Liebe. Aber es gefiel mir. Und ich verstand auch schon das meiste, was Cedi mir zärtlich ins Ohr hauchte: ein Lob ausgewählter Körperteile und meiner schönen Seele, oder die romantische Ankündigung dessen, was Monsieur gleich zu tun gedachte. Wobei Monsieur ziemlich einfallsreich war.

»J'aimerai caresser tes seins«, flüsterte er jetzt, »qui sont comme …« Mia san die lustigen Holzhackerbuam, hulljö, hulljö, hulldidiridijö …!

Kruzinesen, das kannte ich doch, träumte ich etwa? Nein. Es war real. Wunderbar real. Cedrics französisches Flüstern, meine Gänsehaut, seine Lippen an meinem Ohr, in meiner Halsbeuge, der umgefallene Koffer, verstreute Kleidungsstücke. Monsieur hatte mich beim Packen überrascht, wir lagen zwischen Ringelsocken, Damenrasierern, Notizbüchern, Handtüchern. Von draußen der flotte Marsch der Feuerwehrkapelle, die zu dem feierlichen Anlass der Neuenthaler Bürgermeisterwahl alles gab und bis hierher zu hören war. Nachher würde ich mit Cedi ins Auto steigen und in die Schweiz fahren. Erst nach Lausanne, dann nach Genf. Cedi wollte mir zeigen, dass sie durchaus auch schöne Seen hatten, nur, wie er zwinkernd versicherte, ein unbedeutendes bisschen größer als der Brachsee. Und dass es sich leben ließe in der Schweiz.

Aber wir wollten nichts überstürzen. Cedi war sowieso meist unterwegs, leitete Seminare oder begleitete Delphine und hielt sie bei Lesungen davon ab, über die Liebö zu diskutieren. Vielleicht würde ich mitreisen und einige organisatorische Aufgaben übernehmen. Delphine selbst hatte es mir beim Abschied vorgeschlagen. Worauf Therese mich wieder mit ihrem Meine-Tochter-ist-Bätschlerin-Blick angesehen hatte. Um dann etwas unbeholfen meine Schulter zu tätscheln und zu murmeln, wie stolz sie auf mich sei.

Die Franzosen waren nach dem Rededuell, meiner Rettung aus dem Turm, der Verhaftung und der triumphalen Befreiung zunächst zurück nach Paris gefahren, mit Cedric. Und ich hatte versucht, mein Leben zu organisieren. Timo war tatsächlich mit Asselchen zusammen und zog zu ihr nach Düsseldorf. Wo er vielleicht auch als Ehemann einer geschiedenen Frau eine Anstellung finden konnte. Er war hin- und hergerissen zwischen Dankbarkeit – ja, Asselchen war seine große Liebe! –, Angst, was den Job betraf, Reue, was mich betraf – ja, er war überzeugt gewesen, mich zu lieben, bis Asselchen dazwischenkam! –, und der Planung des Fischumzugs. Zopodil und Xanthippe hatten Nachwuchs bekommen, aus den vielen Eiern waren wenige Junge geschlüpft, die schon bald anfingen, einander zu jagen. Zopodil betrachtete das Treiben seines Nachwuchses zunächst gütig und väterlich-nachsichtig. Was sich aber, laut Timo, jederzeit ändern und in etwas weniger väterlichen Appetit auf Fisch umschlagen konnte. Etwas, das ich gut verstand.

Nachdem Zopodil zusammen mit all seinen Fischkollegen von einem Umzugsunternehmen abtransportiert worden war, fehlte er mir zwar (wenn ich ehrlich war, mehr als Timo), aber ungestörte Fischmahlzeiten, ein unerwartetes Freiheitsgefühl und die Sehnsucht nach Cedi, die ebenso ins Unermessliche stieg wie meine Telefonrechnung, schlossen schnell die Lücke, die er hinterließ. Dann kam Cedric zurück, und wir liebten einander das erste Mal. Nicht zwischen vergammelten Salatköpfen, sondern auf einem Umzugskarton im Flur meiner Wohnung. Und später im Bett. In der Küche. Unter der Dusche. Auch am leeren Strand, im Abendregen, unter den diskreten Blicken eines verschleierten Halbmonds. Wir liebten uns vor dem Fest, als ich Delphines Negligé anprobierte, das ich unter Özcans Kreation tragen wollte.

Und nach dem Fest, das wir früher verließen als geplant, weil Cedi die Vorstellung des Negligés unter Özcans Kreation nicht mehr loswurde. Und jetzt war heller Mittag, wir knutschten inmitten unseres Kofferinhalts, und ich wusste, gleich würde Cedi die Brille abnehmen. Im Eifer des Gefechts gab es immer einen Punkt, an dem er sich entschied, die Gläser in Sicherheit zu bringen. Ich fing seine Hand in der Luft auf, küsste sie.

»Liebster, erst muss ich rüber. Das Wahllokal schließt gleich.«

»Oh non! Nicht jetzt, ma biche!«

Musste er mich unbedingt eine Hirschkuh nennen? Auch wenn er immer wieder beteuerte, dass es ein äußerst zärtlicher Kosename war?

»Doch, Cedi. Es ist wichtig.«

»Pardon. Natürlich.« Er seufzte, schob seine Brille zurück. »Ich komme mit. Ma biche«, setzte er noch hinzu und duckte sich, als ich nach der erstbesten Waffe griff, einem Socken, der eigentlich längst in ein Heim für alternde Frottee-Singlestrümpfe gehört hätte. Aus seinem Koffer suchten wir ein noch möglichst unzerknittertes Hemd für ihn heraus, ich schlüpfte in Özcans Kleid, striegelte meine Locken, dann gingen wir Hand in Hand über die alte Uferstraße, auf Neuenthals Einkaufsmeile und die Feuerwehrkneipe zu. Wo ich unter den vereinten Klängen der Feuerwehrkapelle, Luciens Akkordeon und Anderls übermotiviertem Hahn die erste Frau wählen würde, die in Neuenthals wechselvoller Geschichte das Bürgermeisteramt anstrebte und, wie es aussah, auch erobern würde.

Eine Frau, die Cowboyhüte trug und peinliche Geschichten erzählte, die Skandale provozierte, Rededuelle unterbrach und auf einem gestohlenen Motorrad querfeldein raste, um ihre Tochter zu retten. Und außerdem einen Apfeldatschi backen konnte, der glücklich machte. Eine Frau, auf die ich verdammt stolz war: meine Mutter, Therese Engler.

Glossar

Hierbei handelt es sich um den Versuch, das erste *bayerisch-sächsisch*-**französische** Wörterbuch der Welt zumindest in Ansätzen zu kreieren. Was ich nicht nur Therese und Lucien, sondern ebenfalls Jüdda und Üwe schuldig bin, im Zuge der auch in Neuenthal nicht mehr aufzuhaltenden Glöbalisierung oder Klobalisierung.

Auch vor der französischen Invasion in Neuenthal gab es schon mehr oder weniger erfolgreiche bayerisch-französische Bündnisse. Jahrhundertelang stand Frankreich den Bayern immer wieder gegen Angriffe Österreichs zur Seite, vermutlich mochten die Franzosen auch keine Sachertorte, Kaiserschmarrn, Hans-Moser-Filme oder Kaffeehäuser, in denen servile Fragen dieser Art gestellt wurden: *Noch an Verläääängerten, Herr Baron?* Im Zuge der immer wieder erneuerten bayrisch-französischen Freundschaft gingen viele französische Begriffe in den bayrischen Wortschatz über, wie zum Beispiel Dekolleté, Büffet, Parapluie (nicht zu verwechseln mit monoplü > siehe Glossar) oder *bœuf à la mode.* Auf Bayerisch wurde das, was auf Sächsisch »een ordendlisches Stück Rindfleisch« heißt, zu *böfflamott.* Die Sachsen kommen in diese Geschichte des kulturellen Austausches erst spät hinein, in Gestalt von Judda und Üwe, aber besser spät als nie.

A, an: ein. Unbestimmter Artikel. Nicht zu verwechseln mit dem Zahlwort: *oan*

äwisch (sächs.): ewig. Siehe auch *oiwei* (bayerisch), im Sinne von immerwährend. Wobei die sächsische Äwischkeit ein größeres Misstrauen beinhaltet als die bayerische. Schließlich währte nichts äwisch, nicht die Mauer und ooch nisch das Fernweh, und plötzlisch wurde man doch noch zum Weltenbümmler und kam zum Nordgabb – inklusive Enttäuschung der immerwährenden Sehnsucht.

Apfeldatschi: flacher, »gedätschter« Apfelkuchen, der gegen jede Art von gedätschter Stimmung hilft, oft mit Streuseln großzügig bedeckt (gleichsam aufgemaschelt, s. u.)

aufmascheln: herrichten. Auch im Sinne von verbessern, z. B. das Brautkleid der Mutter aufmascheln. Oder das Dekolleté (frz.) der Kundin.

ausgschamt: schamlos. Gegenteil von *gschamst,* d. h. wünschenswert schamvoll, wie z. B. in gschamster Diener. Hier macht sich doch ein gewisser österreichischer Einfluss bemerkbar. Verb: *schamma.* Schamma soits eich für so a Intoleranz!

aussi: hinaus, wobei der sprachsensible Bayer auch *aussa* (heraus) kennt. Wenn er z. B. selbst draußen steht und lautstark Thereses Befreiung verlangt, wird er »aussa« rufen.

ausschaugn: aussehen, gern in Verbindung mit weiblichen Wesen und einem Kompliment gebraucht, pfundig ausschaugn z. B., was einerseits den Wert der Person ausdrückt, der mit Pfunden aufgewogen werden kann, andererseits auch die Tatsache, dass sie gut gebaut ist (siehe *fescht*), was Susn prompt in den falschen Hals bekommt.

Badron (sächs.): Patron, Herr, man denke auch an ital. *padrone* (nicht etwa Patrone). Mit dem an die polizeiliche Autorität gerichteten Ausruf *Sie ünverschämder Badron!* verbindet Üwe elegant die italienischen Einflüsse in der sächsischen Kunstgeschichte mit der sozialistisch geprägten Ansicht, dass die Obrigkeit per se unverschämt ist.

Bia: Bier. Kalorienreiches Getränk, Brotersatz, Weltkulturerbe, Manna. (mehr unter *Helles*)

Biafuizl: Bierfilz, Bierdeckel. Hier: Name für Neuenthals Hardrock-Kneipe mit bewegter Vergangenheit, eigener Jukebox, nietenbeschlagener Tanzfläche und leicht versifftem Disco-Ambiente. Dort hat Susn Engler anno zweitausendsechs den ersten Preis beim traditionellen Neuenthaler Hardrock-Faschingsball gewonnen, als Fliegenpilz, mit ihrem alten Pilzhut vom Kinderfasching, ansonsten bis zum Hals eng eingetuckert in ein Bettlaken. Eingetuckert hat sie ihr Cousin Quirin, den sie vorher hüftabwärts in ihren Flokati eingenäht hatte (Steinzeitmensch, Platz 14). Da Susn Engler als echter Fliegenpilz keine Arme hatte, mussten ihr alle Getränke eingeflößt werden, wozu sich wohlwollende, meist männliche Freunde bereit erklärten. Auch Anderl, der seine Resi einen Moment vergaß, als Susn mit ihren rosigen Lippen an dem ihr hingehaltenen Schnapsglas nippte. Den Rest des spektakulären Abends musste sich Susn Engler später erzählen lassen. Als sie Timo kennenlernte, litt sie eine Weile unter der Angst, er und seine Eltern könnten von dieser Party, von der man in Neuenthal noch nach Jahren redete, erfahren. Eine Angst, die durch Iglo-Schlemmerfilet und Strapse kuriert wurde, frei nach der homöopathischen Devise: Gleiches mit Gleichem (oder Schlimmerem) heilen.

bieseln: Wasser lassen, auch nach Biergenuss

Biesgurkn: Bezeichnung für Frau, vermutlich aus dem Unbewussten eines anonymen Zeitgenossen unzensiert ans Licht geschlüpft. Das Wort vereinigt in einem kraftvollen schöpferischen Akt den Vorgang des bislang noch neutralen Pinkelns mit dem männlich konnotierten Symbol der Gurke, bevor die Metaebene (Frau) aufscheint, und alles zusammen hätte Sigmund Freud sicher eine ordentliche Gaudi (s. u.) bereitet.

bisou (frz.): Küsschen, Bussi (bay.). Vorstadium von Gnudschen (sächs.)

Britschn: derbe Bezeichnung für Frau, die sich in die Horizontale begibt, durchaus in Verfolgung gewisser Absichten. Vgl.: *La grande Horizontale* (frz). Vermutlich abgeleitet von Pritsche, Bett. Auch Henry Miller und Hemingway bezeichneten Frauen pragmatisch als Matratzen, was Delphine de Brulée nicht gutheißt, da sie sich viel mehr Mühe mit phantasievollen Vergleichen im Sinne von lodernden Lanzen gibt.

Brunza: Pinkler. Hier wird wiederum das Wasserlassen (auch nach Biergenuss) thematisiert und auf eine dem ursprünglichen Wort entferntere klangliche Ebene transferiert, woraus sich schließen lässt, dass wir es mit einem gleichsam ungestümeren Wasserlassen zu tun haben.

Bug: Vorderteil eines Schiffes oder einer Frau. Nicht bayrisch, hier bedient sich Therese der Seefahrersprache, resultierend aus ihrer Erfahrung mit einem gewissen Baywatch, der aus einer alten Mecklenburger Seefahrerfamilie stammt (und einmal auch versehentlich »refft die Segel!« ausrief, während er in Thereses Takelage turnte).

Buildl: Bild

Cin-Cin: Prost, das französische Pendant zu *Oans, zwoa gsuffa* (bay.), oder auch: *Pröst Gemeinde, Vörstand säuft* (sächs.). Auch andere Bundesländer werden beim Zuprosten kreativ, manchmal geradezu poetisch, wie z. B. wir Hessen: *Hopp Hopp Hopp, Schobbe (Schoppen) in de Kopp.* Dieser Trinkspruch wurde – vermutlich nach zu viel Apfelweingenuss – abgeleitet aus dem politisch motivierten: *Hopp Hopp Hopp, Atomraketen Stopp* der achtziger Jahre, als auch Therese Englers politische Karriere begann.

Comme on dit en allemand? (frz.): Wie sagt man auf Deutsch? (Hier verhält sich Delphine de Brulée vorbildlich, nicht jeder Franzose stellt diese Frage.)

dad: täte, von *duan,* tun. Bayerischer Konjunktiv, gern und oft zuvorkommend überall gebraucht, auch dort, wo es dem Sachsen nicht unbedingt angebracht erscheint, dem Hessen merkwürdig und dem Berliner geradezu unmöglich vorkommt, da der Konjunktiv bis Berlin niemals durchgedrungen ist (z. B. in der Form: *Wenn Sie so liebenswürdig wären, würden Sie bitte …* etc.).

Dadord (sächs.): Tatort. Judda meint hier die Fernsehsendung, die sie damals nie empfangen konnten, da sie im Tal der Ahnungslosen wohnten, jenem Gebiet der DDR, das kein Westfernsehen empfing. Frauentausch, Üwes bevorzugte Sendung, gab es zu DDR-Zeiten noch nicht und hätte ihn damals womöglich auch emotional überfordert.

dahoam: daheim, abgeleitet von: *Hoam, Hoamat.* Das wichtigste bayerische Wort. Jeder, der ab und zu das Bayerische Fernsehen einschaltet, kennt es: Zwischen zwei Sendungen taucht zuverlässig ein Hallodri (s. u.) vor einer Skipiste auf und sagt: *I bin da Sepp und do bin i dahoam* – wobei »do« das gesamte Sendegebiet des BR samt Unterfranken umfasst. Oder der Özcan steht vor seinem Grill und behauptet selbstbewusst das Gleiche. Vielleicht könnte auch Thereses ergoogelter Transvestit, sollte er zufällig im Sendegebiet wohnen, Kunde davon geben, dass er zwar unbehost, aber nicht unbehaust auf der Welt ist. Und mit ihm auch wir.
Das Wort *hoam* ist ein existenzialistisches Leckerli. Es drückt die Hoffnung aus, dass der Mensch nicht nur ein flüchtiger Gast auf einem Feuerball ist, der durchs Universum rast, sondern dass es das große Hoam gibt.

damisch: dämlich, im Gegensatz zu herrlich. Wird auch auf Männer angewendet, z. B. *damischer Hirsch.* Was durchaus auch einen damenhaften Hirsch meinen kann (siehe Cover dieses Buches), der weiblicher Blumendekoration und vermutlich auch süßen Handtäschchen nicht abhold ist. Im Sinne eines ausgewogenen Yin und Yang, auch bei Hirschen.

desch: das, gesprochen in bayrischem Dialekt mit Zungenpiercing

Duttln: sekundäre weibliche Geschlechtmerkmale, die in französischen erotischen Romanen von roten Spitzenbüstenhaltern im Zaum gehalten werden

Ecoutez (frz.): Hören Sie! Mit diesem Ausruf weist Lucien Susn darauf hin, dass Anderl versucht, die Melodie von *Je t'aime* (Serge Gainsbourg / Jane Birkin) auf der Tuba zu spielen. Natürlich für seine Resi.

eahna: Ihnen

eahm: ihm (siehe *lang eahm ned o!*)

eini: nicht etwa einig, sondern herein, wobei sprachsensible Bayern zwischen *eina* (herein) und *eini* (hinein) unterscheiden, manche sogar dann noch, wenn sie verliebt sind und nicht mehr eini noch aussi wissen

fesch: hübsch, aufgebrezelt, aufgemaschelt

fescht: die Steigerung von fesch, nämlich dazu noch vollendet gerundet, eben eine weibliche, stattliche Festung. Andere Bundesländer bezeichnen dieses Fescht(ung)sein etwas phantasielos und auch durchaus diskriminierend als fett.

Fiaß: Füße, in diesem Falle die Füße eines Löwen. Dessen krallenbewehrte Fiaß ganz schön fies sein können.

Fleischpflanzerl: Frikadelle, Bulette (nicht mit Polizistin zu übersetzen), auch *Boulette* (frz.), *Glöbs* (sächs.) oder *Köttbullar* (Ikea)

Fotzn: Ohrfeige, auch Fratze, in die die Ohrfeige trifft, ebenfalls Mund. In diesem Sinne von Hartl gebraucht. Derb, aber nur halb so ordinär wie es für den entsetzten Preißn (Sammelbegriff für alle Nichtbayern, egal ob aus Köln, den Niederlanden oder Tokio) klingt, wenn das Wort das erste Mal auf seine zarte Preißnseele wirkt …

fou (frz.): verrückt. Auch *narrisch* (bay.), *beglobbd* (sächs.). Einem Angebot einer Amour fou seitens eines Franzosen begegnet die Bayerin am besten mit einem gelassenen: *Passt scho.*

freili: freilich. Große Bejahung. Mehr als ja. Deshalb die richtige Antwort auf: *Je t'aime.*

gä, auch *gey* (nicht etwa gay!): eingefordete Bestätigung im Sinne von: *Gell? Nicht wahr?*
N'est-ce pas? (frz.), *Newahr* oder *Nü?* (sächs.)

Gaudi: ein (zuweilen auch grober) Spaß. Neusächsisch: *Fün.*

gamsig: lüstern, auch notgeil, so paarungswütig wie die Gams zur Brunft. Man könnte sagen, dass Timo im Aquarium eine gewisse gamsige Atmosphäre künstlich herbeiführen will. Wobei er es noch nicht mit Red Light, Fisch-Viagra und schwüler Musik probiert hat.

glatzert: glatzköpfig. Sächsisch: *gahl.*

greislich: scheußlich, auch grauslich. In Thereses hinterstem Hirnstüberl leuchtet dieses Wort auf, als sie Matthias Glatthaler zum ersten Mal erblickt, sie bläst das zaghaft flackernde Lämpchen aber mittels zweier Heller und einem Stamperl Obstler erfolgreich aus.

Größgabidalisden (sächs.): Großkapitalisten, ehem. Feindbild. Kleiner Tipp zum Lesen des Sächsischen: Einfach alle (oder so gut wie alle) weichen Konsonanten durch harte ersetzen und auf die Ümlaude ochden.

Gündschaft (sächs.): Kundschaft. Der Spruch: Der Günde ist Gönig, wurde in Sachsen allerdings erst nach der Wende etabliert.

ha: energisches Nachfragen, eine Stufe weiter als *gä, gey.* Die nächste Stufe könnte gestisch untermauert werden, erfolgt dann keine Bestätigung, kommt es evtl. zu mehr Körpereinsatz.

Haxn: Haxen. In diesem Fall nicht die multikulturelle indisch-bajuwarische One-World-Soja-Haxe, die im *Chez Lutz* serviert wird (übrigens neuerdings in Minzsauce), sondern Thereses Beine.

Helles: Bier, das in Gläsern ab einem halben Liter Fassungsvermögen ausgeschenkt wird. Alles, was darüber ist, gilt als Maß (1 Liter), also die richtig bemessene Biermenge. Ein kleines Pils oder gar eine Stange (0,2 Liter) Kölsch kommen weder im bayrischen Wortschatz noch im bayerischen kollektiven Unbewussten vor. Die Biermenge steht in direktem Verhältnis zu der Anzahl der öffentlichen Toiletten und der mannigfaltigen Wortschöpfungen für das Entleeren der Blase nach dem Genuss von viel Flüssigkeit, übrigens ebenso facettenreich wie die Bezeichnungen der Inuit für Schnee. (für Germanisten: vgl. die Whorf-Hypothese, für alle anderen: vgl. *bieseln, Biesgurke, brunzen, seichen* und alle anderen Ableitungen)

Hallodri: Mannsbild, das nicht unbedingt monogam veranlagt ist (muss kein Moslem sein) und gut mit Frauen kann. Wird oft mit bewunderndem Unterton gebraucht: *Mei, der Tschäms Bond, so a Hallodri!* Es existiert trotz aller Bemühungen um Gleichberechtigung immer noch keine weibliche Form. Ein Missstand, den Therese Engler und ihre politische Beraterin Christiane Breitner nach der Wahl dringend beheben sollten!

Harrgottmarrgott: zählt zu den sakralen Flüchen, auf die man in Bayern viel Sorgfalt verwendet. Da Gott und das Sakrament und die Heilige Jungfrau eigentlich nicht fluchend angerufen werden sollten, werden die Begriffe geschickt sprachspielerisch getarnt, wie Sacklzement für Sakrament oder Harrgottmarrgott für den Herrn, in der Hoffnung, dass der Allmächtige es ned spitzkriagt. Allerdings ist hier auch eine vielleicht unbeabsichtigte globale sächsisch-bayrische Verbindung festzustellen, nämlich zwischen dem Herrgott der Katholiken und der weniger katholischen Frau des Ex-DDR-Häuptlings Honecker, Margot. Was noch nicht einmal Judda aufgefallen ist.

Hosd mi: energisches Nachfragen, das aber auch – im Gegensatz zu *gä* oder *ha?!* – eine gewisse Besorgnis ausdrückt und den innigen Wunsch, verstanden zu werden. Hast du mich? Der Bayer ist hier ganz bei dem Angesprochenen, vertraut sich ihm gleichsam mit seinem gesamten Sein an. Es ist klar, dass es diese Form des Nachfragens nicht in der Sie-Anrede geben kann, der Bayer ist hier ganz per Du und begibt sich auch in Gefahr, in der Seele des Angesprochenen *perdu* (frz. verloren) zu gehen. Eine äußerst fragile Kommunikationssituation also, der in aller Zartheit begegnet werden sollte.

Hundling: ein ganz gerissener Hund wie Quirin (zumindest in den Augen seiner wohlwollenden Tante, die seine Computerkenntnisse für grandios hält)

in da: kein Inder, sondern *in der: In da Therese ihra Pension.* Solche Wortschöpfungen mit zusätzlichem Possessivpronomen kennen wir auch in Hessen. Ein Beispiel für die männliche Form, entnommen einer Unterhaltung an einer hessischen Trinkhalle (im Volksmund Wasserhäuschen genannt):
Kunde 1: Ich sach dir, Herbert, die Atombomb fällt.
Kunde 2: Aber net über ***dem Ernst seim*** Wasserhäusche!

Je ne comprends pas (frz.): Ich verstehe nicht.
Je sais (frz.): Ich weiß.
Je t'aime (frz.): Ich liebe dich. Alles zusammen passiert Lucien in Bayern.

Jesses: weiterer sakraler Ausruf, Vorläufer des amerikanischen Jesus (Dschieses!). Meint vermutlich eher nicht den erwachsenen Jesus, sondern das Jesuskind, wie man an den folgenden Steigerungsformen erkennen kann.

Jessesmaria: Steigerung von Jesses, der angesichts des Ungeheuerlichen seine Mutter zur Hilfe ruft

Jessesmariaundjosef: Steigerung von Jessesmaria, die wiederum ihren Gatten herbeiruft, beim Anblick von wahrhaft Welterschütterndem, wie z.B. in Thereses Fall einer Kerze in Phallusform

Haute Cuisine (frz.): hohe Küche, die Crème de la Crème französischer Kochkunst, dem Rest der Welt selbstverständlich überlegen

Haute Couture (frz.): hohe Kunst des Nähens/Schneiderns, die Crème de la Crème französischer Mode, dem Rest der Welt selbstverständlich überlegen

hot: hat. Der globalisierte Bayer unterscheidet durchaus zwischen dem englischen *hot* für heiß (bay. *hoaß*) und dem gebeugten bayerischen Hilfsverb haben. Wenn allerdings das französische *haute* dazukommt, sind Therese und Franzi, sowieso schon mindestens doppelbelastet, leicht überfordert, und so kommt es zur *hot cuisine* und zur *hot kotür.*

Hoibe: Halbe. Ein halbes Bier (siehe Helles)

inara: kein einsamer See in Finnland, sondern bayr. für *in einer*

koa: keine

kloans: kleines (existiert nicht in der Form: ein kleines Bier)

Kniebiesler: einer, der sein eigenes Knie anpinkelt, vermutlich durch die Hose und vermutlich nach Biergenuss. Von Fredl durchaus in despektierlicher Absicht gebraucht. In Unkenntnis der Sachlage, dass Matt nur Rotwein trinkt und immer weiß, ja, geradezu spürt, wo die nächste Toilette ist (sozusagen toilettensensibel).

Kreizteifi: sehr mächtiger Fluch, bringt auf gewagte, blasphemische und aufregende Weise den Teufel und das Kreuz zusammen

kriagn: kriegen. Wenn Hartl *des kriag ma scho (das kriegen wir schon)* sagt, beinhaltet dieser Spruch sowohl das meditative Abwarten, bis etwas von selbst kommt, als auch die aktive Beeinflussung des Schicksals im Sinne von Hinkriegen, indem man z. B. gewissen Personen eine Taucherbrille über den Schädel zieht.

Kruzifix: das heilige Kreuz, in Thereses Fall auch das Kommunionskreuz, das sie an ihrem Busen birgt

kruzifixnoamoi: gesteigerter Fluch wie *merde alors* (frz.) oder *ei verbibbscht* (sächs.). Weitere Steigerungen wären z. B.: *Kreizkruzifixhimmioarschundzwirnmileckstamoarschvarreg.*
Im Sächsischen gibt es dazu keine Entsprechung. Auch der Franzose schweigt.

Kruzinesen: modernere Form von Kruzifix, globalisiert. Vereinigt Katholizismus mit Taoismus und Pekingente Kung Pao. Und berücksichtigt die Tatsache, dass viele Kruzifixe vermutlich ebenso in Asien hergestellt werden wie die Kuckucksuhren.

Lang eahm ned o: lang (fasse) ihn nicht an. Eine deutliche Warnung, die nächste Stufe der Auseinandersetzung findet auf jeden Fall auf körperlicher Ebene statt. Interessant, dass der nicht Anzulangende im Bayerischen im Dativ steht – was ihm im Falle des Doch-Anlangens allerdings nicht weiterhilft.

Leberkassemmeln: bayerisches Pendant (frz.) zum Hamburger

Liab: Liebe, **Amour** (frz.), *flödde Zweierbrigade* (sächs.). Auch als Anrede gebraucht: meine Liebe, z. B. von Therese für ihre Tochter.

Madl: Mädchen, ähnlich wie *Mademoiselle* (frz.) oder *Fröllein* (sächs.), schmeichelhaft für Frauen auch etwas reiferen Alters zu gebrauchen

Mannsbild: Mann. Ein Bild von einem Mann! (Also alle Männer, da jeder sich gemeint fühlt.)

mei: Universalausruf. Oft benutzt, von Therese auch gedanklich, um Zeit zu gewinnen, ein zunächst verstörendes, aufwühlendes Erlebnis wie das Lesen eines Satzes von Delphine de Brulée in den eigenen Setzkasten des Welterfassens einzuordnen.

mia: wir (siehe auch *wia*)

merci (frz.): danke, außerdem beliebte Schokoriegelsorte, besonders kurz vor Weihnachten. Nicht mein Sponsor.

Mo: Mann (siehe Mannsbild)

Mon dieu (frz.): mein Gott

Mon chéri (frz.): mein Liebling / Spatzl. Außerdem beliebte Pralinensorte. Auch nicht mein Sponsor.

Mon cœur: mein Herz. Keine Pralinensorte.

Monoplü (frz.): eigentlich *moi non plus* (ich nicht weniger, im Sinne von: ich auch nicht). Jane Birkins gehauchte Antwort auf Serge Gainsbourgs *Je t'aime.* Wobei sie es vielleicht auch einmal mit einem emanzipierteren *Jo freili* oder wenigstens einem gelassenen *Passt scho* hätte probieren können. Aber vielleicht hätte es dem an weibliche Gefügigkeit gewohnten Herrn Gainsbourg dann glatt die Sprache verschlagen, und viele, viele Stehblues wären nie getanzt worden.

nackert: nackt. Auch im Sinne von rein, im naturbelassenen Zustand. In Bayern kann vieles nackert sein, auch ein Reiberdatschi (Kartoffelpuffer) ohne Apfelmus.

n'est-ce pas? (frz.): Ist es nicht so? ***Gä? Newahr? Nü?***

naturellement (frz.): natürlich. Das Negligétragen ist für die Französin so natürlich wie der nackerte Reiberdatschi für die Bayerin und das ***Naggdschnorscheln*** für die Sächsin.

non, je ne regrette rien (frz.): Nein, ich bereue nichts. Sowohl der Spatz von Paris als auch der Spatz von Neuenthal zeigen hier eine bemerkenswerte Reife und übernehmen die Verantwortung für das eigene Leben mit allen Höhen, Tiefen, Stamperln, Entgleisungen, Oh-là-làs (frz.) und ***Öhös*** (sächs.).

Nür die (sächs.): Nur die, eine beliebte West-Strumpfhosen-Marke der siebziger und achtziger Jahre, zu finden im Westpaket, zwischen Melitta Kaffeefiltern und Ananas (keine Yoga-Ananas)

nuit (frz.): Nacht, hier die Ochzeitsnacht

Obazda: Angebatzter. Gestampfter, mit Zwiebeln versehener und mit Bier gefügig gemachter Weichkäse. Der Angebatzte wird nicht nur gerührt, er wird auch grammatikalisch korrekt dekliniert, deshalb heißt es: Die Schüssel mit *dem Obazdn,* oder: Die Franzosen beteten *den Obazdn* an. (Was Therese nur so scheint. Da es sich nicht um eine französische Spezialität handelt, besteht kein Grund zur Anbetung.)

oan, oana, oans: Zahlwort, eins

oanfach: einfach

Oide: Alte, hier: Ehefrau

ois: alles, auch im philosophisch-theologischen Sinn, die All-Einheit allen Seins. Verwandt auch mit *oiwei* (s. u.).

Où est la toilette? (frz.): Wo ist das stille Örtchen? (dt. verklemmt). Wo ist das Scheißhaisl? (bayr.-robust). ***Wö sind die sanidären Onloochen?*** (sächs.-realistisch).

oiwei: alleweil, immer, zu gebrauchen im Sinne von **toujours**

(frz.), aber auch in übergreifenderem Sinne von ***äwisch*** (sächs.). Lappt über das Globale hinaus ins Universale.
Beispiel: *Es is no oiwei ois guadganga* (es ist noch immer alles gutgegangen), sagt Hartl und beruft sich hiermit auf die kosmische Bejahung des reinen Seins, sowohl im Sinne von Nietzsche als auch im buddhistischen Geist.

Pappn: Mund. *Hoit dei Pappn:* höfliche Aufforderung, sich mit verbalen Äußerungen ein wenig zurückzuhalten. Eine Aufforderung, der man bereits beim ersten Mal Folge leisten sollte, weil der bayrische Übergang von Höflichkeit zu Handgreiflichkeit mitunter recht unvermittelt erfolgt und der nächste Schritt schon die Verabreichung einer Fotzn (s. o.) sein kann.

Passt scho: Wenn Hartl es sagt, dann meint er es auch im Sinne von *kriag ma scho,* also: zur Not wird es passend gemacht.

pfundig: suppa (siehe *ausschaugn*)

pressieren: eilen, stammt aus napoleonischen Zeiten, ist abgeleitet von frz. *presser* (sächs. keine Übersetzung möglich, dem Sachsen pressiert es selten bis nie, außer vielleicht bei Südfrüchten)

Qui est-ce? (frz.): Wer ist das? Lucien hat schon realisiert, dass es sich bei dem Sound der Feuerwehrkapelle um Geräusche handelt, die von Menschen produziert werden, und fragt deshalb nicht: Was ist das?

ratschen: tratschen, lästern, eine Art Breitensport, besonders in kleinen Gemeinschaften

Sauhund: eigentlich Hunderasse, hier aber unflätiges Schimpfwort, das auf den zartbesaiteten Lucien nicht passt, aber vom Mohnauer Metzger eventuell aus einer unbewussten Angst heraus geäußert wurde, der Angst vor der eigenen zarten Seite, z. B. seiner unmännlichen Freude an den hübschen Servietten und Stoffblumen, die seine Frau als Deko zwischen die Würste drapiert

Sakra: begeisterte Anrufung des heiligen Sakraments

sakrisch: daraus abgeleitetes lobendes Adverb, das einer Bewertung mehr Glanz, also gleichsam einen Heiligenschein verleiht: *sakrisch guad*

Sacklzement: Sakrament (siehe *Harrgottmarrgott*)

Scheißhaisl: frz.: Toilette, sächs.: ***Glö***

Schmarrn: süße Mehlspeise, hier in der Bedeutung von Unsinn. Die Sachsen nennen ihren Unsinn allerdings nicht Quarggäulschen, höchstens Guadsch oder Gögölöres (aus dem Rheinländischen entliehen).

Schnoin: Schnalle, Bezeichnung für Frau. Soll ursprünglich aus der Jägersprache kommen und passt auch deshalb gut zu Christiane, die so manchen Jäger genarrt hat, bis ihr Leonhard kam.

Schnorscheldeschniggen (sächs.): Schnorcheltechniken, von Judda und Üwe im letzten Urlaub (siehe *Eiertanz*) von Quirin und Hartl gelernt, u. a. beim Nachtschnorcheln, ein Begriff, den der frivol aufgelegte Üwe glatt zum Nacktschnorcheln umdeutete, auch in Erinnerung an schöne Nacktbadeerlebnisse an der Ostsee mit Trabbi, Judda und dem Klappfix (DDR-Universalzelt für sozialistisch-romantische Nächte).

Selbstschüssanloochen (sächs.): Selbstschussanlagen, nicht zu verwechseln mit *sanidären Onloochen.* Judda hat ihre eigene Art entwickelt, die ehemaligen innerdeutschen undiplomatischen Beziehungen auf andere Zusammenhänge zu übertragen, eine Art, die nicht jedem gefällt, auch nicht ihrem Ähemann.

siagt: sieht

Spatzl: Kosename, in Timos Fall vielleicht ein wenig unpassend. Aber etwas wie »mein kleiner Piranha« hätte Susn vermutlich nicht über die Lippen gebracht.

spuin: spielen. Franzi ist sich hier mit Nat Wildmoser einig, dass man als musikalische Untermalung einer heißen französischen Szene keinen Ländler spuin kann.

Stamperl: Schnapsglas

Strichmandl: Strichmännchen. Hat nichts mit krankhafter Verkümmerung der Mandeln (Strichmandeln) zu tun.

très impressionant (frz.): sehr beeindruckend. Etwas, das Lucien nicht nur von der Feuerwehrkapelle, sondern auch von Therese denkt.

Une bière et une glace, s'il vous plaît (frz.): ein Bier und ein Eis, bitte. (Wobei Therese beim Frankreichurlaub sehr über die winzigen Biergläser gestaunt hat.)

Voder: Vater, sowohl im Sinne von Erzeuger (Matthias Glatthaler) als auch von männlicher, liebender und verantwortungsbewusster Vaterfigur (Onkel Hartl) zu gebrauchen

vui: viel. *Vui zuvui* ist also viel zu viel, von Resi in Bezug auf die amourösen Bemühungen ihres Gatten und des Gockels gemeint.

wampert: beleibt, wie z. B. Matthias Glatthaler, der zu gern böfflamotte isst

Weibsbild: kraftvolles Gegenstück zum Mannsbild

Weißwurscht: bayrische Spezialität, mit süßem Senf zu essen. In den meisten Fällen nicht gepierct. Im *Chez Lutz* gibt es sie auch vegetarisch.

wia: wie, nicht etwa wir. Wir heißt *mia.* Und mir heißt ebenfalls *mia.* Hier verhalten sich die Bayern so widersprüchlich wie die Franzosen beim Frühstück.

woaßt: weißt; z. B.: *I woaß, dass i nix woaß.* So hätte es Sokrates gesagt, hätte er nicht im antiken Athen, sondern in Neuenthal gelebt. Aber vielleicht hätte er auch geschwiegen wie Hartl. Und bestimmt wären die weinbeschwingten Lobreden auf Eros während seines berühmten Gastmahls, auf die Delphine de Brulée während der Diskussion auf dem Pfingstmarkt anspielt, unter Biereinfluss weniger hitzig ausgefallen.

wos ganz wos Edles: was ganz Edles. Der Bayer kennt sowohl die doppelte affirmative Bestätigung als auch die doppelte Verneinung und erweist sich hiermit als großzügig auch im Reden. Steht in direkter Beziehung zum Getränkeausschank.

Yoga-Ananas: Yoga-Asanas. Yoga-Übungen, die in einer bestimmten Reihenfolge auszuführen sind, die die *Yoga-Schnoin* (s. u.) aber auch nur in einem Volkshochschulkurs gelernt hat.

Yoga-Britschn: ebenso wie die Yoga-Ananas Thereses global empfindlichem Sprachzentrum entsprungen. Bayerische Bodenständigkeit meets indische Vergeistigung. Mit der Wortschöpfung *Yoga-Ananas-Schnoin* bringt Therese sogar Yoga,

Südfrüchte, Schnallen und Jägerlatein zusammen. Wobei es den Zuhörenden überlassen bleibt, sich eine angeschnallte Ananas im Yogasitz oder Ähnliches vorzustellen.

Westwore (sächs.): Westware, eben Nür-die-Strümpfhosen, Jagobs Grönung und ooch mal die Zeitschrift Praline (aber nür geschmüggeld, von Üwes Cousin)

zuzeln: die einzig richtige Art, die Weißwurst zu essen, sie quasi aus ihrer Pelle herauszulutschen. Preißn sollten es nicht probieren, es schaugt damisch aus. Deshalb macht Matt es genau richtig, wenn er tranchiert.

Mon cœur, ma chevrinette, je suis ivre de toi ... J'aimerais caresser tes seins ... (frz.): Zwei Sätze, die Cedric trotz aller Liebeswallung grammatikalisch korrekt in Präsens und Conditionnel formuliert, die jedoch sein und Susns süßes Geheimnis bleiben sollen.

Ich danke:

Natalja Schmidt und Julia Abrahams für die engagierte professionelle Unterstützung. Dr. Andrea Müller und Regine Weisbrod für die wunderbare, inspirierende und konstruktive Arbeit an diesem Buch.

Dr. Angelika Jodl für sensible Bayrisch-Beratung, für das Testlesen und Kommentieren der kompletten vorletzten Fassung, für sprachwissenschaftliche Exkurse, kompetente Anleitungen zur Aussprache des Bayerischen und für meisterlich dargebotene Bayrisch-Parts auf einigen Lesungen.

Ulrike Twittenhoff für das Testlesen und kluge Kommentieren der allerersten Anfänge der *Paarungszeit* – gerade, als es so pressierte!

Eva Baronsky, Dagmar Geisler und Doris Konradi für vier wunderschöne und intensive Tage im letzten Sommer, als wir uns mit vier Romanen und mindestens viermal so vielen Romanfiguren an einen Tisch setzten.

Julie Leuze für Französisch-Beratung, oh, là, là, für die vielen lustigen gemeinsamen Lesungen in aller Freundschaft und für einen röhrenden Hirschen.

Margot S. Baumann und Bettina Wüst-Schlager für Sätze, die französische Männer (auch Schweizer) bei der Liebe sagen. Schade, dass ich sie nicht alle einbauen konnte!

Hermien Stellmacher für die Geschichte vom fotografierten Ohr und die Erlaubnis, Therese ihr Ohr fotografieren zu lassen.

Noomi Rohrbach für die Lesungsorganisation und mein Lesungshuhn, zu dem ich mittlerweile ein pathologisches Verhältnis entwickelt habe.

Allen AutorInnen unserer Tippgemeinschaft fürs virtuelle Büro, kollegiale Unterstützung, Interesse, Spaß, ein skandalöses

Lesungs-T-Shirt (danke Hermien, Angelika und Andreas Goetz) und ein durchgeknalltes Häkelhuhn (danke Christiane Spies!).

Oliver Kraus und Alexander Holz, deren aktuelle CD zeitgleich und nur eine Treppe tiefer entstand, für die musikalisch-kreative Atmosphäre und dafür, dass sie sich meinen Fragen, was man mit Nylonstrümpfen und einer Gitarre anfangen könne, mannhaft stellten.

Oliver Kraus für Idee und Produktion meiner Buchtrailer, fürs Wegzerren vom Laptop, für Zwangsspaziergänge und Entspannungsabende in indischen, italienischen und sogar französischen Restaurants.

Winfried Oelsner und Lisa Marie Dickreiter für neue Erkenntnisse über Szenenplanung.

Olga A. Krouk für unseren Austausch während der ganzen Zeit der Entstehung der *Paarungszeit.*

Connie Webs für viele gemeinsame komische Jahre, in denen wir auch für kurze Zeit mit der kabarettistisch-folkloristischen Produktion »Zur blauen Geiß« unterwegs waren.

Annemarie Roelofs von der »blauen Geiß« für ihre unvergessliche Tuba-Version von *Je t'aime,* die Anderl von der Feuerwehrkapelle hier nachzuspielen versucht. Allerdings nicht annähernd so virtuos.

Charlotte und Rudolf Bläsing für Einsichten über Mütter, Väter, Jazz, Yoga.

Meinem Lesungshuhn, das unbedingt auch dabei sein will (siehe oben).

Claudia Brendler

EIERTANZ

Roman

Kein Cappuccino in Sicht, dafür Milch, noch warm von der Kuh? Haxn-Hotline statt Pizzadienst? Gina, 29, karrierebewusste Großstädterin aus Köln, ist alles andere als begeistert von ihrem Auftrag, in einem oberbayrischen Nest ein Testament zu suchen. Die Eingeborenen sind auch nicht gerade hilfreich, sondern beobachten misstrauisch, wie sie auf Highheels über die Wiese eiert. Und der urbayerisch fluchende Papagei der Verstorbenen bringt sie fast um den Verstand. Dabei ahnt Gina nicht einmal, dass sie bald im Dirndl auf dem Laufsteg posieren, einer Kuh ihre schlimmsten Sexkatastrophen beichten und den attraktiven Surflehrer aus dem See retten wird …

Knaur